L'héritière de Boston

DÉJÀ PARUS DU MÊME AUTEUR

Le prix du scandale
Innocente trahison
La maîtresse du corsaire
Le secret d'une lady
Lady Mystère

KAT MARTIN

L'héritière de Boston

BestSellers

Collection : BEST-SELLERS

Titre original : RULE'S BRIDE

Traduction française de MARIE-JOSE LAMORLETTE

Photo de couverture
Femme : © MOHAMAD ITANI/ARCANGEL IMAGES
Réalisation graphique couverture : M. GOUAZE

83/85, boulevard Vincent-Auriol, 75646 PARIS CEDEX 13.
Service Lectrices — Tél. : 01 45 82 47 47
www.harlequin.fr
ISBN 978-2-2802-4882-2 — ISSN 1248-511X

A mon éditrice, Susan Swinwood,
pour son aide sur cette série.
C'est un plaisir de travailler avec vous.

Prologue

Boston, 1857

Tout vient à point à qui sait attendre, dit le proverbe. Mais Rule Dewar commençait à douter que ce soit vrai. Debout dans le long vestibule de marbre de Griffin Heights, la luxueuse demeure de son employeur, aux abords de Boston, il avait du mal à contenir sa nervosité, tandis que le majordome au visage impassible frappait à la porte du cabinet de travail.

Résistant à l'envie d'ajuster le nœud de son écharpe et de lisser ses cheveux, Rule se redressa en entendant un bruit de pas étouffés, de l'autre côté de la porte. Celle-ci s'ouvrit brusquement, et l'homme qui parut sur le seuil sourit, visiblement impatient de pouvoir discuter avec son visiteur.

— Rule ! Entrez, mon garçon. Je suis content que vous soyez passé me voir, malgré ma demande tardive.

Howard Griffin, président de la Manufacture Griffin, qui fabriquait des armes de première qualité, l'accueillait dans son domaine personnel, une vaste pièce aux murs tapissés de livres, qui occupait une bonne partie de l'aile ouest de la maison.

Rule franchit le seuil.

— Cela ne m'a pas dérangé. J'étais justement en train d'examiner les modifications sur lesquelles vous m'aviez demandé de réfléchir.

Griffin, âgé d'une quarantaine d'années et presque aussi grand que Rule, était solidement bâti, avec des cheveux bruns aux reflets roux. Il se dirigea vers des portes en acajou, qu'il fit coulisser. Elles dissimulaient un buffet contenant des bouteilles d'alcools de prix et des carafes en cristal taillé, posées sur des plateaux en argent étincelants.

— Alors, que pensez-vous des nouveaux dessins ? demanda-t-il, en saisissant deux verres en cristal qu'il posa sur le buffet.

— Je suis d'accord avec vos conclusions. Je crois que le canon lisse finira par être définitivement remplacé par le canon rayé. Ce qui signifie que nous devrions envisager de modifier le pourcentage de chaque type de mousquets que nous produisons.

Griffin sourit, visiblement satisfait, même si Rule avait la nette impression qu'il ne l'avait pas fait venir pour parler affaires.

— Un whisky ?

Il désigna une carafe pleine d'un liquide brun doré.

— Ou peut-être souhaitez-vous autre chose ?

Rule préférait le cognac, qui était moins fort, mais les Américains semblaient apprécier les boissons corsées, et il avait fini par s'y habituer.

— Le whisky me convient.

Griffin les servit tous les deux et tendit un verre à Rule, qui en but une gorgée. La brûlure de l'alcool atténua un peu sa tension. Pas complètement, cependant. Sans réfléchir, il se passa la main dans ses cheveux noirs ondulés, pour remettre en place des mèches décoiffées par le vent. Ce n'était pas tous les jours que son patron, le riche propriétaire de la manufacture, l'invitait chez lui.

Ce dernier ne le pria pas de s'asseoir, mais le guida vers une fenêtre qui donnait sur le jardin. Bien qu'il soit tôt dans l'année, des fleurs printanières commençaient à poindre, et les allées pavées de briques étaient parfaitement entretenues.

D'un air songeur, Griffin fit tourner son whisky dans son verre.

— Pendant toute la période où vous avez travaillé pour

moi, Rule, vous avez fait un excellent travail. J'ai pris une sage décision en vous engageant.

— Merci, monsieur.

Bien qu'il n'ait que vingt-quatre ans, Rule s'était vu confier des responsabilités importantes. C'était parce qu'il avait fait ses études à Oxford, ce qui semblait impressionner les Américains, mais aussi à cause de son lignage.

Il n'était pas stupide. En tant qu'aristocrate anglais, il avait accès aux sphères les plus élevées de la société, des deux côtés de l'Atlantique ; et être le frère d'un duc lui ouvrait un nombre surprenant de portes. Tout cela ne pouvait que servir sa carrière.

Griffin regarda longuement par la fenêtre. Au loin, une fontaine de marbre projetait des jets d'eau dans le brillant soleil du printemps. Quelque chose dans les manières du quadragénaire semblait contraster avec son dynamisme habituel.

— Je crois que vous avez rencontré ma fille, Violet.

— Oui, monsieur, à plusieurs occasions. Une jeune fille charmante.

— Elle n'a que seize ans, c'est jeune, et elle est un peu garçon manqué. C'est ma faute. Je n'ai pas eu de fils, alors je me suis montré trop indulgent avec elle.

Le regard de Rule suivit celui de son patron, jusqu'à un grand sycomore à droite de la fontaine. Sous les branches, Violet Griffin était assise sur une balançoire et riait en montant de plus en plus haut, sa large jupe et ses jupons gonflant autour de ses chevilles gainées de bas. Elle avait un visage en forme de cœur, une silhouette de jeune garçon et des cheveux aux reflets cuivrés.

— Comme je le disais, elle est encore jeune, mais elle ressemble beaucoup à sa mère — Dieu ait son âme —, et je crois qu'en temps voulu elle deviendra une vraie beauté.

— J'en suis convaincu.

Rule but une gorgée de whisky, incapable de se représenter l'adolescente dégingandée, une fois devenue adulte, et se demandant où son patron voulait en venir.

Griffin se tourna vers lui et le regarda fixement.

— Hélas, je ne serai pas là pour assister à cette transformation.

Rule releva vivement la tête.

— Monsieur ?

— Je suis mourant, Rule. J'ai consulté bon nombre de médecins, et ils sont tous d'accord. Je me meurs, et ils ne peuvent rien y faire.

Rule en eut le souffle coupé. Pour la première fois, il nota le teint légèrement jaunâtre de Griffin, les cernes mauves sous ses yeux. Il déglutit.

— De… de quoi souffrez-vous, monsieur ? Quelle sorte de maladie avez-vous ?

Les yeux de son patron étaient ternes. Il secoua la tête.

— Un problème au niveau du foie. Je suis condamné.

La poitrine de Rule était contractée, et il avait du mal à respirer. Howard Griffin était l'un des hommes les plus dynamiques qu'il avait rencontrés. Une aura de pouvoir et d'autorité semblait le nimber, partout où il allait. Ils ne se connaissaient pas bien, mais il avait un immense respect pour lui.

— Je suis désolé, monsieur. Je ne sais qu'ajouter. Ces médecins sont-ils sûrs de leur diagnostic ?

— J'en ai bien peur, oui, et même si j'aimerais prétendre qu'il en est autrement, il est temps que j'accepte les faits, et que je prépare l'avenir en conséquence.

Rule se raidit.

— Si vous avez besoin de quoi que ce soit pour vous aider, vous savez que vous pouvez compter sur moi.

Griffin eut un léger sourire de satisfaction.

— C'est ce que j'espérais vous entendre dire.

Il se tourna vers la fenêtre.

— Même si je doute que la demande que je vais vous faire ressemble de près ou de loin à ce que vous pourriez imaginer.

Rule garda le silence.

— Quoi que le sort me réserve, mon principal souci, c'est

le bien-être de ma fille. J'ai besoin de la savoir en sécurité. Je dois être certain que l'on s'occupera bien d'elle, et qu'elle aura le genre de foyer qu'une femme peut espérer. Bref, il faut que je lui trouve un époux.

L'estomac de Rule se contracta. Howard Griffin ne pensait quand même pas à lui, pour convoler avec sa fille ?

— Elle vous aime bien, Rule. De fait, je crois même qu'elle a une sorte de béguin d'écolière pour vous.

— Vous ne songez pas…

— En vérité, si, mais ne soyez pas si horrifié. Ce que je vais vous proposer n'est pas ce que vous imaginez.

— Sachez que je comprends votre inquiétude, monsieur Griffin, mais, comme vous le disiez vous-même, votre fille n'a que seize ans.

— Et cependant, c'est mon devoir de père de préparer son avenir, de m'assurer qu'elle fasse un bon mariage, qu'elle soit heureuse et entourée de soins. Si j'avais plus de temps, bien sûr, les choses se passeraient autrement. Malheureusement, le temps est précisement ce qui me manque.

Rule pouvait deviner ce qu'il ressentait. Il avait une fille qu'il chérissait, et qu'il ne verrait jamais devenir femme.

— Je comprends votre dilemme, monsieur, mais je crains…

— Mes choix sont limités, Rule. Il faut que je prenne des dispositions pour sa vie de femme, même si, par certains côtés, elle est encore une enfant. Raison pour laquelle je demanderai à son futur époux d'attendre qu'elle soit plus âgée, pour consommer le mariage. Elle devra avoir au moins dix-huit ans.

Rule secoua la tête avec véhémence.

— Je suis désolé, monsieur. Bien que je vous respecte grandement, si vous me demandez d'épouser votre fille, je crains de devoir…

— Avant de me donner votre réponse, écoutez-moi jusqu'au bout.

Cet homme était mourant. Le moins que Rule puisse faire, c'était d'être assez poli pour l'écouter.

Mais une chose était sûre : il avait beau admirer Howard

Griffin, il n'allait certainement pas se marier, et sûrement pas avec une adolescente de seize ans.

Il fit un bref signe de tête.

— Si nous nous asseyions, que je puisse vous expliquer ma proposition ? Peut-être que, lorsque j'aurai fini, vous ne me regarderez plus comme si j'avais déjà complètement perdu la tête.

Rule parvint à sourire. Sapristi, il aimait vraiment bien cet homme. Il détestait l'idée qu'il doive mourir aussi jeune.

Et il regrettait d'être obligé de ne pas répondre à sa requête.

Violet Griffin était assise dans sa chambre, sur un riche canapé en velours mordoré, près de sa cousine et meilleure amie, Caroline Lockhart. Les yeux rougis par les pleurs, elle se moucha dans un tissu en dentelle et essuya les larmes qui coulaient sur ses joues.

— Je n'arrive toujours pas à le croire…

— Ce n'est pas juste ! s'exclama Caroline. Tu as déjà perdu ta mère. Tu ne mérites pas de perdre ton père, aussi.

Violet renifla et essuya de nouveau ses larmes. Elle pleurait depuis des jours, depuis que son père l'avait appelée dans son bureau et informée de la terrible vérité. Dans moins d'un an, il serait mort.

— Papa dit que la vie n'est jamais juste.

— Je suppose que non, mais elle devrait l'être.

Violet leva les yeux vers sa compagne.

— Pa… papa veut que je me marie. Il dit que c'est la seule façon pour lui de mourir en paix.

Caroline écarquilla ses yeux bleu pâle. Elle était blonde, avec le teint clair, et un peu plus grande que Violet. Remuant sur le canapé, elle fit bruisser la jupe de sa robe de taffetas rose.

— Juste Ciel, tu n'as que seize ans !

— Cela n'a pas d'importance.

Caroline se mordit la lèvre.

— Alors, qui veut-il que tu épouses ?

— L'Anglais, Rule Dewar. Tu te souviens de lui. Il est

venu dîner ici plusieurs fois, et même déjeuner, une fois. Tu l'as rencontré au déjeuner.

Caroline eut une expression rêveuse.

— Je n'aurais certainement pas pu l'oublier. Je n'ai jamais vu plus bel homme de ma vie.

Violet hocha la tête.

— C'est aussi ce que j'ai pensé, la première fois que je l'ai vu. Il a les yeux bleus les plus étonnants du monde, et ses cheveux sont si noirs qu'ils ont des reflets bleutés.

Elle baissa les yeux sur ses genoux, puis les releva.

— Penses-tu que je devrais l'épouser ? Papa veut que mon avenir soit assuré avant… avant…

— Ton père t'aime beaucoup, dit doucement Caroline.

— Je sais.

Violet tamponna une larme qui roulait sur sa joue.

— Alors, est-ce que je dois l'épouser ? Papa a toujours exigé si peu de moi ! Et puis cela lui ferait tellement plaisir…

— Penses-tu… Est-ce que Rule souhaite t'épouser ?

— Je l'ignore. Papa dit que oui.

— C'est un drôle de nom, Rule. D'où vient-il, à ton avis ?

— D'après papa, c'était le nom de son arrière-grand-père du côté maternel, ou quelque chose comme ça. Il dit que Rule et lui sont parvenus à un accord financier qui nous profiterait à tous les deux. Et que Rule ne serait pas vraiment… ne deviendrait pas réellement mon mari avant que j'aie au moins dix-huit ans.

Caroline acquiesça.

— Tu veux dire qu'il n'exercera pas ses droits conjugaux avant que tu ne sois assez âgée pour cela.

— Je suppose.

Violet tordit le mouchoir humide entre ses mains.

— Dans l'intervalle, il vivra à Londres, et dirigera l'usine que nous avons là-bas.

Caroline lissa sa robe d'un air songeur.

— Alors, veux-tu l'épouser ?

Violet secoua la tête.

— Je ne veux épouser personne. Pas encore, en tout

cas. Mais si je suis obligée de me marier… eh bien, je suppose que c'est Rule que je choisirais.

Caroline eut un large sourire.

— Tu imagines ? C'est le frère d'un duc ! Si tu l'épouses, tu feras l'envie de toutes les filles de Broadmoor.

L'Académie pour demoiselles de Mme Broadmoor, qu'elles fréquentaient toutes deux, était l'institution la plus distinguée de Boston, et permettait aux jeunes filles d'apprendre les bonnes manières. Violet n'aimait pas beaucoup cet endroit. Elle préférait une autre sorte d'éducation, celle que son père lui avait donnée : les mathématiques et l'histoire, la science et la géographie, le français, le latin et le grec. Mais elle était déterminée à devenir la demoiselle distinguée que son père avait toujours voulu qu'elle soit, alors elle suivait aussi avec application ses études à l'Académie.

Des larmes envahirent ses yeux. A présent, peu importait qu'elle sorte ou non première de sa classe. Son père ne le saurait jamais.

Elle prit une inspiration tremblante. Qu'il le sache ou non n'avait pas d'importance. Elle le saurait, elle. Et pouvoir faire plaisir à son père, alors qu'il en était encore temps, était tout ce qui comptait pour l'instant.

Elle prit donc sa décision.

— Je vais le faire, Carrie. Je vais épouser Rule Dewar.

Caroline gloussa comme une petite fille, s'approcha d'elle et la prit dans ses bras.

— Tu vas te marier ! Je peux à peine le croire !

Violet baissa les yeux sur son mouchoir et déglutit, la gorge serrée.

— Moi aussi, j'ai du mal à le croire.

Deux semaines s'écoulèrent, mais il sembla à Rule qu'elles n'avaient duré qu'un clin d'œil. On était samedi. C'était une chaude journée de printemps, ce qu'il s'efforçait de voir comme un bon signe. Debout dans les vastes jardins de la demeure des Griffin, devant un autel surmonté d'un arceau couvert de fleurs, il fixait la future Mme Rule Dewar, qui remontait l'allée.

Elle avait exactement l'air de ce qu'elle était : une naïve jeune fille qui n'avait pas encore quitté les bancs de l'école. Même dans sa splendide robe de mariée, faite de plusieurs épaisseurs de dentelle blanche, elle ressemblait à un garçon manqué. Elle n'était guère prête pour le mariage, et ce n'était certainement pas le genre de femme que Rule aurait choisie.

En vérité, le mariage était la dernière chose qu'il souhaitait.

Mais Howard Griffin s'était montré plus que persuasif, et le marché qu'il avait proposé dépassait tout ce dont Rule aurait pu rêver. Après la mort du magnat, et une fois que le mariage serait consommé, il hériterait de la moitié de la fortune de son beau-père, et deviendrait propriétaire de la moitié des Manufactures Griffin. L'autre moitié appartiendrait à Violet, sa future épouse.

Les lois n'étaient pas les mêmes en Amérique qu'en Angleterre, et la fortune que conservait son épouse ne serait jamais dans les mains de son mari ; mais, ensemble, ils représenteraient une véritable puissance dans le monde financier.

Il y avait un autre avantage à l'affaire. En plus de l'argent, et de la gestion d'une entreprise extrêmement prospère, Rule réaliserait le plus grand souhait de son père. Le défunt duc de Bransford était convaincu qu'une alliance avec les Américains assurerait l'avenir de la famille Dewar, dans le siècle à venir, et Rule avait promis d'y pourvoir.

Ce mariage et cette entreprise implantée des deux côtés de l'Atlantique seraient certainement un moyen satisfaisant d'y parvenir.

Il parcourut du regard les quelques rangées de sièges occupées par les amis et la famille de Griffin. C'était une assemblée intime, qui aurait été beaucoup plus spectaculaire si Violet avait été plus âgée, et si ce mariage n'avait pas été une affaire précipitée, un pur moyen d'atteindre un objectif.

Il se demanda combien de personnes présentes connaissaient les circonstances de cette union, et se dit que Griff, comme il était censé l'appeler maintenant, avait probablement parlé à la plupart des invités et expliqué la situation. La majorité compatissait sans doute pour ce père mourant cherchant à assurer l'avenir de sa fille unique, et devait appuyer sa décision.

Au bout de l'allée, Griffin offrit son bras à sa fille, et Violet posa une main gantée de blanc sur la manche de sa jaquette noire à revers en satin. Elle était encore plus menue que Rule ne l'avait imaginé, et il avait remarqué plus tôt que ses yeux étaient d'un joli vert émeraude. Lorsqu'il avait formulé sa demande, très galamment, le genou à terre dans le salon, il avait remarqué qu'elle avait des taches de rousseur sur le nez.

Elle était à peine sortie de l'enfance, et une partie de lui se rebellait à l'idée de faire d'elle sa femme, ne fût-ce que de nom. Il avait envie de partir en courant et d'embarquer sur le navire le plus rapide qu'il pourrait trouver, pour rentrer en Angleterre. Mais les dés étaient jetés. L'avenir avait été mis sous son nez, comme un plat à l'odeur alléchante, et il avait été incapable de résister.

Une fois la cérémonie terminée, il serait en passe de devenir extrêmement riche, un jour. Avant cela, et jusqu'au décès de son beau-père, il serait employé avec un confortable salaire comme directeur de la filiale londonienne des Manufactures Griffin, et pourrait vivre en menant grand train.

L'orgue commença à jouer la marche nuptiale, ramenant l'attention de Rule au moment présent. Marchant à côté de son père, Violet afficha un sourire crispé, et s'engagea dans l'allée pour le rejoindre. Rule se rappela qu'il ne serait pas vraiment un époux avant plusieurs années au moins.

Il arbora un sourire qui paraissait sincère, du moins l'espéra-t-il, songea à l'avenir qu'il s'assurait, à la promesse faite à son père qu'il réalisait ainsi, et se prépara à recevoir sa fiancée.

Violet s'efforça de sourire en remontant l'allée. Seule la famille proche et quelques amis intimes étaient présents. C'était bien suffisant. Elle ne souhaitait qu'une chose, c'était que cette journée prenne fin. Le lendemain, Rule embarquerait pour Londres, et sa vie reprendrait son cours normal. Au moins pendant quelque temps.

Elle refusa de penser aux mois à venir et au terrible sort qui attendait son père, et concentra toute son attention sur l'homme qu'elle allait épouser. Rule lui adressa un sourire encourageant, et son cœur se mit à tambouriner dans sa poitrine. Juste Ciel, ce qu'il était beau ! Elle n'avait jamais vu un homme avec des yeux si bleus, bordés d'épais cils noirs. Elle n'avait jamais vu de si belles lèvres, pleines et agréablement incurvées. Des sourcils noirs bien dessinés formaient un arc parfait au-dessus de ses yeux magnifiques. Son nez était droit et son sourire révélait des dents blanches, régulières et impeccables.

Lorsqu'elle arriva près de lui, il prit sa main tremblante dans la sienne, grande et chaude, et son sourire s'élargit, creusant des fossettes dans ses joues. Doux Jésus, elle n'avait jamais vu un aussi beau visage.

Et il allait devenir son mari !

Cette pensée la fit légèrement vaciller. Tandis que son père la remettait à Rule, elle raidit le dos et se dit qu'elle accomplissait là le souhait de son père, c'était tout. Mais au fond d'elle-même, elle avait un peu peur de ce qu'elle était en train d'accomplir.

Pendant de longues minutes, elle resta figée, tandis que le pasteur procédait à la cérémonie. Rule répéta ses vœux, elle, les siens, puis ce fut terminé. Il se pencha pour l'embrasser sur la joue.

Violet réprima sa déception. Elle n'avait jamais été embrassée pour de bon. Ne méritait-elle pas un vrai baiser, de la part de l'homme qui était son époux ?

— Eh bien, madame Dewar, murmura-t-il, et son souffle chaud lui donna la chair de poule. Quel effet cela fait-il d'être mariée ?

Elle leva les yeux vers lui.

— Jusqu'ici, je n'en ai aucune idée. Et vous ?

Rule se mit à rire, d'un rire profond et mélodieux.

Naturellement, son rire était parfait, comme le reste de sa personne.

— Vous avez raison, je n'en ai aucune idée non plus. Je ne me sens absolument pas différent.

— Cela prend peut-être quelque temps.

Il sourit et parut se détendre.

— Peut-être bien.

Elle adorait son accent. Il allait si bien avec ses habits impeccablement coupés, ses coûteuses chaussures en cuir et son écharpe immaculée.

— Je crois que votre famille a prévu un repas de noces. Maintenant que le pire est passé, nous pourrons peut-être manger quelque chose.

Violet rit. Elle ne s'était pas attendue à ce qu'il la fasse rire. Cela le rendait moins intimidant, plus accessible.

— Je meurs de faim. Je n'ai rien pu avaler, ce matin.

Il sourit.

— Moi, pareil.

Il continua à sourire. *Cet homme magnifique est-il vraiment mon mari ?* se demanda Violet. Mais, lorsqu'il prit sa main et la posa sur la manche de sa veste, elle sut que c'était vrai.

Se frayant un chemin au milieu des gens qui les complimentaient, ils quittèrent le jardin pour entrer dans la maison. Rule la garda tout près de lui, et elle apprécia ses efforts pour jouer le rôle de l'époux attentif. Tandis que l'après-midi s'écoulait, elle se dit que tout irait bien. Que le jugement de son père avait été bon, une fois de plus.

Les heures lui parurent interminables mais, finalement, les invités s'en allèrent. Seuls restèrent Rule, son père, ainsi que sa tante Harriet, la sœur de sa mère. Alors qu'elle se tenait à côté de Rule, une vague d'épuisement la submergea, et elle chancela un peu.

— Allez-vous bien ? demanda Rule, en posant la main sur sa taille.

Elle parvint à sourire.

— Oui, ça va. Un peu fatiguée, peut-être.

Il jeta un coup d'œil à la pendule posée sur la cheminée en marbre du salon.

— Les autres sont partis, et je crains de devoir partir aussi. J'ai mes bagages à finir avant de rejoindre le bateau.

Violet se sentit triste et soulagée à la fois.

Elle était mariée, et son mari s'en allait. Elle ne savait même pas quand elle le reverrait.

D'un autre côté, elle n'était pas prête à être une épouse, et elle ne savait pas combien de temps il lui faudrait pour l'être.

— Nous allons vous accompagner jusqu'à votre voiture, dit son père, et le petit groupe sortit sur la large véranda.

— Faites bon voyage, dit Violet, en se demandant quelle sorte d'adieux convenaient à des circonstances aussi particulières.

Rule s'inclina sur sa main, y pressa légèrement ses lèvres, et elle sentit son souffle chaud à travers son gant.

— Au revoir, Violet.

Elle le regarda descendre les marches et monter dans sa voiture, puis disparaître comme s'il n'avait jamais été là.

La main de son père se posa doucement sur son épaule.

— Il sera un bon époux pour toi, ma chérie. Il m'a donné sa parole qu'il veillera à tous tes besoins.

Elle hocha simplement la tête. *Et l'amour ?* pensa-t-elle. Ce mot ne lui était pas venu à l'esprit, jusqu'à cet instant, et n'avait certainement pas fait partie de ses conversations avec son père. L'amour n'était pas un ingrédient nécessaire du mariage, elle le savait, et pourtant…

Pour quelque étrange raison, lorsqu'elle vit partir la voiture de Rule, sa gorge se serra.

— Rule sera un très bon époux pour toi, insista son père. Quand le moment viendra.

— Je… j'en suis sûre.

Elle regarda la voiture disparaître entre les imposantes grilles en fer qui arboraient le grand emblème doré de la famille — un griffon, avec un corps de lion et des ailes d'aigle — et elle se sentit étrangement déprimée.

— Rentre, ma douce, lui dit sa tante Harriet, une femme

aux cheveux argentés d'une cinquantaine d'années, qui s'était toujours montrée d'une loyauté inébranlable envers Violet et son père. Tu dois être fatiguée, après une journée aussi éprouvante.

Violet acquiesça d'un signe de tête. Elle se sentait épuisée et curieusement frustrée. Elle avait un mari qui n'était pas là, et bientôt son père la quitterait aussi.

Tandis qu'ils traversaient le porche et rentraient dans la maison, Violet s'accrocha au bras de son père, luttant pour ne pas pleurer.

1

Londres, Angleterre
Trois ans plus tard

— Rule, comme c'est gentil à vous d'être venu !

Son hôtesse pour la soirée, lady Annabelle Greer, traversa d'un pas léger la salle de bal richement décorée de la maison de ville qu'elle partageait avec son mari, Travis.

— Et je vois que vous avez amené Lucas avec vous.

Son regard se porta vers le meilleur ami de Rule, Lucas Barclay, qui conversait au loin avec une délicieuse jeune veuve qu'il venait de rencontrer. Rule et Luke avaient fait leurs études ensemble à Oxford. En outre, ils étaient en quelque sorte apparentés. Le frère aîné de Rule, Royal, duc de Bransford, était marié à une cousine de Luke.

Rule ramena son attention sur son hôtesse.

— C'est bon de vous voir, milady.

Avec ses cheveux châtain clair et ses yeux bleus limpides, Annabelle Townsend Greer était une très belle femme, qui approchait de la trentaine et était mère de trois enfants.

— Je suis surprise que vous soyez venu. D'ordinaire, vous êtes trop occupé à travailler.

Elle lui tapota l'épaule de son éventail peint.

— Ne savez-vous pas qu'il est tout à fait inconvenant, pour un membre de l'aristocratie, de travailler pour gagner de l'argent comme un roturier ?

Elle eut un grand sourire.

— Mais, après tout, aucun des Dewar ne s'est jamais soucié des convenances.

Rule lui rendit son sourire.

— Je pourrais en dire autant de vous, milady.

Il se souvenait encore des rumeurs qu'il avait entendues à son sujet. Sa liaison torride avec Travis Greer, un ancien lieutenant de la cavalerie britannique, célibataire endurci et meilleur ami de son frère Reese, avait fini par aboutir à un mariage. Anna éclata de rire.

— Je reconnais que j'ai pu me montrer assez inconvenante. Mais pas récemment.

Rule sourit.

— Non, pas depuis que votre époux a eu le courage de s'occuper de vous.

Elle sourit à cette remarque ironique. En vérité, c'était le contraire : elle menait son mari par le bout du nez. Travis vint vers eux à ce moment-là. C'était un homme bien bâti, aux cheveux cendrés et aux petites lunettes dorées, visiblement très amoureux de sa femme. Journaliste respecté au *London Times,* il écrivait des articles sur les guerres que le pays menait ici ou là.

La manche vide de sa jaquette attestait du prix qu'il avait payé pour défendre le royaume, quand il se trouvait encore dans la cavalerie, en compagnie de Reese.

— Content de vous voir, Rule.

Travis parcourut du regard la salle de bal, dont les miroirs en pied reflétaient l'image de dizaines d'hommes et de femmes élégamment vêtus.

— Alors, laquelle de ces charmantes dames a réussi à attirer votre attention ? J'ai entendu dire que vous avez mis fin à votre… relation avec la belle et intrigante lady Saint-Ives.

Rule but une gorgée de champagne.

— Les nouvelles vont vite.

— Je suppose que vous êtes de nouveau en chasse.

Rule était en effet en quête d'une nouvelle maîtresse. Il s'était lassé d'Evelyn Dreyer, vicomtesse Saint-Ives, et avait coupé court à leur liaison quelques semaines plus tôt. Ce n'était pas la faute d'Evie, il le savait. Depuis un certain temps, il se sentait tourmenté et s'ennuyait, cherchant quelque chose sans savoir exactement quoi.

Travis détourna le regard et parcourut de nouveau des yeux la salle de bal.

— Ou bien se pourrait-il que vous soyez finalement à la recherche d'une épouse ?

Rule faillit recracher son champagne. Il secoua la tête.

— Je ne cherche absolument pas une épouse. Du moins, pas pour le moment.

Personne à Londres ne savait qu'il était marié. Même pas sa famille. Il faudrait le leur dire, bien sûr, et sans tarder. Il aurait déjà dû le faire depuis longtemps. Mais cela rendrait la chose un peu trop réelle. Cela le forcerait à admettre qu'il était plus que temps qu'il fasse son devoir, qu'il aille à Boston, et qu'il ramène sa femme.

A cette pensée, il s'excusa et se dirigea vers le buffet, pour y trouver quelque chose de plus fort que du champagne.

Luke le rejoignit.

— Les gens commencent à partir. Si nous allions au club ? Ou alors, on pourrait faire un tour chez Crockford's, et jouer un peu.

Luke était presque aussi grand que Rule, avec des cheveux bruns et des yeux acérés. Une cicatrice en travers du sourcil droit lui donnait un air canaille que les femmes semblaient apprécier.

— Ou encore, si vous êtes *en forme*, on pourrait faire une halte chez Madame Lafon.

Luke eut un sourire lascif, mais Rule secoua la tête.

Fut un temps où l'élégant lupanar avait été l'une de ses manières préférées de passer la soirée. Mais, depuis peu, l'idée de coucher avec l'une de ces belles courtisanes ne l'attirait guère.

— Pourquoi pas Crockford's ? dit-il. J'ai de la chance, en ce moment. Peut-être durera-t-elle.

Luke sourit.

— Va pour Crockford's.

La seule chose que Rule n'était pas prêt à faire, c'était de rentrer chez lui. Sa conscience ne cessait de le tourmenter, quand il était seul. Il pensait à l'argent que Griff lui avait laissé à sa mort, aux investissements juteux qu'il avait réalisés avec son salaire somptueux, et à la promesse qu'il avait faite. Même s'il se tenait informé de ce que devenait Violet grâce à sa tante, Harriet Ardmore, il n'était pas retourné la voir depuis leur mariage.

Il avait prévu d'être à ses côtés quand son père mourrait, mais Griff s'était éteint sans prévenir, ne laissant pas le temps à Rule de faire la traversée de Londres à Boston, qui durait un mois. Il avait envoyé une lettre à Violet, bien sûr, exprimant ses condoléances, et il prenait soin de lui écrire un court billet au moins une fois tous les deux mois.

Mais ce n'était pas la même chose que d'assumer son rôle d'époux.

Lorsqu'il quitta la salle de bal et goûta l'air frais de la nuit, il se dit qu'il était temps qu'il tienne parole. D'ici une semaine ou deux, se promit-il, il réserverait un billet pour Boston. Il était grand temps qu'il aille chercher sa femme.

Il se mit à marcher, ignorant les contractions de son estomac.

Violet descendit du clipper *Le Courageux,* heureuse de remettre le pied sur la terre ferme. Enfin, elle était à Londres. Elle serra les doigts sur le réticule accroché à son poignet et regarda autour d'elle. Les quais bourdonnaient d'activité : des dockers déchargeaient des marchandises, des passagers débarquaient d'une longue rangée de bateaux alignés le long du quai, des marchands ambulants vantaient leurs articles à un troupeau de nouveaux venus sans méfiance.

Des mouettes criaient dans le ciel, et leurs cris éraillés se mêlaient au tintement des gréements. Violet s'était tellement habituée à ces bruits qu'elle les remarquait à peine.

— N'est-ce pas terriblement excitant ?

Sa cousine Caroline se hâta de la rejoindre, suivie par Mme Cummins, une dame aux références impeccables qui avait été payée pour leur servir de compagne de voyage.

— C'est très différent de ce que j'avais imaginé, dit Violet, levant les yeux vers la ligne de l'horizon, hérissée de hautes flèches d'églises et d'un amas de toits surmontés de cheminées. Tout semble plus vieux que ce que j'imaginais, mais cela ne rend la vue que plus charmante.

Pourtant, le quartier qui s'étendait autour des quais n'était guère reluisant. Les bâtiments étaient délabrés et, à part les voyageurs, la plupart des gens portaient des haillons.

— Je vais appeler une voiture, indiqua Mme Cummins, une femme massive aux cheveux gris fer.

Elles se sépareraient bientôt, dès que Violet serait arrivée à la résidence de son mari.

Son mari. Ces mots avaient un goût amer dans sa bouche. Elle n'avait pas revu Rule Dewar depuis leur mariage, trois ans plus tôt.

Oh ! il avait bien envoyé un billet, de temps à autre. Mais il n'avait visiblement pas l'intention de remplir ses devoirs envers sa femme.

Et Violet en était ravie.

Elle était si jeune quand elle l'avait rencontré ! Jeune, et impressionnée par sa belle apparence. Et puis, à l'époque, elle avait du chagrin pour son père malade. Il voulait qu'elle se marie, et elle aurait fait n'importe quoi pour le satisfaire — même épouser un homme qu'elle ne connaissait pas.

— Voilà, jeunes filles, nous avons ce qu'il nous faut.

Mme Cummins les conduisit vers une voiture brinquebalante, tirée par deux chevaux bais à l'air fatigué. Le cocher leva son chapeau, sauta à bas de son banc et se mit à charger leurs malles à l'arrière du véhicule.

La dame de compagnie surveilla le chargement d'un œil avisé. C'est elle qui avait accompagné les deux jeunes femmes car la tante Harriet se sentait mal à la seule idée de devoir passer quatre longues semaines en mer.

Ce changement convenait à Violet, qui avait surtout vécu

seule, depuis la mort de son père. Cherchant à remplir ses journées autrement qu'avec de la tristesse et du chagrin, elle avait commencé à s'intéresser à la manufacture d'armements de Boston.

En grandissant, déjà, elle y avait passé beaucoup de temps, apprenant à comprendre la fabrication des pistolets et des mousquets, appréciant ces heures en compagnie de son père, et jouant le rôle du fils qu'il n'avait pas eu.

— Venez, jeunes filles, leur lança Mme Cummins. Montons. Ce n'est pas un endroit où il fait bon traîner.

Le cocher tint la portière ouverte et attendit qu'elles grimpent dans l'habitacle en cuir usé. Violet s'installa sur la banquette, arrangea sa sévère robe de voyage bleu marine et resserra les rubans de son bonnet sous son menton. Ses pensées restaient fixées sur son père.

Au début, il avait eu peur qu'un intérêt marqué pour les affaires ne soit pas très convenable, pour une demoiselle, mais très vite il était apparu que gagner de l'argent excitait beaucoup plus Violet que de jouer le rôle d'une héritière riche et choyée.

Puis, six mois après le décès de son père, M. Haskell, le directeur de l'usine de Boston, était soudain tombé malade et avait été forcé de se retirer. Tante Harriet avait presque fait une attaque d'apoplexie quand Violet lui avait dit qu'elle projetait de le remplacer, mais la jeune femme lui avait assuré que personne ne le saurait, et finalement sa tante s'était pliée à sa volonté.

La voix inquiète de Mme Cummins attira son attention.

— Juste Ciel, où est passée cette adresse ?

Elle fouillait frénétiquement dans son réticule.

— Je n'arrive pas à retrouver ce papier.

— Numéro 6, Portman Square, lui dit Violet, qui connaissait l'adresse par cœur.

Elle était imprimée en lettres dorées en haut du papier à lettre de Rule, sur les rares missives qu'elle avait reçues, ces trois dernières années.

Mme Cummins frappa au plafond de la voiture.

— Cocher, avez-vous entendu ?

— Oui, madame. 6, Portman Square. Ce n'est pas tout près, mais je vais vous y amener.

— J'espère que ce ne sera pas trop long, dit Caroline avec un soupir fatigué. Je suis plus que prête à ôter mes chaussures et à reposer mes pieds un moment.

Comme Violet, Caroline avait dix-neuf ans. Ce n'était pas leur seul point commun. Toutes deux avaient un peu trop de franc-parler et étaient enclines à faire ce qui leur plaisait ; mais Violet était plus habile à déguiser sa nature que sa cousine, qui ne se souciait guère de ce que les gens pensaient d'elle.

Elle regarda par la fenêtre, vérifiant la position du soleil. L'après-midi touchait à sa fin, et toutes trois étaient fatiguées. Tout comme Caroline, Violet était impatiente d'arriver à destination.

Ses pensées revinrent à l'homme qu'elle avait épousé, et la colère l'envahit. Rule Dewar avait eu le toupet de l'épouser, puis de la laisser complètement à elle-même. Il avait donné sa parole à son père, promis qu'il pourvoirait à ses besoins, et même si elle avait beaucoup d'argent, et suffisamment de domestiques pour tenir sa demeure, ce n'était pas du tout ce que son père avait prévu.

Et ce n'était certainement pas ce qu'elle souhaitait, non plus. Elle voulait un mari qui l'aime, un homme sur qui elle pouvait compter. Elle voulait une famille et des enfants. Rule Dewar l'avait prise pour une sotte. Cela ne se reproduirait plus.

Un petit sourire amer se peignit sur ses lèvres. Rule n'aurait que ce qu'il méritait. Certes, il garderait l'argent que son père lui avait laissé à sa mort ; mais il perdrait sa part dans les Manufactures Griffin.

Violet avait hâte de voir l'expression de son beau visage quand elle lui annoncerait qu'elle était là pour faire annuler leur mariage.

Le trajet sembla durer un temps infini, mais Violet et ses compagnes finirent par arriver à la résidence londonienne de Rule, une maison en briques étroite, de trois étages, avec un toit en ardoise. Elle se trouvait prise dans une rangée de demeures similaires, qui bordaient un petit square rempli de fleurs aux couleurs vives, et ceint d'une grille ouvragée en fer forgé. Visiblement, il s'agissait d'un beau quartier, digne de la position de Rule, frère d'un duc.

Cette pensée l'irrita. Comme il était ridicule d'épouser un homme pour son noble lignage. Après tout, Rule Dewar n'avait même pas eu l'honnêteté de tenir parole !

Ce n'était pas comme Jeffrey, se dit-elle, et une image avenante lui traversa soudain l'esprit. Des cheveux blonds, de chauds yeux bruns, un beau sourire sincère. Jeffrey Burnett avait vingt-huit ans, neuf de plus qu'elle, et c'était un homme riche, qu'elle avait rencontré six mois plus tôt dans une soirée, chez une amie de tante Harriet. Jeffrey était avoué, et travaillait beaucoup dans les transports maritimes. Comme la manufacture expédiait des armements dans le monde entier, ils avaient vite trouvé un sujet de conversation.

Ils étaient devenus amis, et Violet avait fini par lui révéler la vérité sur son mariage précipité. Quelques semaines plus tard, Jeffrey lui avait fait part de son fort attachement pour elle, et de son désir de faire d'elle sa femme.

Bien sûr, tout cela était encore hypothétique.

Elle devait d'abord obtenir une annulation de mariage. Cela rendrait réalisable le deuxième objectif de ce si long voyage.

Elle voulait vendre les Manufactures Griffin.

Le cocher quitta son banc et ouvrit la portière, la ramenant à l'instant présent.

— Nous sommes arrivés, mesdames.

Mme Cummins lui décocha l'un de ses regards impérieux.

— Vous devrez attendre, monsieur, le temps que je m'assure qu'il s'agit bien de la bonne adresse. Si oui, j'aurai de nouveau besoin de vos services.

— Bien, madame.

Mme Cummins devait laisser là Violet et Caroline, mais le risque existait qu'elles ne soient pas reçues. Violet n'avait aucune idée de la réaction qu'aurait Rule Dewar, quand elle apparaîtrait à sa porte sans avoir été invitée.

Lorsqu'elles arrivèrent en haut des marches en briques, Violet resta anxieusement près de Caroline tandis que Mme Cummins frappait à la porte d'entrée richement ornée. Un petit homme aux cheveux gris, apparemment le majordome, vint ouvrir. Il les regarda d'un air interloqué, comme s'il ne pouvait imaginer ce que ces trois femmes voulaient à son maître.

— Que puis-je faire pour vous ?

Violet prit la parole. Après tout, elle était la femme de Rule.

— Je suis Mme Rule Dewar. Je suis ici pour voir mon mari.

Le majordome fronça ses épais sourcils blancs.

— Je suis désolé, je crains de ne pas comprendre.

— Alors laissez-moi vous expliquer, dit Mme Cummins en projetant sa forte poitrine en avant et en se rapprochant de la porte. Cette jeune femme est Mme Dewar. Elle a traversé l'océan pour voir son mari. Alors allez le chercher, je vous prie, et dites-lui que nous sommes ici.

Le domestique secouait la tête, l'air interloqué, tandis que Violet passait devant lui et entrait dans le vestibule.

— Où est-il ? demanda-t-elle fermement.

Le majordome regarda autour de lui d'un air impuissant, en quête d'assistance, quand les deux autres femmes suivirent Violet à l'intérieur.

— Je crains… Je suis désolé, mais Sa Seigneurie n'est pas chez elle.

Sa Seigneurie ? Violet pensait que c'était son frère qui avait un titre.

— Quand doit-il rentrer ? demanda Caroline, prenant la parole pour la première fois.

— Peu après le souper. Cela pourrait être assez tard. Lord Rule me tient rarement informé des endroits où il se rend.

Violet échangea un regard avec Caroline, dont les yeux s'étaient écarquillés en entendant Rule traité de « lord ».

— Ma cousine et moi aurons besoin d'une chambre

chacune, dit-elle. Veuillez nous montrer nos appartements, s'il vous plaît.

— M… mais je ne peux faire cela !

Violet le fusilla du regard.

— Pourquoi donc ?

— Parce que… parce que je…

— Gardez à l'esprit que je suis l'épouse de *Sa Seigneurie,* et qu'à partir de maintenant vous devrez également m'obéir. Est-ce clair ?

Les yeux pâles du vieil homme s'élargirent. Pendant un long moment, il demeura immobile.

Caroline se pencha vers Violet.

— Il ne semble pas savoir que Rule est marié, chuchota-t-elle.

Violet l'avait remarqué.

— Cela rendra l'annulation d'autant plus facile, chuchota-t-elle en retour. J'attends, ajouta-t-elle plus haut, à l'intention du domestique.

Il s'éclaircit la voix.

— Je vais demander à Mme Digby, la gouvernante, de vous accompagner à l'étage.

Violet se contenta de sourire et se tourna vers leur compagne de voyage.

— Vous avez fait du très bon travail, madame Cummins. Caroline et moi sommes bien arrivées. Votre tâche est donc terminée.

Elle tira de son réticule le billet à ordre qu'elle avait préparé pour le paiement final, une fois qu'elles seraient à Londres.

La dame de compagnie parut incertaine.

— Je ne sais pas… Vous n'avez pas encore parlé à votre époux. Et cet homme ne semble pas savoir qui vous êtes.

Violet se força à sourire.

— Mon mari a toujours été quelqu'un de très secret. Mais vous pouvez être assurée qu'il sera enchanté de me voir.

C'était là un mensonge éhonté.

Mme Cummins tendit la main et prit le billet à ordre d'un geste hésitant.

— Je pourrais rester avec vous quelques jours de plus, si vous voulez.

— Non ! Je veux dire, ce ne sera pas nécessaire. Caroline restera avec moi un moment, le temps que je m'installe. Allez profiter de votre famille. C'est la raison pour laquelle vous êtes venue à Londres, n'est-ce pas ?

Mme Cummins sourit.

— Eh bien, si vous êtes certaine que…

— Je suis tout à fait certaine. Merci encore pour tout.

— Vous avez l'adresse où vous pouvez me trouver, si vous avez besoin de moi.

Violet tapota son réticule.

— Je l'ai là.

— Bon. Je crois que je vais m'en aller. Je suis impatiente de voir ma mère et le reste de ma famille.

Avec un signe de la main et un dernier au revoir, la dame de compagnie sortit du vestibule. Un valet fut envoyé chercher leurs bagages et, quelques minutes plus tard, une femme qui ressemblait beaucoup à Mme Cummins apparut — cheveux gris, forte poitrine, hanches rondes.

— Je suis Mme Digby, milady. Je vais vous montrer vos chambres, à votre cousine et à vous.

Milady ? Apparemment, le mariage avec le frère d'un duc lui donnait droit à un titre, aussi. Juste Ciel, elle n'en avait rien su jusqu'à ce jour.

— Merci.

Leurs bagages furent montés dans leurs chambres. Dès que Violet ferma sa porte, on frappa vivement, et Caroline se précipita à l'intérieur.

— « Milady ! » J'arrive à peine à y croire. Je pensais que c'était le frère de Rule qui avait un titre.

— En effet. Je ne sais pas comment ces choses-là fonctionnent. Rule n'en a jamais rien dit, quand il était à Boston.

— Probablement parce que les Américains n'utilisent pas de titres.

— Je suppose.

— Je me demande où il est.

— Je l'ignore.
Un léger sourire se dessina sur les lèvres de Violet.
— Mais il va certainement avoir une surprise, en rentrant.
Caroline eut un grand sourire.
— Oh ! mon Dieu, oui. Certainement.

2

Rule vida son verre de cognac et le posa sur la table devant lui. Luke et lui avaient fait le tour des événements mondains, puis avaient fini la soirée à jouer aux cartes chez White's, son club. Il était tard, et il avait du travail le lendemain.

Il recula sa chaise.

— Je crains de devoir quitter la partie, messieurs.

Il jeta ses cartes au milieu de la table.

— Il semble que je termine à égalité, ce que je considère comme une victoire, lorsque je joue avec Luke.

Luke rit.

— Alors, vous rentrez chez vous ?

— Je suis exténué. Je vous verrai à la fin de la semaine.

La marquise de Wyhurst donnait un bal, en l'honneur de l'anniversaire de sa fille Sabrina. La rumeur disait qu'elle était déterminée à lui trouver un mari mais, jusqu'à présent, l'élégante blonde avait repoussé tous les prétendants qui avaient osé frapper à sa porte.

Rule soupira, regrettant de devoir s'y rendre. Mais lady Sabrina était une bonne amie des Dewar, et, après tout, c'était son anniversaire.

Il ne comprenait pas très bien pourquoi rester chez lui commençait à lui paraître si attirant.

Il se dirigea vers la porte d'entrée, fit appeler sa voiture et quitta le bâtiment. En s'installant dans l'habitacle, il défit son écharpe, la laissant pendre autour de son cou, retira son col et défit les premiers boutons de sa chemise. Il s'adossa à la banquette, ferma les yeux et somnola un peu.

Le premier bruit qu'il entendit fut le loquet qui se soulevait, et la portière qui s'entrouvrait.

— Nous sommes arrivés, patron, dit le cocher. C'était un homme corpulent à la courte barbe brune, qui se recula pour laisser Rule descendre. Bonne nuit, milord, ajouta-t-il.

Rule mit le pied sur le trottoir.

— Bonne nuit, Bellows.

Laissant le cocher à ses tâches du soir, il se dirigea vers la porte d'entrée. De la lumière brillait aux fenêtres du salon. Hatfield avait sans doute dû laisser une lampe allumée. Le majordome se faisait vieux, mais Rule ne voulait pas le renvoyer. C'était un fidèle employé de la famille depuis de nombreuses années.

Quand il atteignit la porte, il fut surpris de la voir s'ouvrir aussitôt. Hatfield se tenait sur le seuil, ses cheveux gris décoiffés, ses yeux rougis par le manque de sommeil.

— Qu'y a-t-il, Hat ? Je vous avais dit de ne pas m'attendre.

Le domestique se redressa, retrouvant un peu de prestance.

— Vous avez une invitée, milord. Deux, en fait.

Rule fronça les sourcils.

— Une invitée ? Je n'attends personne. Qui est-ce ?

— Votre épouse, milord.

Le silence retomba dans le vestibule.

— Ma… ma femme est ici ?

Hat hocha la tête, écartant les mèches qui tombaient sur son front ridé.

— Oui, milord. Elle est arrivée d'Amérique en fin d'après-midi avec sa cousine, une certaine mademoiselle Caroline Lockhart.

— Je vois.

Bien sûr, il ne voyait rien du tout et tout ce qu'il pouvait penser était : *Bonté divine, que vais-je faire maintenant ?*

— Votre épouse, sir… Elle vous attend.

— Violet… Ma femme m'attend ? Elle est debout, à cette heure ?

— Oui, sir, dans le salon.

Rule se mit à réfléchir à toute vitesse. Violet était à Londres, elle avait traversé l'Atlantique pour venir le trouver. Il se mit à marcher vers le salon, tout à fait réveillé à présent, comme si les effets de l'alcool s'étaient soudain dissipés.

Lorsqu'il entra à grands pas dans la pièce, elle se redressa brusquement, battant des paupières, les yeux brillants, et regarda un instant autour d'elle, comme pour se rappeler où elle se trouvait. Puis elle se leva. La première impression de Rule fut qu'elle était plus petite que dans son souvenir, menue, mais avec de belles formes. En vérité, elle était tout à fait différente de ce dont il se souvenait.

A part sa superbe chevelure cuivrée, dont il n'avait jamais vu la pareille.

Il chercha quelque chose à dire.

— Violet. Je ne puis croire que vous soyez ici.

Elle lui décocha un sourire glacial.

— Il m'a fallu du temps pour atteindre Londres. Mais enfin, me voici.

Il semblait incapable de bouger.

— Vous voilà.

Il réussit à s'avancer, franchissant la distance qui les séparait, tendant les mains pour saisir les siennes. Il remarqua qu'elle ne portait pas de gants, et s'avisa que, à part le baiser du mariage sur sa joue, il n'avait jamais touché sa peau nue.

— Bienvenue à Londres, dit-il. Si j'avais su que vous arriviez, j'aurais prévu un accueil plus convenable.

Violet retira ses mains et le regarda de la tête aux pieds. Soudain, il vint à l'esprit de Rule que son écharpe défaite pendait autour de son cou, que son col manquait, que sa chemise était déboutonnée et ses cheveux légèrement décoiffés.

Violet, de son côté, paraissait… eh bien…

Violet Griffin Dewar était absolument magnifique.

— Cela a dû être une soirée mémorable, dit-elle, ses yeux vert émeraude scrutant sa tenue négligée.

Il s'empourpra comme un écolier.

— Pas vraiment. Je suis passé voir des amis, et j'ai fini par jouer aux cartes à mon club.

— Vous jouez ? J'ignorais que vous étiez joueur.

L'embarras de Rule se dissipa, et une pointe d'irritation le saisit.

— Je joue rarement de l'argent. Je passais simplement le temps.

— Eh bien, vous y êtes certainement parvenu.

Elle jeta un coup d'œil à la pendule, dont les aiguilles indiquaient l'heure tardive.

— J'imagine que vous êtes fatigué, poursuivit-elle. Je vais vous laisser aller vous coucher. Je voulais juste que vous sachiez que j'étais arrivée, et vous dire que j'aimerais vous parler à la première heure demain matin.

— Oui, bien sûr.

Il l'observa longuement. A la lumière dorée de la lampe posée sur la table, il vit qu'en trois ans ses traits s'étaient adoucis, et que sa silhouette anguleuse était devenue très féminine. Ses joues au teint de lait étaient rehaussées d'une touche de rose. Une poitrine voluptueuse se dessinait au-dessus de sa taille fine, son cou était mince et aussi gracieux que ses mains. Ses lèvres étaient plus pleines que dans son souvenir, superbement dessinées, et d'un rose intense.

Violet n'était plus la jeune fille aux allures de garçon manqué qu'elle était à seize ans. Elle avait mûri, et s'était transformée en femme. En une très belle femme. Elle était comme son père l'avait imaginée, voire mieux encore. C'était le genre de femme que n'importe quel homme pouvait souhaiter dans son lit.

Et c'était son épouse.

Une pointe de désir lui traversa les reins. Il se racla la gorge, décidant d'ignorer cette excitation déplacée. Il n'avait pas couché avec une femme depuis des semaines, voilà tout.

— Mes condoléances, pour votre père. C'était un grand homme.

— Merci.

— Je suis vraiment désolé de ne pas avoir été là, quand

vous avez frappé à la porte. Si seulement vous m'aviez prévenu…

— J'ai pris ma décision assez rapidement. Une lettre serait arrivée en même temps que moi.

Elle lui décocha un sourire cinglant.

— En outre, je pensais qu'il serait agréable de vous faire la surprise.

Le sourire de Rule, en réponse, manquait d'assurance.

— Eh bien, vous y êtes parvenue.

Il aurait dû partir pour Boston depuis des mois. Mais, jusqu'à cet instant précis, il n'avait pas considéré son attitude comme un manquement à sa parole. Cette pensée lui était pénible.

Violet leva le menton.

— Je vous verrai demain matin, donc.

Il hocha la tête.

— Je vais demander à Hat de réveiller l'une des femmes de chambre et de vous l'envoyer, pour vous aider à vous dévêtir.

— Hat, je présume, est votre majordome ?

— C'est Hatfield, en fait. Je l'ai toujours appelé Hat.

— Bien sûr.

Rule resta immobile tandis qu'elle rassemblait ses jupes et sortait gracieusement du salon. Lorsqu'elle disparut, il expira longuement.

Sapristi, sa femme était venue à Londres ! Il ne parvenait toujours pas à le croire. Il faudrait qu'il parle à sa famille, qu'il essaye d'expliquer pourquoi il avait tenu son mariage secret, pendant trois ans.

Rule songea à la réaction violente qu'auraient ses deux frères et leur femme — pis encore, sa grand-tante Agatha, la matriarche de la famille —, et il grogna intérieurement.

Violet poussa la porte de sa chambre et trouva Caroline endormie tout habillée sur son lit. Sa cousine se réveilla en sursaut quand elle entra dans la pièce, et lui fit un large sourire.

— Dis-moi ce qui s'est passé. Je ne pourrai pas dormir avant de le savoir !

Violet eut un soupir las. Elle avait à peine dormi, dans le canapé du salon, et sa joute avec Rule l'avait énervée et épuisée.

— Il s'est montré parfait gentleman. Mais il l'a toujours été.

Rule avait accepté son arrivée plus aimablement qu'elle ne l'aurait cru. Oh ! il avait été surpris de la voir — terriblement surpris. Mais il s'était vite ressaisi, et avait joué à l'hôte avenant.

Elle aurait peut-être dû s'y attendre. Ses manières calmes et sophistiquées étaient l'une des choses que son père admirait le plus chez lui.

— A quoi ressemble-t-il ? Est-il toujours aussi beau ?

« Beau » était un mot trop faible pour décrire un homme de l'apparence de Rule.

— Il est beau. Plus que beau, pour être honnête. Il est même plus grand que dans mon souvenir.

— Toujours ces superbes yeux bleus, et ces merveilleuses fossettes ?

— Cette description lui correspond — bien que je n'aie pas vu les fossettes, ce soir. Je ne pense pas qu'il ait trouvé quoi que ce soit d'amusant à mon arrivée à l'improviste.

Caroline eut un grand sourire.

— Eh bien, si tu es toujours décidée à le rejeter, tu pourrais peut-être me le laisser !

Violet éclata de rire.

— Une fois que je serai débarrassée de lui, je me moque de ce qu'il fera.

Caroline haussa un sourcil.

— Tout bien réfléchi, je ne veux pas de tes restes. Je crois que je vais chercher un homme à moi.

Violet réprima un sourire.

— Bonne idée.

Leurs goûts en matière d'hommes avaient toujours été différents.

— Tu lui as dit ? demanda Caroline en s'asseyant au

bord du lit. Tu lui as dit que tu voulais une annulation du mariage ?

Toutes deux étaient encore habillées. Et elles tombaient de sommeil.

— Je préfère dormir et lui parler demain matin.

— Oui, je comprends.

On frappa doucement à la porte.

— Ça doit être la femme de chambre, pour m'aider à me déshabiller. J'ignorais que tu étais encore debout.

— Je suis contente qu'il y ait quelqu'un. Elle pourra nous aider toutes les deux.

Une grande femme d'un peu moins de trente ans, aux cheveux châtains, entra dans la chambre en dissimulant un bâillement derrière sa main.

— Je m'appelle Mary. M'sieur Hatfield m'a envoyée pour vous aider.

— Merci, Mary.

Violet se tourna, présentant son dos, pour que Mary puisse défaire les boutons de sa robe. En quelques minutes, elle fut débarrassée de ses vêtements, enveloppée d'une longue chemise de nuit blanche et bordée sous les couvertures. Caroline lui adressa un signe de la main en quittant la chambre, suivie de Mary, qui allait également l'aider à se préparer pour la nuit.

La porte se referma doucement, et Violet contempla le dais de soie bleue au-dessus du lit d'un air songeur. Epuisée par la tension de la journée, elle glissa vite dans un profond sommeil.

Rule était allongé, éveillé, les yeux fixés sur l'obscurité. Sa femme était là — Violet était à Londres.

Maintenant qu'il s'était remis du choc initial, et que l'idée commençait à s'installer dans son esprit, il éprouvait un curieux soulagement. Sa décision était prise. Il pouvait désormais tenir sa promesse à Howard Griffin.

Griff, en tout cas, avait respecté la sienne.

Violet était aussi belle que son père l'avait prédit, même si sa beauté était inhabituelle. Elle était petite, mais pas menue, et ses yeux verts étaient un peu trop grands pour son ravissant visage en forme de cœur. Ses cheveux couleur de feu étaient étonnants, mais ce n'était pas une couleur à la mode ; et elle avait une assurance qui lui manquait quand elle avait seize ans.

Cela se voyait à la façon dont elle bougeait, à la fermeté de son menton, à la manière dont ses yeux étincelaient, laissant deviner un fort caractère. Et il y avait quelque chose de plus. Une sensualité qui couvait sous la surface, digne d'une personnalité passionnée, songeait-il. Tout cela l'attirait énormément.

Il ne pouvait se rappeler la dernière fois qu'une femme avait autant piqué son intérêt, ou suscité son désir de cette manière.

Peut-être était-ce parce qu'elle était son épouse, la femme qui porterait ses fils et le réconforterait dans sa vieillesse. Peut-être était-ce parce qu'il l'avait épousée sans jamais goûter aux fruits de ce mariage. Elle était une enfant, à l'époque. Elle ne l'était plus maintenant.

Son image lui revint en tête. Violet élégamment vêtue de soie bleu pâle, et délicieusement endormie sur son canapé. Tandis qu'il restait éveillé dans le noir, il s'imagina en train de la porter à l'étage et de la déshabiller, découvrant centimètre après centimètre le trésor caché sous ses habits.

Son corps se contracta, et le sang afflua dans ses reins. Il avait envie de cette femme qu'il avait épousée par devoir et par intérêt.

Il se surprit à sourire. Violet était ici, et elle était sa femme. Alors qu'il cherchait une nouvelle maîtresse, elle était apparue sur le seuil de sa porte, comme par magie.

Il sourit encore dans l'obscurité. Il pourrait bientôt faire valoir ses droits d'époux.

3

Violet s'éveilla lentement et s'assit en se frottant les yeux. Elle jeta un coup d'œil au dais au-dessus de sa tête, aux murs bleu clair, et tenta de se souvenir où elle se trouvait.

Puis tout lui revint d'un coup. Londres. La maison de Rule Dewar. Leur conversation, la nuit dernière.

Elle aperçut Caroline, debout au pied du lit, et regarda vivement l'horloge accrochée au mur.

— Oh ! mon Dieu. Je ne comptais pas dormir si tard.

— Tu étais épuisée. Le voyage a été long, et la soirée aussi, à attendre le retour de ton mari.

Violet se mit à grogner.

— Je déteste quand tu l'appelles ainsi.

Caroline éclata de rire.

— Quoi, il l'est bien, non ? Au moins pour le moment. Allez, debout ! Mary sera ici d'un instant à l'autre pour t'aider à t'habiller, et tu ferais bien de te dépêcher. Il y a une armée de domestiques qui attend en bas de pouvoir saluer la nouvelle lady Dewar.

— Lady Dewar ? Tu plaisantes. C'est ce que je suis ?

— Apparemment.

— Cela semble ridicule.

Caroline eut un large sourire.

— Oui, un peu. En même temps, ce n'est pas si mal…

Pendant la demi-heure qui suivit, Caroline et Mary aidèrent Violet à se préparer, pour saluer son époux et le personnel de ce dernier. Elle avait prévu d'avoir ensuite avec lui une franche conversation, au sujet de l'avenir.

Caroline et elle quittèrent la chambre en se donnant le bras, pour se diriger vers l'escalier.

— Je l'ai déjà vu, reconnut Caroline. Je lui ai parlé ce matin. Je me suis réveillée plus tôt que toi. Comme j'avais faim, je suis descendue. Je l'ai croisé en me rendant à la salle à manger. Je me suis présentée, et je crois qu'il se rappelait qui j'étais.

— Tu es une femme. Un homme comme lui se souvient probablement de chaque jeune femme qu'il a rencontrée.

— Je n'étais qu'une adolescente quand nous nous sommes connus. En tout cas, il s'est montré très poli.

— Naturellement. C'est ce que mon père appréciait chez lui.

— Ton père l'estimait beaucoup.

— Oui, et regarde où cela m'a menée.

Caroline n'en dit pas plus, et tandis qu'elles atteignaient le bas de l'escalier, Rule surgit du couloir. Il sourit, élégant de la tête aux pieds, et le teint frais malgré sa courte nuit.

— Bonjour, mesdames. J'espère que vous avez bien dormi.

— Assez bien, dit Violet.

Des domestiques commencèrent à arriver, et ils se rangèrent en demi-cercle au bas de l'escalier tournant. En attendant le retour de Rule, la veille, Violet avait un peu fait connaissance avec la maison, notant que l'intérieur était aménagé avec un goût exquis. Chacun des salons et toutes les chambres d'hôtes étaient meublés avec élégance, ainsi que la salle à manger. Elle avait eu la curieuse impression que chaque meuble avait été choisi personnellement par le maître de maison.

Deux autres domestiques arrivèrent, et Rule se tourna vers eux.

— Maintenant que vous êtes tous ici, j'aimerais vous présenter à mon épouse. J'espère que vous la servirez aussi bien que vous m'avez toujours servi.

Les domestiques applaudirent et sourirent.

— Bienvenue, milady, dit la gouvernante — Mme Digby, se rappela Violet —, qui parlait au nom du groupe. Veuillez nous faire savoir si vous avez besoin de quoi que ce soit. Nous nous ferons un plaisir de vous satisfaire.

— Merci, madame Digby. Je n'y manquerai pas.

— Voici mademoiselle Lockhart, reprit Rule, la cousine de mon épouse. Veillez à son confort.

— Bien sûr, milord.

La gouvernante eut un large sourire, visiblement contente que son maître ait pris femme.

Violet eut un pincement de culpabilité. Elle aurait préféré éviter de faire croire qu'ils étaient véritablement mariés.

— Je crois que Mlle Lockhart a déjà pris son petit déjeuner, dit Rule à Violet. Peut-être me permettrez-vous de me joindre à vous dans la petite salle à manger ?

Violet parvint à sourire.

— Bien sûr.

— J'ai remarqué que vous avez une importante collection de livres, dit Caroline. Si cela ne vous dérange pas, j'aimerais les regarder.

— Je vous en prie, faites. Les livres sont faits pour être lus. La majeure partie de ma collection est dans mon cabinet de travail. Vous trouverez d'autres ouvrages disséminés ici et là. Sentez-vous libre d'emprunter ce que vous voudrez.

— Merci.

Caroline s'éloigna d'un pas léger dans le couloir et Rule offrit son bras à Violet.

— Y allons-nous ?

Elle s'efforça de ne pas remarquer qu'il était encore plus beau ce matin que la veille. Ses yeux n'étaient plus emplis de sommeil, mais d'un bleu brillant et alerte. Son écharpe était parfaitement nouée, sa redingote bleu marine ajustée sur ses larges épaules. Mais l'ombre de barbe avait disparu. Elle lui donnait un air canaille particulièrement attirant, et Violet regrettait assez la vue de la gorge hâlée, dans l'échancrure de la chemise déboutonnée.

— Milady ?

Elle mit un instant à se rendre compte qu'il attendait de pouvoir l'escorter jusqu'à la salle à manger du matin. Du coin de l'œil, elle aperçut le sourire de Caroline, peu avant que celle-ci ne disparaisse dans le cabinet de travail.

Elle ramena son attention sur Rule.

— Je préférerais que vous m'appeliez Violet. Je ne suis pas habituée à vos appellations anglaises.

Il eut un bref signe de tête. Ses cheveux noirs ondulés étaient un peu plus longs que dans son souvenir, et elle éprouva la curieuse envie d'y glisser les doigts.

Rule sourit.

— Alors ce sera Violet — à condition que vous m'appeliez Rule.

Elle n'allait sûrement pas l'appeler « milord » ! La concession était facile.

— Très bien.

Elle prit son bras et le laissa la guider le long du couloir, jusqu'à une pièce ensoleillée à l'arrière de la maison, qui donnait sur le jardin. Elle était décorée en vert mousse, avec des touches de rose.

Rule l'installa à une table ornée de bois de rose, puis se rendit au buffet et emplit deux assiettes en porcelaine, se servant dans des plats en argent qui fumaient.

Violet déplia sa serviette sur sa jupe de soie pêche, et l'observa tandis qu'il posait les assiettes sur la table. Un appétissant fumet d'œufs et de saucisses en montait, et il y avait ajouté des toasts beurrés.

Elle jeta un coup d'œil au valet qui se tenait près d'elle avec une cafetière et une théière en argent.

— Je préfère le café, dit-elle, et il leur servit une tasse à chacun. Merci.

Violet ajouta du sucre et de la crème, puis remua le liquide odorant.

— Pendant que j'étais à Boston, j'ai appris à préférer le café, moi aussi, dit Rule en en buvant une gorgée.

— C'est mon père qui m'a appris à en apprécier le goût.

Il reposa sa tasse sur sa soucoupe.

— Je suis sûr qu'il vous manque beaucoup.

Elle éprouva ce sentiment familier de perte, qui ne s'était guère atténué avec le temps.

— Plus que vous ne pourriez l'imaginer.

Rule abaissa ses cils sombres, dissimulant ainsi ses pensées. Il s'attaqua à son repas et, pendant un moment, ils mangèrent en silence. Violet s'avisa qu'elle n'avait pas dîné la veille, et qu'elle était affamée.

Lorsqu'elle releva les yeux, Rule l'observait en souriant. Il avait des dents très blanches, et sa bouche avait une courbe sensuelle qu'elle n'avait pas remarquée, lorsqu'elle avait seize ans. Elle fut frappée par ce sourire et, pendant un instant, en eut le souffle coupé.

Rule ne parut pas s'en apercevoir.

— Je suis ravi de voir que, contrairement à beaucoup d'Anglaises, vous mangez comme si vous y preniez plaisir.

La fourchette de Violet s'immobilisa.

— C'est délicieux. Alors que les repas à bord étaient surtout nourrissants.

Elle prit une autre gorgée de café tandis que le silence retombait. S'essuyant les lèvres, elle reposa sa serviette sur la table. Rule avait fini, lui aussi. Le moment était venu de révéler les raisons de son voyage.

— Maintenant que nous avons mangé et que je me sens un peu reposée, j'aimerais discuter avec vous de la raison de ma visite.

Il fronça les sourcils.

— La raison de votre visite ? Je croyais que vous étiez ici pour que nous puissions entamer ce mariage conclu voilà trois ans.

C'était enfin le moment qu'elle avait attendu avec tant d'impatience. Cet instant pour lequel elle avait traversé la moitié du globe.

Elle avait enfin en face d'elle ce mari qui l'avait épousée par égoïsme et n'avait pas respecté la promesse faite à son père. Elle pensa à Jeffrey, et aux plans qu'ils avaient échafaudés. Elle se redressa alors sur sa chaise et le regarda bien en face.

— En vérité, la raison de ma présence ici est de mettre fin à la farce de notre mariage et d'obtenir une annulation.

L'expression effarée qui se peignit sur le trop beau visage de Rule Dewar valait bien chaque pénible mille de la traversée.

Pendant un instant, Rule demeura figé.

— Pardonnez-moi ? J'ai dû mal vous entendre. Que venez-vous de dire ?

— Vous m'avez très bien entendue. Je suis venue faire annuler notre mariage.

Le silence retomba. Enfin, Rule retrouva l'usage de la parole.

— C'est absurde.

— Cela me semble tout à fait raisonnable, pourtant. Nous n'avons passé que quelques jours en compagnie l'un de l'autre. Vous n'êtes jamais revenu à Boston. Visiblement, vous ne vous attendiez pas à me voir ici. Il est temps que nous mettions fin à cette comédie. Nous pourrons alors tous deux reprendre le cours de notre vie.

Rule s'efforça de rester calme. Sa femme était là, à ses côtés, et tout ce qu'elle voulait, c'était se débarrasser de lui !

— N'oubliez-vous pas quelque chose ? demanda-t-il.

Elle lui adressa un sourire hautain.

— Je ne crois pas, non.

— Ce que vous oubliez, Violet, c'est la raison pour laquelle votre père voulait que vous m'épousiez. C'était pour assurer votre avenir — le vôtre, et celui de l'entreprise Griffin.

— L'avenir de la manufacture est un autre sujet. Pour le moment, ce dont je veux parler est ce mariage ridicule que nous avons conclu. Soyez honnête : ne préféreriez-vous pas continuer à mener votre vie comme vous l'avez fait jusqu'ici ? Rester dehors jusqu'aux petites heures du jour, jouer, passer du temps avec des femmes — faire tout ce qui vous plaît ?

Rule fronça les sourcils et garda le silence. Puis il se redressa lentement sur sa chaise.

— Je vous l'ai dit, je joue rarement. Quant aux femmes, je vous rappelle, Violet, que jusqu'ici nous n'étions mariés que de nom. Consommer une union, cela fait une différence, je vous l'assure — une différence que je suis impatient de vous montrer.

Elle rougit. Elle était sans doute toujours aussi innocente que le jour de leur mariage. Il en éprouva un trouble inattendu.

— Mais vous ne souhaitez pas être marié ! reprit-elle d'un air têtu.

Décidément, cette femme n'était plus la douce petite fille qu'il avait laissée à Boston.

— Si vous aviez voulu une épouse, poursuivit-elle, vous seriez venu chercher depuis longtemps celle que vous aviez épousée.

— J'avais l'intention de venir.

Un jour ou l'autre.

— Je voulais vous laisser le temps de vous préparer à devenir ma femme. Votre père avait insisté là-dessus, vous devez vous en souvenir.

— Il n'imaginait sûrement pas que vous alliez m'ignorer aussi longtemps.

Elle avait raison. La culpabilité envahit Rule.

— Peut-être aurais-je dû venir plus tôt. Le fait est que vous êtes ici, maintenant, et vous êtes visiblement une femme, plus une adolescente.

Il la parcourut du regard, s'arrêtant sur la rondeur de ses seins, et le sang engorgea ses reins.

— Vous avez atteint dix-neuf ans. Il est temps que vous ayez un mari, et comme j'ai déjà endossé ce rôle, il suffit de procéder comme votre père le souhaitait.

Violet repoussa brusquement sa chaise et se leva.

— Vous ne semblez pas comprendre. Je ne demande pas, j'exige. Je ne serai jamais votre femme. Vous feriez bien de vous y résigner.

Debout dans le soleil qui entrait par la fenêtre, elle avait la tête haute, et ses petites mains étaient posées sur sa taille fine. Ses cheveux de flamme illuminaient son visage en forme de cœur. Elle était tout simplement magnifique.

Il avait été en quête d'une nouvelle maîtresse. Sans succès. Aucune femme à Londres n'avait captivé son intérêt comme elle, et ne l'avait autant attiré physiquement. Son sexe commença à durcir. Violet était sa femme, et il la voulait dans son lit.

Il prit une voix plus douce, soudain déterminé à la convaincre.

— Je vous en prie… Ne voulez-vous pas, au moins, m'écouter jusqu'au bout ? C'est une décision extrêmement importante pour nous deux.

Pendant quelques secondes, elle resta immobile. Puis, en soupirant, elle se rassit.

— Votre père me faisait confiance, déclara Rule. Il pensait assurer votre avenir en vous persuadant de m'épouser. Figurez-vous qu'avant que mon propre père ne meure il m'a demandé quelque chose de semblable.

L'expression de Violet changea subtilement, et il sut qu'il avait piqué son intérêt.

— Mon père croyait fermement que le destin de la famille Dewar consistait à forger une alliance entre l'Angleterre et l'Amérique. Quand votre père m'a approché, j'ai vu une façon d'exaucer le plus grand souhait du mien.

— Vous êtes en train de me dire que ce n'était pas seulement de la cupidité ?

Il fronça les sourcils.

— J'ai de l'argent à moi, Violet. Je reconnais que j'en ai gagné encore plus grâce à mon association avec votre père, et grâce à la réussite de la manufacture. Mais je n'aurais jamais accepté si je n'avais pas eu l'intention de respecter ma part du marché.

— J'ai vu les rapports trimestriels. Vous avez fait du très bon travail.

— Merci. Mais la vraie question, c'est notre mariage. Nous avons prononcé des vœux devant Dieu, et fait des promesses à nos pères respectifs. J'avais l'intention d'aller vous chercher plus tôt, et j'aurais dû le faire. Je m'en rends compte, à présent. Mais ce qui compte, c'est ce que nous devons à nos familles. Il nous faut vérifier si ce mariage peut marcher.

Et puis il y a la clause inscrite dans le contrat de mariage. Si l'union n'était pas consommée, il perdait sa moitié de l'entreprise.

Elle secouait la tête, et de fines boucles cuivrées caressèrent ses joues. Le désir transperça Rule. Il s'obligea à ne pas penser à elle, allongée dans son lit.

— Donnez-moi une chance, Violet. Restez avec moi durant les trente prochains jours. Si, à la fin de cette période, vous êtes toujours persuadée que cela ne peut pas marcher entre nous, j'accepterai l'annulation.

Si ce n'est que, pour que cette annulation ait lieu, il fallait qu'elle reste vierge. Rule était déterminé à ce que ce ne soit plus le cas un mois plus tard. Violet était sa femme, et il avait bien l'intention de la faire sienne.

Il la regarda, assise là, les joues légèrement enflammées. Quand il s'agissait des femmes, il n'était pas un sot. Il savait qu'elle éprouvait au moins un peu de l'attirance qu'il ressentait pour elle. Il avait un mois pour la séduire et l'amener à l'accepter comme époux.

Il était sûr qu'un mois serait amplement suffisant.

— Le ferez-vous ? Resterez-vous assez longtemps pour que nous apprenions à nous connaître ? Je ne pense pas que ce soit trop demander.

Elle inspira profondément. Ses seins se soulevèrent, tentateurs, et Rule s'avisa à quel point il était excité.

— J'y ai déjà réfléchi, et ma réponse est non.

L'irritation envahit Rule. Il n'était pas habitué à se voir rabroué par une femme, et penser que ce brin de fille... Il se corrigea. Violet n'était plus une enfant. De fait, il reconnaissait le caractère de Howard Griffin dans la façon implacable dont elle lui tenait tête.

Cela accentua sa détermination. Elle était à lui, bon sang. Qu'elle en ait conscience ou non.

— Je n'accepterai pas une annulation, Violet, pas à moins que vous n'acceptiez mes conditions. Cela signifie que vous allez devoir prendre un avocat. Il faudra des mois pour régler l'affaire devant les tribunaux — sans parler du scandale que cela entraînera pour nos familles. Nous sommes en 1860, Violet. Boston et Londres ne sont plus aussi éloignées l'une de l'autre qu'autrefois.

Elle pinça ses jolies lèvres.

— Vous êtes déterminé à ce point à ce que nous restions mariés ? Comment cela se fait-il, alors, que vous n'ayez pas souhaité revenir à Boston ?

— Je vous ai déjà dit que je projetais de venir…

Il fut frappé par une idée et se leva brusquement.

— Ne bougez pas. Je reviens.

Il se précipita dans le couloir et entra en trombe dans son cabinet de travail, sous le regard perplexe de Caroline, qui lisait devant le feu. Il fouilla dans le tiroir supérieur de son bureau et sortit le billet pour Boston qu'il avait acheté la semaine précédente — même si, à ce moment-là, il n'était pas complètement sûr de s'en servir. Puis il regagna en hâte la salle à manger.

— J'allais me rendre à Boston, dit-il en levant le coupon. J'ai acheté ce billet voilà cinq jours. La date y est inscrite.

Il le lui tendit et, pour la première fois, elle parut incertaine. Visiblement, elle avait cru qu'il n'avait jamais eu l'intention de respecter sa promesse.

Et, parfois, il l'avait cru, lui aussi.

— Restez ici les quatre prochaines semaines, insista-t-il. Donnez-nous une chance de mieux nous connaître. Si vous ne voulez pas le faire pour moi, faites-le au moins pour votre père.

C'était là un coup bas, mais, pour une raison inconnue, il avait désespérément envie qu'elle reste.

Violet regarda longuement le billet, puis releva les yeux vers lui. Elle haussa légèrement le menton.

— Très bien, trente jours. A la fin de ce délai, je compte que vous teniez parole.

Rule eut un grand sourire qui creusa ses fossettes, et elle baissa vivement les yeux. Il sentit son cœur battre plus vite.

Il ne la laissait pas indifférente. Quant à lui, il était tout, sauf indifférent à elle.

Trente jours. Il pria de ne pas avoir à attendre aussi longtemps pour la posséder.

Soudain, être marié ne semblait plus une si mauvaise chose, finalement.

— Grands dieux, qu'a-t-il dit ?

Caroline pénétra en trombe dans la chambre de Violet, où celle-ci s'était retirée pour réfléchir à ce qu'elle venait de faire.

— Il veut que je reste un mois. Il dit que, si je le fais, il acceptera l'annulation. Mais pas avant.

Les fins sourcils de Caroline se froncèrent.

— Il veut rester marié ?

— C'est ce qu'il prétend.

Violet leva les yeux au ciel.

— Il allait venir me chercher. Il m'a montré le billet qu'il venait d'acheter.

— Mais tu souhaites épouser Jeffrey ! Vous en avez déjà discuté !

— Je te l'ai dit, Rule a déclaré qu'il accepterait dans trente jours. C'est soit cela, soit prendre un avocat pour faire annuler le mariage. Sur le moment, je ne voyais pas d'autre solution que d'accepter.

— Et maintenant ?

Violet soupira.

— J'aurais dû insister davantage, je suppose, mais…

— Tu as cette drôle d'expression… celle que j'ai vue sur ton visage, voilà trois ans, quand tu m'as dit que tu avais décidé de l'épouser. Tu l'avais aussi quand tu as remonté l'allée le jour de ton mariage, et que Rule t'a pris la main.

— Tu es folle. Je n'ai pas de « drôle d'expression ». J'essaie simplement d'agir dans mon intérêt. Je veux une annulation. Et Rule veut trente jours pour me convaincre que nous devons rester mariés.

— Il perd la moitié de la manufacture si le mariage n'est pas consommé, n'est-ce pas ?

Violet acquiesça.

— C'est probablement pour cela qu'il est aussi déterminé.

La moitié de Griffin vaut beaucoup d'argent. Et les gens se marient tout le temps pour l'argent.

— Vraiment ? Tu as pourtant dit que tu voulais épouser quelqu'un qui t'aime.

— Je sais. C'est juste que…

— Que quoi ?

— Eh bien, j'ai fait une promesse à mon père, et nous *sommes* mariés, que je le veuille ou non. Quel mal y a-t-il à au moins essayer de le connaître ?

Caroline mordilla sa lèvre inférieure.

— Tu as peut-être raison. Mais nous devions passer les prochaines semaines chez ma grand-mère — une fois que tu aurais obtenu son accord. Elle ne m'a pas vue depuis que j'étais petite fille, et elle attend ma visite avec une telle impatience ! Je dois aller chez elle, Violet. Ce qui signifie que Rule et toi allez vivre seuls ensemble dans cette maison pendant un mois.

Violet n'y avait pas songé. Ou si cette pensée l'avait effleurée, elle n'avait pas mesuré ce que cela signifiait.

Elle haussa les épaules, même si elle se sentait tout sauf désinvolte.

— Nous sommes mariés. Cela ne causera guère de scandale.

— Je ne parle pas d'un scandale et tu le sais très bien. Cet homme est extraordinairement beau. Es-tu sûre de pouvoir lui résister ?

Violet leva les yeux au ciel.

— Ne sois pas ridicule. Jeffrey m'aime, et il compte m'épouser. J'essaie juste de régler tout cela à l'amiable. Et puis j'ai le sentiment que je le dois à mon père.

Caroline soupira.

— Je peux rester quelques jours de plus, mais pas davantage.

— Tout ira bien pour moi, ne t'inquiète pas. Rule travaille, pendant la journée, et il sort probablement tous les soirs.

Cette dernière pensée la perturba plus qu'elle ne l'aurait imaginé.

— J'espère que tu as raison… *milady.*

Violet se mit à rire, et Caroline aussi.

Cela marcherait, elle en était sûre.

En outre, elle n'était jamais venue à Londres, et la ville avait l'air fascinante.

Et puis un mois, ce n'était pas si long, après tout.

4

En entendant des pas lourds dans le couloir, Rule leva les yeux des papiers étalés sur son bureau. Ses deux frères, Royal et Reese, franchirent la porte ouverte de son cabinet de travail.

— Tu es marié !

Royal, l'aîné et actuel duc de Bransford, fondit sur lui comme un fauve se jetant sur sa proie. Il était grand et blond, contrairement à Rule et Reese, et ses yeux n'étaient pas bleus mais ambrés.

— Je n'arrive pas à le croire !

— Qui est-elle ? demanda Reese, le cadet, la mâchoire aussi dure que de l'acier.

Il avait été soldat et cela se voyait, dans son ton autoritaire et ses traits durs. Il ressemblait à Rule, avec ses cheveux d'un noir de jais et ses yeux d'un bleu intense.

— Depuis combien de temps es-tu marié, et pourquoi ne nous l'as-tu pas dit, sapristi ?

— J'avais l'intention de vous le dire ce matin, répondit Rule en essayant de ne pas se montrer intimidé par la colère de ses deux aînés. C'est la raison pour laquelle je vous ai demandé de venir.

Il savait que ses frères étaient à Londres, pour des affaires ayant trait à la brasserie. Royal possédait la bière Swansdowne, la plus populaire d'Angleterre. Reese cultivait un pourcentage important de l'orge qui servait à la fabriquer. Tous deux s'étaient considérablement enrichis, au fil des ans.

Et tous deux étaient heureux en ménage.

Ce qui, en ce moment précis, n'augurait rien de bon.

— Comment l'avez-vous découvert ? demanda Rule.

— Ma femme me l'a dit, répondirent-ils en chœur.

Reese fusilla Rule du regard, laissant Royal donner les explications.

— La soubrette de Lily l'a entendu dire par un domestique, qui l'a appris d'un autre domestique, qui l'a appris par l'un des tiens.

— C'est exactement comme ça que Beth en a été informée, elle aussi, déclara sombrement Reese. Je pense que tu nous dois une explication, petit frère.

Rule soupira. Il avait vingt-sept ans, dirigeait une énorme entreprise, et ils le voyaient toujours comme un petit garçon.

— J'ai épousé Violet Griffin à Boston, il y a trois ans. Le mariage a été arrangé par son père, qui venait d'apprendre qu'il était mourant. Elle n'avait que seize ans à l'époque, si bien que…

— Seize ans ! s'exclama Royal.

— Tu as épousé une adolescente de seize ans ?

Le regard farouche de Reese le transperça.

— En fait, le mariage n'a jamais été consommé — elle était trop jeune, quand nous nous sommes mariés.

Reese s'assit dans un fauteuil en face de lui, et Royal l'imita.

— Je pense que tu ferais mieux de commencer par le début, dit Royal, tandis que Reese dardait sur Rule un regard noir.

Pendant la demi-heure qui suivit, Rule tenta de faire comprendre à ses frères ce qui s'était passé à Boston. Ce qu'il avait à gagner dans cet arrangement, comment il l'avait conclu aussi pour remplir sa promesse à leur père. Il n'était pas sûr qu'ils comprendraient ses raisons.

Il fut encore moins certain qu'ils comprendraient son raisonnement quand il envoya chercher Violet, et qu'elle entra dans le cabinet de travail.

Royal regarda Reese. Ce dernier lui rendit son regard, puis tous deux sourirent.

— C'est un plaisir de vous rencontrer, milady, dit Royal.

Il était évident que ses frères croyaient qu'il avait épousé Violet à cause de sa beauté. Ils pensaient que le mariage était motivé par le désir plus que par l'argent.

Ce qui n'avait pas été vrai à l'époque.

Ce qui était plus qu'exact maintenant.

Marchant vers elle, Royal tendit la main et saisit la sienne avec chaleur.

— Bienvenue dans la famille.

Violet regarda Rule pour lui demander de l'aide, espérant visiblement qu'il expliquerait leur arrangement, mais il ne fit aucun commentaire. Pour lui, ils étaient mariés, point final.

Elle eut un sourire forcé.

— Bonjour… milord.

— Il est duc, dit Rule en s'efforçant de ne pas sourire. Vous devez l'appeler Votre Grâce.

— J'espère que vous m'appellerez Royal, dit son frère avec gentillesse. Nous sommes de la même famille, maintenant.

Pour la première fois depuis son arrivée, Violet parut troublée.

— Je suis désolée. Je ne suis pas habituée aux formalités anglaises. Je vous en prie… Appelez-moi Violet.

Royal sembla content.

— Et voici mon frère, Reese.

Royal attendit tandis que son cadet s'inclinait.

— Enchanté de vous connaître, mi…

— Violet, si cela ne vous ennuie pas.

La bouche de Reese frémit. Pour un homme qui ne souriait jamais, c'était là signe qu'il s'amusait beaucoup.

— C'est un plaisir de vous rencontrer, Violet.

— Pour moi aussi… Reese.

— Je regrette que ma femme ne soit pas là, dit Reese. Elizabeth est impatiente de vous connaître.

— Comme Lily, ajouta Royal. Lorsque vous serez convenablement installée, nous organiserons un dîner, pour pouvoir tous faire connaissance.

Il jeta un coup d'œil à Rule, comme pour l'avertir. *Tu*

as une épouse, maintenant, disait son regard doré. *Tu as intérêt à bien la traiter.*

Rule se tourna vers Violet.

— Il y a un bal demain soir. Il est donné par la marquise de Wyhurst en l'honneur de sa fille Sabrina. Je suis invité, et je crois que mes frères et leurs épouses viennent aussi. Cela me donnerait l'occasion de vous présenter. Je serais heureux que votre cousine et vous m'accompagniez.

Violet lui lança un regard suppliant. Elle ne voulait pas que tout Londres soit au courant de leur mariage, il le voyait bien. Mais elle avait accepté de lui accorder trente jours.

— Très bien, dit-elle avec réticence.

Royal et Reese se levèrent, comprenant qu'ils devaient s'en aller.

— Alors nous vous verrons au bal, dit Royal.

Ils sortirent. Dès que la porte se referma, Violet se tourna vers Rule.

— Vous n'auriez pas dû faire cela !

— Pourquoi pas ?

— Lorsque nous sortirons dans le monde, les gens croiront que nous sommes réellement mariés, alors que, dans trente jours, je retourne à Boston.

Rule s'approcha d'elle, si près qu'il sentit son parfum fleuri. Des violettes, se dit-il. En accord avec son prénom.

— Ce n'est pas certain.

— Si.

Il secoua la tête.

— Non, rétorqua-t-il doucement.

Faisant un geste vers elle, il prit son visage entre ses mains, courba la tête et captura ses lèvres. C'était un baiser doux et rapide, pour ne pas l'effaroucher. Mais, comme elle ne résistait pas, il s'attarda quelques secondes et goûta les coins de sa bouche, sentant trembler sa lèvre inférieure.

Elle chancela un peu, puis posa les mains sur ses épaules, et le désir lui embrasa le sang. Quand ses lèvres douces s'écartèrent sous les siennes, il glissa sa langue dans sa bouche et réprima un grognement de plaisir.

Violet se mit à trembler et, un instant plus tard, interrompit le baiser.

— Ceci… ceci ne fait pas partie de notre accord.

Il haussa les sourcils. Son sexe était dur et palpitant.

— Vraiment ? Je ne crois pas qu'embrasser mon épouse soit une rupture de contrat.

— C'était… plus qu'un baiser.

— Violet, ma douce, je n'ai fait que vous goûter. Le moment venu, je vous montrerai ce que c'est, plus qu'un baiser.

Ses yeux s'écarquillèrent. Elle resta immobile un instant, puis se tourna brusquement et se précipita vers la porte.

Rule rit doucement, envahi par un sentiment de triomphe. Ce baiser n'était que le début de ce qu'il projetait de faire.

Caroline était très excitée, mais Violet s'habilla pour la soirée avec appréhension. Ce soir-là, elle allait rencontrer la famille de Rule, ainsi que ses amis. Et il la présenterait comme son épouse.

Elle n'était pas vraiment sa femme, et ne le serait jamais. Leur parodie de mariage s'achèverait dans un mois. Elle rentrerait à Boston et épouserait Jeffrey, comme elle l'avait prévu.

— A te voir, on croirait que ton chat vient de mourir, dit Caroline en entrant dans la chambre de Violet. Pour l'amour du ciel, Vi, nous allons à un bal donné par une marquise ! Et nous y allons en compagnie d'un duc, d'une duchesse, d'une comtesse et de deux lords ! Comment peux-tu avoir l'air aussi sinistre ?

— Je vais devoir passer la soirée à feindre d'être l'épouse de Rule, voilà pourquoi.

— Tu *es* l'épouse de Rule, au moins pour quelque temps. Tu pourrais aussi bien en profiter !

Violet ferma les yeux, essayant de chasser l'image de Rule se penchant sur elle, de sa bouche se posant sur la sienne, avec douceur et autorité. Elle s'efforça de ne pas penser à la sensation qu'elle avait éprouvée, au plaisir incroyable qui avait envahi tout son être.

— Il y a des avantages à être mariée à un membre de l'aristocratie, poursuivit Caroline.

Violet leva les yeux au ciel.

— Je trompe sa famille et ses amis. Je ne suis pas réellement sa femme, et je n'ai pas l'intention de l'être, jamais.

— Et alors ? Il t'a mise dans l'embarras en ne revenant pas à Boston. Si tu le mets dans l'embarras en coupant court à ce mariage, il le mérite !

C'était vrai. Rule l'avait très mal traitée. Il méritait ce qui l'attendait.

— Viens.

Caroline la prit par la main et la tira en avant.

— Sa famille est probablement en bas, maintenant. Nous devons descendre.

Rule voulait qu'elle rencontre les épouses de ses frères avant le bal. Peut-être pensait-il qu'il serait plus facile pour elle d'y arriver entourée de sa famille.

Violet s'arrêta avant qu'elles n'atteignent la porte.

— Que penses-tu de ma robe ? Elle n'est pas trop décolletée ?

Coupée dans de la soie topaze, sa robe avait une jupe lamée d'or et froncée sur les côtés. La même étoffe dorée était drapée sur sa poitrine, suffisamment bas pour que l'on aperçoive le sillon entre ses seins. Après tout, elle était une femme, plus une enfant. Elle avait décidé de s'habiller en conséquence.

— Tu plaisantes ? Cette robe est ravissante. Elle est plus belle que la mienne !

La robe de Caroline était en velours d'un bleu profond, qui faisait ressortir ses jolis yeux.

— Allons-y, maintenant. Nous les avons fait attendre trop longtemps.

Violet prit une longue inspiration et suivit sa cousine. Lorsqu'elles atteignirent le haut de l'escalier, elle aperçut Rule, qui l'attendait en bas. Son cœur se mit à battre. Juste

Ciel, ce devrait être un péché pour un homme d'être aussi beau. Vêtu de noir de la tête aux pieds, à l'exception de son gilet argenté, de son écharpe et de sa chemise blanches, c'était vraiment le plus bel homme qu'elle ait jamais vu.

Il leva les yeux vers elle, et son regard bleu était si intense qu'elle eut l'impression qu'il la touchait.

— Tu le regardes comme une écolière, murmura Caroline, la faisant rougir. Descends le rejoindre.

Violet inspira à fond, redressa le dos et commença à descendre l'escalier, songeant combien il était ridicule de laisser un homme lui laisser ainsi tourner la tête. Le temps qu'elle atteigne le pied de l'escalier, avec Caroline à sa suite, elle s'était ressaisie.

— Vous êtes charmantes, mesdames, dit Rule.

Il la dévisagea longuement, sans accorder un seul regard à Caroline, contrairement à la majorité des hommes. Sa cousine était blonde, ravissante, et beaucoup plus coquette qu'elle.

Il leur offrit un bras à chacune.

— Venez. Je veux vous présenter les épouses de mes frères, Elizabeth et Lily.

Violet sentit la nervosité l'envahir. Elle ne serait pas longtemps la femme de Rule, et pourtant, inexplicablement, elle souhaitait plaire à sa famille. Son cœur s'emballa tandis qu'il les conduisait dans l'élégant salon. Ses frères se levèrent à leur entrée.

Violet porta son regard sur les femmes qui se tenaient à leur côté. Vêtue de soie vert d'eau, l'épouse de Royal, Lily, était aussi blonde que lui. Celle de Reese, la comtesse d'Aldrige, était une petite femme vêtue de bleu saphir, avec des yeux vifs et gris, et les mêmes cheveux noirs que son mari.

Les présentations furent faites, et les deux femmes observèrent Violet avec une fascination non dissimulée. Quand Rule présenta Caroline, ils se montrèrent tous très aimables, mais l'attention d'Elizabeth et de Lily demeura fixée sur le membre le plus récent de la famille Dewar.

— C'est merveilleux de vous rencontrer enfin, dit gracieusement la duchesse. Même si j'ai encore du mal à admettre que Rule s'est finalement marié. Nous craignions qu'il ne reste célibataire toute sa vie.

Violet eut un sourire faussement innocent.

— De fait, il est marié depuis trois ans.

— C'est ce que nous avons compris, lâcha sombrement Elizabeth.

Rule avait indiqué qu'elle préférait ne pas utiliser le titre qu'elle avait conservé, en tant que veuve, et que Violet devait l'appeler Elizabeth ou Beth.

— Rule aurait dû nous le dire, évidemment, mais il a toujours été un homme plein de surprises.

Elle jeta un coup d'œil réprobateur à son beau-frère.

Visiblement, les femmes de la famille Dewar s'exprimaient avec franchise, et Violet trouva cela étrangement réconfortant.

Lily la questionna sur sa traversée, et Caroline interrogea les deux femmes sur leurs enfants — les nièces et neveux dont Rule était si fier.

— Ils grandissent bien trop vite, dit Elizabeth. Mon fils Jared aura bientôt treize ans et va partir en pension. Heureusement, son jeune frère, Marcus, sera toujours à la maison, et me tiendra occupée pendant quelques années encore.

Elle eut un large sourire.

— Il a toujours été plus déluré que son frère.

— Les filles aussi peuvent être coquines, ajouta Lily en souriant. Marybeth ne tient pas en place.

— Je crains de n'avoir pas été l'enfant la plus facile à élever, avoua Caroline. D'après ma mère, je faisais toutes les bêtises imaginables. Et Violet, qui a été élevée par son père, était un vrai garçon manqué !

Violet rougit. Caroline ne pouvait-elle donc pas se taire ! Elle parlait à des aristocrates anglaises. A leurs yeux, se conduire comme un garçon était probablement choquant.

— Au moins, votre Alex se conduit toujours bien, reprit Elizabeth, en parlant du fils et héritier du duc.

Lily eut un rire cristallin.

— Pas toujours, je vous l'assure.

Elle sourit gentiment à Violet.

— Néanmoins, ils valent bien tous ces moments un peu difficiles. Vous verrez, quand vous aurez un enfant à vous.

Violet ne répondit pas. Si elle avait un enfant un jour, ce ne serait pas celui de Rule, mais celui de Jeffrey.

— Lorsque vous serez installée, reprit Elizabeth, nous donnerons un bal, pour annoncer convenablement votre mariage. Lily et moi nous occuperons de tout.

Le cœur de Violet se serra dans sa poitrine. Elle aurait aimé que Rule leur dise la vérité.

— J'apprécie votre geste, vraiment, mais il faut que vous sachiez que Rule et moi ne sommes peut-être pas…

— Il se fait tard, coupa son futur ex-mari, avant qu'elle ne puisse leur dire que leur mariage prendrait fin trente jours plus tard. Nous ferions mieux d'y aller. Vous aurez tout le temps de discuter quand nous serons au bal.

Tandis que les dames prenaient leur réticule et leur châle, lissaient leurs jupes volumineuses et se dirigeaient vers la porte au bras de leur époux, Rule se pencha vers Violet et lui murmura à l'oreille :

— Vous avez promis de me donner trente jours. Durant ce laps de temps, je veux que vous vous conduisiez comme mon épouse. Si cela ne fonctionne pas, nous en informerons ma famille le moment venu.

Sa requête pouvait se comprendre. En outre, il n'y aurait pas de scandale, puisqu'elle serait déjà en route pour Boston.

— Sommes-nous bien d'accord ? insista-t-il.

— Comme vous voudrez.

Rule parut soulagé. Ils sortirent rejoindre les voitures, qui s'alignaient devant la maison. Ses frères et leurs épouses les suivraient avec leur propre attelage. Caroline monta avec Lily et Royal, surexcitée de voyager dans le magnifique carrosse ducal, tiré par quatre chevaux.

Rule aida Violet à monter dans son élégant coupé noir et la suivit dans l'habitacle Au lieu de prendre place en face d'elle, il s'assit à ses côtés, ses larges épaules frôlant les siennes, ce qui la fit légèrement rougir.

— Vous êtes superbe, Violet. Votre père serait très fier de vous, ce soir.

Elle sentit la culpabilité l'envahir. Son père avait souhaité qu'elle épouse Rule. Il était important pour lui de croire qu'il avait assuré son avenir. Son bonheur était ce qu'il désirait le plus, elle le savait.

Eh bien, justement. Elle n'allait pas renoncer à ce bonheur pour faire plaisir à Rule Dewar.

5

Le bal d'anniversaire donné par le marquis et la marquise de Wyhurst était une affaire tout à fait extravagante, comme Violet n'en avait jamais vu à Boston.

La demeure elle-même était un véritable palais, haut de deux étages, construit en U, avec une façade de marbre blanc étincelant. Des torches étaient plantées le long de l'allée menant à la maison, entièrement ceinte de grilles en fer forgé.

A l'intérieur, le splendide et immense vestibule était couronné par un dôme de verre ambré. Des colonnes et bassins étaient peints sur les murs, le faisant ressembler à l'atrium d'une villa romaine.

Le marquis, un homme d'un certain âge aux cheveux blancs, se tenait à l'entrée pour recevoir ses hôtes, à côté de sa femme brune et menue et de leur svelte et blonde fille, Sabrina.

Rule fit les présentations.

— Bonsoir, lord Wyhurst. Mesdames. J'aimerais vous présenter mon épouse, Violet. Elle vient d'arriver de Boston.

Les beaux yeux bleus de la jeune fille s'élargirent.

— Votre épouse ? répéta-t-elle, comme si elle ne pouvait en croire ses oreilles.

Rule sourit.

— C'est juste, milady, et voici sa cousine, mademoiselle Caroline Lockhart, qui vient également d'Amérique.

— C'est un plaisir de vous connaître toutes deux, dit lady Wyhurst avec un sourire un peu forcé.

Violet se demanda si la marquise envisageait de faire de

Rule son gendre. Etant le fils d'un duc, il était sans doute considéré comme un très bon parti.

— Félicitations, mon garçon, dit le marquis avec un sourire qui paraissait sincère.

Il eut le même sourire chaleureux pour Violet.

— Bienvenue en Angleterre, milady.

Elle ouvrit la bouche pour lui dire de l'appeler Violet, mais sentit que Rule lui donnait un léger coup de coude dans les côtes.

— Merci, dit-elle d'un ton suave.

Le marquis ramena son attention sur Rule.

— Il était temps que vous vous rangiez, mon garçon.

Il eut un rire sonore.

— Même s'il a fallu une Américaine pour vous mettre au pas !

Il lança un clin d'œil à Violet, et elle s'efforça de sourire.

Hélas, ce n'était pas à cause d'elle que ce mariage avait eu lieu. C'était l'argent de son père qui avait conduit Rule à l'autel.

Les formalités se terminèrent enfin. La famille Dewar, entourant Violet, se mit à gravir l'escalier. Ils pénétrèrent dans une salle de bal qui avait été transformée, grâce à des décors peints, en une somptueuse villa avec jardins et vue sur l'océan.

La conversation dans l'entrée, qui annonçait le mariage de Rule, avait dû être entendue par des oreilles indiscrètes car, lorsqu'ils entrèrent dans la salle, plusieurs centaines d'invités chuchotèrent en regardant dans leur direction.

Un instant, les pieds de Violet refusèrent de bouger. Elle sentit la main de Rule saisir la sienne. Il entremêla leurs doigts et appuya doucement sur sa paume.

— Ils sont simplement curieux, murmura-t-il. Ne faites pas attention à eux. Vous savez combien les gens adorent jaser.

Elle le savait, certes. Elle n'était simplement pas habituée à être le centre des rumeurs. Grâce au Ciel, elle serait en route pour Boston, quand on découvrirait que ce mariage n'était pas réel.

Rule posa la main tremblante de la jeune femme sur la manche de sa jaquette et s'avança dans la salle de bal, se frayant un chemin parmi les invités.

— N'est-ce pas incroyable ? chuchota une matrone. Rule Dewar ! Je peux à peine imaginer que ce beau gredin s'est finalement laissé passer la corde au cou. Et par une Américaine, en plus !

— Il n'a probablement pas eu le choix, fit une autre femme d'un ton acide. Je vais compter les mois. Il ne faudra sans doute pas longtemps avant que la vérité ne soit connue.

— Dewar est un vrai débauché, susurra une troisième. Il n'y a pas de raisons que cela change. Si elle attend un enfant, il ne tardera pas à envoyer la pauvre petite à la campagne.

Violet inspira pour se donner du courage et tenta d'ignorer les paroles de ces femmes. Mais, de quelque côté qu'elle se tourne, la même conversation faisait rage. Rule, ses manières libertines, et la question de son mariage hâtif. Aucun de ces gens, bien sûr, ne savait qu'il était marié depuis trois ans.

C'était une pensée qui la mettait hors d'elle.

Et qui l'embarrassait fort.

Elle était sa femme — au moins de nom. Il aurait dû avoir la décence de reconnaître que cela faisait trois ans désormais. Il lui fallut toute sa volonté pour ne pas faire demi-tour et quitter la salle.

S'apercevant de son trouble, Caroline s'empressa de la rejoindre.

— Ils sont jaloux, c'est tout. Rule t'a épousée, toi, et pas l'une de leurs filles si prudes.

— Votre cousine a raison.

Superbe dans sa robe bleue, avec ses magnifiques cheveux noirs, Elizabeth Dewar s'approchait d'elle d'un pas vif.

— Ils vont s'amuser un moment mais, à la fin, vous serez toujours l'épouse de Rule. C'est tout ce qui compte.

— Beth et moi avons essuyé les mêmes ragots au début

de notre mariage, ajouta Lily. Au bout d'un certain temps, votre mariage n'intéressera plus personne, vous verrez.

Violet lança un coup d'œil à son mari, qui conversait avec un groupe d'hommes et de femmes.

— Apparemment, Rule est très populaire parmi les dames.

— C'est du passé, tout cela ! déclara Elizabeth. A présent que vous êtes ici, vous n'aurez pas à vous inquiéter de ce genre de choses.

Mais Violet ne le croyait en rien. Chassez le naturel, il revient au galop. Un débauché ne s'attachait pas à une seule femme.

Cela n'avait pas d'importance. Dans un mois, il serait libre de vivre comme bon lui semblait, et elle serait en route pour Boston.

— J'apprécie votre gentillesse et votre soutien, dit-elle à ses belles-sœurs. Vraiment.

Lily sourit.

— Nous sommes sœurs, maintenant. Des sœurs prennent soin les unes des autres.

Violet sentit sa gorge se serrer de manière inattendue. Elle n'avait jamais eu de frères et sœurs, bien qu'elle ait vivement souhaité en avoir.

— Merci.

Elle éprouva une nouvelle bouffée de culpabilité. Les Dewar étaient si désireux de l'accepter dans leur famille ! Or, elle le savait, elle ne pourrait jamais répondre à leurs attentes.

Un petit frisson la traversa quand Rule revint à son côté. Il irradiait la confiance en lui, la puissance et la virilité. Elle fit de son mieux pour ne pas y prêter attention.

— On joue une valse, dit-il. Je n'ai pas encore dansé avec mon épouse. Voudriez-vous me faire cet honneur, milady ?

Elle fut sur le point de lui rappeler qu'il avait accepté de l'appeler Violet, mais, finalement, cela n'avait plus guère d'importance. Au lieu de ça, elle accepta son bras, tout en soupirant à l'idée qu'ils allaient devoir tous deux jouer la comédie.

Elle le laissa la conduire sur la piste de danse et prit place face à lui. Comme il mesurait presque deux têtes de plus qu'elle, danser avec lui risquait d'être incommode. Mais, dès qu'il la prit dans ses bras et l'entraîna dans le rythme de la valse, elle eut l'impression de flotter dans les airs.

Il la fit tourbillonner sur le parquet ciré en gardant parfaitement le rythme, mais en la serrant d'un peu plus près que ne le voulaient les convenances, même pour un époux. Elle s'efforça d'ignorer la chaleur de sa paume sur sa taille, la façon dont sa longue jambe se glissait entre les siennes à chacune de ses gracieuses pirouettes. Elle essaya d'ignorer aussi la manière dont il la regardait, comme si elle lui appartenait tout entière et qu'il ne pouvait attendre davantage de la mettre dans son lit.

Sa respiration s'accéléra, et la chaleur envahit son ventre. Elle s'obligea à penser à Jeffrey, à ses cheveux blonds qui brillaient au soleil tandis qu'il tenait sa main, dans les jardins de Griffin Heights, et qu'il lui disait qu'il était amoureux d'elle.

Elle tenta d'imaginer qu'elle valsait avec Jeffrey. Mais, lorsqu'elle leva les yeux, ce ne fut pas son visage qu'elle vit, mais la mâchoire solide et les magnifiques yeux bleus de l'homme qu'elle avait épousé.

Un homme qui ne voulait rien d'autre que profiter de son corps et disposer de la manufacture de son père.

Elle se raidit et s'écarta un peu.

— Vous dansez très bien, dit Rule quand la valse s'acheva.

— Vraiment ? C'est plutôt vous qui dansez bien.

Il sourit.

— Peut-être que c'était nous deux ensemble.

— Peut-être.

— Il y a une théorie selon laquelle un homme et une femme qui dansent bien ensemble font bien l'amour ensemble.

Les joues de Violet s'empourprèrent.

— Je... je ne veux pas le savoir.

Mais une étrange sensation s'emparait de son ventre.

— Nous sommes mariés. Nous devrions peut-être mettre cette théorie à l'épreuve.

Elle secoua la tête, même si, au fond d'elle-même, elle ne pouvait dénier l'intérêt assez vif que lui inspirait cette remarque.

Faire l'amour avec Rule Dewar. Elle avait été fascinée par l'incroyable allure et le charme de cet homme, dès qu'elle l'avait rencontré. Si les choses étaient différentes, si elle n'avait pas déjà accepté la demande en mariage de Jeffrey, elle aurait pu être tentée d'essayer.

— Il paraît que des félicitations s'imposent.

Violet leva les yeux et vit un bel homme aux cheveux sombres, presque aussi grand que Rule, qui s'avançait vers eux.

— En effet. C'est bon de vous revoir en société.

Rule sourit en la regardant.

— Violet, voici Benjamin Wyndam, comte de Nightingale. C'est l'ancien propriétaire des Munitions Hawksworth, qui sont devenues les Manufactures Griffin. C'est à lui que votre père a acheté l'usine de Londres.

— Oui, je me souviens d'avoir entendu votre nom. Ravie de vous rencontrer, milord.

Violet se félicita en son for intérieur : elle commençait à savoir manier ces ridicules titres anglais.

— Moi de même, milady.

Nightingale lui sourit avec douceur et elle remarqua dans ses yeux une tristesse qui semblait profonde.

— J'ai perdu ma femme il y a deux ans. J'espère que Rule et vous serez aussi heureux que Maryann et moi l'avons été.

Visiblement, il la pleurait toujours.

— Je suis désolée, milord. Et merci de vos aimables vœux.

Que pouvait-elle dire d'autre ? Le comte avait manifestement adoré sa femme. Si seulement Rule était capable de…

Elle s'interrompit au beau milieu de cette dangereuse pensée. Rule n'était pas le genre d'homme à tomber amoureux. Leur mariage n'était qu'un arrangement d'affaires. Si elle voulait un mari qui l'aime, elle devrait épouser Jeffrey.

Violet fronça les sourcils, n'aimant pas la façon dont elle avait formulé cette idée. Elle ne *devait* pas épouser Jeffrey. Elle le souhaitait.

C'était juste qu'il était si loin.

Un autre homme s'approcha. Il avait environ quarante ans et des yeux fureteurs.

— Ainsi, voici donc votre charmante épouse. Dites-moi, votre mariage semble être le seul ragot intéressant de toute la soirée ! Lady Dewar est une ravissante surprise, milord.

— Merci, répondit Rule avec raideur. Violet, voici Burton Stanfield. Nous avons traité quelques affaires ensemble, au fil des ans.

— C'est juste. Et il y a quelques semaines, j'ai même fait une offre pour acheter les Manufactures Griffin. Hélas, lord Dewar l'a refusée.

Un acheteur pour la société… C'était exactement ce qu'il lui fallait. Mais Rule avait rejeté l'offre. Voilà qui était exaspérant. Elle avait tellement envie de vendre ! En Amérique, des troubles couvaient dans les Etats du Nord et du Sud, et le pays étant violemment divisé sur la question de l'esclavage. Violet avait des amis des deux côtés, des gens à qui elle tenait. Elle refusait de fabriquer des armes qui pourraient leur permettre de s'entretuer.

Néanmoins, Rule avait fait du bon travail, et géré l'usine anglaise d'une main de maître. Il avait peut-être eu une bonne raison de rejeter cette offre.

Violet se concentra sur Stanfield.

— Peut-être votre prix n'était-il pas le bon ? Avec la tension qui règne entre les Etats américains, la demande ne cesse de croître. A mon avis, cela donne une grande valeur à Griffin.

Burton Stanfield sourit.

— Une femme qui s'intéresse aux affaires. Comme c'est charmant.

Il se tourna vers Rule.

— Je crois que vous avez déniché là une personnalité fort intéressante.

— Son nom de jeune fille est Griffin, expliqua Rule. Violet a passé beaucoup de temps avec son père, dans l'usine de Boston.

— Je suis également propriétaire de la moitié des Manufactures, ajouta-t-elle d'un ton suave.

Rule fronça les sourcils, tandis que Stanfield l'étudia avec un intérêt accru.

— Vraiment ? Alors peut-être soutiendrez-vous ma cause…

Elle décida de feindre la timidité.

— Je crains de devoir en discuter avec… mon époux.

Stanfield haussa les sourcils.

— Bien sûr. Mais comptez sur moi pour reprendre bientôt cette conversation, milady.

Rule posa une main possessive sur la taille de Violet.

— Si vous voulez bien nous excuser, j'aimerais présenter quelques personnes à mon épouse.

— Faites, mon ami.

Stanfield s'inclina poliment et leur libéra le passage. Violet laissa Rule la guider d'une main ferme vers un coin tranquille, un peu à l'écart de la salle de bal.

— Il n'est pas convenable de parler affaires, dans des soirées comme celle-ci.

— Ah, oui ? Le problème n'est-il pas plutôt qu'une *femme* parle affaires dans ce genre de soirée ?

Rule la regarda d'un air sombre. Puis un coin de sa bouche se releva.

— Vous n'êtes pas comme les autres femmes, Violet Dewar. Peut-être est-ce pour cela que vous m'intriguez.

— Je vous intrigue ?

Ses yeux bleus se firent plus intenses.

— Vous êtes trop innocente pour comprendre à quel point.

Il lui prit le bras et le passa sous le sien.

— Allons faire un tour de la salle. Je dois encore saluer quelques invités. Ensuite, si cela vous convient, nous rentrerons à la maison.

Violet poussa un soupir de soulagement.

— Cela me plairait plus que tout… milord.

C'était la première fois qu'elle l'appelait ainsi. Rule eut un large sourire, qui creusa ses merveilleuses fossettes.

— Milord ? répéta-t-il. Voilà qui sonne agréablement à mes oreilles.

Elle réprima un sourire et secoua la tête.

— Vous êtes un diable d'homme, Rule Dewar.

Dont le charme était diabolique, c'était certain.

Elle sentit une onde de chaleur l'envahir tandis qu'il la dévorait des yeux. Il fallait qu'elle reste sur ses gardes.

Si elle ne se montrait pas extrêmement prudente, elle risquait bien de finir dans le lit du diable.

Rule confia Violet aux bons soins de ses belles-sœurs et se fraya un chemin parmi les invités. Dans la mesure où sa réputation quelque peu ternie le permettrait, il souhaitait plus que tout faciliter l'admission de sa femme dans le sanctuaire très fermé de la bonne société anglaise.

Tandis qu'il s'arrêtait çà et là, pour dire quelques mots à ses amis et répondre à des questions sur son mariage inattendu, il commençait à se sentir froissé par certains commentaires. Des ragots sur les raisons de son mariage hâtif, des insinuations. Sa femme n'aurait pas été pure lorsqu'elle l'avait épousé.

Il tenta d'expliquer la maladie de Howard Griffin, et l'arrangement conclu pour assurer l'avenir de sa fille ; mais plus il parlait, plus il recevait des sourires entendus et des clins d'œil. Son irritation ne cessait de croître.

Il était surpris de se sentir aussi protecteur envers Violet. C'était bien la première fois de sa vie qu'il se comportait ainsi. Il n'avait pas connu sa mère, qui était morte en le mettant au monde. Les seules femmes de sa famille étaient sa frêle et vieille tante Agatha, qu'il adorait comme la mère qu'il n'avait jamais eue, et ses deux belles-sœurs, qu'il respectait grandement.

Il la regarda rire à quelques mots prononcés par Reese. Reese, qui plaisantait rarement, et qui n'avait quasiment jamais souri de sa vie avant de rencontrer Elizabeth.

Rule aimait voir sourire Violet. Mais il préférait quand l'un de ces doux sourires lui était destiné.

Il l'observa jusqu'à ce que, du coin de l'œil, il note la

présence de sa cousine Caroline. Il se redressa, soudain sur le qui-vive, quand il constata que la jeune fille conversait avec son meilleur ami, Lucas Barclay. Un débauché notoire. Sapristi, Caroline Lockhart était aussi innocente que Violet et, remarqua-t-il pour la première fois, bien plus séduisante qu'il ne l'avait cru.

Et Luke la dévorait des yeux tel un loup devant un morceau de viande fraîche.

Rule se dirigea vers eux.

— Je vois que vous avez fait connaissance avec ma cousine, Mlle Lockhart.

Luke leva les sourcils.

— Votre cousine ?

— Celle de ma femme. Ma cousine par alliance.

Luke s'efforça de sourire.

— Ah, oui. Je n'ai pas encore rencontré votre charmante épouse. Surprenant, non ? Mon meilleur ami est marié et je suis le dernier à l'apprendre.

Rule soupira.

— C'est une longue histoire. Je me rends compte que je vous dois une explication. Peut-être pourrions-nous déjeuner ensemble demain ?

— Pourquoi pas. Mieux vaut tard que jamais.

Le sourire crispé de Luke s'adoucit quand il tourna les yeux vers la jolie blonde.

— Figurez-vous que Mlle Lockhart vient d'accepter de danser une valse avec moi.

Il lui offrit son bras.

— Y allons-nous, mademoiselle Lockhart ?

Elle accepta son bras et lui rendit son sourire.

— J'en serais ravie.

Ils s'apprêtèrent à partir, mais Rule leur barra le chemin.

— Une danse, Luke. C'est tout.

Luke lui jeta un regard noir et hocha la tête avec raideur.

— Je garderai vos désirs à l'esprit.

Mais il n'avait pas dit qu'il y obéirait. Visiblement, il était fâché que Rule ait gardé son mariage secret.

C'était compréhensible, songea Rule. Ils étaient comme des frères, tous les deux.

Mais, après tout, il n'avait rien dit à ses frères non plus.

Il observa le couple sur la piste de danse, Luke grand et brun, Caroline petite et blonde. Ils formaient un beau couple. Cela pourrait même faire une belle union — sauf que Luke était le plus grand libertin de Londres, et qu'il s'opposait farouchement au mariage.

Rule soupira en songeant à ses devoirs d'époux. Il avait une responsabilité envers sa femme, mais aussi envers toute la famille de celle-ci. Et il priait pour que sa première tâche ne soit pas de protéger sa cousine par alliance contre son meilleur ami.

6

Une demi-heure s'écoula. Rule décida de faire un tour rapide dans la salle de jeux, pour saluer quelques amis, puis de retrouver sa femme et de rentrer chez lui.

Il sourit en longeant le couloir, étrangement satisfait à cette pensée. *Sa femme.* Pas une fois, il ne lui était venu à l'esprit qu'il pourrait aimer avoir une femme à lui. Souriant toujours, il venait juste de tourner au coin du couloir quand une dame vêtue de soie écarlate surgit devant lui. Evelyn Dreyer, vicomtesse Saint-Ives.

— Bonsoir, milady, dit-il à son ancienne maîtresse. Vous êtes splendide, ce soir.

Avec ses cheveux blond pâle et ses pommettes hautes, c'était une très belle femme. En la regardant, Rule songea à une chevelure couleur de feu et à un nez mutin parsemé de jolies petites taches de rousseur.

— Je viens d'apprendre la nouvelle, dit Evelyn avec un sourire narquois. Vous êtes marié.

— Oui, je le suis.

— Depuis un certain temps, à ce que j'ai entendu dire.

— Trois ans.

Le mariage n'avait pas été consommé, mais cela ne regardait pas Evie.

Elle pinça les lèvres. Avant qu'il n'ait compris ce qu'elle avait l'intention de faire, elle lança la main en avant et lui donna une gifle retentissante.

— Vous étiez marié ! Comment avez-vous osé ?

Rule se frotta la joue.

— Au cas où vous l'auriez oublié, ma chère, vous êtes mariée vous aussi. De fait, votre époux se trouve en ce moment même dans la salle de bal.

— Ce n'est pas la même chose.

— Vraiment ? Le vicomte pourrait ne pas être d'accord avec cette théorie.

— Harold est vieux et laid, et quasiment impuissant, alors que votre femme est… est…

— Belle et désirable ?

Elle leva son joli nez fin.

— Je n'ai pas dit cela.

— Vous n'étiez pas obligée d'épouser Harold. Vous auriez pu choisir quelqu'un d'autre.

Ignorant sa remarque, elle le transperça d'un regard noir.

— Vous auriez dû me le dire.

— J'aurais dû le dire à beaucoup de monde. Mes excuses, madame.

Il fit une courte révérence moqueuse.

— Et maintenant, si vous voulez bien me pardonner, je vais devoir vous laisser…

Evelyn garda le silence, mais ses joues étaient encore enflammées de colère. Il s'aperçut que leur rupture l'avait perturbée bien plus qu'elle ne l'avait admis.

Cela n'avait aucune importance.

Ce n'était pas Evelyn Dreyer qu'il voulait dans son lit. C'était la femme qu'il avait épousée.

Une bouffée de désir l'envahit, et son sexe se durcit. Il désirait Violet Dewar, et il avait bien l'intention d'assouvir ce désir.

Il s'agissait juste de savoir quand.

Violet recula dans l'alcôve emplie d'ombre qui menait au couloir. Son cœur battait à tout rompre, tel un oiseau prisonnier de sa poitrine.

Elle se dirigeait vers le salon des dames quand elle avait aperçu Rule en train de converser avec une femme. Elle était grande et belle, avec des pommettes hautes, et une poitrine voluptueuse qu'aucun homme ne pouvait manquer de remarquer. Ses yeux étaient sombres, et ses lèvres pleines et rouges. Elle semblait avoir quelques années de plus que Violet. La jeune femme ne pouvait entendre la conversation, mais visiblement la femme était en colère. Au point de gifler Rule.

Elle inspira profondément. Posant une main sur son cœur, elle lui intima l'ordre de ralentir. Elle savait exactement qui était cette dame. Ce ne pouvait être qu'elle.

Elle se remémora la conversation qu'elle venait de surprendre, dans la salle de bal.

— Croyez-vous que son mariage a quelque chose à voir avec sa maîtresse, lady Saint-Ives ? J'ai entendu dire qu'ils se sont séparés en très mauvais termes. Peut-être a-t-il épousé cette petite par dépit.

Ce n'était pas le cas, bien sûr. Certes, il ne l'avait pas épousée par amour. Mais il l'avait épousée pour l'argent et le pouvoir, pas par esprit de vengeance.

Violet songea de nouveau à la belle lady Saint-Ives. Elle n'était pas surprise d'apprendre que Rule avait eu une maîtresse. La plupart des hommes mariés en avaient une.

Et puis, ainsi qu'il l'avait dit lui-même, ils n'étaient pas vraiment mariés.

Cela la chagrinait, cependant. Elle n'aimait pas imaginer Rule en train d'embrasser cette blonde. Ou faire plus que de l'embrasser…

« Je vous montrerai ce que c'est, plus qu'un baiser », avait-il dit, à la manière d'une promesse.

Elle prit une profonde inspiration.

Cet homme est un débauché de la pire espèce.

Elle avait beau se le répéter, elle ne pouvait oublier ce baiser.

Vérifiant que le couple ne se trouvait plus dans le couloir, elle reprit son chemin vers le salon des dames. Tout à coup, elle entendit Rule, qui l'appelait. Un petit frisson la parcourut.

— Vous voilà ! Je vous cherchais partout.

Violet pensa à l'élégante beauté blonde.

— Vraiment ? Je pensais que vous cherchiez peut-être quelqu'un d'autre. Lady Saint-Ives, par exemple ?

Il fronça les sourcils.

— Ainsi, vous avez entendu parler d'elle. J'imaginais bien que cela arriverait tôt ou tard.

— En fait, je vous ai vus tous les deux, dans ce couloir.

Il détourna les yeux et poussa un soupir las.

— Je ne vous mentirai pas, Violet. Cette liaison est terminée. Depuis un certain temps. Evelyn Dreyer ne m'intéresse pas, et elle ne m'intéressera plus à l'avenir.

Violet soupesa ses mots, se demandant s'ils étaient sincères.

— Je vois.

— Je l'espère de tout mon cœur.

La jeune femme faillit pousser un cri quand il lui saisit le bras et l'attira dans l'alcôve. Il posa la main sur ses épaules, l'attira à lui et sa bouche descendit sur la sienne.

Ce n'était pas le même baiser, plein de douceur, que la première fois. C'était un baiser brûlant, si exigeant et si puissant qu'elle en eut le tournis. Les doigts de la jeune femme se crispèrent sur les muscles de ses larges épaules. Sa bouche s'entrouvrit sous ce farouche assaut, et la langue de Rule glissa sur la sienne.

Violet gémit doucement et s'accrocha à lui, submergée par la sensation de bien-être qui l'envahissait. Il avait un goût de cognac, et elle pouvait sentir son eau de Cologne épicée. Son corps palpitait. Chaque partie de son corps brûlait de recevoir davantage encore que ce qu'il offrait.

Rule mit finalement fin au baiser, mais laissa un bras autour de sa taille, comme s'il savait qu'elle était sur le point de défaillir.

Il tendit la main et passa un doigt le long de sa joue.

— Par Dieu, je vous désire.

Violet tremblait.

— Vous… vous ne pouvez pas continuer à faire cela.

— Vous embrasser ? Je suis votre époux. Je peux

vous embrasser quand je le souhaite, et, qui plus est, j'ai l'intention de le faire chaque fois que j'en aurai l'occasion.

— Mais… mais…

— Vous m'avez accordé trente jours pour vous convaincre. C'est ce que je fais — je m'emploie à vous convaincre.

— Mais je ne peux pas… Nous ne pouvons pas…

— Si, nous pouvons. Venez, ma douce épouse. Allons chercher votre cousine. Il est plus que temps que nous rentrions.

Violet déglutit, mais ne discuta pas. Elle avait cru, à tort, qu'elle serait à l'abri de Rule dans ce grand bal.

Elle venait de découvrir qu'elle n'était nulle part à l'abri de Rule Dewar.

Violet était allongée dans son lit et fixait le dais bleu au-dessus de sa tête. La culpabilité pesait d'un lourd poids sur sa poitrine. Elle n'aurait jamais dû embrasser Rule. Elle allait épouser Jeffrey. Elle n'aurait pas dû répondre à ce baiser comme elle l'avait fait.

Juste Ciel, pourquoi avait-elle accepté le ridicule marché que lui proposait Rule ?

Bien sûr, à ce moment-là, cela avait semblé la meilleure solution, la façon la plus simple de sortir de ce mariage. Pas d'avocats, pas de scandale, juste une annulation discrète, que Rule avait promis d'accepter.

Elle soupira dans le silence de la chambre, essayant d'oublier ce baiser, et les sensations incroyables qui avaient envahi son corps. C'était sans doute une simple réaction physique. Si Jeffrey l'embrassait de cette manière, elle ressentirait exactement la même chose, elle en était certaine.

Un bruit lui parvint du couloir, devant sa chambre. Elle se redressa en sursaut quand la poignée en argent commença à tourner. Rule n'oserait sûrement pas…

Elle se détendit lorsque Caroline se glissa dans la pièce, et refusa de s'avouer qu'elle ressentait une légère déception.

— Nous n'avons pas pu parler, après le bal, dit Caroline en se laissant choir sur le bord du lit, dans sa chemise de nuit de soie rose.

De petites flammes brûlaient dans la cheminée, repoussant le froid et faisant baigner la chambre dans une douce lumière jaune.

— N'était-ce pas tout simplement magnifique ?

Violet s'adossa à la tête du lit.

— Je suppose que oui.

— Tu supposes ? Juste Ciel, j'ai passé des moments merveilleux. J'ai dansé à en user mes chaussures !

— Oui, mais toi, tu n'avais pas à prétendre être quelqu'un que tu n'étais pas.

— Une épouse, tu veux dire ?

— L'épouse comblée de Rule.

Caroline enroula une mèche blonde autour de son doigt.

— Je crois que tu as plu à sa famille. Je suppose que cela n'a pas vraiment d'importance, mais…

— J'avais envie de leur plaire. Ce sont des gens très agréables.

Caroline lui jeta un regard soupçonneux.

— Tu ne penses pas que tu vas rester mariée, quand même ?

— Bien sûr que non.

Violet baissa les yeux sur la courtepointe en satin.

— Rule avait une maîtresse. Tu l'as entendu dire ?

Caroline soupira.

— J'ai entendu les ragots. Tout le monde en parlait. Elle était là, tu sais ?

— Je les ai vus ensemble. Rule dit que la liaison est terminée, mais cela ne veut pas dire qu'il n'a pas l'intention de la remplacer par une autre femme. La plupart des hommes mariés n'ont aucun scrupule à avoir une maîtresse.

— Tu seras mieux avec Jeffrey.

— Je sais.

— As-tu rencontré des gens intéressants ? demanda Caroline.

— En fait, oui. Un acheteur potentiel pour la manufacture. Un certain Burton Stanfield. Apparemment, il a fait une offre que Rule a refusée.

— Lui as-tu demandé pourquoi ?

— Pas encore, mais je compte bien le faire. Evidemment, il n'aurait pas pu accepter sans mon approbation, s'il avait voulu vendre.

— Peut-être n'a-t-il tout simplement pas envie de vendre. Peut-être aime-t-il diriger l'usine.

— Une fois que le mariage sera annulé, je deviendrai la seule propriétaire de Griffin et je pourrai faire ce que je veux. Je ne veux plus fabriquer d'armes qui pourraient tuer ma famille ou mes amis.

— La situation est grave, n'est-ce pas ? s'exclama Caroline d'un air inquiet. Nous risquons de connaître la guerre ?

— Oui, j'en ai bien peur. Quoi qu'il en soit, Rule a fait du bon travail jusqu'à présent, et j'aimerais savoir ce qu'il pense de Stanfield comme acheteur. En même temps, je ne veux pas trop lui montrer que j'ai l'intention de vendre. Il va falloir que j'agisse prudemment.

Caroline eut un grand sourire.

— Je ne me fais pas de souci pour toi. Tu sais très bien comment obtenir ce que tu veux.

C'était vrai, en général. Mais, avec Rule, elle se sentait complètement dépassée par les événements.

— Moi aussi, j'ai rencontré quelqu'un d'intéressant ce soir, reprit Caroline.

Violet la regarda d'un air intrigué.

— Vraiment ? Qui donc ?

— Un ami de ton... de Rule. Il se nomme Lucas Barclay.

— Juste Ciel, tu n'es pas sérieuse ! Les gens parlaient presque autant de lui que de Rule. Il a une terrible réputation.

Violet vit le sourire de sa cousine, à la lueur du feu.

— Luke est un merveilleux danseur, et il est incroyablement beau.

Son sourire s'élargit.

— Et je n'ai jamais été du genre à écouter les ragots.

— Luke ? Tu l'appelles Luke ? Tu ferais bien de faire attention, ma cousine. Que dirait ta grand-mère, si elle savait que tu as passé du temps avec un débauché comme Barclay ?

— C'était juste une danse ! Mais, puisque tu parles de

ma grand-mère… j'ai retardé ma visite aussi longtemps que j'ai pu, mais elle va commencer à s'inquiéter. J'irais la voir demain. Viendras-tu avec moi ?

— Bien sûr.

— Elle s'attend à ce que je reste au moins quelques semaines.

Violet hocha la tête.

— Je sais que tu as des obligations. Mais tu me manqueras terriblement.

— Ce ne sera pas si grave. Grand-mère vit à Londres. Nous pourrons nous voir souvent.

Mais Violet serait seule dans la maison avec Rule.

Et elle ne lui faisait pas confiance.

Mais, surtout, elle avait de moins en moins confiance en elle-même.

7

Après être rentrée tard du bal et avoir passé une nuit agitée à lutter contre sa culpabilité, Violet dormit plus tard qu'elle ne l'aurait souhaité.

Le temps que Mary l'aide à revêtir une robe de soie rouille et coiffe ses cheveux en un simple chignon, elle sentit l'impatience grandir en elle de commencer cette nouvelle journée. Lorsqu'elle atteignit le haut de l'escalier, elle aperçut Caroline, qui arpentait nerveusement le vestibule. Dès qu'elle posa le pied au rez-de-chaussée, sa cousine se précipita vers elle.

— Tu n'as pas oublié, n'est-ce pas ? Ma grand-mère nous attend cet après-midi pour le thé. Je ne veux pas la décevoir.

Violet maugréa en son for intérieur. Elle n'avait pas oublié. Elle devait accompagner Caroline chez sa grand-mère, rester pour une courte visite, puis laisser les deux femmes à leurs retrouvailles.

— Je ne pensais pas dormir si tard, mais je suis prête, à présent. Nous pouvons partir quand tu voudras. Resteras-tu là-bas, ou reviendras-tu ici chercher tes affaires ?

— Je veux être certaine que tout est arrangé. Si c'est le cas, je resterai là-bas, et j'enverrai chercher mes affaires demain.

Violet jeta un coup d'œil autour d'elle. La maison paraissait un peu trop tranquille. Aucun son ne venait du salon ou du cabinet de travail. Rule n'était pas là, elle en était certaine.

— Où est Monsieur ce matin ? demanda-t-elle à Hatfield, le vieux majordome.

— Lord Rule est parti pour son bureau, à l'usine. C'est là qu'il passe l'essentiel de ses journées.

— Je vois.

Et puisqu'elle ne s'était pas levée assez tôt pour lui parler avant son départ, elle irait directement de chez Mme Lockhart à la manufacture.

— Voulez-vous lui laisser un message ? s'enquit le domestique.

— Non, merci. Je lui parlerai plus tard.

Violet se tourna vers Caroline.

— Laisse-moi chercher mon châle, et nous pourrons partir.

Elle regagna l'étage en hâte et revint avec un épais châle en cachemire. Avril était souvent froid, en Angleterre, et ce jour-là n'y faisait pas exception. Hatfield lui prit le châle des mains et couvrit ses épaules de l'étoffe moelleuse.

Caroline avait déjà mis sa cape. Quelques minutes plus tard, elles marchaient jusqu'au coin de la rue pour héler un fiacre qui les conduirait à Belgravia, le quartier de la grand-mère de Caroline.

Le vent du début du printemps était vif, et Violet était heureuse de porter son châle. Autour d'elles, les rues étaient bruyantes et animées, encombrées de piétons, de chariots et de voitures. Un omnibus rouge et jaune, tiré par des chevaux, les dépassa. Plusieurs hommes étaient juchés sur son toit, tandis que d'autres s'accrochaient aux côtés. Des enfants jouaient dans les allées, et de jeunes garçons vendaient à la criée du charbon ou des journaux.

Finalement, elles atteignirent la maison de Mme Lockhart, une grande bâtisse en briques, qui semblait bien entretenue. L'intérieur était propre et net également, même s'il était un peu vieillot. Adelaïde Lockhart, une aimable dame aux cheveux argentés et aux mêmes yeux bleus que Caroline, paraissait tout à fait satisfaite de son intérieur, et pas tracassée le moins du monde par les tapis qui commençaient à s'élimer ni par le décor passé de mode.

Elle n'avait pas de problèmes d'argent. Le défunt M. Lockhart avait été un marchand prospère, et le père de Caroline avait perpétué la tradition familiale, en faisant fortune en Amérique. Dès qu'Adelaïde Lockhart les aperçut, ses yeux s'embrumèrent à la vue de sa petite-fille, qu'elle n'avait pas vue depuis de nombreuses années.

— Oh ! ma chérie, tu es si jolie. Les mêmes yeux bleus que ton grand-père, Dieu ait son âme.

— C'est merveilleux d'être ici, grand-mère.

Mme Lockhart salua Violet avec la même chaleur, puis elles suivirent la vieille dame dans le salon, où on leur servit du thé et des biscuits. Violet s'était résignée à l'idée de ne boire du café que le matin, et commençait à apprécier une tasse de thé de temps à autre.

La conversation fut animée et chaleureuse. Il n'y eut qu'un seul moment embarrassant, lorsque la grand-mère de Caroline s'enquit du mari de Violet.

— J'aimerais beaucoup le connaître, dit-elle. Je ne connais aucun des Dewar, mais tout le monde a entendu parler du duc de Bransford et de sa très prospère brasserie.

Elle sourit à Violet.

— Peut-être que votre époux et vous pourriez venir dîner avec ma petite-fille et moi, un soir.

Violet jeta un coup d'œil nerveux à Caroline.

— Ils sont juste en train de s'installer, grand-mère, maintenant que Violet est à Londres.

Violet esquissa un sourire. Elle détestait mentir, mais ne pouvait faire autrement.

— Caroline a raison. Ce serait un peu difficile en ce moment, mais, dans quelque temps, mon mari et moi serons ravis d'accepter votre invitation.

La vieille dame rayonna, visiblement enchantée de recevoir à dîner le frère d'un duc.

— Ce serait charmant.

Violet conserva son sourire crispé, leva sa tasse et but une gorgée de thé.

Il était près de 15 heures quand Violet put enfin quitter la maison, après avoir bu plusieurs tasses de thé au jasmin. Avant qu'elle ne puisse s'échapper, Adelaïde Lockhart insista pour lui prêter sa voiture. Celle-ci la conduirait aux Manufactures Griffin, situées sur la rive sud de la Tamise.

— Ce n'est pas la meilleure partie de la ville, vous savez l'avertit la vieille dame. Etes-vous sûre que votre époux approuverait que vous vous rendiez là-bas sans être accompagnée ?

Violet mit son châle sur ses épaules.

— Rule respecte mon indépendance, affirma-t-elle.

Ce qui, bien sûr, était un mensonge. Il donnait au contraire tous les signes de vouloir se montrer un mari exigeant, autoritaire et protecteur.

Mais elle n'avait certainement pas l'intention de le laisser faire.

Le trajet en voiture fut long, à travers des quartiers effectivement peu recommandables ; mais ils atteignirent finalement un immense bâtiment en briques, arborant une tour imposante et un panneau au nom des Manufactures Griffin. Un symbole que Violet reconnut immédiatement — le griffon de la mythologie — se dressait au-dessus de l'enseigne.

Elle éprouva une soudaine bouffée de nostalgie, et ses yeux s'embuèrent. Le griffon incarnait bien son père : un homme au courage de lion, et doué de la vision acérée de l'aigle. Grands dieux, ce qu'il lui manquait ! Il ne se passait pas un jour sans qu'elle pense à lui.

Inspirant lentement pour retrouver son calme, Violet se ressaisit et décida de mettre de côté ses souvenirs. Le cocher l'aida à quitter l'habitacle, après avoir abaissé le marchepied en fer. Relevant ses jupes de soie rouille, elle se dirigea vers la porte marquée « Bureaux ».

Une clochette tinta lorsqu'elle pénétra dans le hall de la réception, et un jeune homme blond, au teint clair et aux joues roses, se hâta de rejoindre le comptoir pour l'accueillir.

— Bonjour, madame. Que puis-je pour vous ?

— Mon nom est Violet Dewar. Je suis venue voir… mon époux.

Les yeux du jeune homme s'écarquillèrent.

— Mais… bien sûr, milady.

Il s'éclaircit la gorge d'un air nerveux.

— Votre mari est actuellement en réunion avec son contremaître. Veuillez prendre place, je vais l'informer de votre venue.

— Merci.

Violet s'assit sur une banquette en acajou qui longeait le mur. Sous ses pieds, le parquet était balayé et soigneusement ciré. La réception était propre et nette, et donnait une impression d'efficacité. Derrière le comptoir se trouvait un bureau pour le jeune secrétaire, et une rangée de meubles de classement.

A travers les murs en briques, elle pouvait entendre les bruits familiers des coups de marteaux, qui signalaient qu'on assemblait des armes : des pistolets aux tailles et formes diverses, ainsi que plusieurs catégories de mousquets.

A Boston, elle avait aimé s'occuper de la partie commerciale de la manufacture, lorsqu'elle avait dû remplacer J. A. Haskell et gérer les ventes et la comptabilité. Elle appréciait le fait de travailler, et tous les défis qu'il y avait à relever lorsque l'on dirigeait une entreprise. Mais il existait d'autres types d'affaires à exploiter — des affaires qui n'avaient rien à voir avec une probable guerre civile entre Américains.

Le bruit d'une porte entrouverte interrompit ses pensées. Elle se leva lorsque Rule sortit de son bureau. L'espace d'un instant, sa haute silhouette et sa beauté virile lui coupèrent le souffle. Avec ses manches de chemise relevées, qui révélaient ses avant-bras musclés, et ses cheveux légèrement décoiffés, il incarnait une force sur laquelle s'appuyer, et semblait exercer un contrôle total sur ce qui l'entourait.

Elle s'efforça de respirer normalement et de sourire, mais elle le vit froncer les sourcils. Son expression ne cessa de s'assombrir tandis qu'il marchait vers elle.

— Par tous les diables, que faites-vous ici ?

Elle n'aima pas son ton, mais décida de ne pas en tenir compte.

— Je voulais vous parler. Je me suis levée trop tard et je vous ai manqué ce matin, alors je suis venue vous voir ici.

Il la prit par le bras, l'entraîna fermement dans son bureau et referma la porte derrière lui.

— Ceci est une usine, Violet. Pas vraiment un endroit pour une dame. Nous ne sommes qu'à quelques pâtés de maisons du port, ce qui signifie qu'il y a des vauriens et des voleurs qui traînent dans le coin. Comment êtes-vous venue jusqu'ici ?

Violet releva le menton. Elle n'appréciait pas d'être questionnée comme une criminelle.

— La grand-mère de Caroline, Adelaïde Lockhart, m'a prêté sa voiture. Je n'ai pas eu de problèmes. Je suis arrivée ici en toute sécurité.

— Si vous vouliez venir ici, vous auriez dû me demander de vous fournir une escorte.

Elle serra les dents et s'ordonna de rester calme.

— Dois-je vous rappeler que j'ai autant le droit que vous d'être ici ?

Plus de droit, en vérité, puisqu'ils n'étaient pas réellement mariés, et que la part de propriété de Rule pouvait encore être révoquée.

Rule soupira longuement et se passa la main dans ses cheveux noirs.

— Excusez-moi. Je ne veux pas qu'il vous arrive quelque chose, c'est tout.

— C'est aimable à vous, mais comme vous pouvez le voir, je vais très bien.

— Vous vouliez voir l'usine ?

— Je sais très bien à quoi ressemble une manufacture de munitions. Si je suis venue ici, c'est pour discuter de l'avenir de l'entreprise. Je me disais que vous aviez peut-être des idées à ce sujet.

Les épaules de Rule se contractèrent. Visiblement, il n'appréciait pas l'idée qu'une femme puisse s'impliquer dans la gestion d'une affaire. Il la conduisit jusqu'à l'un des fauteuils en cuir placés devant son bureau, attendit qu'elle prenne place et s'assit à son tour.

Violet songea que la pièce était aussi propre et spartiate que la réception. C'était assez surprenant. Les goûts de Rule, dans la plupart des domaines, allaient plutôt vers les choses élégantes et coûteuses.

— Ainsi, vous voulez discuter de l'avenir de l'entreprise.

— En fait, c'est ma rencontre avec M. Stanfield qui m'y a fait réfléchir.

Elle s'efforça de paraître nonchalante.

— Il a montré de l'intérêt pour l'achat de la manufacture, et j'ai pensé que vendre ne serait peut-être pas une si mauvaise idée.

— C'est ce que vous pensez ? Qu'il faudrait vendre ?

— C'est une hypothèse à envisager. Il existe une foule d'autres possibilités à explorer. Les manufactures textiles, les chemins de fer, les chantiers de bateaux à vapeur font des bénéfices incroyables ces dernières années. Pourquoi avez-vous refusé l'offre de M. Stanfield ?

— Parce que je ne crois pas que votre père aurait voulu que je vende, et parce que Burton Stanfield est un homme sans scrupule, pas le genre d'individu avec qui je souhaite faire des affaires.

— Je vois.

Rule se leva.

— J'apprécie votre intérêt, Violet, mais le fait est que, quand votre père m'a choisi pour être votre mari, il m'a aussi confié la bonne marche de l'entreprise. Je m'y suis entièrement consacré ces trois dernières années. A présent, à moins que vous ne vouliez discuter d'autre chose, pourquoi ne vous ramènerais-je pas à la maison ?

Violet pinça les lèvres. Il la congédiait sans précaution, comme si elle n'était qu'une femme futile et écervelée. Son père ne l'avait jamais traitée ainsi, et elle ne pensait pas qu'il aurait apprécié que Rule Dewar se conduise de cette manière.

Elle eut un sourire narquois. Une fois que leur mariage

serait annulé, elle se contenterait de l'informer de sa décision de vendre, un point c'est tout. De toute façon, il avait reçu de l'argent de son père à sa mort, et avait déjà gagné une petite fortune en salaires et bonus.

— Si vous n'avez rien d'autre à me dire, je suppose que nous pourrions aussi bien partir, concéda-t-elle.

Elle se leva, puis le laissa prendre son bras et la guider vers la porte.

Rule renvoya la voiture Lockhart à Belgravia et l'aida à monter dans la sienne.

— Je m'assurerai que vous ayez une voiture pour votre usage personnel dès que possible, dit-il. Je ne veux pas que vous erriez dans les rues à la recherche d'un fiacre.

Violet ne discuta pas. Elle aurait effectivement besoin d'un moyen de transport, pour le reste de son séjour à Londres.

Rule s'assit en face d'elle, en se calant au fond de la confortable banquette en velours, et l'étudia par-dessous ses cils noirs. Quand la voiture s'ébranla dans une secousse, elle sentit son regard posé sur elle, et un frisson de trouble la parcourut, qu'elle ignora délibérément.

— Ainsi, votre cousine va séjourner chez sa grand-mère ? demanda-t-il d'un ton détaché, même si ses yeux s'attardaient maintenant sur les rondeurs de sa poitrine.

Elle hocha la tête.

— Je dois lui faire envoyer le reste de ses affaires demain matin.

Il étendit ses longues jambes devant lui, du mieux qu'il put, dans l'espace confiné.

— J'ai décidé de prendre quelques jours de congé. Vous n'êtes jamais venue à Londres, et je serais heureux de vous montrer la ville. Cela vous plairait-il ?

Bien sûr, que cela lui plairait ! Elle n'avait jamais vraiment voyagé auparavant. Elle adorerait découvrir une ville aussi excitante.

Mais elle soupira intérieurement. Il ne fallait pas qu'elle se promène avec lui. Moins elle passerait de temps en sa compagnie, mieux cela vaudrait. D'un autre côté, elle ne reviendrait peut-être jamais en Angleterre… et elle détesterait avoir raté sa seule occasion de la visiter.

Elle croisa son regard, intensément fixé sur elle.

— Ce serait très aimable à vous.

Pour la première fois, Rule sourit.

— Nous ferons un tour de ville en voiture, et nous déjeunerons peut-être dans l'un des curieux petits restaurants de Bond Street. Nous visiterons le British Museum et, bien sûr, il faudra que vous voyiez le Palais de Cristal. Vous pourrez peut-être monter dans le ballon à air de M. Croxwell. Oh ! et je vous emmènerai à l'opéra.

Il lui jeta un coup d'œil.

— Vous aimez l'opéra ?

Elle sourit.

— Bien sûr.

Il parut soupeser l'idée.

— Tout bien réfléchi, je pense que le théâtre serait peut-être plus amusant. On donne une nouvelle pièce, au Panthéon royal. J'y ai une loge. Qu'en dites-vous ?

Cela semblait merveilleux. Elle adorait le théâtre et l'opéra. Toutefois, elle hésita.

Rule fronça légèrement ses sourcils noirs.

— Vous m'avez donné votre parole, Violet. Tout ce que je souhaite, c'est une chance de mieux nous connaître.

Elle poussa un soupir résigné.

— Très bien. J'adorerais voir Londres, et j'apprécierais particulièrement une soirée au théâtre.

Des fossettes se creusèrent dans les joues de Rule, et le cœur de Violet se mit à bondir d'une manière alarmante. Elle détestait qu'il puisse lui faire cet effet, rien qu'avec un sourire.

— Parfait ! Je m'occupe de tout. Dès demain, je vous montre Londres. Quand vous verrez à quel point la ville est extraordinaire, vous ne voudrez plus jamais en partir.

Mais elle avait déjà envie de partir. Elle avait envie de voir Jeffrey. Elle avait envie d'entendre sa voix et de savourer son sourire chaleureux, rempli d'amour. Elle avait envie de l'entendre dire combien il l'aimait. Elle voulait qu'il lui fasse oublier son attirance absurde pour un homme débauché, aux yeux de qui elle ne signifiait rien.

Dans peu de temps, se dit-elle. Dans peu de temps, elle n'aurait plus à supporter la compagnie de celui qui serait bientôt son ex-mari.

Violet ignora la petite voix qui l'avertissait qu'elle faisait une erreur.

8

Violet passa toute la journée suivante avec Rule. Comme promis, il lui fit faire le tour de ville, abaissant la capote de leur élégant landau noir, qu'il avait choisi afin qu'ils puissent profiter du soleil. La voiture passa devant les élégantes résidences de Mayfair et les coûteuses boutiques de Bond Street, où, comme prévu, ils déjeunèrent dans un charmant petit restaurant français.

Plus tard dans l'après-midi, Rule ordonna au cocher de les conduire à travers Hyde Park, l'endroit à la mode, où les arbres commençaient à verdir et les premières fleurs à pointer du sol. Ils n'eurent pas le temps ce jour-là de visiter le British Museum, où l'on pouvait voir une exposition d'art égyptien, mais Rule promit qu'ils s'y rendraient bientôt.

Le lendemain, il l'emmena dans le surprenant Palais de Cristal.

— Juste Ciel, je ne m'attendais pas à quelque chose de pareil ! s'exclama-t-elle.

Elle avait lu des articles sur le fabuleux hall d'exposition, bien sûr, mais tandis que la voiture roulait vers le vaste complexe édifié en hauteur et entièrement fait de verre, elle demeurait abasourdie.

Rule sourit.

— Après l'Exposition universelle de 1851, le palais a été transporté ici pièce par pièce et entièrement remonté. Depuis qu'il a rouvert, des millions de personnes sont venues le visiter.

Tandis qu'ils s'en approchaient, Violet ne pouvait quitter des yeux les gigantesques dômes de verre.

— Ceux qui l'ont conçu souhaitaient en faire un lieu d'éducation aussi bien que de distraction, poursuivit Rule. Il contient toutes sortes de choses, depuis des lézards géants vivants jusqu'à un rhinocéros empaillé.

L'excitation de Violet ne cessait de croître. Des arbres entiers poussaient à l'intérieur des serres, découvrit-elle, tandis qu'ils se promenaient à l'intérieur du palais, où des fontaines et des lacs étincelaient de tous côtés.

Rule joua les gentlemen, ainsi qu'il l'avait fait la veille, lui achetant une glace, puis un éventail peint à la main, qu'elle s'était arrêtée pour admirer. Cependant, même si elle appréciait sa compagnie plus qu'elle ne voulait l'admettre, elle aurait préféré partager cette expérience avec Jeffrey. Jeffrey était un amoureux parfait, qui savait se montrer convenable, et ne la pressait jamais de donner plus que ce qu'elle souhaitait. Pas comme Rule, dont le regard brûlant ne laissait planer aucun doute sur ses intentions.

Ils mirent fin à leur visite en début d'après-midi, et rentrèrent à la maison assez tôt pour que Violet puisse faire une sieste et s'habiller pour la soirée au théâtre. Elle songea qu'après tout elle n'avait aucune raison de se sentir excitée comme une collégienne. Mais, tandis que l'heure de leur départ approchait, l'impatience se mit à couler dans ses veines et lui fit battre le cœur.

— J'aimerais savoir quelle robe porter, dit-elle fébrilement à Mary, qui avait sorti une toilette en brocart de soie émeraude, et une robe rose en taffetas avec une jupe de dentelle crème.

Les deux étaient ravissantes, et leur décolleté échancré était à la mode. Violet essaya de ne pas se demander quelle robe Rule pourrait préférer.

Sur la suggestion de Mary, elle choisit l'émeraude.

— Elle ira très bien à votre teint.

— Entendu. Aidez-moi, voulez-vous, Mary ?

Elle se dirigea vers le lit.

— Voyons si vous avez raison.

La soubrette aux cheveux châtains et à l'ample corsage l'aida à passer ses dessous et serra son corset, puis l'aida à mettre la crinoline, et enfin la jupe, largement déployée.

— J'avais raison, milady. Ce vert va parfaitement avec vos yeux.

Tandis que Mary boutonnait le dos de la robe, Violet se posta devant le grand miroir ovale pour juger de l'effet. Elle accordait rarement autant d'attention à son apparence, mais ce soir était une occasion spéciale. Elle voulait se montrer sous son meilleur jour.

D'un autre côté, bien que Rule se soit parfaitement conduit jusqu'à présent, il avait clairement exprimé ses intentions. Il voulait consommer leur mariage. Elle se demanda quels pièges recèlerait la soirée.

Elle prit une grande inspiration. Elle ne pouvait retarder plus longtemps le moment de rejoindre son mari.

— Passez une bonne soirée, milady.

— Merci, Mary. Je suis sûre que ce sera le cas.

Elle craignait même que la soirée ne soit trop bonne… *Garde tes distances*, s'ordonna-t-elle.

Mais elle ne put s'empêcher d'éprouver une bouffée de plaisir quand elle atteignit le bas de l'escalier et vit une lueur de désir briller dans les yeux bleus de Rule.

— Vous êtes magnifique, dit-il, et elle fut certaine qu'il le pensait.

Ses joues rosirent.

— Merci.

Il sourit.

— Vous serez la plus belle femme de tout le théâtre.

Elle rit.

— Vous êtes trop galant. La couleur de mes cheveux n'est pas à la mode, et je suis trop petite pour avoir de l'allure ; mais je suis contente que vous approuviez ma robe.

— Votre chevelure a l'éclat du feu et vos formes sont parfaites. Croyez-moi, j'approuve totalement.

Il la parcourut du regard, sans dissimuler son désir. Le

cœur de Violet s'emballa. Avec sa tenue de soirée noire, et son épingle en diamant piquée dans son écharpe blanche, il était terriblement beau.

Ce qui ne signifiait rien, se dit-elle. Absolument rien. C'était le caractère de l'homme qui importait, pas son allure.

Rule saisit sa cape de velours noir doublée de soie émeraude et la plaça sur ses épaules, puis le majordome ouvrit la porte et s'écarta pour les laisser passer, un léger sourire flottant sur son visage ridé. Peut-être n'était-il pas aussi rigide qu'il en avait l'air.

— Bonne nuit, Hat, dit-elle en souriant, pour le décontenancer.

Elle y parvint, apparemment, car ses yeux pâles s'écarquillèrent tandis qu'elle sortait sous le porche.

Rule sourit.

— Il va avoir une attaque d'apoplexie si vous lui souriez trop souvent.

— Ne soyez pas stupide. Votre M. Hatfield est le plus convenable des majordomes.

Rule souriait toujours.

Lorsqu'ils arrivèrent au théâtre du Panthéon, leur voiture se rangea derrière d'autres véhicules, qui avançaient lentement vers le portique de l'entrée. La façade du bâtiment était ornée de dorures, et quand ils suivirent le tapis de velours rouge, assorti au papier peint du vestibule, Violet songea que ce théâtre était vraiment somptueux.

La pièce, intitulée *Le Marin*, était présentée comme une aventure captivante, une comédie musicale où des pirates se lançaient à l'abordage, et où une damoiselle en détresse était sauvée par le héros. C'était la première de la pièce, et tout le monde l'attendait avec impatience, car la dernière œuvre de l'auteur avait connu un énorme succès.

— Ma loge est au premier, dit Rule, en guidant Violet dans l'un des deux larges escaliers qui tournaient vers la droite et la gauche.

Il la conduisit le long d'un couloir et la fit entrer dans l'une des loges drapées de velours du premier balcon.

Une large scène s'étendait devant eux, surplombant l'orchestre.

— Il y a des sièges libres, au deuxième étage, expliqua Rule, mais les loges offrent une meilleure vue sur la scène.

Et une certaine intimité, aussi. Si les rideaux étaient tirés, il était difficile, sinon impossible de voir à l'intérieur de la loge. Violet se demanda si Rule s'était déjà servi de cette sorte d'alcôve pour séduire des femmes. Et s'il essaierait de le faire avec elle ce soir-là.

Elle décida de ne pas tenir compte de son trouble, ni de ses joues, qui s'empourpraient. Il ne l'avait plus embrassée depuis le soir du bal, bien qu'il ait promis — ou menacé — de le faire.

Elle pourrait cependant tolérer un baiser, ce soir. Mais rien de plus.

Ils bavardèrent agréablement jusqu'à ce que tous les sièges se remplissent, et que les lampes à gaz commencent à s'éteindre.

L'action débuta sur la scène, et Violet oublia l'homme à côté d'elle pour se laisser captiver par les rebondissements de la pièce. Un navire en carton-pâte contenait le capitaine, son équipage, et bien sûr l'héroïne — la fille du riche armateur, une jeune femme qui allait rejoindre son père.

De fausses vagues montaient et descendaient, donnant l'impression que le bateau était en pleine mer. Des chansons étaient entonnées avec entrain, et le public riait aux pantomimes des acteurs. Vers la fin du premier acte, les pirates attaquèrent, tirant avec leurs canons sur le navire en carton, faisant jaillir des étincelles et de la fumée.

Violet n'aurait su dire comment tout cela était conçu, mais elle se rendit vite compte que cela ne se passait pas tout à fait comme prévu.

Et c'est alors que les problèmes commencèrent.

Rule gardait les yeux fixés sur Violet, à souhaiter que la pièce s'achève et qu'ils rentrent chez eux. Ce soir, il était bien déterminé à l'embrasser, à l'émouvoir, et à poursuivre sa tentative de séduction.

Sapristi, ce qu'il la désirait ! Chaque fois qu'elle inspirait, ses seins ravissants se soulevaient délicatement au-dessus du corset — deux douces rondeurs, prêtes à être goûtées. Un seul coup d'œil à la ligne délicate de sa mâchoire, à la courbe suave de ses lèvres, suffisait à enflammer ses reins. Il était excité depuis qu'il l'avait vue descendre gracieusement l'escalier de sa maison. Il se sentait tellement empli de désir pour elle qu'il était à peine capable de regarder la pièce.

Aussi lui fallut-il un moment pour s'apercevoir que quelque chose ne tournait pas rond. Le public s'agitait, des gens se levaient de leur fauteuil.

— Rule… ?

Il perçut l'inquiétude dans la voix de Violet juste avant de constater qu'une partie des feux d'artifice utilisés dans l'attaque des pirates avait fusé de biais, et que les rideaux de la scène avaient pris feu.

Il se leva brusquement et la prit par la main.

— Tenez-vous à moi et, quoi qu'il advienne, ne me lâchez pas.

Il se dirigea rapidement vers l'entrée de la loge, l'entraînant avec lui.

Sur scène, les flammes progressaient à toute allure, courant le long des murs, enflammant le papier peint, sautant d'un rideau à l'autre, s'étendant vers les gens de l'orchestre, qui criaient en courant vers la sortie.

Le couloir qui desservait les loges était déjà rempli de spectateurs terrifiés. Les jupes élégantes des femmes prenaient une place énorme et encombraient la voie. Certaines pleuraient tandis qu'on les poussait en avant, les hommes faisant de leur mieux pour leur libérer un passage dans la foule.

— Essayez de rester calme, dit Rule. Je vais nous sortir d'ici, Violet, je vous le promets.

Elle hocha simplement la tête. Ses beaux yeux verts semblaient inquiets, mais elle se fraya un passage sans hésiter au milieu des gens qui se bousculaient le long du couloir. La masse affolée se précipitait en avant. De la fumée emplissait le couloir, à présent, et, à travers l'une des loges, Rule vit que le feu avait presque atteint l'escalier à l'autre bout du théâtre. Il y eut des cris paniqués tandis que la fumée emplissait les poumons des spectateurs. Les flammes bondissaient à travers l'orchestre, enflammaient les rideaux des loges et gagnaient le couloir.

Une femme s'évanouit, tombant au milieu de la cohue de gens se pressant pour sortir. Un homme tomba sur elle, puis un autre. Rule gardait Violet près de lui, et elle serrait fortement sa main. Il avait peur pour elle. C'était lui qui l'avait amenée ici, qui avait mis sa vie en danger. Il la ferait sortir saine et sauve d'ici, se jura-t-il. Quoi qu'il faille faire pour cela.

La foule se précipitait vers l'escalier tournant, qui n'était pas assez large pour contenir une telle foule. Des flammes crépitaient devant eux, rouge orangé, brûlantes. La panique semblait rendre les gens fous.

Soudain, un homme fit volte-face et se précipita dans la direction opposée, heurtant Violet, et arrachant sa petite main à celle de Rule.

— Violet ! cria-t-il.

Il essaya de la rejoindre tandis qu'elle reculait, emportée par l'élan de l'homme. Puis elle disparut sous la masse humaine qui fuyait pour sauver sa vie.

— Violet !

La terreur l'envahit. Elle était toute petite. Elle pouvait être écrasée et étouffée à mort. Comme un possédé, il écarta brutalement les gens qui lui faisaient face, se frayant un chemin de l'épaule, déterminé à retrouver Violet, terrifié à l'idée qu'elle puisse être piétinée par la masse frénétique.

Soudain, il entrevit de la soie émeraude et repoussa les spectateurs affolés pour la rejoindre. Il saisit sa main, la remit sur pied et la prit dans ses bras.

— Violet, Dieu merci !

Tremblant de la tête aux pieds, elle s'accrocha à lui. Ses cheveux défaits tombaient librement sur ses épaules, tel un rideau de flamme répondant au brasier environnant. Sa robe déchirée laissait voir son épaule nue.

Rule rassembla toute son énergie.

— Il faut que nous sortions d'ici. Venez avec moi.

Il ne pouvait pas lui laisser voir son inquiétude ni sa peur. Il fallait qu'il trouve une solution. En un instant, il prit une décision.

— Par ici ! cria-t-il par-dessus les hurlements. Retournons d'où nous venons !

De la fumée et des flammes envahissaient les loges, du côté du théâtre. Mais s'ils restaient près du mur leur faisant face, ils avaient peut-être une chance de s'en sortir.

L'homme qui avait rebroussé chemin avait disparu derrière un écran de fumée. Rule savait vers quoi il s'était dirigé : une issue au fond du bâtiment, un petit escalier extérieur qui rejoignait l'une des allées. Il l'avait remarqué, une fois, en se rendant aux toilettes.

Les cris et les hurlements s'amplifiaient, et la terreur ne cessait de croître. Du coin de l'œil, il aperçut une femme dont la jupe avait pris feu ; il entendit Violet crier, et la vit faire volte-face pour aller aider la malheureuse.

— Non ! Avancez ! ordonna-t-il, la forçant à détourner la tête de la torche humaine, et sachant qu'il était déjà trop tard.

Il la tira en avant, vers le mur de fumée noire. Il sentait qu'elle tremblait de tout son corps tandis qu'il l'entraînait le long du couloir.

— Il y a une porte à l'autre bout. Si nous parvenons à l'atteindre, nous pourrons sortir !

Elle toussa, jeta un coup d'œil derrière elle, puis hocha la tête et serra sa main plus fort. Elle avait confiance en lui. Et il n'avait pas l'intention de faillir.

Ils coururent le long du couloir, mais la lourde jupe et la crinoline de Violet la gênaient pour avancer.

Des flammes léchèrent le sol devant eux.

— Restez contre le mur ! cria-t-il, l'entraînant au milieu de la fumée.

Il la sentit hésiter un instant, mais elle le suivit dans les tourbillons noirs. Il pria pour ne pas s'être trompé.

Mon Dieu, s'il vous plaît, montrez-moi le chemin.

Mais la fumée et l'obscurité étaient tout ce qu'il pouvait voir devant lui. Il tira un mouchoir de sa poche et le tendit à Violet, qui le pressa sur son nez et sa bouche. Toussant violemment, il l'entraîna vers l'avant, tout en plaquant son dos contre le mur, pour éviter que ses jupes volumineuses ne prennent feu avant qu'ils n'atteignent la porte.

Des flammes grignotaient le plafond et redescendaient vers le sol.

— Est-ce que…

Elle toussa.

— Est-ce que nous allons… mourir ?

— Pas si je peux l'empêcher.

Rule continua à la tirer, mais il savait que le temps pressait. S'il s'était trompé, ils mourraient.

Le mur semblait n'avoir pas de fin. Il n'y avait aucune ouverture en vue. Il avançait aussi vite qu'il pouvait, redoutant que le plancher ne cède sous eux. Toujours pas d'échappatoire visible. Seulement de la fumée et des flammes.

Rule jura violemment et continua à aller de l'avant, dans la fumée qui l'aveuglait, la main de Violet serrée dans la sienne. Il savait combien elle devait être terrifiée, et cependant elle s'était montrée pleine de courage.

Il lui montrerait son courage, lui aussi.

— Tenez bon ! dit-il. Nous y sommes presque.

Clignant les paupières, car ses yeux le brûlaient, il pria pour que ce soit vrai. Et, enfin, il la vit — la porte qui donnait sur l'étroit escalier extérieur. De petites flammes en léchaient les bords, mais ils avaient assez de place pour passer. Il leva le loquet, remercia le Ciel qu'il ne soit pas verrouillé, et se demanda si l'homme qui était parti dans cette direction avait déjà réussi à se sauver. Poussant la porte, il tira Violet en avant et inspira une goulée d'air frais.

— Venez !

Elle tenta de passer, mais ses jupes étaient trop larges. Elle souleva sa crinoline et se tourna de côté pour sortir ; mais, alors qu'elle posait le pied sur la plate-forme, sa robe de soie verte prit feu.

— Rule !

Elle frappa sauvagement les flammes qui dévoraient l'étoffe. Rule claqua la porte derrière eux, retira sa jaquette et s'en servit pour étouffer le feu.

Heureux qu'elle soit saine et sauve, il regarda l'escalier abrupt.

— Pouvez-vous descendre ?

— Aidez-moi.

Elle lui tourna le dos, exposant la rangée de petits boutons à défaire, dans le dos de sa robe. Ils n'en avaient pas le temps. Saisissant le tissu dans ses poings, il déchira la robe en deux, la fit passer par-dessus sa tête et la jeta de côté. Violet délaça les liens de sa crinoline et Rule l'aida à en sortir.

Il n'eut pas le temps d'admirer ses courbes, révélées par ses pantalons et ses bas. La seule chose à laquelle il songeait, c'était de l'emmener en lieu sûr.

Le feu sortait des fenêtres, à présent, et la porte était en flammes. Il descendit devant Violet, pour pouvoir la rattraper si elle glissait ; mais elle descendit les marches étroites d'un pas ferme, digne de la fille de Howard Griffin.

Dès qu'ils atteignirent l'allée, il posa sa jaquette roussie sur les épaules de la jeune femme, la couvrant tout entière, à l'exception de ses jolies jambes gainées de soie. Puis il la prit dans ses bras et la serra contre lui.

Tremblant de tout son corps, Violet se mit à tousser, rappelant à Rule qu'ils étaient encore en danger. Il la prit par la main et l'entraîna avec lui. Ils coururent dans l'allée pour s'éloigner du bâtiment en feu. Des gens les dépassèrent en courant — un groupe d'acteurs et de machinistes, qui se précipitaient eux aussi vers un endroit sûr.

Alors qu'ils atteignaient la rue, une grande voiture rouge de pompiers, tirée par quatre chevaux blancs au galop, passa près d'eux dans un bruit de tonnerre, flanquée de trois autres véhicules.

Violet trébucha. Rule la rattrapa avant qu'elle ne tombe, la souleva dans ses bras et continua à courir. Le théâtre ne pouvait plus être sauvé. Ceux qui étaient encore à l'intérieur étaient condamnés.

Parcourant du regard le chaos, Rule inspecta la rue, espérant trouver sa voiture. Il aperçut son cocher qui accourait vers lui.

— Je savais que vous vous en sortiriez ! Je savais que vous ne laisseriez pas mourir votre dame !

Rule sentit l'émotion lui serrer la gorge. Il pressa l'épaule du cocher.

— Il faut que nous l'éloignions d'ici, Bellows. Nous devons nous assurer qu'elle va bien.

— Ne vous inquiétez pas, milord. Je vais la ramener à la maison.

Il désigna le bout de la rue.

— La voiture est juste un peu plus loin. Je ne peux pas l'approcher, avec cette foule. Il faudra que vous me suiviez.

Rule baissa les yeux sur Violet. Elle avait le visage maculé de suie, et tremblait fortement.

Il ajusta un peu mieux sa veste sur elle.

— Vous êtes en sécurité, maintenant, ma douce. Vous serez bientôt à la maison.

— Je... je vais bien. Vous n'êtes pas obligé de me porter. Je... je peux marcher.

Rule ignora sa demande. Il ne la lâcherait pas jusqu'à ce qu'elle soit en sûreté dans sa voiture. Emboîtant le pas à son robuste cocher, il aperçut finalement le véhicule. Bellows ouvrit la portière, et Rule déposa Violet sur la banquette.

— Ramenez-la à la maison, Bellows.

Violet se tourna vivement vers lui.

— Et... et vous ?

— Je dois voir si je peux faire quelque chose, pour aider les pompiers, au théâtre.

— Je... je ne partirai pas sans vous !

Il vit qu'elle avait l'air déterminée. S'inquiétait-elle pour lui ? Il sentit de nouveau l'émotion l'envahir.

— Très bien, je reviendrai aussi vite que possible.

Le temps qu'il atteigne la façade du théâtre, il put voir que les pompiers et la police avaient pris les choses en main.

On s'occupait des blessés, et des voitures emmenaient les survivants. Il ne restait rien à faire, hormis prier pour les victimes de l'incendie.

Après avoir jeté un dernier coup d'œil sur la scène du drame, il tourna les talons et regagna à grands pas la voiture, impatient de s'éloigner du Panthéon royal. Il fit un signe à son cocher, ouvrit la portière, et monta dans l'habitacle plongé dans la pénombre.

Violet semblait lutter pour ne pas pleurer.

— Tout va bien, ma douce, c'est fini. Vous n'avez plus rien à craindre.

Elle leva les yeux vers lui, et des larmes roulèrent sur ses joues.

— Des gens... des gens sont morts là-dedans. Il y avait une femme... sa robe a pris feu, et ensuite ses cheveux, et...

— Chut, mon cœur, n'y pensez plus.

Elle ne protesta pas quand il la prit doucement sur ses genoux.

— Pensez juste que vous avez été très courageuse, et que je suis très fier que vous soyez ma femme.

Elle secoua la tête.

— Je n'ai pas été courageuse. C'est vous qui l'avez été. J'étais terrifiée.

Il lissa les boucles cuivrées qui retombaient sur ses épaules.

— C'est ce qui s'appelle la bravoure. Etre effrayé, et avoir malgré tout le courage de faire ce qu'il faut. Croyez-moi, j'avais peur, moi aussi.

Peur de la perdre. Peur que sa belle et jeune épouse n'ait jamais la chance de connaître la vie. Peur de lui faire défaut, plus encore que lorsqu'il l'avait abandonnée à Boston.

— Ces pauvres, pauvres gens !

Violet enfouit son visage au creux de l'épaule de Rule et se mit à pleurer. Ses sanglots le touchèrent en plein cœur.

Il se contenta de la tenir contre lui.

Et, en silence, il remercia le Ciel d'avoir pu la sauver.

9

Violet ne se souvenait absolument pas du trajet du retour, ni de Rule la portant dans l'escalier jusque dans sa chambre. Elle se rappelait seulement qu'il l'avait tenue sur ses genoux dans la voiture, lui caressant les cheveux, et lui disant qu'elle n'avait plus rien à craindre.

Elle se souvenait de son beau visage noirci de suie et de son habit de soirée roussi par le feu, de l'odeur de fumée qui les entourait, et de la détermination qui se lisait dans ses yeux, quand il l'avait guidée dans le couloir en flammes.

Elle se souvenait de s'être demandé si elle le suivait en enfer, ou s'il la conduisait hors du danger. Dans ce moment d'incertitude, elle s'était souvenue de lui dans son bureau, si maître de lui, contrôlant tout, et elle avait placé sa vie entre ses mains.

Il ne l'avait pas déçue.

Elle le regardait maintenant, debout près d'un plateau en argent supportant une bouteille de cognac et deux verres en cristal. Assise dans un fauteuil devant la cheminée, elle l'observa tandis qu'il emplissait les verres. Il revint vers elle, et mit l'un des verres dans sa main qui tremblait.

— Buvez. Cela vous fera du bien.

Elle obéit, laissant la chaleur de l'alcool lui brûler la gorge. Elle n'avait jamais goûté de cognac. Son père aimait le whisky. Il lui en avait fait boire une gorgée de temps à autre, et elle avait appris à en apprécier la saveur.

— Buvez le reste.

Il porta le verre à ses lèvres et elle le vida, sentant qu'elle commençait à se détendre.

Rule se dirigea alors vers la coiffeuse et versa de l'eau dans la cuvette. Avant de partir pour le théâtre, Violet avait donné sa nuit à Mary, pour aller voir sa mère. Elle s'en souvint tout à coup en voyant Rule mouiller un linge propre et revenir vers elle. Elle sentit la douceur apaisante de l'eau sur sa peau, tandis qu'il baignait son visage et ses épaules, puis il retourna à la cuvette pour se laver.

Il n'avait plus sa jaquette ni son écharpe, et son gilet était négligemment jeté dans un fauteuil.

— Vous sentez-vous mieux ? demanda-t-il en la rejoignant.

Elle hocha la tête, mais ne put s'empêcher de frissonner. Elle ne pouvait s'empêcher de songer à la femme dans le couloir, aux flammes qui couraient sur sa robe, à ses cheveux en feu, à ses atroces cris de douleur. Un autre souvenir refit surface — elle était poussée et séparée de Rule, elle trébuchait, elle sentait sur elle le poids d'un homme, puis d'un autre, qui la clouaient au tapis et l'empêchaient de respirer.

— Pourrais-je… pourrais-je en avoir un peu plus ?

Elle leva son verre vide. Rule le remplit et le lui rendit. La main de Violet trembla tandis qu'elle buvait une gorgée, puis une autre. La chaleur de l'alcool l'apaisa et détendit son corps, émoussant aussi quelques-uns de ses terribles souvenirs.

— Je me demande combien de personnes… sont mortes ce soir.

Elle vida son verre, désirant boire encore, souhaitant que le cognac puisse lui faire tout oublier.

Comme s'il lisait dans ses pensées, Rule la servit encore un peu.

— Je ne sais pas si je dois… Je bois trop, je le crains.

Des larmes lui embuèrent les yeux et se mirent à rouler sans bruit sur ses joues. Elle se sentait faible et lâche. Que penserait son père ? Puis Rule fut là, lui retirant le verre qu'elle avait vidé, s'asseyant à côté d'elle et l'attirant dans ses bras.

— Je suis navré de vous avoir emmenée dans ce théâtre. Si je pouvais tout recommencer…

— Ce n'était pas votre faute, dit-elle entre ses larmes, et elle le sentit la serrer plus fort.

Elle s'appuya contre lui, cherchant son réconfort, sa protection, et glissa les mains autour de son cou.

— J'avais peur de vous perdre, dit-il en posant un baiser sur son front. Je n'ai jamais eu aussi peur de ma vie.

Violet leva une main et la posa sur sa joue.

— Vous m'avez sauvé la vie. Si ce n'avait pas été vous… Si j'avais été là avec quelqu'un d'autre…

Sa voix se brisa et Rule la fit taire d'un baiser — une caresse douce et tendre, qui disait combien il regrettait ce qu'elle avait enduré.

Violet lui rendit son baiser, tentant ainsi d'oublier les horribles souvenirs de la soirée. Le baiser se prolongea, s'approfondit. L'alcool fit disparaître les réserves de Violet. Désormais, elle ne pensait plus qu'à Rule, non à la tragédie à laquelle elle avait assisté. Son corps se fit languide, et une onde de chaleur envahit tout son corps.

Le désir s'empara d'elle, modifiant peu à peu l'intensité de son baiser. La flamme qui couvait en elle se mit à brûler plus fort, plus haut, devenant aussi incontrôlable que celles qui s'étaient emparées du théâtre. Rule retira la jaquette qui couvrait encore ses épaules et pressa sa bouche contre sa peau nue. Puis il remonta le long de son cou et s'empara de nouveau de ses lèvres.

Sous ces baisers brûlants, Violet sentit le plaisir submerger tous ses souvenirs. Faisant glisser la fine bretelle de son corsage sur son épaule, Rule se mit à parcourir de baisers sa peau fine, puis descendit jusqu'à la douce rondeur d'un sein et le prit dans sa bouche. Le désir jaillit telle une flèche, vif, aigu, exigeant. Violet ne pouvait désormais penser à rien d'autre qu'à le satisfaire.

Elle était en vie, et reconnaissante de l'être.

En vie grâce à lui.

Les dents de Rule mordirent légèrement son téton durci,

gonflé par le plaisir. Il se tendit plus encore quand Rule le caressa de la langue. La peau de Violet s'embrasa, et une douleur inconnue s'empara de son ventre.

Lorsqu'il la souleva dans ses bras pour la porter jusqu'au lit, lorsqu'il la déposa sur le matelas de plumes et lui retira son corsage et ses bas, ce fut à peine si elle s'en rendit compte. Il l'embrassa de nouveau, fit glisser ses mains le long de son corps, puis caressa du doigt les boucles rousses de son sexe. Quand il embrassa ses seins, ses cuisses, et écarta les replis moites et secrets de sa féminité, trouvant le centre de sa volupté, le désir, au creux de son ventre, devint incontrôlable.

Son cœur battait frénétiquement, et sa peau lui semblait brûlante et tendue. Arquée vers le ciel, elle appela encore et encore ses baisers profonds, enivrants, et ses caresses expertes.

Chaque partie de son corps palpitait pour lui. Il la quitta un instant, et elle se mordit la lèvre pour ne pas le supplier de revenir. Puis le matelas se creusa et elle sentit le poids de son corps sur elle, sentit qu'il lui écartait les jambes et s'installait entre ses cuisses.

— Violet..., chuchota-t-il, l'embrassant avec douceur.

Tandis qu'il se penchait sur elle, les muscles de son torse puissant frottèrent sur ses mamelons, qui se raidirent et se gonflèrent. Elle crispa les doigts sur ses larges épaules, cherchant un point d'appui dans la tornade de plaisir que suscitaient ses baisers.

— Doucement, mon cœur, murmura-t-il lorsque ses hanches s'élevèrent vers le sexe lourd et dur qui se pressait contre son ventre.

Sa main trouva de nouveau sa féminité, s'insinua dans ses replis, la caressa jusqu'à ce qu'elle se mette à crier son nom. Il se préparait à la posséder, elle le savait, mais elle n'en avait cure. Ils étaient mariés. Il l'avait sauvée. Elle brûlait de l'avoir en elle.

Rule s'avança lentement, la pénétrant avec un soin exquis. Il l'embrassa profondément lorsqu'il atteignit sa virginité, et la dépassa pour se glisser complètement en elle. Il y eut un bref instant de douleur, mais beaucoup moins vive que ce qu'elle avait imaginé. Bientôt, tout ce qu'elle sentit fut son poids chaud sur elle, l'épaisseur de son sexe en elle, ses puissantes allées et venues, et le plaisir croissant qui l'envahissait.

Elle était si moite, si sensible. Un besoin renouvelé naquit dans son ventre, l'échauffa, l'excita au point qu'elle ne pouvait plus songer à rien. A chacun de ses profonds assauts, il semblait aller au plus profond d'elle-même ; à chacun de ses retraits, elle le suppliait de revenir. La tension s'accroissait tout au fond d'elle, si dense qu'elle paraissait tangible, contractant ses muscles les plus intimes.

Puis elle atteignit le comble de la volupté, submergée par des vagues de plaisir si douces et si puissantes qu'elle ne put retenir un cri, envahie d'une sensation tellement intense que tout son corps en fut ébranlé.

Sous ses mains, les muscles des épaules de Rule se crispèrent. Il renversa la tête en arrière, et elle sut qu'il éprouvait le même plaisir indicible que celui qu'il lui avait donné.

Finalement, ses muscles noués se relâchèrent, et il se détendit contre elle. Plusieurs secondes passèrent. Puis il embrassa son cou, se souleva et s'allongea à côté d'elle. Il la prit dans ses bras et elle ressentit une joie inouïe, un contentement qui ne ressemblait à rien de ce qu'elle avait connu jusqu'alors. Les chaudes sensations s'attardèrent en elle, pleines de douceur, apaisantes. Ce fut la dernière chose dont elle se souvint avant de glisser dans le sommeil.

Rule était allongé près de sa femme endormie.

Sa femme.

Elle était sienne, désormais. Elle lui appartenait. Savoir cela l'emplissait d'un puissant sentiment de triomphe. Et de soulagement. Et d'une satisfaction qu'il n'avait jamais éprouvée auparavant.

Il lissa une boucle de cheveux roux. Il n'avait pas eu l'intention de profiter de la situation. Elle souffrait, elle était vulnérable et, à plusieurs reprises, il avait tenté de s'arrêter. Puis il s'était rappelé ces moments dans le théâtre en feu, ces moments où il avait pensé qu'elle risquait de mourir, et qu'il la perdrait à jamais. S'il lui faisait l'amour, elle ne pourrait plus annuler le mariage. Elle serait à lui. Elle serait son épouse autrement que de nom, et ils pourraient commencer à songer à un avenir commun.

Un court instant, il avait songé à tout ce qu'il y gagnerait. Il garderait la moitié des parts de Griffin, comme le père de Violet l'avait prévu. Mais ce n'était pas l'argent qui avait motivé ses actes.

C'était son besoin de Violet. Le besoin de la protéger. Le besoin qu'elle reste dans sa vie.

Et le désir charnel, tout-puissant.

Elle avait failli mourir, ce soir-là. Ils avaient failli mourir tous les deux. Il ne serait plus jamais capable de mener la vie superficielle et creuse qu'il avait tant appréciée auparavant. Il ne savait pas exactement ce qu'il souhaitait pour l'avenir, mais il avait épousé une femme d'une beauté et d'un courage incroyables, et il avait l'intention de la garder.

Il se pencha sur elle et baisa son front. Elle était sienne, maintenant. Les draps portaient les traces de sa virginité. Elle ne pourrait pas le nier.

Rule se rallongea à côté d'elle. Il était de nouveau dur, et souhaitait la posséder de nouveau.

Cela n'arriverait pas. Du moins pas ce soir.

L'attirant un peu plus contre lui, il ferma les yeux et tenta d'oublier combien il avait été près de la perdre.

Violet s'éveilla au son de la voix douce de Mary.

— Votre mari a demandé que l'on vous prépare un bon bain chaud, milady. Il est presque midi. Vous ne voudriez pas que l'eau refroidisse, pas vrai ?

Violet lutta pour se réveiller et tenta de s'asseoir. La tête lui tournait, et le sang lui martelait les tempes. Elle reposa la tête sur l'oreiller.

— Vous avez eu une très mauvaise soirée, milady. Vous vous rappelez l'incendie ? Vous feriez bien de ne pas vous lever trop vite.

L'incendie. Juste Ciel, comment avait-elle pu oublier ?

Des images surgirent, des flammes léchant les rideaux, des gens hurlant de terreur. Une femme brûlant vive.

La gorge de Violet se serra. Elle ferma les yeux, luttant pour repousser les souvenirs.

— Allez-vous bien, milady ?

Le visage rond de Mary était penché sur elle.

— Devrais-je aller chercher Monsieur ?

Violet secoua lentement la tête, s'efforçant de contrôler la migraine qui lui serrait les tempes et la nausée qui montait dans sa gorge.

— J'ai juste besoin d'un petit moment pour me réveiller, et tout ira bien.

Quelques secondes plus tard, elle essaya de nouveau de se lever, mais elle s'aperçut alors qu'elle était nue, et de nouveaux souvenirs l'assaillirent. Rule en train de l'embrasser. Rule lui faisant l'amour !

Repoussant brusquement les couvertures, elle baissa les yeux sur les taches rouges qui maculaient le drap, preuve de sa virginité perdue, et sentit la colère monter en elle.

— Comment a-t-il osé !

Elle remonta les couvertures sur elle, luttant pour garder le contrôle d'elle-même.

— Donnez-moi ma robe de chambre.

— Mais… et votre bain ?

Violet tourna les yeux vers la baignoire en cuivre remplie d'eau chaude, assez grande pour qu'elle s'y immerge. Un parfum de violette montait de l'eau. Elle avait besoin d'avoir les idées claires pour affronter Rule, et il fallait qu'elle éteigne le feu qui brûlait en elle.

Ainsi que de laver les traces de leur étreinte.

Serrant la robe de chambre contre elle, elle prit la main de Mary et laissa la soubrette la conduire jusqu'à la baignoire. Avec précaution, elle entra dans l'eau et se sentit immédiatement plus détendue.

L'eau parfumée lui parut merveilleuse. Sa migraine se dissipait, mais elle avait mal partout. Elle se souvint d'être tombée dans le couloir, d'avoir été écrasée sous le poids de plusieurs hommes paniqués. Elle se rappela qu'elle ne pouvait plus respirer, et qu'elle avait cru mourir.

Puis Rule était arrivé, se frayant un chemin dans la foule à coups d'épaule, luttant contre la marée humaine de gens qui hurlaient, déterminé à la rejoindre.

Il l'avait sauvée. Il l'avait sauvée d'une mort certaine dans ce théâtre.

Il l'avait gardée en vie.

En échange, il avait pris sa virginité. Il avait obtenu ce qu'il voulait — la fortune que son père avait mise de côté pour lui, s'il restait son mari. Il avait obtenu ce qu'il avait convoité depuis le début.

— Laissez-moi vous aider, milady. Il faut vous laver les cheveux.

Violet ne discuta pas. Elle sentait la suie et la fumée. Et quelque chose de bien plus intime. L'odeur virile et musquée de Rule semblait marquer tel un sceau chaque partie de son corps.

Rule. Elle ne voulait pas penser à lui. Ne voulait pas se rappeler ce qu'il lui avait fait ressentir. Pas encore.

A la place, elle se concentra sur le bain, accepta l'aide de Mary pour laver et rincer ses cheveux, puis les enrouler dans une serviette.

— Je me sens beaucoup mieux.

Elle s'appuya sur le bord de la baignoire.

— Merci, Mary. Maintenant, si cela ne vous fait rien, j'aimerais rester seule un moment.

— Vous êtes sûre, milady ? Vous êtes toute pâle. Vous êtes certaine que ça ira ?

— Oui. Si cela ne vous ennuie pas de revenir un peu plus tard, j'aurai besoin de votre aide pour m'habiller.

— Bien sûr, milady.

Mary sortit et referma doucement la porte.

Violet eut un soupir las et ferma les yeux. Elle aurait dû savoir qu'elle ne pouvait pas lui faire confiance. Même s'il l'avait sauvée, il avait profité de la situation pour la trahir de la pire façon.

Comme elle avait trahi, elle aussi, l'homme qui l'aimait.

Son cœur se serra. Grands dieux, que ressentirait Jeffrey lorsqu'il découvrirait ce qu'elle avait fait ? Il ne le lui pardonnerait jamais. Il n'y aurait pas d'avenir pour eux. Elle n'aurait jamais le mari aimant dont elle avait rêvé. Allait-elle être contrainte de vivre avec un homme qui ne se souciait que de lui-même et de ce qu'il pouvait gagner ?

Violet avait envie de pleurer, mais réprima son sanglot.

Après ce qu'elle avait fait, elle ne méritait pas la consolation des larmes.

Quand Mary revint la voir, elle était prête à s'habiller et à affronter Rule. Elle était impatiente de voir son expression, lorsqu'elle lui dirait qu'elle voulait divorcer.

Rule était assis à son bureau, dans son cabinet de travail. Une pile de croquis qu'il avait apportés à la maison pour travailler était posée devant lui. Des illustrations de nouvelles armes, des modifications de certains des fusils et des mousquets qu'ils fabriquaient actuellement. Il fallait qu'il les étudie l'un après l'autre, décide des améliorations à apporter aux différents produits, trouve les moyens de procéder aux changements nécessaires.

Au lieu de ça, il ne pouvait penser qu'à Violet et à ce qui s'était produit entre eux la nuit dernière.

Elle avait subi un terrible traumatisme. Il n'aurait pas dû lui faire l'amour. Et, pourtant, il ne pouvait dire qu'il le regrettait. Ce serait arrivé, tôt ou tard. Il était déterminé à rendre leur mariage effectif.

Il repoussa son fauteuil. Si elle n'était pas encore réveillée, il allait s'en charger. Il était inquiet à son sujet. Il avait besoin de s'assurer qu'elle allait bien.

Il se dirigeait vers la porte lorsqu'elle s'ouvrit brusquement. Surpris de voir Violet entrer dans la pièce et marcher droit sur lui, il se mit à sourire, pensant à la nuit précédente et la désirant de nouveau.

Elle ne lui rendit pas son sourire. Ses jolies lèvres étaient pincées, privées de leurs habituelles courbes sensuelles, et de légers cernes assombrissaient sa peau, sous ses yeux vert émeraude. Elle paraissait fatiguée, bien que terriblement belle.

Elle s'arrêta devant lui.

— Comment avez-vous pu ? Comment avez-vous pu faire une chose pareille ?

Il fronça les sourcils. Il avait bien envisagé qu'elle puisse être un peu déstabilisée, après la nuit qu'ils venaient de passer. Mais, en voyant l'éclat de ses yeux et la rougeur de ses joues, il se rendit compte qu'elle était furieuse.

— Vous auriez pu m'arrêter, Violet. Vous vouliez que je vous fasse l'amour. Vous ne pouvez pas le nier.

Ses lèvres se pincèrent davantage.

— J'étais terrifiée. J'avais besoin de votre sollicitude et de votre attention, pas de votre… votre…

— Etreinte amoureuse ? suggéra-t-il, même s'il savait qu'elle avait quelque chose de plus précis en tête — la partie de son anatomie qui réagissait en ce moment même.

— Vous avez profité de la situation. Vous saviez ce que je ressentais. Vous saviez que je voulais faire annuler notre mariage.

Rule ne bougea pas. Un parfum de violette montait des cheveux de la jeune femme et il réprima une bouffée de désir, peu appropriée, dans ces circonstances.

— Vous êtes venue à Londres dans cette intention. Mais mon intention à moi était que nous restions mariés. Je n'ai jamais menti à ce sujet.

Elle posa les mains sur sa taille fine et le fusilla du regard.

— Vous vouliez garder la moitié de la manufacture. C'est tout ce dont vous vous êtes jamais soucié !

Rule secoua la tête.

— Ce n'est pas exact. Je vous ai peut-être épousée pour des raisons d'affaires. Mais, la nuit dernière, je vous voulais, tout simplement. Et soyez honnête avec vous-même, vous me vouliez aussi.

Elle releva le menton.

— Après avoir risqué de perdre la vie dans un incendie,

je n'ai peut-être pas réagi comme j'aurais dû. Il se peut que je vous aie désiré. Mais ce que je veux, ce matin, c'est un divorce.

Les yeux de Rule s'élargirent.

— Pardon ?

— Vous m'avez entendue. Vous avez profité de la situation, et vous avez eu ce que vous cherchiez. Vous êtes propriétaire de la moitié de Griffin, désormais. Mais, maintenant, accordez-moi ce que *je* veux.

La poitrine de Rule se serra. Il ne s'était pas attendu à ce qu'elle soit aussi bouleversée. Ils allaient bien ensemble. Il avait espéré qu'elle s'en rendrait compte.

Il secoua la tête.

— Pourquoi non ? demanda-t-elle.

— Mesurez-vous ce qu'il faut faire, pour obtenir un divorce ?

Elle eut un sourire pincé.

— De fait, oui. Il faudra que je prouve l'abandon, l'adultère ou la cruauté. Je crois qu'après la nuit dernière vous êtes qualifié pour ces trois chefs d'accusation.

L'estomac de Rule se noua. Il n'avait pas voulu être cruel. Il avait seulement voulu faire d'elle sa femme.

— En ce qui concerne les deux premiers, j'avais des circonstances atténuantes — que vous connaissez déjà. Et je ne crois pas avoir été cruel avec vous, la nuit dernière. Etes-vous disposée à déformer à ce point la vérité ?

Elle haussa ses frêles épaules.

— Je me rends bien compte que votre réputation serait quelque peu ternie, mais…

— « Quelque peu ternie ? » Mon frère est duc. Nous sommes l'une des familles les plus anciennes d'Angleterre, et jamais un Dewar n'a divorcé.

— Vous auriez dû y songer plus tôt.

Rule s'efforça de rester calme. Il avait peut-être profité de la situation, mais elle avait voulu qu'il lui fasse l'amour, aucun doute là-dessus.

Il se passa une main dans les cheveux.

— Peut-être avez-vous raison, d'une certaine manière. Peut-être aurais-je dû me conduire autrement la nuit dernière. Mais vous n'étiez pas la seule à être affectée par cet incendie. Des gens sont morts dans ce brasier. J'étais fichtrement heureux d'être en vie, moi aussi. Vous êtes ma femme, Violet, et j'avais besoin de vous. J'avais envie de vous faire l'amour. D'ailleurs, je vous regarde maintenant, j'ai envie de recommencer.

Les joues de Violet rosirent.

— Ce qui s'est produit entre nous cette nuit était bon, dit-il. Très bon. Pouvez-vous au moins l'admettre ?

Elle détourna les yeux.

— Je… je me souviens à peine de cette nuit.

Mais il pouvait voir, à ses joues échauffées, qu'elle s'en souvenait très bien, et que l'expérience n'avait pas été désagréable.

Il adoucit sa voix.

— Accordez-nous encore un peu de temps, mon cœur. C'est tout ce que je demande. Restez encore un peu avec moi, voyez à quoi cela pourrait ressembler d'être mon épouse. Voyez si vous pourriez être heureuse ici.

Elle le regarda longuement. De longues secondes s'écoulèrent.

— Je vais y réfléchir, finit-elle par dire.

Soulagé, il inclina légèrement la tête.

— Merci.

Il la regarda pivoter sur ses talons et quitter le cabinet de travail. Ses jupes amples ondulaient d'une manière qui l'enchantait, et il se souvint de son attitude passionnée de la veille, du désir qu'il avait éveillé chez elle. Il la laisserait reprendre un peu ses esprits, puis il irait lui parler.

Malheureusement, quand le moment arriva de partir à sa recherche, il découvrit qu'elle avait quitté les lieux, et son estomac se noua de plus belle.

10

Violet passa en hâte devant le majordome et entre dans la maison en briques d'Adelaïde Lockhart, à Belgravia. A son grand soulagement, la maîtresse de maison était sortie voir une amie malade, laissant Caroline seule. Sa cousine était dans le couloir qui donnait sur le vestibule lorsqu'elle aperçut Violet.

— Seigneur, regarde-toi ! s'exclama-t-elle. Tu es pâle comme un linge !

Caroline saisit les deux mains de Violet.

— Au nom du Ciel, qu'est-il arrivé ?

Tout en parlant, elle conduisit sa cousine dans le couloir, jusqu'au petit salon, et s'empressa de fermer les portes derrière elle.

Violet se laissa choir dans le canapé. La migraine l'assaillait de nouveau, et elle n'avait rien mangé depuis le déjeuner de la veille.

Caroline la regarda avec inquiétude.

— Je vais demander au majordome de nous apporter du thé. Et quelques gâteaux.

— Merci, dit faiblement Violet.

Maintenant qu'elle avait vu Rule, toute sa combativité semblait l'avoir quittée.

Elles attendirent en silence que le majordome vienne apporter le thé, puis les laisse seules. Caroline tendit une tasse en porcelaine à Violet, ainsi qu'une assiette contenant de petits gâteaux glacés.

— Tes mains tremblent. Tu ferais mieux de manger quelque chose, avant de tomber malade.

— Je suis déjà malade.

Caroline releva la tête.

— Juste Ciel, que s'est-il passé ?

Violet leva sa tasse et but une gorgée avec précaution.

— As-tu… as-tu entendu parler de l'incendie d'hier soir ? Je suppose que cela figure dans les journaux du matin.

— Grands dieux, oui. Au Panthéon royal. Vingt-deux personnes sont mortes, aux dernières nouvelles. Certaines ont été piétinées dans la cohue, d'autres brûlées vives en essayant d'échapper aux flammes. Je ne peux pas imaginer une telle horreur.

Les mains de Violet se mirent à trembler encore plus fort. Elle reposa sa tasse.

— Nous y étions, Rule et moi. Nous étions allés voir la pièce.

— Oh ! mon Dieu.

Caroline reposa sa tasse de thé et s'empressa de rejoindre Violet dans le canapé. Elle la serra dans ses bras.

— Oh ! ma pauvre cousine chérie. Est-ce que tu vas bien ? Et Rule ? Par le Ciel, dis-moi que vous n'avez pas été blessés.

Violet secoua la tête et prit une profonde inspiration.

— C'était un cauchemar, Caroline. Je n'arrive pas à oublier cet horrible spectacle. Rule… m'a sauvé la vie. Nous avons tous les deux failli mourir.

— Oh ! ma pauvre chérie.

Caroline garda un bras autour de ses épaules.

— C'est pour cela que tu es venue ? Tu voulais parler de ce qui s'est passé ?

— Je voulais te parler de ce qui… est arrivé après.

Caroline fronça les sourcils.

— Après ? Que veux-tu dire ?

— Nous étions tous les deux bouleversés. Rule a pris soin de moi, a essayé de me consoler. Nous avons fait l'amour, Carrie. Rule et moi avons fait l'amour.

Caroline la regarda fixement.

— Rule et toi, vous… vous…

Violet hocha la tête.

— Sur le moment, c'était comme si ce n'était pas vraiment réel, comme si… c'était une sorte de rêve. J'étais si reconnaissante à Rule de m'avoir sauvée, et tellement heureuse d'être en vie. Maintenant, eh bien… je ne suis plus vierge.

Les yeux bleu clair de Caroline s'élargirent.

— Oh ! Seigneur.

— Tu comprends pourquoi je suis bouleversée. Je ne peux plus faire annuler le mariage, et Jeffrey ne me pardonnera jamais.

Caroline se redressa un peu dans le canapé.

— Dewar a profité de toi. Tu devais être affolée. Tu n'avais probablement pas toute ta tête, après un tel drame. Cet homme n'est vraiment qu'un débauché ! Juste Ciel, que vas-tu faire ?

— Je lui ai dit que je voulais divorcer.

— Oh ! mon Dieu !

Violet eut un soupir las.

— En fait, Carrie, j'aurais pu l'arrêter. Mais je voulais qu'il m'embrasse, qu'il me touche. J'avais envie de ressentir toutes les choses qu'il me faisait éprouver.

Caroline lui pressa la main.

— C'était donc… agréable ?

Violet sentit ses joues s'empourprer.

— Tu as entendu les ragots qui courent sur lui. On dit que les femmes se battent pour être dans son lit. C'est un amant expérimenté et, oui, c'était agréable. Merveilleux, même. Mais il ne l'a fait que pour être sûr de récupérer la moitié de la manufacture. Me faire l'amour ne signifiait rien pour lui. Et je ne permettrai pas que cela se reproduise.

— Alors, tu vas vraiment demander le divorce ?

Violet baissa les yeux.

— Je ne sais pas. C'est terriblement mal vu. Je serais exclue de la bonne société de Boston. Les gens ne m'inviteraient plus chez eux.

— Et il y a le risque qu'après cette nuit tu portes l'enfant de Rule…

Violet releva vivement la tête.

— Grands dieux, je n'y avais même pas pensé !

Bien que, assez étrangement, l'idée de porter le bébé de Rule ne soit pas si repoussante que ça.

— Il m'a demandé de réfléchir, de voir… si je pouvais revenir sur ma décision. Il veut que je découvre si je peux être heureuse en étant son épouse.

Caroline secoua la tête.

— Je ne sais pas, Vi. Je ne lui fais pas confiance.

— Moi non plus.

— Néanmoins, vous êtes mariés — et pas seulement de nom, désormais.

— Je sais.

— Et si c'était si merveilleux que ça…

— Cela n'a pas d'importance.

— Je pense que cela en aurait, pour moi.

Violet porta son regard vers la fenêtre.

— Je dois écrire à Jeffrey. Je ne peux pas le laisser continuer à rêver à un avenir où je serais son épouse.

— Oui, je suppose que tu as raison.

— Je vais le faire aujourd'hui même.

Violet se leva du canapé, mais Caroline la fit rasseoir.

— Tu ne partiras pas d'ici avant de boire une tasse de thé et de manger quelque chose.

Violet ferma les yeux. Sa cousine avait raison, la tête lui tournait, de faim et de fatigue. Elle devait prendre soin d'elle-même. Elle devait être forte pour trouver comment sortir de l'horrible situation dans laquelle elle se trouvait.

Le temps seul était la réponse. Elle resterait un peu plus longtemps à Londres. Et pendant qu'elle serait là, elle mettrait à exécution son deuxième objectif.

Elle informerait Rule qu'elle avait l'intention de vendre sa moitié de la manufacture.

Violet n'était pas rentrée en fin d'après-midi. Rule n'aurait su dire depuis quand elle n'avait pas mangé, et commençait à s'inquiéter qu'elle ne tombe malade. Bon sang ! Ils avaient fait l'amour, et alors ? C'était ce que faisaient tous les couples mariés.

Et ils l'avaient apprécié tous les deux.

Violet ne l'avait pas admis, mais elle ne l'avait pas nié non plus. Il fallait qu'il lui refasse l'amour, avec le plus grand soin. Tôt ou tard, elle verrait combien ils étaient bien ensemble, et elle oublierait cette idée de divorce ridicule.

Assis à son bureau, il étudiait les façons dont il pourrait regagner ses faveurs et la rejoindre dans son lit, mais aucune solution ne lui venait à l'esprit. Il leva les yeux en entendant frapper sèchement à la porte, et vit Royal entrer dans son cabinet de travail. Il avait le front ridé par l'inquiétude, et sa mâchoire était crispée.

— Je viens juste d'apprendre l'incendie du théâtre, hier soir. Lily et moi étions fous d'inquiétude.

Rule secoua la tête.

— C'était terrible, vraiment. Heureusement, Violet et moi en sommes sortis indemnes.

La tension quitta le visage de son frère, et ses épaules se relâchèrent.

— Tu avais dit que tu comptais y emmener ta femme. Quand nous avons lu le journal ce matin, nous avons craint le pire.

Rule passa une main dans ses cheveux.

— J'ignore si j'arriverai à oublier ces terribles images un jour. J'ai bien cru que nous allions mourir. Finalement, nous avons fait partie des chanceux, et avons pu nous échapper.

Royal prit place dans un fauteuil en cuir devant le bureau de Rule.

— Reese est déjà retourné à Briarwood. J'ai dit à Lily que je la ferais prévenir, dès que je serais sûr que vous allez bien.

— Moi je vais bien, mais Violet est encore un peu bouleversée.

C'était le moins que l'on puisse dire.

— C'était donc aussi atroce que le dit le journal ?

— Pire. Un véritable enfer. C'est un miracle si nous en sommes sortis.

Rule lutta contre le souvenir de Violet tombant dans le couloir, des gens qui la clouaient au sol et l'étouffaient. Il écarta son fauteuil et se leva.

— Je crois que j'ai besoin d'alcool. Tu veux te joindre à moi ?

Royal secoua la tête.

— J'ai des réunions, cet après-midi. Des affaires concernant la brasserie.

— Bien sûr.

— Alors, à part le fait que vous avez failli mourir, comment vont les choses, entre vous ?

Rule se servit du cognac et en but une gorgée.

— Si tu veux savoir si j'ai rendu le mariage effectif, la réponse est oui. Hélas, je n'ai pas choisi le meilleur moment, et maintenant ma femme veut divorcer.

Les yeux ambrés de Royal s'écarquillèrent, et il se redressa dans son fauteuil.

— Dis-moi que tu plaisantes.

— J'aimerais bien.

A sa grande surprise, Royal se mit à sourire.

— Pendant des années, j'ai entendu raconter quel superbe amant était mon petit frère. Pourquoi ne te sers-tu pas simplement de ton habileté au lit pour qu'elle tombe amoureuse de toi, comme la moitié des femmes de Londres ?

Rule sirota son cognac, se disant un instant que ce n'était pas impossible. Mais il avait déjà trahi la confiance de Violet par deux fois.

— Ce ne serait pas honnête, étant donné que je ne suis pas amoureux d'elle.

Royal s'adossa à son fauteuil.

— Mais tu admets que tu tiens à elle.

— Je tiens beaucoup à elle. Mais tenir à quelqu'un et l'aimer sont deux choses bien différentes.

Royal le regarda avec attention.

— Je crois que tout n'est pas perdu te concernant, petit frère.

— Pourquoi ?

— Tu penses aux besoins de Violet avant de penser aux tiens. Que je sache, cela ne t'est jamais arrivé avec une femme auparavant.

— Je n'avais pas d'épouse, avant.

Royal sourit.

— Exactement.

Ils parlèrent de choses et d'autres pendant encore un moment, des projets de Royal d'agrandir la brasserie. Celui-ci finit par se lever.

— Je ferais mieux de rentrer chez moi pour dire à ma femme que Violet et toi êtes sains et saufs, sinon elle va m'en vouloir pendant des jours.

— Dis-lui que nous apprécions son inquiétude.

— Je vais envoyer un billet à Reese, aussi, pour le cas où il apprendrait que vous étiez au théâtre.

Rule hocha la tête. En regardant sortir son frère aux cheveux dorés, pour la première fois de sa vie, il envia le mariage heureux de Royal.

Les deux jours qui suivirent, Violet refusa de rejoindre Rule pour le petit déjeuner ou le dîner, prétextant qu'elle était épuisée et qu'elle avait les nerfs à vif, après l'épreuve qu'elle avait traversée.

En vérité, elle n'était simplement pas prête à le revoir.

Maintenant que sa colère avait diminué, ses pensées ne cessaient de revenir à la nuit où il lui avait fait l'amour. Elle se rappelait chaque baiser, chaque caresse. Ce qu'elle avait ressenti quand il était en elle.

Ces souvenirs surgissaient sans arrêt dans sa tête et, chaque fois, son corps brûlait de désir.

Juste Ciel, elle ne s'était jamais considérée comme une femme passionnée. Maintenant, elle s'interrogeait. Cette première expérience avait-elle éveillé ses besoins féminins ? Ou était-ce autre chose ? Quelle que soit la vérité, tôt ou tard, elle devrait faire face à Rule. Elle était sa femme, et, au moins pour le moment, elle ne pouvait rien y changer.

Et puis il y avait la question de la vente de la manufacture — tout du moins, de la moitié qui lui appartenait.

Violet erra dans la maison toute la matinée, se distrayant de temps à autre en lisant ou en brodant, et regrettant de ne pas avoir quelque chose de plus intéressant à faire. Mais Rule avait repris ses habitudes. Il allait travailler à l'usine, et ne rentrait pas avant la fin de l'après-midi.

Elle soupira. A Boston, elle allait tous les jours à la manufacture, entrant par la porte de derrière, et travaillant anonymement la majeure partie de la journée. Sa vie était bien remplie, pas vide et ennuyeuse comme celle qu'elle menait à Londres.

Elle gagna le petit salon privé qui avait sa préférence, à l'arrière de la maison, et reprit sa broderie. Quand l'ennui s'empara d'elle une fois de plus, elle se laissa aller à somnoler un peu.

Elle attendait dans le cabinet de travail de Rule, lisant un roman gothique qu'elle avait trouvé sur une étagère poussiéreuse, lorsqu'il rentra.

— Ah ! vous êtes ici.

La voix grave de Rule avait une pointe de chaleur à laquelle elle ne s'attendait pas.

— Je suis heureux de voir que vous sortez enfin de votre cachette.

— Je ne me cachais pas.

— Vraiment ?

Elle détourna les yeux.

— Enfin, peut-être un peu.

— Faire l'amour n'est pas un péché, Violet. C'est censé vous donner du plaisir.

Il la parcourut du regard.

— Vous en avez eu ?

Elle feignit de ne pas le comprendre.

— Eu quoi ?

— Est-ce que je vous ai donné du plaisir ? Parce que vous, vous m'en avez donné, sans aucun doute.

Ses joues se mirent à la brûler.

— Je vous l'ai dit, je m'en souviens à peine.

Rule se dirigea à grandes enjambées vers elle, l'air sombre et un peu intimidant. Il la tira de son fauteuil, la prit dans ses bras et posa sa bouche sur la sienne.

Ce fut un baiser brûlant, séducteur et profond. Elle avait beau se répéter qu'elle devait résister, le plaisir l'inonda irrésistiblement. Il mordilla sa lèvre inférieure et baisa longuement les coins de sa bouche, avant de relever la tête, rompant brutalement le contact.

— Est-ce que ceci vous aide à retrouver la mémoire ?

Ses joues étaient en feu, à présent. Oh ! Elle se rappelait tout, c'était entendu. Elle se rappelait ses baisers, sa bouche sur ses seins, son sexe dur qui allait et venait en elle. Elle se rappelait l'incroyable vague de volupté qui l'avait submergée, l'extase qui avait fait tambouriner son cœur, tout au long de ces moments enchanteurs.

Elle leva les yeux vers lui et vit qu'il avait les mêmes images en tête. Ses seins se tendirent sous son corset. Elle détourna la tête.

— Il faut que je vous parle. Il s'agit d'une question importante.

— Très bien. Pourquoi ne nous asseyons-nous pas ? Dois-je demander du thé ?

— Pas à moins que vous n'en vouliez. J'ai bu assez de thé pour la semaine entière.

Il rit doucement.

— Du café, alors ?

— Non, merci.

— Vous ne semblez pas avoir beaucoup apprécié cette journée.

— J'admets que j'en ai vécu de plus intéressantes.

Rule lui jeta un coup d'œil, mais ne répondit rien. Lui prenant la main, il la conduisit jusqu'au canapé devant la cheminée, et ils y prirent place, assez loin l'un de l'autre.

Violet s'efforça d'ignorer la façon dont il la regardait. Ses yeux d'un bleu insondable auraient dû paraître froids, mais ils brûlaient d'une chaleur indiquant combien il la désirait. Elle devait se tenir sur ses gardes.

— Alors, de quoi voulez-vous discuter ?

— D'affaires. En plus de l'annulation que j'espérais obtenir, je suis venue en Angleterre pour une deuxième raison.

— Laquelle ?

— Je veux vendre la manufacture.

Il parut soupeser la chose.

— Je m'en souviens, vous l'avez déjà mentionné.

— Comme je ne pensais pas consommer notre mariage, je croyais que je pourrais en disposer à ma guise. Manifestement, la situation a changé. Mais pas mon intention de vendre.

— Je crains de ne pas comprendre. Griffin est l'une des manufactures d'armement les plus prospères du monde.

— C'est exact, et dans d'autres circonstances je n'éprouverais pas ce besoin. Mais comme vous devez le savoir, une guerre est sur le point d'éclater dans mon pays, au sujet de l'esclavage. J'ai des amis et de la famille des deux côtés. Je ne souhaite pas fabriquer des armes qui leur permettront de s'entretuer.

— Vous ne croyez pas que les gens devraient pouvoir s'armer, pour se protéger ?

— Ce n'est pas le problème. J'ai fait le voyage jusqu'ici en gardant sur moi un petit pistolet de poche, et je vous assure que je suis très bonne tireuse. Cela est différent. Je ne veux tout simplement pas me sentir responsable de la mort d'amis et de parents.

Rule se passa une main dans les cheveux.

— Vous me demandez de vendre ma part, moi aussi ?

— Cela faciliterait les choses.

— L'entreprise rapporte beaucoup d'argent. Pourquoi souhaiterais-je y renoncer ?

Elle lui décocha un sourire suave.

— J'ai du mal à vous imaginer renonçant à quoi que ce soit qui vous rapporte de l'argent. Vous agissez ainsi depuis notre première rencontre. Alors voici quels sont vos choix : je vends ma moitié, et vous aurez un nouveau partenaire avec qui traiter. Ou alors, vous me rachetez ma part.

— Sacrebleu…

— Ce genre de langage n'a pas lieu d'être devant moi.

— Sapristi ! Cela vous convient-il davantage ?

Elle haussa un sourcil et il se tut.

— Je souhaite connaître votre décision d'ici demain. J'ai l'intention d'engager un avoué pour promouvoir la vente.

Elle se leva.

— Maintenant, si vous voulez bien m'excuser…

Elle crut l'entendre grommeler qu'il préférerait coucher avec elle plutôt que de l'excuser, mais elle n'en fut pas certaine.

Relevant ses jupes, elle sortit du cabinet de travail. Un petit sourire retroussait ses lèvres. Elle ne savait pas très bien pourquoi c'était si agréable de laisser Rule Dewar avec cette expression irritée sur le visage.

Mais c'était bien agréable.

Rule traversa à grands pas le vestibule de la maison de son frère, récemment achevée. Au fil des ans, les bénéfices de la prospère brasserie de Royal lui avaient permis de consolider la fortune des Bransford, de restaurer le château familial et de faire construire une élégante maison de ville à Londres, pour sa famille, quand elle devait séjourner dans la capitale.

Même s'ils préféraient vivre à la campagne et habitaient en général au château, Lily et leurs enfants étaient actuellement en ville, tandis que Royal travaillait aux plans d'agrandissement de la branche londonienne de la brasserie.

— Où est-il ? demanda Rule à Rutgers, le majordome de la famille.

— Dans son cabinet de travail, milord.

Rule passa devant l'homme aux cheveux gris et continua son chemin dans le couloir. La porte du cabinet de travail était ouverte, et il entra sans frapper dans la pièce confortable, lambrissée de bois, où du feu dans la cheminée venait compenser la fraîcheur de ce mois d'avril.

En le voyant arriver, Royal, installé à son bureau, se leva de son fauteuil.

— Je te vois beaucoup, ces derniers temps, fit-il remarquer. Qu'est-ce que Violet a encore fait ?

— Elle m'a dit qu'elle voulait vendre la manufacture, voilà ce qu'elle a fait ! Je n'arrive pas à le croire. Elle entre dans mon cabinet de travail, me déclare simplement qu'elle veut vendre, et m'explique que si cela ne me plaît pas, je n'ai qu'à racheter sa part ou m'accommoder d'un nouveau partenaire.

Royal gloussa et se rassit.

— A ce qu'il semble, tu as finalement trouvé une femme que tu ne peux pas faire plier par de belles paroles et une nuit dans ton lit.

Rule se contenta de maugréer.

— Alors pourquoi ne vends-tu pas ? Ne m'as-tu pas dit, voilà quelques mois, que cela ne te semblait pas une mauvaise idée ?

— Je le croyais alors. Deux ou trois personnes s'étaient montrées intéressées par l'achat de la manufacture. Elle vaut beaucoup d'argent, et il existe de nombreux autres investissements possibles, en ce moment. Les chemins de fer, les navires à vapeur. Les industries de toute sorte sont en plein essor. Je pensais que ce pourrait être un défi intéressant, de réorienter mes activités.

— Eh bien, pourquoi ne le fais-tu pas, alors ?

— Parce que je suis censé être l'homme de la famille ! Je ne veux pas que mon épouse s'imagine qu'elle peut prendre des décisions à ma place. Son père a arrangé notre mariage parce qu'il voulait que je prenne soin de sa fille, mais aussi de cette manufacture.

— Elle en possède la moitié. Je crois que c'est ce que tu as dit.

— Oui.

— Pourquoi veut-elle vendre ?

— Elle s'inquiète, à cause de la guerre. Elle pense qu'il va y avoir un conflit en Amérique, et elle a des amis et de la famille dans les deux camps.

— Je comprends qu'elle se sente concernée.

— Moi aussi.

— Alors dis-lui que tu accepteras la vente, mais que tu veux garder votre partenariat intact. Dis-lui que tu lui soumettras une liste d'investissements à réaliser avec les gains, et qu'à partir de cette liste vous devrez vous mettre d'accord sur les acquisitions à opérer.

Rule marcha jusqu'à la cheminée, puis pivota sur ses talons.

— Intéressant, comme idée.

Et cela permettrait de conserver le lien qui existait entre eux.

— De cette façon, poursuivit Royal, Violet aura ce qu'elle souhaite, et toi aussi.

Cette idée plaisait à Rule. Son frère avait le sens des affaires, il l'avait toujours eu. C'était une suggestion saine, et un bon compromis.

Restait à savoir si Violet, avec son caractère têtu, se montrerait ouverte aux compromis…

— J'apprécie ton conseil, dit-il en revenant vers le bureau. Salue pour moi Lily et les enfants.

— Bonne chance, dit Royal.

Rule se contenta de hocher la tête et se dirigea vers la porte.

En ce qui concernait Violet, il n'avait pas vraiment eu de chance jusqu'à présent.

11

Violet accepta de mauvais gré l'invitation de Rule à dîner. Il devait l'emmener dans un restaurant appelé La Colombe, un établissement chic qui, selon lui, lui plairait beaucoup. Il avait promis que, si elle l'accompagnait, il serait disposé à discuter de la vente de la manufacture.

Elle n'avait pas envie d'y aller. La dernière soirée qu'elle avait passée en compagnie de Rule, il avait fini par lui faire l'amour. Chaque fois qu'elle le voyait, ces souvenirs lui revenaient à l'esprit — les baisers brûlants, les caresses enfiévrées, le contact de sa bouche sur ses seins.

Même à présent, tandis qu'elle mettait une touche de parfum derrière le lobe de ses oreilles et lissait sa robe de soie vert d'eau, elle revoyait son image et sentait ses joues s'enflammer. Pis encore, elle avait envie qu'il recommence. Cet homme lui faisait énormément d'effet. Il était ridicule de le nier.

Elle aurait dû refuser son invitation. Le plus raisonnable, ce serait de quitter la maison de Rule et d'aller s'installer avec Caroline chez sa grand-mère — même si elle n'avait aucune idée de la façon dont elle expliquerait la situation à Mme Lockhart.

En fin de compte, elle devait peut-être laisser une chance à Rule. Elle le devait à son père, qui avait eu confiance dans le jeune homme. Et peut-être se le devait-elle à elle-même, aussi.

Elle songea à Jeffrey, à la vie qu'elle avait désirée à ses côtés, et qu'elle ne pourrait plus jamais avoir. Elle lui avait écrit, comme elle se l'était juré, et avait expédié la lettre sans tarder. Mais il faudrait des semaines avant qu'il la reçoive et lui réponde.

Entre-temps, elle voulait au moins vendre sa part de la manufacture, et libérer sa conscience du rôle que l'entreprise pourrait jouer dans la guerre à venir. Malheureusement, sans la coopération de Rule, ce ne serait pas aussi facile qu'elle le souhaitait.

Violet se demanda si Burton Stanfield, l'homme qu'elle avait rencontré au bal des Wyhurst, pourrait encore être intéressé. Elle préférerait ne pas avoir à traiter avec lui, puisque Rule ne lui faisait pas confiance ; mais elle n'aurait peut-être pas le choix.

De toute façon, elle serait bientôt fixée, se dit-elle en saisissant le réticule assorti à sa robe et en se dirigeant vers l'escalier. Rule l'attendait déjà en bas. Il était scandaleusement beau, dans son costume du soir noir et blanc, qui s'accordait parfaitement à ses épais cheveux de jais. Des souvenirs de ses caresses passionnées lui traversèrent l'esprit, et sa peau se mit à brûler.

Elle redressa le dos, inspira longuement et parvint à sourire d'un air calme.

— Bonsoir, milord.

— Votre vue m'enchante, milady.

Il s'inclina galamment sur sa main gantée de blanc et y pressa les lèvres.

— Je vois que vous savez vous montrer flatteur, comme toujours.

Il sourit.

— Je suis content que vous ayez accepté de venir.

— Eh bien moi, je serai contente quand j'aurai entendu ce que vous avez à me dire au sujet de la vente.

Son sourire se figea.

— Venez.

Prenant son bras sous le sien, il la guida vers la porte.

— Notre voiture attend devant la maison.

Elle le laissa faire sans dire un mot. Elle aurait préféré

ne pas être sur ses gardes, chaque fois qu'elle était avec lui, mais il ne lui laissait pas d'autre choix.

Rule l'aida à monter dans la voiture et s'assit face à elle. Tandis que le coupé se mettait en route, Violet fixa son attention au-dehors, sur l'animation des rues éclairée par les réverbères, et sur la lumière qui tombait des fenêtres des maisons.

Comme Rule l'avait promis, Londres était une ville absolument fascinante. Le climat y était plus doux qu'à Boston, même si l'air était un peu moins pur. Un chien aboya quelque part et un corniaud noir et blanc détala dans l'obscurité. Violet apercevait de temps à autre un policier qui montait la garde, tandis que la voiture roulait vers Saint-James, là où se trouvait le restaurant choisi par Rule.

Ils arrivèrent juste à l'heure, et le valet juché à l'arrière du coupé vint leur ouvrir la portière. Rule descendit le premier et aida Violet, puis la prit par le bras et la conduisit dans l'élégant établissement à deux étages. Des tables recouvertes de nappes blanches et éclairées par des bougies occupaient le centre du restaurant, et il y avait une rangée de loges privées le long d'un mur.

— Bonsoir, milord.

Le maître d'hôtel s'approcha en souriant. Visiblement, il connaissait bien Rule.

— Bonsoir, Rafael.

L'homme était grand et maigre, avec des cheveux noirs bouclés et un nez romain. Violet se demanda si son léger accent italien était authentique, ou destiné à plaire aux clients.

— Votre loge est prête, sir. Si vous voulez bien me suivre.

Violet laissa Rule la conduire jusqu'à une alcôve drapée de lourds rideaux de velours rouge. Lorsqu'ils furent à l'intérieur, Rafael défit les embrasses dorées et les rideaux retombèrent, leur offrant discrétion et intimité.

Les sens de Violet étaient en alerte. Elle avait pensé que dans un restaurant, en public, elle n'aurait pas à s'inquiéter. Elle n'était pas préparée à revenir si vite à ce genre d'intimité. Elle se demanda ce qu'espérait Rule, en l'installant dans une loge privée.

— Vous n'avez pas besoin de me regarder ainsi, dit-il. Je ne compte pas vous séduire ici.

Elle lui jeta un coup d'œil et haussa les sourcils.

— Ailleurs, alors ?

Il eut un large sourire qui mit en valeur ses fossettes.

— Si je n'agissais qu'à ma guise, oui. Je n'ai jamais menti sur le désir que j'éprouvais pour vous, Violet. Maintenant que nous avons fait l'amour et que je sais quelle créature passionnée vous êtes, ce désir s'est encore accru.

Elle commença à se lever.

— Je ne suis pas venue ici pour entendre des mots doux. Si vous voulez bien m'excuser…

Il lui prit la main.

— Du calme, ma douce. Nous sommes ici pour parler affaires. Cela n'a pas changé.

Elle se rassit. Rule lui servit du champagne, tenu au frais dans un seau en argent posé près de la table, et lui tendit une flûte en cristal.

Il leva la sienne pour un toast.

— A l'avenir.

C'était un toast auquel elle pouvait s'associer, quoi que l'avenir lui réserve. Mais elle devait prendre garde cette fois à ne pas trop boire.

— A l'avenir.

Ils parlèrent de choses et d'autres avant que le garçon ne vienne prendre la commande — du turbot à la sauce au homard pour elle, et du rôti de veau aux noix pour Rule.

Les rideaux retombèrent, et Rule reposa son verre de champagne sur la table.

— Vous êtes toujours déterminée à vendre, j'imagine.

— Je vous ai expliqué mes raisons. Elles n'ont pas changé.

— Très bien. Peut-être alors que, comme vous l'avez suggéré, nous devrions explorer cette possibilité.

Pendant quelques minutes, il exposa ses idées, expliquant qu'il avait bien envisagé de vendre quelques mois plus tôt, mais qu'il n'avait pas donné suite, à cause de ses obligations envers elle et son père.

— Comme je vous l'ai dit, j'ai reçu une offre de Burton Stanfield, mais je n'apprécie pas la façon dont il fait des affaires.

— Je m'en souviens.

— Il y a quelqu'un d'autre qui pourrait être intéressée, un certain Charles Whitney. Il m'a contacté à ce sujet voilà quelque temps, mais je n'ai pas donné suite. Il vit à York, mais passe beaucoup de temps à Londres. Il est possible qu'il soit en ville en ce moment. Je peux reprendre contact avec lui. De toute façon, le marché est tellement favorable en ce moment que trouver un acheteur ne posera pas problème.

— Tout le monde parie sur une guerre en Amérique. Si elle se déclare, il y aura de gros profits à faire dans le domaine de l'armement. Nous devrions certainement avoir des offres.

— Mais ne vendre qu'une moitié sera beaucoup plus difficile.

— Probablement.

— Alors voici ce que je vous propose : je veux bien envisager de vendre ma part en même temps que la vôtre à deux conditions.

— Lesquelles ?

— D'abord, vous acceptez de garder notre partenariat intact, et nous réinvestissons ensemble les profits de la vente. Je vous ferai une liste des investissements possibles. Nous devrons être d'accord tous les deux sur l'acquisition à faire.

Il continua en recensant le potentiel des chantiers navals et des chemins de fer, ce qui intéressa grandement Violet.

— Je me rends compte que ce serait un compromis de votre part, puisque vous pourriez souhaiter dissoudre purement et simplement l'entreprise ; mais c'est là la première de mes conditions.

Violet s'adossa à sa chaise et se mit à réfléchir. *A priori*, cela ne la dérangeait en rien. Ils étaient déjà partenaires, et pouvaient le rester. Seule la nature de l'affaire changerait.

Et toutes ces possibilités nouvelles piquaient sa curiosité.

— Cela me semble assez raisonnable.

Il parut surpris.

— Vous acceptez ?

— Y a-t-il une raison pour laquelle je ne le devrais pas ?

— Pas du tout. Je pensais simplement... Je suppose que, dans mon esprit, vous n'étiez pas forcément ouverte à un compromis.

— J'ai souvent constaté que le compromis était le meilleur moyen d'atteindre ses objectifs.

Il eut un léger sourire.

— Moi aussi, Violet. Ce qui m'amène à la seconde condition, celle que je juge la plus importante. Si vous êtes d'accord, quoi qu'il advienne, vous garderez une chance d'obtenir les deux choses pour lesquelles vous êtes venue à Londres.

Il parlait du divorce, un sujet sur lequel elle n'était prête à aucun compromis.

— Que suggérez-vous ?

— Je veux que vous acceptiez de poursuivre notre mariage pendant au moins un mois de plus.

— C'est impossible.

— Pourquoi ? C'est ce que votre père aurait voulu. C'est ce que je veux. Et je pense qu'au fond de vous il n'est pas impossible que vous le vouliez aussi.

Si les choses étaient différentes, cela se pourrait peut-être, mais il y avait d'autres considérations à prendre en compte. Elle le regarda bien en face.

— M'aimez-vous, Rule ?

Il soutint son regard.

— Je tiens à vous, Violet. Je vous désire fortement. Pour vous dire la vérité, je ne sais pas vraiment ce qu'est l'amour. Je sais que je voudrais que nous restions mariés. Dites-moi que vous nous donnez une chance.

Elle détourna les yeux. La dernière chose qu'elle souhaitait était un trop beau mari qui ne l'aimait pas, un homme qui avait la moitié des femmes de Londres à ses pieds.

— Il y a d'autres femmes que vous pourriez épouser. Pourquoi êtes-vous si résolu à rester marié avec moi ?

Il se pencha vers elle au-dessus de la table, et ses traits s'assombrirent.

— Je ne veux pas d'une autre femme ! J'ai déjà une épouse. Nous avons prononcé des vœux devant Dieu. Quel mal pourrait-il y avoir à essayer de découvrir si votre père n'avait pas raison ?

Violet ferma les yeux. Elle pouvait presque voir le visage de son père, son expression sévère, mais aimante.

Si seulement il avait pu connaître Jeffrey. Elle était certaine qu'il aurait voulu qu'elle épouse un homme qui l'aimait.

— Violet ?

— Et… et vos droits conjugaux ? Vous êtes le genre d'homme à attendre que sa femme se plie à ses devoirs d'épouse.

— Je ne vous forcerai jamais. Je me contenterai d'espérer que vous ayez envie de m'accueillir dans votre lit, comme vous l'avez déjà fait.

Elle sentit le rouge lui monter aux joues.

— Et si je ne le fais pas ?

— Alors, je suppose que j'aurai échoué dans mes devoirs d'époux.

Violet réfléchit à cette idée. Il avait promis de ne pas la forcer. Elle pourrait le rejeter, si elle le souhaitait. Elle ne risquait pas grand-chose.

— Entendu, j'accepte, finit-elle par dire. Je suppose que divorcer maintenant ou dans un mois, cela n'a pas grande importance.

Rule eut un large sourire.

— Vous ne le regretterez pas, ma douce, je vous le promets.

Mais elle regrettait déjà. Elle souhaitait ne pas avoir quitté Boston, et avoir transmis sa demande d'annulation de mariage par l'entremise de son avoué. Maintenant, il était trop tard.

Elle tendit sa flûte de champagne, même si elle n'était pas complètement vide.

— Si cela ne vous fait rien, je crois que j'aimerais avoir un peu plus de champagne.

— Bien sûr.

Rule sortit la bouteille du seau à glace. Quand il posa de nouveau les yeux sur elle, Violet put voir briller le désir dans ses yeux. Il ne cherchait plus à le cacher. Il pensait visiblement à l'alcool qu'elle avait bu la nuit de l'incendie, et aux heures qu'ils avaient passées ensuite à faire l'amour.

Elle reposa sa flûte sur la table.

— Tout bien réfléchi, je pense que j'ai assez bu.

Rule ne répondit pas. Violet se sentit soulagée quand le garçon arriva avec leur repas.

12

Un vent violent agitait les branches, secouant les bourgeons sur les arbres. La température de fin de matinée était plus fraîche que la veille, mais, au moins, la brise avait nettoyé l'air.

Comme Rule avait repris sa routine quotidienne et était parti depuis longtemps à la fabrique, Violet resta à tourner en rond dans la maison, souhaitant trouver quelque chose à faire pour passer les heures. Le temps lui paraissait interminable depuis qu'elle s'était habituée à travailler.

Elle se dirigeait vers le vestibule lorsqu'elle aperçut Hatfield, qui apportait un message sur un plateau en argent.

— Ceci vient d'arriver pour vous, milady.

— Merci, Hat.

Son visage ridé devenait toujours un peu rose quand elle l'appelait ainsi, mais cela semblait être de plaisir. Elle ouvrit la lettre cachetée et se mit à lire.

« Très chère cousine,

» Il n'y a pas de façon aisée de dire ceci. Jeffrey est ici, à Londres, arrivé d'Amérique hier soir. Ce matin, il est venu chez ma grand-mère pour te voir. Je lui ai dit que tu étais sortie, mais que tu rentrerais cet après-midi. Il doit venir à 14 heures. Je t'en prie, tu dois être là quand il reviendra.

» Ta cousine inquiète et aimante,

Caroline. »

Oh ! mon Dieu, Jeffrey était à Londres ! Que pourrait-elle lui dire, au nom du Ciel ? Comment pourrait-elle lui expliquer ?

Montant précipitamment l'escalier, Violet appela Mary, pour l'aider à se changer. Elle n'avait aucune idée de ce qu'elle dirait à Jeffrey quand elle le verrait. Il n'y avait pas d'excuse possible pour ce qu'elle avait fait.

Son cœur se serra. Elle l'avait trahi, purement et simplement.

Elle battit des cils, et des larmes coulèrent sur ses joues. Jeffrey était un homme bon et honnête. Ils auraient pu être heureux ensemble.

Elle pensa à la promesse qu'elle avait faite à Rule de donner encore une chance à leur mariage. Rule avait dit qu'il ne la forcerait pas à faire l'amour, mais il allait sans doute tenter de la séduire de nouveau.

Et, au fond d'elle-même, elle avait commencé à attendre le moment où il reviendrait dans son lit.

Et maintenant Jeffrey était ici, un rappel de tout ce qui allait manquer dans sa vie. Contrairement à Rule, Jeffrey lui avait déclaré son amour et avait promis de se vouer à la rendre heureuse. Son cœur se serra. Quand Jeffrey connaîtrait la vérité, nul doute qu'il se détournerait d'elle avec dégoût. Même si elle obtenait le divorce, il ne voudrait plus jamais d'elle.

En soupirant, Violet mit une robe de soie abricot, prit ses gants de coton blanc et rejoignit le rez-de-chaussée. A 13 heures pile, elle monta dans la voiture que Rule avait mise à sa disposition et partit pour la résidence Lockhart, à Belgravia. Elle voulait arriver en avance. Elle avait besoin de parler à Caroline et de lui demander conseil.

Une demi-heure avant la visite de Jeffrey, elle atteignit la grande maison en briques, le cœur serré. Elle était incapable de réfléchir. Caroline ouvrit la porte avant qu'elle n'atteigne le haut du perron, lui prit la main et l'entraîna dans le vestibule.

— Dieu merci, tu es là !

— Je suis venue en avance. J'espérais que nous pourrions parler.

Tandis qu'elles longeaient le couloir, bras dessus bras dessous, Violet regarda autour d'elle, en quête de Mme Lockhart.

— Où est ta grand-mère ?

— En haut. Elle ne se sentait pas très bien. Je suis sûre que ce n'est pas grave, mais, pour le moment, je suis contente qu'elle ne puisse pas descendre.

— Qu'a-t-elle dit quand Jeffrey est arrivé ?

— Je lui ai dit qu'il était un vieil ami de ta famille et de la mienne. Elle n'a pas paru trouver inconvenant qu'il soit venu faire une visite.

— Je suppose que, dans d'autres circonstances, ce serait même tout à fait convenable.

Elles n'en dirent pas plus jusqu'à ce que le majordome referme la porte du petit salon.

— Je n'arrive toujours pas à le croire, dit Caroline. Jeffrey à Londres ! Au nom du Ciel, que vas-tu faire ?

Violet sentit une boule se former dans sa gorge.

— Je ferai ce qu'il faut que je fasse. Je dirai la vérité à Jeffrey. Que puis-je faire d'autre ?

Caroline s'assit dans le canapé, mais Violet, trop nerveuse, se mit à arpenter la pièce.

— C'est terrible, dit Caroline. Tout simplement terrible.

— Je sais.

— Jeffrey va être anéanti.

Violet prit place à côté de sa cousine et lutta contre les larmes.

— J'aimerais pouvoir changer les choses, Carrie, mais il est beaucoup trop tard pour cela.

Caroline lui prit la main.

— Il n'est jamais trop tard. Il y a toujours d'autres choix possibles. A ce propos, comment cela se passe, avec Rule ?

Violet soupira.

— Il a accepté de vendre la manufacture. Mais il veut que nous restions partenaires. Il veut réinvestir les profits dans des affaires qui nous intéresseraient tous les deux.

— Cela semble raisonnable.

— Il veut aussi que nous restions mariés pendant au moins un mois de plus.

— Quoi ?

Caroline bondit du canapé.

— Mais tu ne peux pas faire ça !

Des larmes emplirent les yeux de Violet.

— Il faut que tu comprennes, Carrie. Mon mariage avec Rule était ce que mon père désirait par-dessus tout. Une fois que l'annulation n'a plus été possible, je savais que ma relation avec Jeffrey était terminée. Il ne m'est jamais venu à l'idée qu'il viendrait à Londres.

Caroline se laissa retomber sur le canapé.

— Oh ! mon Dieu.

Violet tira un mouchoir bordé de dentelle de son réticule et se tamponna les yeux.

— Je ne sais pas comment je vais pouvoir affronter ça.

Caroline lui pressa la main.

— Rien de tout cela n'est ta faute. Ton mari t'a abandonnée, puis il t'a séduite d'une façon éhontée. Dis simplement la vérité à Jeffrey. Il y a toujours une chance qu'il te pardonne. Quand tu lui auras parlé, tu sauras peut-être mieux ce que tu dois faire.

Violet leva les yeux.

— Je voudrais… je voudrais être restée à Boston.

Elles parlèrent jusqu'à ce que l'horloge sonne 14 heures. Quelques minutes plus tard, on frappa doucement à la porte du salon.

— M. Burnett est revenu, mademoiselle, dit le majordome à Caroline. Le gentleman américain qui était ici ce matin.

— Oui, nous l'attendions.

— Je lui ai demandé d'attendre dans le grand salon.

— Merci.

Caroline lança un regard compatissant à Violet, et elles sortirent ensemble dans le couloir. Suivant le majordome, elles se rendirent dans le grand salon. Celui-ci, comme le reste de la maison, était un peu démodé mais richement décoré, avec des draperies de soie bleu foncé et des canapés en velours mordoré. Comme dans la plupart des demeures victoriennes, il était un peu trop encombré de bibelots pour que Violet s'y sente à l'aise.

Caroline hésita sur le seuil. A l'autre bout de la pièce, Jeffrey se tenait le dos tourné à la porte, les épaules droites, ses cheveux dorés brillant dans la lumière qui tombait des fenêtres à croisillons.

— Je pense qu'il vaudrait mieux que j'attende que vous ayez parlé, chuchota Caroline. Si tu as besoin de moi, je serai juste à côté.

Violet hocha la tête. Inspirant pour se donner du courage, elle se mit à traverser le salon. Jeffrey se tourna au bruit étouffé de ses pas sur le tapis, et un grand sourire éclaira son visage.

— Violet, très chère.

Il se dirigea vers elle à grands pas. C'était un bel homme blond, qui ne possédait pas la beauté ténébreuse de Rule, mais qui était néanmoins très séduisant. Il s'arrêta devant elle. Elle pensa qu'après une si longue séparation il pourrait la serrer dans ses bras, mais il se contenta de prendre sa main gantée et de la porter à ses lèvres.

— C'est si bon de vous revoir, ma chère Violet.

Elle parvint à sourire, bien que sa poitrine soit serrée et ses yeux embués par les larmes.

— Vous aussi, Jeffrey.

Elle le conduisit vers le canapé et tous deux s'assirent.

— Comment s'est passé votre voyage ?

— Difficile. Mais il faut s'y attendre, quand on traverse un océan.

— J'aurais aimé… que vous m'écriviez pour annoncer votre venue.

— Je l'aurais fait, mais l'idée m'est venue assez vite après votre départ. Un message ne vous serait pas parvenu avant mon arrivée en Angleterre.

Il défit les petits boutons de son gant, leva sa main et pressa ses lèvres sur son poignet. C'était le geste le plus intime qu'il s'était jamais permis avec elle.

milliers de livres pour ses clients — et encore plus pour lui-même.

Rule baissa les yeux sur la plus haute des piles. Quelques propositions semblaient être des investissements solides. Un certain nombre d'entre elles n'était que des entourloupes. La plupart se situaient entre les deux.

Il soupira. Il aurait voulu avoir le temps d'examiner davantage ces propositions, mais il était noyé sous la paperasse quotidienne. Il avait peut-être obtenu sa part de la manufacture en se mariant avec Violet, mais il avait travaillé aussi dur que n'importe qui, pour la rendre aussi prospère.

Il leva les yeux en entendant frapper à la porte. Son jeune secrétaire, Terence Smythe, se tenait sur le seuil.

— Votre épouse est ici, milord. Dois-je la faire entrer ?

Rule fronça les sourcils. La zone autour de Tooley Street n'était pas un bon quartier. Il avait pourtant demandé à Violet de ne pas venir ici toute seule ! Il soupira. Au moins, maintenant, elle avait une voiture à elle, et un valet pour l'accompagner.

— Faites-la entrer, Terry.

— Oui, milord.

Le jeune Terence disparut, et Violet apparut sur le pas de la porte.

— J'espérais que nous pourrions parler… si vous avez le temps.

Il se demanda ce qui pouvait être important au point qu'elle se déplace jusqu'ici. Mais Violet s'était comportée étrangement ces derniers jours, l'évitant autant que possible, se montrant encore plus farouche qu'au moment de son arrivée à Londres. Il se disait que c'était sans doute parce qu'elle lui avait promis de rester sa femme au moins un mois de plus.

En ce qui concernait Rule, cela signifiait se conduire en épouse de toutes les façons possibles. Il voulait lui faire l'amour, et pensait qu'elle le désirait aussi. D'ailleurs, il avait bien l'intention de profiter de la première occasion qui s'offrirait à lui.

Il sourit quand elle fit un pas vers elle.

— Qu'est-ce qui vous amène jusqu'ici, ma douce ?

— Je dois vous parler de quelque chose.

Retirant son chapeau et le jetant dans un fauteuil, elle contourna son bureau pour le rejoindre. Son regard effleura les propositions d'investissement posées dessus.

Elle était habillée simplement, aujourd'hui, d'une robe de drap marron bordée de dentelle écrue. Ses cheveux flamboyants étaient serrés en un modeste chignon sur la nuque, et Rule lutta contre l'envie d'en retirer les épingles et de faire glisser ses doigts dans les boucles soyeuses.

— Avez-vous reçu des réponses, pour la vente ? demanda-t-elle, en le regardant par-dessous ses cils cuivrés.

Il se rappela la façon dont ses jolis yeux verts s'étaient élargis sous le choc, quand il lui avait fait l'amour et qu'elle avait connu son premier orgasme. Le désir enflamma ses reins.

Il s'éclaircit la gorge, écartant ce souvenir.

— En fait, nous suscitons beaucoup d'intérêt. Je pense que nous recevrons une offre ferme très bientôt.

Elle regarda les papiers.

— Et ce sont là les investissements auxquels nous allons réfléchir ?

Il hocha la tête, s'obligeant à détourner les yeux de la courbe voluptueuse de sa poitrine.

— Si j'arrive à trouver le temps de les regarder. Nous devons être extrêmement prudents. Il y a beaucoup d'argent en jeu, et bon nombre d'informations à étudier. Hélas, la gestion de l'usine passe avant tout, et elle me prend tout mon temps.

— Je sais.

Elle leva les yeux vers lui. Elle se tenait si près qu'un séduisant parfum de violette s'exhalait de ses cheveux. Le sexe de Rule se durcit de désir. Ce soir, il irait la voir. Il la prendrait dans ses bras et l'embrasserait, jusqu'à ce qu'elle lui réponde comme elle l'avait fait, la nuit de l'incendie.

— Je sais combien vous êtes occupé, dit-elle, et il s'efforça de se concentrer sur ses paroles, non sur les souvenirs de leur étreinte passionnée. De fait, c'est la raison pour laquelle je suis venue. Je voulais voir si je pouvais vous aider.

— M'aider ? De quelle façon ?

Elle jeta un coup d'œil par la fenêtre. Dehors, plusieurs cheminées, près des quais, rejetaient dans le ciel d'épais panaches de fumée.

Elle ramena son attention vers lui.

— Quelles sont les nouvelles, concernant l'usine de Boston ? demanda-t-elle, éludant sa question. Est-ce que tout semble en ordre ?

— Des rapports arrivent par bateau chaque semaine. Dernièrement, j'ai été informé d'un changement à la direction. Il semble que M. Haskell soit sur le point de partir. Vu le temps que met le courrier à nous parvenir, il doit déjà être parti, et remplacé par un certain Douglas Shearing. L'usine de Boston a toujours été extrêmement bien menée. Je doute que cela crée de gros problèmes.

— J'espère bien que non. Mais cela suppose que M. Shearing soit aussi compétent que M. Haskell.

— Haskell a fait de l'excellent travail, c'est vrai. Il est bien dommage de le perdre.

Le sourire de Violet contenait une pointe de triomphe qui le mit soudain mal à l'aise.

— Je suis heureuse que vous le pensiez. Car, voyez-vous, je suis J.A. Haskell.

Rule fronça les sourcils.

— De quoi parlez-vous ?

— Je vous dis que j'ai géré l'usine de Boston pendant un bon moment, en me faisant passer pour M. Haskell, qui était malade et avait dû partir. C'est moi qui ai engagé M. Shearing pour remplacer le prétendu Haskell, puisque je devais venir ici. Ainsi, vous comprenez pourquoi j'ai envie de savoir s'il se montre aussi capable qu'il en a l'air.

Rule secoua la tête.

— Je n'arrive pas à y croire. Comment avez-vous fait ?

Le sourire de Violet s'élargit un peu.

— J'aidais mon père avant sa mort. Quand il a disparu,

j'ai décidé que j'en avais assez de rester à la maison à me morfondre, alors je suis allée au bureau, et je me suis mise à travailler. A peu près au même moment, le véritable M. Haskell est tombé malade et a quitté l'entreprise. Je me suis contentée de prendre sa place. Je suis restée discrète, mais je suis sûre que bon nombre de gens le savaient. Ils étaient simplement assez fins pour garder le silence.

Rule secoua de nouveau la tête.

— Je m'en serais rendu compte plus tôt. J'aurais reconnu une femme, à la lecture des courriers que je recevais.

— Que vous le croyez ou non, c'est la vérité. Et si je suis ici aujourd'hui, c'est pour vous demander du travail. Vous savez, je deviens folle à tourner en rond à la maison, sans rien d'autre à faire que lire ou faire de la couture.

— Vous êtes ici pour avoir du *travail* ?

Il semblait de plus en plus incrédule.

— C'est bien ce que j'ai dit.

— Mais c'est impossible !

— Et pourquoi ?

— Mis à part le fait que vous êtes une femme, vous êtes aussi mon épouse. Voilà pourquoi.

— Votre belle-sœur tient une boutique de chapeaux, et elle a épousé un duc. A ce que j'ai entendu dire, elle y travaille encore, à l'occasion.

— Une boutique de chapeaux n'est pas la même chose qu'une manufacture d'armement !

— Non, Dieu merci. Fabriquer des chapeaux ne m'intéresse pas du tout. Tenir à jour les ventes et l'inventaire d'une usine, trouver des moyens d'accroître la production, voilà ce qui me fascine.

— C'est hors de question

Elle posa les mains sur ses hanches.

— Si vous refusez de m'engager, j'irai frapper à toutes les portes de Londres jusqu'à ce que quelqu'un m'embauche.

— Bon sang, Violet…

— Ce n'est pas la peine de jurer. Dites simplement « oui ».

Elle tendit le bras et lui prit la main. La sienne était pâle et chaude, celle de Rule grande et hâlée. Ce simple contact enflamma de nouveau ses reins.

— Si vous voulez que je me comporte comme votre femme, vous ne pouvez attendre de moi que je reste assise à ne rien faire. Je vous en prie, Rule. Vous m'avez demandé de vous laisser une chance. Maintenant, je vous demande de m'en laisser une.

Il tenta de trouver un nouvel argument pour la dissuader, mais elle était si jolie, ainsi debout devant lui, si incroyablement charmante, qu'il en perdit tous ses moyens. Et, sous sa séduisante apparence, il pouvait deviner sa détermination farouche.

Après tout, autant lui passer ce caprice. De toute façon, cela n'aurait qu'un temps. Bientôt la manufacture serait vendue, et il prendrait en main d'autres affaires.

Il baissa les yeux sur la pile de propositions posée sur son bureau.

— C'est d'accord. Vous vous occuperez de la gestion quotidienne, comme vous le faisiez à Boston, et je commencerai à étudier les différents investissements possibles.

— Oh ! Rule, merci !

Elle lui jeta les bras autour du cou et lui donna un baiser sonore sur la joue.

Rule resta interloqué, mais il n'avait pas envie de laisser passer une occasion pareille. Il posa les mains sur sa taille, baissa la tête et l'embrassa passionnément. Elle résista un instant, pressant ses petites mains sur son torse. Rule adoucit son baiser mais ne s'arrêta pas. Il se fit enjôleur, goûtant ses lèvres et les mordillant, jusqu'à ce qu'elle soit docile dans ses bras.

Le baiser devint alors brûlant. Les mains de Rule trouvèrent la courbe de sa poitrine, glissèrent sur la rondeur de ses seins, se dirigèrent vers les petits boutons qui fermaient le devant de sa robe. Il écarta l'étoffe, glissa sa main à l'intérieur et la caressa.

Elle gémit tandis qu'il lui prenait les seins dans ses paumes et les palpait doucement. Ce jour-là, elle portait un corset qui se fermait par-devant, et il en défit adroitement les crochets. Ses seins jaillirent, et il courba la tête pour en prendre un dans sa bouche, savourant la peau crémeuse et la pointe rose tendue de désir.

Bonté divine, il était dur comme du bois. Il ne se souvenait pas d'avoir désiré une femme comme il désirait Violet. Il mordit le mamelon gonflé, le lécha de sa langue, et la sentit trembler de tout son corps. Sapristi, il fallait qu'il la possède.

Son sexe palpitait, brûlant d'être en elle. Il jeta un coup d'œil vers la porte. Son secrétaire n'interviendrait pas, il en était certain, quels que soient les bruits qui proviendraient de son bureau.

— Nous devons nous arrêter, dit Violet d'une voix essoufflée. Nous ne pouvons pas…

Il la fit taire d'un autre baiser brûlant. De doux petits baisers suivirent, qui la firent se tordre contre lui.

— Rule… je vous en prie…

Sans tenir compte de sa supplication, il mordilla doucement le lobe de son oreille, passa sa langue sur sa clavicule, ouvrit son corset autant que possible, pressa ses seins superbes et les embrassa, regrettant les habits qui l'éloignaient de sa peau nue.

Ils ne pouvaient se dévêtir, mais Rule estimait que rien ne valait le moment présent quand il désirait quelque chose.

La hissant sur le bureau, il la renversa en arrière et releva sa jupe et ses jupons, exposant ses pantalons et ses bas.

— Que… que faites-vous ?

Il ne répondit pas. Il pouvait à peine voir son visage, avec toute cette étoffe et ces ruchés, mais il ne s'en souciait guère. Se plaçant entre ses jambes, il glissa la main dans la fente de ses pantalons et se mit à la caresser, constatant qu'elle était moite, brûlante et prête.

La tête de Violet retomba sur le bureau. Elle gémit, et une bouffée de triomphe envahit Rule, ainsi qu'un brusque élan de désir. Il était si dur que c'en était douloureux. Bientôt, il ne pourrait plus se contrôler.

Pas encore, se dit-il. Délaçant le cordon de ses pantalons, il les fit glisser sur ses hanches, jusqu'à ses genoux, puis se pencha et posa sa bouche sur les boucles cuivrées qui abritaient sa féminité.

— Oh ! Dieu !

Violet se raidit un instant, puis se mit à trembler tandis qu'il la caressait de sa bouche et de sa langue. Elle poussa un gémissement et fut secouée de spasmes violents, qui la poussèrent à presser une main sur sa bouche, pour étouffer des cris de volupté. Rule ouvrit le devant de son pantalon, trouva l'entrée de son ventre chaud et se coula profondément en elle.

Le plaisir se déversa en lui. Avec un sentiment de justesse qui ne ressemblait à rien de ce qu'il avait connu jusqu'alors. Il avait eu l'intention de la prendre avec douceur, mais lorsqu'elle s'arqua vers le haut, le faisant pénétrer encore plus loin en elle, et lorsqu'il s'aperçut qu'elle approchait de nouveau de l'orgasme, il ne parvint plus à se contrôler.

Des assauts profonds et redoublés l'emportèrent plus haut et plus loin, l'inondant de plaisir. La possédant encore et encore, pris dans la sauvage frénésie de l'orgasme, il répandit sa semence brûlante en elle.

Il n'aurait su dire combien de temps il fallut à ses muscles crispés pour se détendre. Violet bougea sous lui, le tirant de sa torpeur et lui rappelant où ils se trouvaient. Se servant de son mouchoir pour effacer les traces de leur étreinte, il arrangea avec soin les vêtements de Violet et l'aida à se relever.

Son visage était en feu, et il se dit qu'il était charmant qu'une créature aussi passionnée puisse aussi se montrer aussi douce.

Elle le regarda par-dessous ses longs cils.

— Je... je ne sais que dire. Je n'arrive pas à croire... à ce qui vient de se passer.

Rule sourit.

— Tout va bien. Cela n'a rien d'étrange qu'un couple marié fasse l'amour.

— De… de cette façon ? En pleine journée ? Dans votre bureau, avec des gens qui travaillent à côté ?

Il ne put s'empêcher de sourire.

— Où vous voudrez, mon cœur.

Il fut surpris quand ses beaux yeux s'emplirent de larmes.

— Quelque chose ne tourne pas rond, chez moi. J'aurais pu vous arrêter, mais je ne l'ai pas fait. Les femmes convenables ne se conduisent pas ainsi.

Rule la prit dans ses bras et embrassa doucement son front.

— Une épouse passionnée est le bien le plus désirable qu'un homme puisse avoir.

— Je ne suis pas un bien, dit-elle, collée contre son torse.

— Non. Vous êtes une femme, et ma femme.

Elle secoua la tête.

— Vous ne comprenez pas.

Rule lui prit le menton et l'obligea à lever les yeux.

— Qu'est-ce que je ne comprends pas ?

— Nous ne… Nous ne nous aimons même pas.

La poitrine de Rule se serra d'une manière inattendue.

— Peut-être pas, mais nous sommes attachés l'un à l'autre et nous nous désirons. Certains mariages sont fondés sur beaucoup moins que cela.

Violet ne répondit rien. S'écartant de lui, elle lissa ses vêtements, reprit son chapeau et le posa sur ses boucles en désordre.

— Merci de me donner le poste, dit-elle.

Il hocha la tête.

— Nous viendrons travailler ensemble le matin.

Elle n'ajouta rien, se contentant d'ouvrir la porte et de quitter le bureau.

Rule souriait toujours. Sa femme était encore plus sensuelle qu'il ne l'imaginait. Et, ainsi qu'il l'avait dit, un désir mutuel était un bon fondement pour un mariage.

Il souriait encore quand la porte s'ouvrit brusquement sur un grand homme blond qu'il ne connaissait pas.

— Etes-vous Rule Dewar ?

— C'est moi.

Sans un mot de plus, l'homme blond se rua dans le bureau et le frappa en plein visage.

En entendant claquer la porte d'entrée, Violet se redressa sur le canapé. Un instant plus tard, Rule apparut sur le seuil du salon. Ses cheveux noirs étaient décoiffés, il n'avait pas sa veste, et sa chemise blanche était déchirée. Il avait l'air sombre et sa joue était meurtrie.

Elle se leva vivement.

— Au nom du Ciel, qu'est-il arrivé ?

Rule s'avança vers elle à grands pas, les sourcils froncés.

— Par tous les diables, qui est Jeffrey Burnett ?

Violet sentit le sang se retirer de son visage.

— Jeffrey ? C'est… un ami.

Les traits de Rule se crispèrent. Il passa le revers de ses doigts sur sa joue, et elle remarqua des meurtrissures sur ses mains, aussi.

— Plus qu'un ami, à ce qu'il semble. Il m'a dit en termes très clairs que vous lui apparteniez !

Elle sentit son cœur s'emballer.

— Je… j'ai connu Jeffrey à Boston. Vous n'étiez pas là. Jeffrey et moi sommes devenus amis. Il a parlé de mariage entre nous, une fois… une fois que j'aurais obtenu l'annulation du nôtre.

Rule eut un rire sans joie.

— Mais cela n'arrivera jamais, n'est-ce pas, mon cœur ? Certainement pas après la petite performance qui a eu lieu dans mon bureau cet après-midi.

— Comment osez-vous !

— Et vous, comment osez-vous ! Vous me traitez avec mépris, vous me rendez coupable des années que vous avez passées à Boston ! Et, pendant tout ce temps, vous aviez des rendez-vous intimes avec *Jeffrey*.

— Nous n'avions pas de rendez-vous intimes. Nous étions amis. Il ne s'est rien passé, comme vous le savez parfaitement, puisque j'étais vierge quand vous m'avez possédée.

— Mais il est ici maintenant, et vous n'êtes plus vierge,

n'est-ce pas, ma douce ? Quel plan avez-vous en tête, tous les deux ?

Il était furieux et, pour la première fois, Violet s'avisa qu'il était aussi terriblement jaloux. Elle n'aurait su dire pourquoi cette pensée lui fit éprouver une pointe de satisfaction.

— Je n'ai établi aucun plan avec Jeffrey. En fait, je l'ai vu chez la grand-mère de Caroline et lui ai dit la vérité — que notre mariage avait été consommé, et que vous étiez réellement mon mari.

Il la regarda d'un air soupçonneux.

— Vous vous êtes battu avec lui ? demanda-t-elle d'une voix penaude.

Un sourire satisfait se peignit sur le visage de Rule. Sa lèvre inférieure était enflée.

— C'est juste. Et si vous pensez que j'ai piètre allure, vous devriez le voir, lui.

L'inquiétude la fit bondir.

— Vous ne l'avez pas blessé ?

Il haussa ses larges épaules.

— J'ai fait de la boxe, à Oxford. Je pratique encore ce sport avec des amis. Il aurait dû se renseigner, avant de passer à l'attaque.

— Oh ! mon Dieu !

Elle courut vers la porte, mais Rule lui saisit le bras.

— Votre Jeffrey va bien. Je suppose qu'il lui a fallu quelques jours pour rassembler son courage, après votre petit tête-à-tête chez Caroline. Il était fou furieux quand il est arrivé au bureau, mais je ne lui ai pas vraiment fait mal. Ce n'est pas sa faute s'il est amoureux de vous.

Elle battit des cils et le dévisagea.

— Il vous l'a dit ?

— Il n'en a pas eu besoin. La question est : êtes-vous amoureuse de lui ?

Elle ne répondit pas, et la mâchoire de Rule se durcit.

— Cela n'a pas d'importance. Vous êtes *ma* femme, pas la sienne.

— Etes-vous certain qu'il va bien ?

— Pas que je m'en soucie beaucoup, mais oui, il va bien. Ce que je veux savoir, c'est quelles sont ses intentions vis-à-vis de vous.

Violet tint bon.

— Comme je vous l'ai dit, je lui ai parlé. Il sait qu'il ne pourra jamais rien y avoir de plus entre nous. Vous n'avez pas besoin de vous inquiéter, au sujet de Jeffrey… tant que je n'aurai pas à m'inquiéter à votre sujet.

Elle releva le menton d'un air de défi.

— Qu'est-ce que cela signifie ? demanda Rule.

— Cela signifie que je resterai fidèle aussi longtemps que vous le serez.

La mâchoire de Rule se crispa. Il la saisit par les épaules.

— Je ne tolérerai pas que ma femme ait une liaison ! Tenez-vous éloignée de Jeffrey Burnett, je vous l'ordonne !

Violet se contenta de sourire.

— Je ne suis pas du genre à être infidèle, *moi*.

Rule garda le silence. Visiblement, il admettait qu'il n'avait rien d'un homme fidèle.

Juste Ciel, pourquoi n'était-elle pas restée à Boston pour anuler le mariage ? Pourquoi n'avait-elle pas épousé Jeffrey ? Elle n'avait aucun doute sur sa loyauté, sur sa fidélité. Elle pouvait lui faire confiance.

Elle désirait Rule. Le soir de l'incendie, elle lui avait confié sa vie.

Mais elle n'osait pas lui confier son cœur.

14

Le vieux bâtiment rempli de courants d'air qui servait de gymnase était silencieux, hormis le bruit des pieds se mouvant sur le ring. Le mercredi, Rule et Luke se retrouvaient en fin d'après-midi pour leur match de boxe hebdomadaire. Tous deux avaient boxé à l'université, et désormais, ils appréciaient cette occasion de se maintenir en forme et de conserver leur adresse.

Se déplaçant sur la droite de Luke, Rule décocha un solide direct qui atteignit son meilleur ami à la mâchoire. Luke recula en sautillant, puis riposta en frappant durement Rule au menton. Rule s'engagea pour deux coups rapides et un long coup dur, qui arracha un grognement à Luke.

Ce dernier leva les mains en signe de défaite.

— Assez ! C'est impossible de vous battre, aujourd'hui.

Rule laissa retomber ses poings et fit un pas vers son ami.

— Désolé. Je n'avais pas l'intention de me laisser emporter.

Luke se frotta la mâchoire et la remua de droite à gauche, pour vérifier l'étendue des dégâts. Heureusement, ils étaient de la même force.

— Vous pourriez aussi bien me dire ce qui ne va pas. Vous êtes arrivé ici avec une lèvre enflée et une joue meurtrie, en disant que ce n'était qu'une broutille. Manifestement, ce n'est pas le cas.

Rule soupira, tandis qu'ils se dirigeaient vers le vestiaire au fond du gymnase.

— Il y a deux jours, un individu est venu à mon bureau.

Nous avons échangé quelques coups de poing avant qu'il ne comprenne que je n'étais pas disposé à lui laisser ma femme.

— Quoi ?

Rule ouvrit son casier et en sortit une serviette.

— La raison pour laquelle Violet est venue à Londres n'était pas de commencer notre mariage, mais d'obtenir une annulation. Apparemment, ce Jeffrey et elle projetaient de se marier, une fois qu'elle serait libérée de son époux non désiré et rentrée, à Boston.

Luke siffla entre ses dents.

— Alors que lui avez-vous dit ?

— Qu'il arrivait trop tard. Que Violet était mon épouse, dans tous les sens du terme, et que cela ne changerait pas. Je lui ai recommandé de retourner d'où il venait.

— Vous pensez qu'il le fera ?

— Je ne sais pas. A partir du moment où il reste loin de Violet, je me moque complètement de ce qu'il devient.

Luke ouvrit son casier et prit lui aussi une serviette.

— Alors, je suppose que ce mariage vous convient.

Rule haussa les épaules.

— Je ne suis pas marié depuis assez longtemps pour le savoir.

— Mais, jusqu'ici, vous ne vous plaignez pas.

Rule le regarda.

— Pourquoi êtes-vous si intéressé par le mariage, tout à coup ?

Luke rit et secoua la tête.

— Je ne le suis pas. J'étais curieux, c'est tout.

Ils se dévêtirent et se dirigèrent vers une rangée de seaux emplis d'eau, accrochés en hauteur. Ils se savonnèrent, puis se placèrent chacun sous un seau et tirèrent sur la chaîne. L'eau se déversa sur eux.

Rule frissonna en se rinçant, mais exercer ses muscles lui avait fait du bien, et l'eau froide le vivifiait.

— Que pense Violet de tout cela ? demanda Luke en reprenant la conversation.

— Elle est mariée à moi, non à lui. Pour l'instant, elle ne s'est pas plainte.

— C'est bien.

Luke frictionna ses cheveux bruns avec sa serviette.

— Allez-vous au bal des Severn, ce soir ?

Rule s'essuya la poitrine et hocha la tête.

— J'ai pensé que Violet pourrait apprécier la soirée.

— Cela pourrait détourner son esprit de ce Jeffrey.

Rule jeta un regard noir à son ami.

— Je m'en charge, n'en doutez pas.

Luke eut un grand sourire, mais Rule n'était pas d'humeur à plaisanter. Les deux dernières nuits, il avait été trop furieux pour rejoindre Violet dans son lit. Ils étaient allés travailler ensemble le matin, mais ils ne parlaient que d'affaires dans la journée. Jusqu'à présent, Violet s'était révélée aussi compétente qu'elle l'avait dit, ce qui l'irritait et l'impressionnait à la fois. Elle était sa femme, sapristi ! Les seules tâches qu'il voulait qu'elle remplisse, elles avaient lieu dans son lit !

Cette nuit, et toutes les nuits à compter de ce jour, il se jura de lui faire l'amour. Violet pouvait se croire amoureuse de son Américain, mais Rule était sûr que la passion qu'ils partageaient était beaucoup plus forte que les pâles émotions des poètes romantiques.

— Alors je suppose que je vous verrai ce soir, dit Luke en le tirant de ses pensées.

— Nous serons là.

Rule le regarda partir, et la suspicion s'insinua dans son esprit. Violet avait demandé à sa cousine Caroline de se joindre à eux. Ce n'était quand même pas pour cela que Luke avait mentionné le bal ?

Il secoua la tête. Il se faisait des idées. La dernière chose que Luke souhaitait au monde, c'était bien une épouse. La jeune Américaine était visiblement innocente, et Luke ne l'avait rencontrée qu'une fois. Il ne pouvait s'intéresser à elle.

Néanmoins, ce soupçon l'accompagna tout le long du trajet de retour.

*
* *

Caroline mit des heures à choisir la robe idéale, une toilette de soie bleu pâle, de la même couleur que ses yeux. La jupe était très large et s'ouvrait sur le devant, révélant une autre jupe d'un bleu plus foncé, brodée de roses. Le corsage avait un décolleté en V, modeste mais assez profond pour laisser voir sa poitrine, que le corset galbait de séduisante façon.

Elle espérait que la robe plairait à Luke.

Elle se tourna vers le miroir. Depuis le soir où elle l'avait rencontré au bal des Wyhurst, elle avait revu Luke trois fois. Une fois à une soirée donnée par une amie de sa grand-mère, une fois à une fête où sa grand-mère et elle s'étaient rendues, et une fois quand sa soubrette et elle étaient tombées sur lui « par hasard », dans un petit café derrière Bond Street — un rendez-vous qu'il avait suggéré la veille au soir.

Son cœur se mit à battre à ce souvenir. Avec ses cheveux sombres et ses profonds yeux bruns, sa mâchoire dure et cette cicatrice en travers du sourcil, Luke était dangereusement beau.

C'était aussi un débauché fini, à ce que l'on disait, et Caroline savait que l'encourager était jouer avec le feu.

On frappa légèrement à la porte.

— Vos amis sont arrivés, mademoiselle, dit Nell, sa femme de chambre, à travers la porte.

— Dites-leur que je descends tout de suite.

— Oui, mademoiselle.

Caroline prit son réticule de soie sur la commode, enfila ses longs gants blancs et s'empressa de sortir.

Violet et Rule se tenaient au bas de l'escalier, conversant avec sa grand-mère. Cette dernière était visiblement impressionnée par la belle apparence et les manières impeccables de Rule. Et le fait qu'il soit le frère d'un duc ne gâtait rien.

Mme Lockhart leva les yeux quand Caroline atteignit la dernière marche.

— Te voilà, ma chérie.

Elle jeta un coup d'œil à Rule.

— Je vous avais dit qu'elle ne vous ferait pas attendre, milord. Ma petite-fille est pleine de considération. C'est un grand plaisir de l'avoir ici.

— C'est merveilleux pour moi aussi, dit sincèrement Caroline. J'apprécie tant la chance de pouvoir mieux nous connaître.

Au cours des semaines qu'elle avait passées à Londres, elle en était venue à beaucoup aimer sa grand-mère. La date de son retour à Boston n'était pas fixée. Elle pouvait rester autant qu'elle voulait.

Londres était une ville tellement excitante ! Et puis il y avait Lucas Barclay…

— Si vous êtes prêtes, mesdames, lança Rule en leur offrant un bras à chacune, je crois qu'il est temps que nous y allions. Bonsoir, madame Lockhart.

Il sourit.

— Vous pouvez être sûre que votre petite-fille se trouve entre de bonnes mains.

La vieille dame rougit comme une écolière.

— Oh ! j'en suis certaine, milord.

Ils sortirent rejoindre la voiture et s'installèrent dans l'habitacle. Il ne leur fallut pas longtemps pour atteindre la résidence du comte de Severn. Une lumière dorée ruisselait de rangées de hautes fenêtres, et deux valets en livrée se précipitèrent pour leur ouvrir la portière.

L'un d'eux, jeune et blond, aida les dames à descendre, et Rule les suivit. Caroline nota qu'il gardait les yeux posés sur sa femme et, plus surprenant encore, que le regard de Violet cherchait souvent le sien.

Il semblait à Caroline que lord Dewar voulait garder son épouse à tout prix, et, même si elle pensait que Jeffrey aurait été un meilleur parti pour sa cousine, elle commençait à croire qu'il y avait une chance qu'elle se trompe.

Tandis qu'ils s'avançaient vers la salle de bal, Rule les conduisit vers un groupe de ses amis, des gens que Caroline avait rencontrés au bal des Wyhurst, ou dans différentes soirées où elle était allée avec sa grand-mère.

Son cœur s'emballa un moment avant qu'elle ne s'aperçoive que Luke n'était pas parmi eux.

— Tu te souviens de lord Wellesley, dit Violet en désignant le grand et élégant Sheridan Knowles, que ses amis appelaient Sherry.

Caroline fit une révérence.

— Heureuse de vous voir, milord.

Il s'inclina légèrement.

— Mademoiselle Lockhart.

— Et lord Nightingale, poursuivit Violet.

Caroline se tourna vers le comte.

— C'est un plaisir, milord.

— Le plaisir est pour moi, mademoiselle Lockhart.

Même s'il souriait et s'inclinait poliment, son expression demeurait empreinte de tristesse.

D'autres amis de Rule vinrent le saluer puis s'éloignèrent ; parmi eux se trouvaient le grand et beau Jonathan Savage, ainsi que Quentin Garett, vicomte March, dont les traits étaient durs. Le frère aîné de Rule, Royal, et sa ravissante épouse blonde pénétrèrent dans le cercle.

— Mademoiselle Lockhart, dit le duc. J'espère que vous appréciez votre séjour à Londres.

— Beaucoup, Votre Grâce.

Caroline bavarda un moment avec la duchesse, puis lord Wellesley lui demanda une danse. Elle s'efforça de ne pas chercher Luke des yeux, et commença à se demander s'il avait renoncé à venir.

Il vaudrait mieux qu'il ne vienne pas, elle le savait. Il n'avait aucun désir de se marier, et elle n'était pas prête pour le mariage non plus. Mais il l'attirait irrésistiblement.

A la fin de la danse, elle leva les yeux et l'aperçut au bord de la piste, ses cheveux sombres décoiffés par le vent. Lorsqu'il la regarda, ses yeux se mirent à briller tels ceux d'un loup. Le cœur de Caroline fit un bond dans sa poitrine, et elle sut qu'elle courait un grand danger.

Les accents d'une valse emplissaient l'air, ainsi que les conversations des dizaines d'invités présents dans la salle de bal. Violet se tenait à quelque distance de la piste, à côté de Rule et d'un séduisant gentleman moustachu, aux cheveux bruns striés de gris. Charles Whitney, avait dit Rule, était intéressé par l'achat de la manufacture. La veille, Whitney avait pris contact avec leur avoué et fait une offre pour l'entreprise.

Violet le considéra avec attention. Agé d'une cinquantaine d'années, de taille et de corpulence moyennes, Whitney possédait un aplomb qui le faisait paraître plus grand qu'il n'était.

— Mon mari m'a dit que vous êtes intéressé par l'achat de Griffin, monsieur Whitney.

L'homme sourit.

— Très intéressé. J'espère que votre époux et moi pourrons parvenir à un accord très bientôt.

Elle eut un large sourire.

— Howard Griffin était mon père. Si vous achetez la manufacture, vous l'achèterez à nous deux, à parts égales.

Whitney haussa un sourcil argenté.

— Je vois.

— Je crains que mon épouse ne fasse partie de la poignée de femmes qui s'intéressent aux affaires, dit Rule. Je ne suis moi-même pas encore tout à fait habitué à l'idée.

— Une femme s'intéressant à la fabrication des armes, voilà qui est original, déclara Whitney. Savez-vous tirer au pistolet aussi bien qu'en fabriquer, milady ?

— Je vous assure que oui, monsieur Whitney. Mon père était un très bon professeur.

Whitney gloussa.

— Une femme dont les hommes devraient se méfier, alors.

Violet sourit. Il y avait de l'amusement dans la voix de Whitney, mais pas de la réprobation. Elle se dit qu'il lui plaisait, et espéra que ce serait lui qui achèterait l'entreprise que son père avait bâtie.

Ils parlèrent encore un moment avant que Rule n'entraîne Violet à l'écart.

— J'ai pu lire l'offre de Whitney. C'est une bonne offre. Je vous laisserai la regarder demain matin.

— Il veut les deux usines ? Celle de Londres et celle de Boston ?

Rule hocha la tête.

— Apparemment, son homme d'affaires en Amérique a déjà inspecté la manufacture de Boston. Il a vu fonctionner l'usine, même si aucun des deux hommes n'a eu accès aux innovations, ce qui était une condition de l'acquisition. Et, bien sûr, Whitney veut voir nos comptes.

— Ce qu'il verra lui plaira. Griffin est une entreprise prospère.

— Whitney possède plusieurs sociétés. Il a la réputation d'être intelligent et honnête.

— A première vue, il me plaît. Naturellement, cela ne veut rien dire.

— Oh ! je ne sais pas. Je pense que vous avez de bons instincts.

Il eut un grand sourire.

— Vous m'avez épousé, non ?

Elle sourit, même si ce n'était pas vrai. Elle avait épousé Rule parce que son père le souhaitait. Son instinct la poussait vers Jeffrey.

— Votre cousine revient, indiqua Rule en voyant Caroline se diriger vers eux. Il faut que je dise un mot à mon frère. Ce ne sera pas long.

Caroline s'arrêta devant Violet avec une expression anxieuse sur le visage.

— Jeffrey est ici, murmura-t-elle dès que Rule s'éloigna. En cet instant même, il marche droit sur toi.

— Oh ! mon Dieu.

Violet regarda par-dessus l'épaule de sa cousine, et vit la tête blonde de Jeffrey, qui se déplaçait dans la foule. Puis il se plaça devant elle.

— Violet, ma chérie.

Il lui prit la main et la porta à ses lèvres.

— Je suis si heureux de vous voir. Vous m'avez tellement manqué.

Il avait un bleu au menton et l'œil gauche au beurre noir.

— Vous vous êtes battu avec Rule. Allez-vous bien ?

Il soupira.

— Cet homme méritait d'être rossé pour la façon dont il vous a traitée.

Elle leva les sourcils. Rule avait pourtant bien dit que c'était Jeffrey qui avait pris le plus de coups.

— Rule est mon mari, Jeffrey. Je vous l'ai pourtant dit.

— C'est un vaurien. Il a profité de votre innocence.

— Nous sommes mariés. De grâce, Jeffrey, je vous en supplie. Rentrez à Boston. Faites votre vie avec une autre femme, digne de vous.

Elle posa une main sur son bras.

— Vous méritez d'être heureux.

— Je ne partirai pas. Pas avant d'être certain que vous allez bien.

Violet ouvrait la bouche pour répondre quand elle sentit la présence de Rule dans son dos.

— Si vous êtes sage, Burnett, suivez le conseil de ma femme, dit-il. Vous empiétez sur le territoire d'un autre. A moins que vous ne souhaitiez reprendre là où nous nous sommes arrêtés la dernière fois…

— Non !

Violet se plaça entre les deux hommes. Elle vit plusieurs têtes se tourner dans leur direction et baissa la voix.

— Vous vous êtes assez battus comme ça.

Elle planta ses yeux dans ceux de Jeffrey.

— Si vous voulez bien nous excuser, monsieur Burnett, je viens de m'apercevoir que je meurs de soif.

Elle se tourna vers Rule.

— Voulez-vous avoir la bonté de m'escorter jusqu'au bol de punch, milord ?

Elle soutint son regard, le suppliant en silence d'accepter. Il finit par prendre son bras.

— Je devrais lui donner une bonne leçon, grommela Rule tandis qu'ils s'éloignaient.

— Vous n'avez pas à vous inquiéter au sujet de Jeffrey. Je vous l'ai déjà dit.

Il baissa les yeux sur elle, et sa sombre expression se mua en un lent sourire séducteur.

— Devrais-je m'inquiéter pour vous, à la place ? Je trouve que c'est une excellente idée. Ce soir, quand nous rentrerons chez nous, je promets de veiller à tous vos besoins.

L'estomac de Violet se contracta. Elle ne pouvait se tromper sur ses paroles, ni sur le désir brûlant qui couvait dans ses yeux. Elle se raffermit contre la bouffée de chaleur qui l'envahissait, et s'efforça de ne plus songer à la nuit qui l'attendait.

A la faible lueur des torches, Caroline se tenait près de Lucas Barclay dans l'ombre de la terrasse. Elle savait qu'elle n'aurait pas dû se trouver là sans chaperon, et surtout pas avec Luke.

Sa réputation de séducteur était bien connue. Elle avait vu la façon dont elles l'observaient, chaque fois qu'il traversait une pièce. On disait qu'il était impitoyable avec celles qu'il avait séduites.

Pourtant, il s'était comporté comme un gentleman avec elle.

— Vous ne devriez pas être ici, dit-il d'une voix rauque et sourde, en retirant sa jaquette pour la poser sur les épaules de Caroline.

Elle le regarda au fond des yeux.

— Faut-il que je rentre ?

Elle ne le souhaitait pour rien au monde, mais elle voulait l'entendre lui demander de rester.

— Ce n'est pas ce que je veux, et vous le savez.

Elle sourit.

— Je le suppose seulement.

Le coin de la bouche de Luke se releva.

— Toutes les Américaines sont-elles aussi indépendantes que votre cousine et vous ?

Elle leva les yeux vers lui dans l'obscurité.

— La plupart des hommes n'apprécient pas les femmes indépendantes. Alors, la plupart des femmes n'osent pas se conduire ainsi.

Il eut un rire qui la fit fondre.

— Pas vous, cependant. Vous n'avez peur de rien, n'est-ce pas, Carrie ? Pas même de moi.

Il l'avait appelée ainsi presque dès le début. C'était un surnom affectueux que Violet lui donnait depuis qu'elles étaient petites filles.

— Je le devrais, pourtant. Mais, je ne sais pas pourquoi, vous ne me faites pas peur.

Au clair de lune, les yeux sombres de Luke furent traversés d'une lueur. Il ne l'effrayait pas. Elle redoutait juste qu'il ne l'embrasse pas. Il lui semblait à ce moment-là qu'elle mourrait s'il ne le faisait pas.

Luke semblait avoir lu dans ses pensées. S'approchant d'elle, il prit son visage entre ses mains et posa sa bouche sur la sienne. Ses lèvres l'effleurèrent, puis se firent plus pressantes. Une étrange faiblesse s'empara des membres de Caroline. Lorsqu'elle écarta ses lèvres, il glissa sa langue dans sa bouche et elle l'entendit gémir.

Il s'éloigna tout à coup, la laissant légèrement haletante.

— C'était ce que vous vouliez, n'est-ce pas ?

Elle le regarda fixement.

— Oui.

Il fit un pas en arrière.

— Sapristi, Caroline, vous savez quel genre d'homme je suis ! Je ne souhaite pas me marier — pas maintenant, ni jamais, peut-être.

— Je ne suis pas prête non plus pour le mariage.

Il passa une main dans ses cheveux.

— C'est de la folie.

Mais il la reprit dans ses bras. Des baisers profonds et

15

Jeffrey retourna à son hôtel, le Parkland, et entra sans bruit dans sa suite. Une lampe était allumée, et un petit feu brûlait dans la cheminée. Il retira sa jaquette et la lança sur une chaise, puis il se dirigea vers le buffet et se servit un verre du fort whiskey du Tennessee qu'il avait apporté avec lui.

— Pendant que vous y êtes, servez-moi un verre, dit une voix grave et éraillée émanant de l'obscurité.

Jeffrey se tourna et vit J. P. Montgomery, au torse puissant et aux favoris bruns et bouclés, se lever d'un fauteuil rembourré, dans le coin de la pièce.

Jeffrey emplit un autre verre et le plaça dans la grosse main de Montgomery. Ce dernier venait de Virginie, comme lui. Il était dévoué à sa région d'origine, tout comme Jeffrey, et ils étaient venus ensemble à Londres avec le même désir d'aider la cause du Sud.

— J'aimerais avoir de bonnes nouvelles à vous donner, dit Jeffrey. J'espérais obtenir le contrôle de l'industrie de l'armement, grâce à mon mariage avec Violet. Je ne crois plus que cela soit possible.

Il avala une bonne rasade de whiskey.

— Peut-être que si j'étais arrivé plus tôt, ou si je l'avais convaincue de ne pas se rendre à Londres…

Mais il avait cru que Violet l'aimait, comme il l'aimait, lui.

Sa poitrine se serra. Il avait rencontré Violet chez des amis communs, lors d'une fête à Boston. Bien qu'il soit né en Virginie, il était allé dans le Nord dix ans plus tôt, pour suivre les cours de droit de Harvard. Il avait obtenu son diplôme, était entré dans un grand cabinet juridique, et avait fini par perdre son accent du Sud.

Sa famille était riche. Il appréciait la vie mondaine à Boston, mais la Virginie lui manquait, et il avait l'intention d'y retourner une fois marié.

Il avait rarement discuté de ses origines avec Violet, qui désapprouvait clairement l'esclavage. Même si elle savait qu'il était né en Virginie, il ne lui avait jamais dit que sa famille possédait l'une des plus grandes plantations de coton du Sud. Tout s'arrangerait en temps voulu, avait-il pensé avec confiance.

Jeffrey avait conscience de son pouvoir de séduction et de son charme. Et il aimait sincèrement Violet. Il avait été certain qu'elle l'épouserait.

Maintenant, tous ses rêves s'étaient écroulés.

— Nos compatriotes doivent être correctement armés, dit-il d'un ton ferme. Et, pour ce faire, il nous faut absolument acheter cette manufacture.

Il but une autre gorgée de whiskey.

— Violet a convaincu Dewar de vendre. Si nous parvenons à réunir l'argent…

— L'argent n'est pas un problème, le coupa Montgomery, de son accent traînant et prononcé. Du moins, pas encore.

— Alors, nous ferions bien de faire une offre. Etes-vous sûr de vouloir acheter l'usine de Boston, aussi ? Une fois que la guerre commencera, nous pourrions avoir du mal à faire sortir les armes du nord du pays.

— Nous ne savons pas combien de temps cela prendra, avant que le pays ne soit coupé en deux. Cela nous laisse un certain temps. Nous emmagasinerons tout ce que nous pourrons durant les prochains mois.

— Cela me semble une bonne idée. Mais je crois qu'il vaut mieux que notre association ne soit pas connue. Dewar ne m'apprécie pas particulièrement, vous vous en doutez.

Montgomery hocha la tête.

— J'engagerai un homme demain pour parler à l'avoué de Dewar et faire une offre officielle.

Jeffrey finit son verre.

— Le plus tôt sera le mieux. Une fois que nous aurons le contrôle de l'affaire, nous pourrons rentrer chez nous.

Et il pourrait oublier Violet Griffin Dewar. Du moins l'espérait-il. Cela lui faisait mal d'imaginer sa douce Violet dans les bras d'un scélérat comme Dewar. Elle était tellement innocente lorsqu'ils s'étaient rencontrés !

Mais il ne se faisait pas d'illusions : la suave jeune femme dont il était tombé amoureux serait difficile à oublier.

Lorsque Violet s'éveilla, le soleil entrait à flots par les fenêtres de sa chambre. Elle remua sous les draps et son corps lui parut sensible, ses seins un peu irrités.

Le rouge envahit ses joues. Comme il l'avait promis, Rule était venu la rejoindre la nuit dernière, et bien qu'une partie d'elle ait voulu le repousser, ils avaient passionnément fait l'amour.

Elle jeta un coup d'œil à la pendule sur la cheminée. Juste Ciel, il était presque midi ! Rule et elle étaient censés étudier l'offre de Charles Whitney. Ils devaient se rendre à l'usine pour rassembler les informations dont Whitney voulait prendre connaissance.

Rejetant ses couvertures, elle enfila sa robe de chambre de soie lavande et s'empressa d'aller tirer le cordon d'appel. Mary arriva prestement pour l'aider à prendre un bain et se changer. Une demi-heure plus tard, elle était habillée et prête à affronter la journée.

Hélas, quand elle descendit au rez-de-chaussée, Rule était déjà parti.

— Monsieur a dit de ne pas vous inquiéter, milady, déclara Hatfield. Il m'a chargé de vous dire qu'il reviendrait avec l'offre et que vous pourrez l'examiner ensemble ici.

Violet soupira. Elle songea à faire appeler sa voiture et à rejoindre Rule au bureau, mais il était déjà si tard qu'elle décida d'attendre son retour. Elle jeta un coup d'œil à la grande horloge du vestibule. Les heures allaient lui paraître bien longues.

Pendant un moment, elle marcha dans le jardin, savourant

l'air vif et printanier, et la vue des fleurs qui sortaient de terre. Puis elle rentra et se plongea dans un roman gothique.

Un bruit dans le vestibule l'incita à poser son livre et à bondir. Elle était certaine que c'était Rule. En fait, il s'agissait de Caroline, qui entra dans le salon la mine étrangement sombre.

— J'espère que je ne te dérange pas.

— Non, bien sûr que non.

— Je suis venue te dire que je repars pour Boston.

— Tu pars !

Violet s'empressa de la rejoindre.

— Je pensais… J'espérais que tu resterais beaucoup plus longtemps.

Caroline retira son chapeau et le lança dans un fauteuil.

— Il est plus que temps que je rentre à la maison, Vi. J'ai réservé une place sur un bateau qui part pour Boston la semaine prochaine.

— Tu en es sûre ? C'est un si long voyage. Es-tu certaine de ne pas vouloir rester au moins quelques semaines de plus ?

— Je suppose que cela signifie que tu ne comptes pas rentrer avec moi.

— Je suis mariée, chérie. Ma place est avec mon mari.

— Je sais, mais tu envisageais de divorcer. Veux-tu dire que tu as abandonné cette idée ?

Violet songea à la nuit qu'elle venait de passer et détourna les yeux.

— Pas… pas pour l'instant.

Elles s'assirent dans le canapé. Caroline planta ses yeux dans ceux de sa cousine.

— Tu te rends compte que tu es en train de tomber amoureuse de lui ?

Violet écarquilla les yeux.

— Ce n'est pas vrai. Je tiens à Rule et il tient à moi, c'est tout.

— Et tu le désires.

Violet rougit légèrement.

— Tu es encore vierge. Tu ne peux pas comprendre.

Caroline eut un rire amer.

— Je ne suis pas aussi innocente que tu le crois, Violet. Mes parents savent à peine que je suis en vie. J'ai dû me construire toute seule. Je suppose que c'est pour cela que j'ai parfois fait des choses que je n'aurais pas dû.

Violet haussa les sourcils.

— De quoi parles-tu ?

— Je parle de Lucas Barclay.

— Barclay ? Mais tu le connais à peine !

— En fait, je le connais assez bien. Nous nous sommes vus à plusieurs occasions. La nuit dernière, j'ai dansé avec lui plus souvent que je ne l'aurais dû. Et je l'ai embrassé sur la terrasse.

— Juste Ciel, il n'a pas… il ne t'a pas…

— Je suis toujours vierge, si c'est ce qui t'inquiète. Mais, maintenant que j'ai rencontré Luke, j'ai compris ce qu'est le désir. Je voulais qu'il m'embrasse. Et j'ai envie qu'il me fasse l'amour. C'est la raison pour laquelle je pars.

— Grands dieux, Carrie Barclay est un homme dangereux. Il se sert des femmes, puis les rejette dès qu'il s'en est lassé. Tu ne peux pas vouloir un homme comme lui, ce n'est pas possible !

— Je comprends peut-être mieux Luke que les autres femmes ne le peuvent. Sous son air impassible, il est aussi seul que moi. Et il n'est pas aussi mauvais que les gens le croient. Il sait que je suis attirée par lui. Chaque fois que nous sommes ensemble, le désir monte entre nous. Il pourrait me séduire s'il essayait, et il le sait très bien.

— Seigneur Dieu !

— Il ne l'a pas fait parce qu'il ne veut pas me faire de mal.

— Il te l'a dit ?

— Bien sûr que non. Ce qui compte, ce n'est pas ce qu'un homme dit, Violet, c'est ce qu'il fait.

Peut-être était-ce vrai. Rule ne l'aimait pas d'amour, mais le soir de l'incendie il avait risqué sa vie pour la sauver. Et lorsqu'ils faisaient l'amour, il veillait à son désir autant qu'au sien. Elle savait qu'elle risquait de souffrir terriblement en restant avec lui et, pourtant, elle ne parvenait pas à s'en aller.

— Le problème, c'est qu'aucun de nous deux n'est prêt à se marier, poursuivit Caroline. Et comme je n'ai pas confiance dans ma capacité à lui résister, je préfère rentrer à Boston.

Violet réfléchit à cette remarque. Si elle n'était jamais venue à Londres, elle n'aurait jamais succombé au désir que Rule lui inspirait. Elle aurait annulé leur mariage et épousé Jeffrey.

Finalement, elle n'était plus certaine qu'épouser Jeffrey l'aurait rendu aussi heureuse qu'elle l'avait cru.

Caroline se leva.

— Je ferais mieux d'y aller. J'ai un tas de choses à faire, d'ici la semaine prochaine.

Violet l'accompagna jusqu'à la porte.

— Tu vas me manquer.

Caroline se pencha pour l'enlacer.

— Toi aussi.

— Fais mes amitiés à ta famille, quand tu seras à Boston.

Caroline hocha la tête, mais elles savaient toutes deux que la famille de Caroline s'en moquerait. Les semaines que sa cousine avait passées avec sa grand-mère signifiaient plus pour elle que toutes les années qu'elle avait vécues auprès de ses parents. Caroline n'avait ni frères ni sœurs. Son père travaillait de longues heures, pour éviter de rencontrer sa femme, et sa mère était trop occupée par ses riches amis et ses nombreuses liaisons.

Caroline avait grandi vite. C'était peut-être pour cela qu'elle prenait des risques, et qu'elle voulait connaître la passion.

Et la raison pour laquelle elle était capable de si facilement céder à un homme comme Lucas Barclay.

Violet éprouva une bouffée de soulagement à l'idée que sa cousine rentre bientôt chez elle.

*
* *

Le lendemain, deux autres offres pour acheter Griffin arrivèrent. L'une venait de Burton Stanfield, que Rule avait déjà écarté une première fois. L'autre venait d'un Américain nommé J. P. Montgomery.

Rule était assis à son bureau, en train d'étudier des papiers, quand Violet entra.

— Vous vouliez me voir ?

Elle était très jolie ce jour-là, dans une simple robe grise garnie de dentelle blanche. Un instant, il se souvint de la nuit précédente, lorsqu'elle avait remué frénétiquement sous lui en criant son nom.

Son sexe réagit et devint dur. Ce n'était guère pratique de travailler avec une épouse si séduisante.

Il sourit en lui-même. Jusqu'ici, les aspects positifs avaient été plus nombreux que les aspects négatifs. Violet faisait du très bon travail. Elle gérait les activités quotidiennes de l'usine, lui laissant le temps de trouver de nouvelles opportunités dans lesquelles ils pourraient investir.

Tandis qu'il se levait, il se rappela l'après-midi où il lui avait fait l'amour sur son bureau. Peut-être y aurait-il une chance que cela se reproduise…

Il s'éclaircit la gorge et s'efforça de considérer la raison pour laquelle il l'avait fait venir.

— Deux nouvelles offres sont arrivées. L'une est de Burton Stanfield. Vous vous souvenez peut-être de lui.

— Je me souviens aussi que, d'après vous, c'est un homme sans principes et sans scrupules.

— En effet.

— Et l'autre offre ?

— Elle vient d'un homme nommé J. P. Montgomery. Il est en route pour venir nous voir.

Il tendit l'offre à Violet, et elle la parcourut avec attention.

— C'est un peu moins que celle de Whitney.

— Oui, mais il se peut que Montgomery soit prêt à payer davantage. Pourquoi ne pas en juger après l'avoir rencontré ?

Montgomery arriva un quart d'heure plus tard. Rule fit appeler Violet, qui était retournée travailler dans le bureau qu'il lui avait octroyé, plus loin dans le couloir. Elle entra quelques secondes après l'acheteur potentiel.

— J. P. Montgomery, dit l'homme rougeaud et corpulent en tendant une main charnue à Rule, qui la serra.

— Rule Dewar. Voici mon épouse, Violet.

— Madame.

Il lui adressa un signe de tête.

— Alors que pensez-vous de mon offre ?

Rule jeta un coup d'œil à Violet, à qui le fort accent du Sud de Montgomery n'avait pas échappé.

— Cette offre vient-elle directement de vous, ou comptez-vous acheter en tant que partenaire ?

— C'est moi qui serai le responsable. J'aurai des investisseurs, bien sûr, mais c'est moi qui décide.

— Je vois.

Rule l'invita à s'asseoir dans la petite salle de conférences, à l'écart de son bureau, et il parut un peu surpris quand Violet y pénétra avec eux.

— Ma femme possède la moitié de l'affaire, expliqua Rule. Elle a le même pouvoir décisionnaire que moi.

— Ça ne me pose pas de problème, dit Montgomery.

Il paraissait cependant mal à l'aise. Rule se demanda si c'était parce qu'elle était une femme ou pour une tout autre raison.

Les quelques minutes qui suivirent, ils étudièrent l'offre ligne par ligne, et Rule accepta de fournir à Montgomery les comptes de l'entreprise et un accès à l'usine, pour inspection.

A la fin de la réunion, l'Américain prit congé et quitta le bureau.

Rule se tourna vers Violet, qui n'avait presque rien dit durant l'entretien, ce qui le surprenait. Quand il s'agissait d'affaires, elle ne s'en laissait pas compter.

— Alors, qu'en pensez-vous ? demanda-t-il.

— Le prix est plus bas, mais les conditions sont meilleures.

— Montgomery propose de payer comptant. C'est idéal.

Elle détourna les yeux.

— Je sais, mais…

Il fronça les sourcils.

— Mais quoi ?

— Il est… C'est visiblement un sudiste.

Elle le fixa de ses yeux émeraude.

— Je ne peux tolérer l'esclavage, Rule. Je ne l'ai pas dit à voix haute pendant la réunion, mais je ne peux tout simplement pas l'accepter.

Il poussa un soupir et s'adossa à son fauteuil.

— Je me doutais que quelque chose vous tracassait.

— M. Whitney est anglais. Les Anglais ont aboli l'esclavage voilà près de quatre-vingt-dix ans. S'il accepte de ne pas vendre d'armes au Sud, je pense que nous devrions le laisser acheter Griffin.

— Pourquoi ne l'avez-vous pas dit plus tôt ?

— Pour être honnête, avant de rencontrer Montgomery, je n'avais pas pensé qu'un sudiste pourrait vouloir acheter la manufacture.

— Venant de Boston, je suppose qu'il est naturel que vos sympathies aillent aux Etats du Nord.

— Ce n'est pas simplement cela. J'ai aussi de la famille et des amis dans le Sud. Mais je ne cesse d'espérer… Il y a encore une chance que le Nord se montre assez fort pour qu'il n'y ait pas de guerre.

— C'est possible, je suppose.

— Y réfléchirez-vous, au moins ? Vous avez dit vous-même que l'offre de Whitney est bonne.

— En effet.

Ils quittèrent le bureau ensemble, laissant l'affaire en suspens — même si Rule soupçonnait fort qu'une fois encore il allait accorder à sa jolie petite épouse exactement ce qu'elle voulait.

Puis il songea à d'autres choses qu'il allait lui accorder ce soir-là, et il se mit à sourire.

Une nouvelle semaine commença. Violet et Rule avait plus ou moins accepté l'offre de Charles Whitney, sous réserve de l'examen des contrats par leurs avoués. Il fallait aussi s'assurer que Charles Whitney était satisfait de l'état de l'usine et des comptes.

Montgomery, l'Américain, avait augmenté son offre, mais ils l'avaient refusée, et il était sorti du bureau en claquant la porte.

Caroline n'avait pu s'empêcher de revenir rendre visite à Violet à plusieurs reprises. Elle n'avait pas revu Luke Barclay depuis leur rencontre au bal des Severn.

— Je veux le revoir avant de partir, dit-elle à Violet alors qu'elles étaient assises dans le salon. Je veux lui dire adieu.

— Es-tu sûre que ce soit une bonne idée ?

— Luke n'est pas un ogre attendant la première occasion de m'entraîner dans sa caverne ! Il s'est toujours montré convenable avec moi. Je pensais que Rule pourrait peut-être lui faire savoir que grand-mère et moi serons à la soirée des Whitewood.

— Rule ? Tu es folle ? Il aurait une attaque s'il savait que tu projetais de retrouver Luke. Il se sent très protecteur vis-à-vis de toi, puisque tu es maintenant sa cousine. Et il n'a absolument pas confiance en Barclay, te concernant.

Caroline eut un grand sourire.

— Oh ! je suis si contente ! Cela veut dire que je plais vraiment à Luke. Si Rule s'inquiète, c'est bon signe.

Violet éclata de rire.

— De toute façon, je suis sûre que tu trouveras un moyen de faire savoir à Luke que tu seras présente à cette soirée.

— Oh ! je trouverai bien quelque chose.

— Puisque tu veux lui faire tes adieux, je suppose que tu es toujours bien décidée à partir.

— Mon bateau lève l'ancre deux jours après la soirée. Cela me laissera le temps d'achever mes bagages.

Caroline prit la main de Violet.

— J'aimerais que tu viennes avec moi.

— Tu sais que je ne peux pas. Nous sommes en train de vendre la manufacture et de décider comment nous allons investir les profits de la vente. Il y a beaucoup à faire.

— Tu sembles dans ton élément. Travailler te va bien, cousine.

Violet sourit.

— Je suis la fille de Howard Griffin, non ?

Caroline l'enlaça.

— Oui, cela ne fait aucun doute. Et tu me manqueras beaucoup.

Elles discutèrent encore quelques minutes avant que Caroline ne s'en aille, laissant à Violet le temps de s'habiller pour le dîner. Elle se sentait soudain très triste. Sa cousine repartait pour l'Amérique, et elle avait peu d'amis à Londres. Heureusement, pour le moment, Rule et elle s'entendaient très bien. La nuit, ils faisaient l'amour d'une manière incroyable.

Toutefois, Violet ne se faisait pas d'illusions. Rule ressemblait beaucoup à Lucas Barclay. S'il n'était pas venu la chercher à Boston, c'était parce qu'il aimait sa liberté de célibataire. Elle avait entendu les rumeurs ; elle savait qu'il y avait eu d'autres femmes — beaucoup d'autres femmes.

Son cœur se serra. Tôt ou tard, Rule se fatiguerait d'elle, comme il s'était fatigué de ses autres conquêtes.

Mais il ne fallait plus y penser. Elle avait toute la vie devant elle, et elle comptait bien en profiter. En outre, on était en 1860, pas au Moyen Age. Quand elle savait rester discrète, une femme mariée pouvait vivre de manière aussi indépendante que son mari.

Elle espérait juste que, quand le moment serait venu, elle parviendrait à être heureuse sans Rule Dewar.

16

Le soir du bal des Whitewood arriva. Violet aurait peut-être convaincu Rule de rester à la maison, si ce n'avait été pour Caroline. Ce serait probablement leur dernière soirée ensemble à Londres. Le surlendemain, elles se diraient brièvement au revoir sur les quais avant le départ du bateau, mais ce ne serait pas la même chose.

Ce soir, elle voulait que sa meilleure amie profite pleinement de sa dernière soirée londonienne. Caroline pourrait danser, flirter et faire ses adieux à Barclay. Violet tenait à profiter de ces derniers moments de joie et d'insouciance, avant que la tristesse des adieux ne l'envahisse.

Dans une robe de crêpe de soie crème ornée de velours ambré, Violet descendit l'escalier pour rejoindre son mari, qui l'attendait. Rule la dévora des yeux, d'une façon qui lui fit battre le cœur.

— Vous êtes magnifique, mon ange. Mais vous l'êtes toujours.

Il lui prit la main et la pressa contre ses lèvres. Une douce chaleur envahit le corps de la jeune femme.

— Merci.

Elle souhaita que ses battements de cœur ralentissent, que cet homme n'ait pas un tel effet sur elle. De plus en plus souvent, les paroles de sa cousine lui revenaient à l'esprit.

« Tu es en train de tomber amoureuse de lui ».

Elle ne voulait pas l'aimer. Aimer Rule ne pouvait mener qu'à la souffrance. Néanmoins, elle ne savait pas très bien comment mettre fin à cette spirale qui l'entraînait vers sa perte.

Glissant une main dans la poche de sa jaquette noire, il en sortit un écrin de velours bleu et l'ouvrit.

— Cette robe est digne de se voir ornée de diamants. J'ai vu ceux-ci dans la vitrine d'une petite boutique de Bond Street et j'ai pensé qu'ils pourraient vous plaire.

Violet fixa l'écrin, puis le saisit, les mains tremblantes. Elle sortit le collier et le tendit à la lumière du chandelier du vestibule. De petites grappes de diamants, avec un diamant plus gros en pendentif, se mirent à étinceler dans sa main.

Rule lui prit le collier, le passa à son cou et pressa le fermoir en diamant.

— A présent, nous sommes prêts à partir.

Violet se dirigea vers le miroir pour admirer le bijou. Ce collier était magnifique ! Et probablement hors de prix...

— Merci, Rule. Il est vraiment très beau.

Mais, tandis qu'elle se contemplait dans la glace, elle commença à se demander si c'était le genre de cadeau qu'il ferait à sa maîtresse. Un cadeau de séparation, peut-être.

Son estomac se noua. Elle regarda le beau visage de son mari. Elle ne pouvait se tromper sur la chaleur intense de ses yeux bleus. Il la désirait toujours. Le soulagement la submergea. Ce n'était pas un cadeau d'adieu. Pas encore.

Elle prit une grande inspiration. Elle apprécierait le temps qu'ils avaient à passer ensemble, voilà tout. Il ne fallait pas qu'elle pense à ce que l'avenir pouvait lui réserver.

Un grand sourire sur le visage, elle prit le bras qu'il lui offrait et le laissa l'escorter hors de la maison.

La soirée était grandiose et rassemblait toute l'élite londonienne. Les Whitewood étaient apparentés au duc de Marmont, ce qui signifiait que tous ceux qui comptaient à Londres étaient présents. Debout à côté de sa grand-mère, Caroline admirait la palette de femmes élégamment vêtues de soie ou de satin qui passaient devant elle : un arc-en-ciel de couleurs chatoyantes, qui scintillait sous les lustres à gaz bourdonnant au plafond. Les hommes, pour la plupart vêtus de noir, offraient un contraste sobre et distingué aux robes délicates de leurs cavalières.

Non loin d'elle, Violet conversait avec son mari et le bel ami ténébreux de Rule, Jonathan Savage. Plusieurs autres hommes que Caroline avait déjà rencontrés étaient là aussi, y compris le comte de Nightingale et l'ami du duc, Sheridan Knowles. Tous étaient aimables avec elle, lui demandant une danse, et la charmant avec des anecdotes sur leur jeunesse à Oxford, quand ils faisaient de l'aviron.

— Nous avons gagné le championnat cette année-là, dit Sheridan. Nous avons montré qui nous étions à ces rameurs de Cambridge.

Caroline sourit.

— Je parierais que vous le pourriez encore.

Sheridan rit.

— Par un bon jour, peut-être !

A côté d'elle, sa grand-mère semblait passer un agréable moment.

— Je crois que je vois l'une de mes amies, là-bas, dit-elle en levant une main pour saluer une dame à l'autre bout de la salle. Si tu veux bien m'excuser, ma chérie, j'aimerais lui dire bonjour.

— Bien sûr, grand-mère.

Dans une robe noire et argent qui mettait en valeur ses cheveux gris relevés en chignon, Adelaïde Lockhart traversa le salon. Caroline la suivit des yeux, puis chercha Luke du regard.

— Est-il ici ? demanda Violet dans un murmure.

Caroline fit signe que non.

— Je ne l'ai pas vu. Je ne suis même pas sûre qu'il vienne.

— Mais il sait que tu es là.

— Oui.

Violet sourit.

— Alors je suis certaine qu'il viendra.

Caroline essaya de ne pas trop se réjouir. Même s'il venait, elle le verrait pour la dernière fois. Son cœur se serra à cette pensée.

Elle savait pourtant que rentrer chez elle était ce qu'il y

avait de mieux à faire. Luke pouvait la désirer autant qu'elle le désirait, le mariage était hors de question pour tous les deux.

Même si Luke gagnait beaucoup d'argent comme courtier, il était encore indécis sur ce qu'il voulait faire dans la vie, et Caroline ne le savait pas non plus. Elle avait besoin de temps pour devenir adulte, de temps pour vivre un peu avant de s'installer.

Soudain, elle aperçut sa haute stature. Il attira l'attention d'une dizaine d'admiratrices tandis qu'il traversait la pièce. Violet était en train de parler avec la duchesse, laissant à Caroline une occasion parfaite de s'échapper. Elle croisa le regard de Luke et se glissa dans le couloir, espérant qu'il la rejoindrait.

Il surgit quelques instants plus tard et s'arrêta tout près d'elle, ses yeux sombres la parcourant de la tête aux pieds d'un air appréciateur. Dans sa robe de satin améthyste brodée de dizaines de perles fines, elle savait qu'elle était belle, et le regard brûlant de Luke le lui confirma.

Il la dévisagea.

— Votre billet disait que vous vouliez me voir.

— C'est exact.

Elle jeta un coup d'œil dans le couloir.

— Pensez-vous qu'il y ait un endroit où nous pourrions parler en privé ?

Il haussa l'un de ses sourcils bruns.

— En privé à quel point ?

Caroline sourit.

— Ce que j'ai à dire ne prendra pas longtemps.

Luke lui indiqua le bout du couloir, et ils partirent dans cette direction. Au fond de la maison, il ouvrit une porte et lui fit signe d'entrer.

Elle pénétra dans ce qui semblait être une bibliothèque privée, plus petite que celle qui se trouvait dans l'autre partie de la maison. Des rangées de livres couvraient le mur derrière un bureau en chêne, et deux canapés rembourrés se faisaient face devant la cheminée, où brûlait un petit feu.

— Vous semblez connaître la maison, dit Caroline tandis qu'il fermait la porte.

Grands dieux, ce qu'il était beau… D'une manière ténébreuse et dure, très attirante.

— Voilà quelques années, la cousine de lady Whitewood et moi avons partagé une certaine… amitié.

— Je vois.

— C'était il y a longtemps, dit-il en marchant vers elle.

Il lui prit la main et la conduisit à l'un des canapés, où il s'assit à côté d'elle.

— Alors pourquoi m'avez-vous envoyé ce billet ? De quoi vouliez-vous me parler ?

Elle plongea les yeux dans les siens.

— Je voulais vous dire que je m'en vais. Je retourne à Boston. Mon bateau part après-demain.

Luke fronça les sourcils.

— Je pensais que vous aviez l'intention de rester à Londres plusieurs mois.

— En effet. Mais certaines choses m'ont fait changer d'avis. Je sens qu'il est temps que je rentre. Je voulais juste que vous sachiez que j'en suis venue à beaucoup apprécier notre amitié.

La bouche sensuelle de Luke se releva légèrement.

— Ce n'était guère de l'amitié, Carrie. Peut-être êtes-vous trop jeune pour comprendre que ce que nous partagions était du désir mutuel.

Elle baissa les yeux, rougissant légèrement.

— Je le sais. C'est la raison pour laquelle je m'en vais.

Elle le regarda de nouveau.

— Je pense à vous bien trop souvent, Luke. Je veux de vous des choses que je ne pourrai jamais avoir, je le sais bien.

Le regard de Luke se fit plus intense.

— Je n'ai jamais connu une femme comme vous, Carrie, une telle combinaison de beauté, d'innocence et d'indépendance. Vous êtes plus sage que votre âge, mon cœur.

Elle étudia son visage, les lignes dures et la petite cicatrice qui marquait son sourcil.

— Pensez-vous… que vous pourriez m'embrasser une dernière fois, avant que nous nous disions adieu ?

Pendant un long moment, il ne bougea pas. Puis il tendit la main, passa un doigt le long de sa joue, et son estomac se serra.

— Je ne devrais pas. Dieu sait que je ne le devrais pas.

Puis il courba la tête, capturant doucement ses lèvres. Le baiser s'approfondit. S'adoucit encore plus. Le cœur de Caroline se mit à tambouriner dans sa poitrine. Elle entrouvrit les lèvres et il glissa sa langue dans sa bouche. Elle se pencha vers lui, crispant les doigts sur les revers de sa jaquette.

Elle avait l'intention de mettre fin au baiser, vraiment, mais elle n'avait jamais rien ressenti d'aussi merveilleux, d'aussi enivrant. Son souffle se mêlait à celui de Luke et, avec audace, elle fit glisser sa langue sur la sienne. Elle l'entendit gémir.

Elle n'aurait pas su dire comment elle se retrouva allongée sous lui dans le canapé, avec l'une de ses grandes mains dans son corselet, caressant un sein. Elle savait seulement que, partout où il la touchait, une chaleur intense l'envahissait, et qu'elle en souhaitait davantage. Elle adorait sentir son poids sur elle, la pressant dans les coussins, et pourtant ce n'était pas assez. Elle s'arqua vers le haut, le poussant à continuer, le suppliant en silence d'aller plus loin, l'embrassant encore et encore, ne voulant absolument pas s'arrêter.

Ce fut un terrible cri d'horreur qui les fit se relever d'un bond. Leurs yeux se dirigèrent vivement vers la porte.

Un groupe de personnes se tenait sur le seuil, l'air effaré. La robe de Caroline était remontée jusqu'à ses genoux, et son corsage abaissé exposait en partie l'un de ses seins. A l'arrière du groupe, sa grand-mère la regardait fixement, les yeux élargis par le choc.

Tandis qu'elle arrangeait ses vêtements de ses mains tremblantes, quelqu'un se détourna et partit précipitamment dans le couloir. Les autres s'éclipsèrent discrètement, mais sa grand-mère resta figée sur le seuil de la porte.

— Monsieur Barclay, que signifie ceci ?

Caroline déglutit.

— Ce… ce n'est pas ce qu'il semble, grand-mère. Luke… M. Barclay et moi sommes amis. Je ne faisais… que lui dire adieu.

Près d'elle, Luke se tenait rigide, la mâchoire serrée. Il n'avait pas encore dit un mot.

— Que se passe-t-il ici ?

Rule entra à grands pas dans la pièce, Violet se hâtant derrière lui. Ses farouches yeux bleus se posèrent durement sur son ami.

— Luke, qu'avez-vous fait ?

— Ce n'est pas sa faute, déclara Caroline. Nous nous disions juste… adieu.

Violet ferma la porte, leur accordant un peu d'intimité.

Adelaïde Lockhart pointa un doigt accusateur sur Luke.

— Ce vaurien a compromis ma petite-fille ! D'ici demain, tout Londres en jasera.

Rule se tourna vers Violet.

— Emmenez votre cousine hors d'ici.

Caroline releva le menton.

— Je vous ai dit que ce n'est pas la faute de Luke. Je reste.

Violet lui lança un regard suppliant, mais elle connaissait sa cousine, et savait qu'elle ne se laisserait pas convaincre.

Rule ramena son attention sur Luke.

— Je vous avais averti, Luke. Je vous avais dit de vous tenir loin d'elle.

Luke ne dit rien, mais son visage semblait sculpté dans la pierre.

— Vous savez ce qui doit se passer. On ne peut l'empêcher, maintenant.

Luke déglutit et prit la parole d'une voix neutre.

— Je ferai ce qu'il faut. Je l'épouserai.

Caroline le regarda et son cœur se serra.

— Etes-vous fou ? Vous n'avez aucune envie de m'épouser !

Il soutint son regard.

— Je n'ai pas le choix.

Elle bondit.

— Eh bien j'ai le choix, moi ! Je ne vous épouserai pas ! Je rentre à Boston, où est ma place !

Une ombre passa sur les traits de Luke. Il reprit d'un ton déterminé.

— Vous allez m'épouser. Même si vous partez, le scandale ne s'éteindra pas. Votre grand-mère et votre cousine auront à en souffrir. Est-ce cela que vous voulez ?

— Bien sûr que non, mais… nous ne sommes ni l'un ni l'autre prêts pour le mariage. Nous l'avons dit, nous en avons parlé.

La bouche de Luke se durcit.

— Cela n'a pas empêché ce qui s'est passé ici ce soir. Et si nous n'avions pas été si rudement interrompus, vous auriez encore plus de raisons de m'épouser.

Le rouge monta aux joues de Caroline, mais elle tint bon.

— Je ne le ferai pas ! C'est hors de question !

— Y a-t-il quelqu'un d'autre ? demanda Luke. Quelqu'un à Boston ?

— Non, bien sûr que non.

— Alors, que cela vous plaise ou non, je suis l'homme que vous allez épouser.

— Laissez-moi lui parler, dit Violet d'un ton apaisant, en faisant un pas vers Caroline.

— Très bien, discutez avec elle, lâcha Luke d'une voix sombre. Mais, d'une manière ou d'une autre, nous nous marierons. Je ne laisserai pas les rumeurs me traîner dans la boue davantage qu'elles ne le font déjà.

Il sortit en trombe de la pièce et, pour la première fois, des larmes embuèrent les yeux de Caroline. A travers un brouillard flou, elle vit sa grand-mère et Rule suivre Luke et fermer doucement la porte derrière eux.

— Luke ne veut pas m'épouser, dit-elle. Et je ne veux pas l'épouser.

Violet lui tendit un mouchoir.

— Es-tu certaine que c'est ce que tu ressens ? Ce que tu éprouves pour Luke doit être très fort, sinon cela ne serait pas arrivé.

Caroline pressa le mouchoir sur ses yeux.

— Le mariage n'est pas… ce que nous voulons tous les deux. Ce n'est pas juste.

— C'est ce que j'ai pensé quand mon père m'a demandé d'épouser Rule. Quelquefois, le destin s'en mêle et les choses arrivent, tout simplement.

Caroline releva les yeux vers elle.

— Il faut que je le fasse, n'est-ce pas ?

— Tu n'as jamais été du genre à faire du mal aux autres. Si tu persistes dans ton refus, ta grand-mère souffrira, et Luke aussi. Mais si tu l'épouses, tout cela finira par rentrer dans l'ordre.

Caroline essuya ses joues mouillées.

— Nous allons nous détester.

— Peut-être pas. Le désir est une force puissante. Vous avez au moins cela.

Caroline pensa à leur baiser, à cet embrasement que ni l'un ni l'autre ne semblait capable de contrôler.

— Oui… je suppose qu'il y a du désir entre nous.

— Et tu te plais, à Londres. Tu as ici une grand-mère qui t'aime, et aucune raison valable de rentrer à Boston.

— Non.

— Nous sommes toutes deux des femmes fortes, Carrie. Nous tirerons toujours le meilleur de ce que la vie nous apporte. C'est notre nature.

Caroline inspira longuement.

— Tu as raison. Nous sommes toutes les deux des battantes. Et je survivrai à cette histoire.

Et puis il n'y avait pas que des inconvénients à la situation. Sa curiosité serait enfin satisfaite. Elle allait enfin découvrir à quoi cela ressemblait, de faire l'amour avec Lucas Barclay.

17

— Ce n'est pas si terrible, dit Rule à Luke trois jours plus tard. Cette petite vous plaît, et vous avez envie d'elle. Le reste s'arrangera au fur et à mesure.

Grâce à une licence spéciale, un mariage hâtif avait été préparé. Sous un chaud soleil de mai, dans le jardin de la maison de Rule, Luke se tenait à côté de son meilleur ami, attendant l'arrivée de sa fiancée.

Il baissa les yeux.

— Elle ne voulait pas m'épouser. La moitié des femmes de Londres ont essayé de me piéger pour que je les épouse, et celle que je suis forcé d'épouser ne veut pas de moi.

— Donnez-lui un peu de temps pour s'habituer à cette idée. Courtisez-la un peu, discutez avec elle. Laissez-lui du temps, et tout s'arrangera.

Luke eut un air sombre.

— J'ai l'intention de la posséder ce soir. C'est la seule chose que j'attends avec impatience, dans cette maudite affaire.

— Elle est vierge, Luke. Vous ne pouvez pas vous contenter de la prendre comme une femme expérimentée. Il faut que vous l'ameniez dans votre lit par la séduction, de manière progressive.

— Elle sera ma femme, rétorqua Luke. Cela me donne certains droits.

Mais si Rule avait raison ? Caroline était extrêmement indépendante. C'était l'une des choses qu'il admirait chez elle. Mais elle était aussi naïve. Peut-être que, s'il attendait un peu, les choses se passeraient mieux entre eux.

Il jeta un coup d'œil à son frère Christopher et à sa belle-sœur Jocelyn, assis au premier rang devant la tonnelle. Avant qu'ils ne décident de se marier, Christopher avait rechigné à cette union. Jocelyn était gâtée et égoïste, c'était une fauteuse de troubles de la pire espèce. C'était elle qui avait décidé d'épouser Christopher, rompant ses fiançailles avec Royal. Ce dernier, qui était alors tombé amoureux de sa cousine Lily, en avait été soulagé.

Luke avait été certain que le mariage de son frère était promis à l'échec.

Mais Christopher s'était montré patient et ferme avec sa belle épouse. Finalement, son attitude avait porté ses fruits, et ils étaient heureux ensemble. Merveilleusement heureux. Avec deux jeunes enfants, et le projet d'en concevoir un autre.

Luke se tourna vers Rule.

— Est-ce que vous l'aimez ? Votre femme, l'aimez-vous ?

Rule détourna les yeux.

— Ma mère est morte à ma naissance. A part ma grand-tante et mes belles-sœurs, que j'apprécie énormément, les seules femmes que je fréquentais, jusqu'ici, se trouvaient dans mon lit. Pour vous dire la vérité, Luke, je ne sais pas vraiment ce qu'est l'amour.

Luke grommela.

— C'est bien ce que je pensais.

— Cela ne veut pas dire que vous ne pouvez pas être heureux. Les hommes mariés ont beaucoup de latitude… si vous voyez ce que je veux dire.

Luke savait exactement ce qu'il voulait dire. Mais, d'une certaine manière, l'idée de coucher avec une autre femme que Caroline ne l'attirait guère.

— Je suppose.

Rule regarda vers la terrasse, où un homme aux cheveux argentés, portant des lunettes et une ample robe blanche, marchait vers eux.

— L'évêque est arrivé. Je ferais mieux d'aller chercher votre fiancée.

Luke serra la mâchoire.

— Finissons-en.

Tandis que Rule se dirigeait vers la terrasse, pour escorter Caroline le long de l'allée, Christopher se leva de sa chaise et prit place près de l'autel, à côté de Luke, pour être son témoin.

— Elle est très belle, murmura-t-il.

Il était aussi grand et brun que Luke, avec les mêmes cheveux et yeux sombres.

— C'est certain.

Et intelligente, pensa Luke. Raison pour laquelle elle avait accepté ce mariage de mauvais gré. Il ne serait pas un bon époux. N'importe quelle femme avec un peu de cervelle pouvait s'en rendre compte. Malgré le désir indubitable qu'elle éprouvait pour lui, Caroline n'avait pas voulu de lui comme mari. Elle avait même eu l'intention de mettre la moitié du globe entre eux. Pourquoi cette idée le tracassait, il ne pouvait le dire.

Luke se força à porter son attention sur l'allée. Dans une robe de soie vaporeuse, d'un bleu si clair qu'elle paraissait presque blanche, ses cheveux blonds cachés sous un léger voile de tulle, Caroline accepta le bras de Rule et attendit que l'orgue commence à jouer. Sa grand-mère la rejoignit pour lui presser la main, et elle se pencha pour embrasser la vieille dame sur la joue.

L'organiste posa les doigts sur le clavier. Quand les premiers accords résonnèrent, Caroline se tourna et regarda Luke droit dans les yeux. Il eut l'impression de recevoir un coup de poing dans l'estomac.

Sapristi ! tout cela ne lui plaisait guère. Déjà, lorsqu'ils avaient été surpris dans la bibliothèque, il avait senti une curieuse satisfaction l'envahir. Qu'éprouvait-il exactement pour elle ? Il n'avait pas voulu lui proposer le mariage, juste la mettre dans son lit, tout en sachant que c'était impossible.

Eh bien, il la mettrait quand même dans son lit, finalement — que cela ait lieu ce soir, ou plus tard.

Il soupira. S'il suivait les conseils de son meilleur ami, il risquait de devoir attendre longtemps.

Tandis qu'il regardait sa fiancée le rejoindre à l'autel, Luke jura en silence.

Un accord avait été conclu. Les Manufactures Griffin seraient vendues à Charles Whitney à la condition qu'il n'arme pas les Etats du Sud américain.

Violet était surprise qu'il ait accepté. Cela diminuait ses chances de maintenir la rentabilité de l'entreprise. Mais Whitney était lui aussi opposé à l'esclavage, et puis il y avait quantité de clients pour les armes de qualité produites par Griffin. Il avait donc accepté les termes de la vente.

Les jours suivants, les avoués de Whitney examinèrent les contrats, ses experts inspectèrent l'usine de fond en comble, et les bénéfices figurant dans les comptes furent approuvés.

— Votre homme d'affaires en Amérique a-t-il donné son accord de principe, pour l'usine de Boston ? demanda Rule pendant une réunion qui se tenait dans son bureau.

— Oui.

— Nous devrons attendre son approbation définitive avant de conclure l'accord pour l'Amérique, mais nous devrions pouvoir sceller la vente de Londres d'ici la fin de la semaine.

— Formidable, dit Whitney en souriant sous sa moustache striée de gris. Il reste juste quelques points de détail à discuter. Une fois qu'ils seront réglés, je dirai à mon avoué de nous convoquer pour la signature finale, si cela vous convient.

— Entendu, répondit Rule.

Whitney se tourna vers Violet.

— Milady ?

— Mon père serait content que ce soit un homme de votre trempe qui reprenne l'affaire qu'il a créée.

Après la réunion, Violet prit avec elle les dossiers des projets que Rule voulait qu'elle examine, rentra à la maison, et s'installa dans le salon pour les étudier.

Elle était plongée dans une proposition pour une ligne de chemin de fer reliant Londres à York quand le majordome vint frapper à la porte.

— Qu'y a-t-il, Hat ? demanda-t-elle lorsqu'il fit glisser les lourds panneaux de bois.

— Milady, votre cousine Mme Barclay est ici pour vous voir.

Mme Barclay. Cela semblait encore si peu familier.

— Veuillez la faire entrer.

Violet ne savait pas très bien si elle devait être contente de voir sa cousine nouvellement mariée, ou inquiète que Caroline soit venue la trouver.

Le visage en larmes de Caroline vint confirmer ses craintes.

— Oh ! mon Dieu, qu'est-ce qui ne va pas ?

En s'asseyant à côté de Violet dans le canapé, Caroline tira un mouchoir de son réticule et se tamponna les yeux.

— Luke me déteste. Je t'avais dit que cela se passerait ainsi.

— Je ne le crois pas — pas un instant.

Violet se leva et se dirigea vers le cordon d'appel pour demander du thé, dont sa cousine avait manifestement besoin. Avant qu'elle ne puisse l'atteindre, elle entendit le bruit du chariot à thé dans le couloir et sourit. Hatfield était vraiment une perle.

— Merci, Hat.

Elle attendit tandis qu'il poussait le chariot jusqu'au canapé, puis quittait en silence le salon.

Elle emplit de thé deux tasses en porcelaine, se félicitant d'avoir appris à apprécier cette boisson, et en tendit une à Caroline.

— Bois ceci et dis-moi ce qui s'est passé.

Caroline sirota son thé, le visage très pâle, et Violet se demanda si elle n'aurait pas dû offrir quelque chose de plus fort à sa cousine.

Celle-ci inspira longuement, puis reposa sa tasse sur sa soucoupe.

— *Rien* ne s'est passé, c'est là le problème.

— Je crains de ne pas comprendre.

— A part ce petit baiser à l'autel, Luke ne m'a pas touchée. Je suis sa femme, Violet, mais il ne veut pas de moi.

Elle renifla, et de nouvelles larmes emplirent ses yeux.

— Ne sois pas sotte. Bien sûr, qu'il veut de toi. C'est la raison pour laquelle vous avez eu des ennuis, tu te souviens ?

Caroline se moucha.

— Peut-être est-il simplement trop en colère contre moi. Non pas qu'il le laisse voir. Il se montre si poli que je peux à peine le supporter. Il m'a promenée en voiture au parc et m'a acheté des babioles dans Bond Street, en me disant à peine un mot pendant le trajet. Le soir, nous dînons ensemble, puis il m'escorte jusqu'à ma chambre et s'en va.

Elle ignorait son thé, qui refroidissait rapidement dans sa tasse.

— Luke est un homme dans la force de l'âge, Violet. S'il ne me fait pas l'amour, il doit passer ses nuits avec une autre femme.

Violet secoua la tête.

— Cela ne tient pas debout. Luke a une épouse qu'il désire, que tu le croies ou non. Pourquoi aurait-il besoin d'une autre femme ?

Caroline se mit à pleurer.

— Je ne sais pas. J'aimerais bien le savoir.

Violet posa sa tasse sur la table, à côté de celle de sa cousine.

— Eh bien, il y a un seul moyen de le découvrir. Il faut que tu le lui demandes.

— Quoi ?

— Tu m'as entendue. Tu dois lui demander pourquoi il ne veut pas te faire l'amour.

Caroline secoua la tête.

— Je ne pourrais jamais faire cela. J'ai trop peur de ce qu'il pourrait répondre.

— Tu n'as jamais peur de rien. Tu peux le faire, Carrie. Il le faut.

Caroline se mordit la lèvre, réfléchissant aux paroles de Violet. Elle se leva.

— Tu as raison. Je lui parlerai ce soir après le dîner — avant qu'il ne parte rejoindre sa maîtresse ou faire je ne sais quoi.

— C'est bien.

— Et s'il refuse de me répondre, j'insisterai.

— Oui.

Redressant les épaules, Caroline se dirigea vers la porte.

— Souhaite-moi bonne chance.

— Tu n'as pas besoin de chance, tu as du courage.

Caroline esquissa un sourire penaud en quittant la pièce, et Violet s'adossa au canapé. Quel vent mauvais avait forcé sa cousine à épouser un vaurien comme Lucas Barclay ? C'était peut-être le même vent qui l'avait poussée, elle, vers son mariage avec Rule… Leurs deux époux avaient très mauvaise réputation, et se lasseraient probablement assez vite de leurs épouses respectives.

Peut-être Caroline avait-elle raison. Peut-être que Barclay avait déjà une liaison avec une autre femme.

Elle se rappela le soir où Luke et Caroline avaient été surpris dans la bibliothèque. Ce même soir, elle avait vu Rule parler à une femme, dans le couloir, à l'extérieur du grand salon. Sur le moment, elle n'avait pas su qui était cette belle et rieuse petite brune aux yeux bleu ciel.

Plus tard, alors qu'elle parlait à Lily, elle l'avait revue.

— Savez-vous qui est cette femme ? avait-elle demandé. Je ne crois pas l'avoir déjà vue.

Le regard de Lily avait suivi le sien.

— Eh bien, c'est Juliana Markham, comtesse de Fremont, veuve du comte. Elle est très belle, n'est-ce pas ? Elle sort juste de son deuil, je crois, et est récemment arrivée du domaine du comte dans le Buckinghamshire.

Violet avait examiné la ravissante jeune femme, qui avait environ vingt-cinq ans.

— Elle est jeune pour être veuve.

— Oh ! son mari était très âgé. Un mariage arrangé, m'a-t-on dit, et pas particulièrement heureux. Peut-être lady Fremont trouvera-t-elle un homme plus à son goût la prochaine fois.

Violet l'avait regardée virevolter parmi les dames et les gentlemen, tel un papillon aux couleurs chatoyantes, et avait

Le regard de Luke devint presque noir et ses narines frémirent.

— Il n'y a pas d'autre femme.

— Qu'y a-t-il, alors ? Etes-vous si furieux contre moi de ce qui est arrivé que…

— Ce qui est arrivé n'était pas votre faute. Je savais le risque que je prenais, en entrant avec vous dans la bibliothèque.

Des larmes montèrent aux yeux de Caroline.

— Mais vous l'avez fait quand même, et maintenant nous sommes mariés. Je ne comprends pas pourquoi vous ne voulez pas me faire l'amour.

Pendant un long moment, Luke resta immobile. Il semblait lutter pour garder son contrôle.

— Vous ne vouliez pas m'épouser. Vous y avez été forcée. J'essayais de vous laisser du temps.

Elle battit des cils, et des larmes roulèrent sur ses joues.

— Vraiment ?

Au lieu de répondre, Luke se pencha et la souleva dans ses bras. Sa robe en satin retomba sur la manche de sa jaquette tandis qu'il gagnait l'escalier à grands pas. Avec une urgence qui coupa le souffle à Caroline, il monta les marches, entra dans sa chambre et la remit debout à côté du lit.

— Je n'ai jamais été un sot en ce qui concerne les femmes — jusqu'à ce que je vous rencontre. Vous pensez que je ne vous désire pas ? Je vous veux plus que tout.

Il l'embrassa, puis coula les doigts dans ses cheveux, délogea ses épingles, et fit cascader ses boucles blondes sur ses épaules. Prenant sa tête dans ses mains, il dévora sa bouche, d'un long baiser profond.

— Luke, chuchota-t-elle en lui ouvrant ses lèvres. Elle sentit sa langue se glisser dans sa bouche, et une vague de désir brûlant l'envahit.

Luke continua à l'embrasser, la possédant de sa langue, la prenant comme s'il ne pouvait se rassasier d'elle.

De longs baisers profonds. De petits baisers brûlants. Des baisers fiévreux et mouillés. Caroline était incapable de penser, et tenait à peine sur ses jambes. Quand son corsage se défit, découvrant ses seins, c'est à peine si elle s'en rendit compte. Elle gémit lorsqu'il courba la tête et que ses dents effleurèrent son mamelon durci.

D'autres vêtements disparurent. Les mains de Luke étaient partout, passant sur sa peau nue, moulant et caressant ses seins, taquinant, glissant, l'embrasant tout entière.

— Luke… répéta-t-elle quand il la souleva, nue, pour la poser sur le lit.

Il la quitta pour se dévêtir. Grand et musclé, il revint vers elle, son sexe long et dur se dressant contre son ventre plat.

— Ne croyez jamais que je ne vous désire pas, dit-il en la rejoignant. Je n'ai jamais convoité une femme comme je vous convoite.

Elle gémit lorsqu'il s'allongea sur elle et que ses hanches minces se logèrent entre ses jambes. Il réclama sa bouche en un long et lent baiser, puis il lécha et caressa ses seins, la rendant folle de désir. Elle sentait qu'il cherchait à entrer en elle.

— Je vais essayer de ne pas vous faire mal.

Caroline humecta ses lèvres gonflées par les baisers.

— Je ne me soucie pas d'avoir mal. Je veux juste que cette folie finisse.

Il rit doucement et l'embrassa, puis sa main trouva sa féminité et se mit à la caresser.

— Vous êtes si chaude et si moite. Cela signifie que vous êtes prête à m'accueillir.

Elle se mordit la lèvre et arqua le dos, le désirant davantage. Il glissa ses doigts en elle, et elle lutta pour ne pas crier de plaisir.

— Doucement, mon cœur. Nous allons y venir, je vous le promets.

Elle sentit son sexe dur commencer à se glisser en elle, l'étirant, la remplissant. Elle avait envie qu'il aille plus loin encore.

— Oh, mon Dieu ! Luke, s'il vous plaît…

Elle enfonça ses doigts dans les larges épaules et s'arqua

davantage. Au même moment, Luke poussa en avant, s'insinuant complètement en elle. Elle cria et il se figea.

— Caroline.

Les muscles de son cou se tendirent sous son effort pour se contrôler.

— Je suis désolé, ma douce, vraiment. J'ai essayé d'aller lentement, mais…

Elle pressa un doigt sur ses lèvres.

— Cela va mieux, maintenant. J'aime vous sentir en moi. Je veux le reste, Luke, je veux tout le reste.

La respiration de Luke s'accéléra. Il émit un son sourd et l'embrassa doucement. Puis le baiser se fit sauvage, et il se mit à aller et venir en elle. Chaque assaut emportait Caroline plus haut, vers l'apogée du plaisir. Son corps se contracta. Ce fut comme si des vannes s'ouvraient en elle, et rien ne put arrêter le déferlement du plaisir. Durant de longues secondes, elle connut la pointe extrême de la passion, et souhaita que cela ne prenne jamais fin.

Les muscles de Luke se crispèrent tandis qu'il la suivait dans l'extase. Quelques secondes plus tard, elle sentit ses lèvres sur son front. Se relevant, il s'allongea à côté d'elle et la prit dans ses bras.

— Vous êtes ma femme, maintenant, Carrie. Je ne veux pas vous laisser en douter de nouveau.

Elle ferma les yeux et se nicha contre lui.

En elle-même, elle sourit. Faire l'amour avec Luke était si merveilleux que cela compensait presque le fait d'avoir été obligée de se marier.

18

Lily insista pour donner un bal en l'honneur des jeunes mariés. Ce devait être un gala somptueux, dans la résidence du duc récemment terminée. Violet se dit que la duchesse voulait faire taire les mauvaises langues et faciliter le retour du couple scandaleux dans la haute société.

Dans une classe où les mariages étaient surtout conçus pour des questions d'argent et de pouvoir, il était plus facile de pardonner à deux personnes suffisamment fortunées pour faire un mariage d'amour. Et même si Violet savait que ni l'un ni l'autre n'avait souhaité se marier, selon toutes les apparences, Caroline et Luke étaient amoureux.

Et Lily, qui avait le cœur tendre, faisait partie de ceux qui voulaient qu'ils soient heureux.

Debout sous les pendeloques en cristal d'un lustre à gaz, Violet soupira longuement. Ni Luke ni Rule n'étaient le genre d'hommes à tomber amoureux. Et, curieusement, Caroline elle aussi avait peur de cette émotion. Elle avait été témoin du mariage malheureux de ses parents, de leurs cris et de leur cruauté, et elle ne voulait pas connaître la même chose.

Pour Violet, se marier et avoir des enfants était quelque chose à quoi elle avait aspiré bien avant la mort de son père. Dans ses rêves, elle épousait un homme qu'elle aimait et qui l'aimait. Ce n'était pas seulement le désir qui les gardait ensemble.

Avec Jeffrey, elle aurait peut-être eu une chance d'avoir ce genre de mariage. Mais, à présent, elle n'était plus sûre que l'amour de Jeffrey aurait été suffisant.

Les murs couverts de miroirs de la salle de bal brillaient, tout de cristal et d'or, reflétant la lumière des lustres et des appliques dorées. Le frère de Rule, Reese, était là avec sa femme, Elizabeth, ainsi que sa grand-tante Agatha, comtesse de Tavistock, que Violet n'avait rencontrée que quelques jours plus tôt.

Elle jeta un coup d'œil au petit groupe qui l'entourait. Frêle, les cheveux argentés, lady Tavistock était en pleine conversation avec Elizabeth, très élégante dans de la soie saphir, avec ses cheveux de jais. Caroline dansait avec Luke, et Rule discutait avec Charles Whitney.

Les deux hommes se dirigèrent vers la porte qui donnait sur le couloir, pour se rendre dans la salle de billard. Ils haussèrent un peu la voix tandis qu'ils discutaient de certains détails problématiques de la vente, qui n'avaient pas encore été réglés.

La musique augmenta, une délicieuse valse viennoise. Pendant que Rule disparaissait dans le couloir, Violet ramena son attention sur Caroline et Luke, qui tournoyaient sur la piste de danse. Elle ne put s'empêcher de remarquer la façon dont Luke tenait sa femme, le regard soudé au sien, son désir à peine dissimulé.

Souhaitant que Rule l'invite à danser elle aussi, elle se retourna en entendant approcher des pas masculins, et son cœur bondit à la pensée qu'il était revenu. A la place, ce fut la riche voix de baryton de Jeffrey qui l'atteignit en plein cœur.

— Il faut que je vous parle, Violet. C'est important.

Elle n'avait pas envie de lui parler. Elle voulait oublier ce qu'ils avaient signifié l'un pour l'autre autrefois. Mais elle ne pouvait l'ignorer. Elle l'avait déjà assez fait souffrir comme cela.

— Nous ne pouvons parler ici.

— Je pensais que nous pourrions aller sur la terrasse.

Ses yeux bruns la scrutaient. Il était venu d'Amérique pour la retrouver. Il l'avait aimée, l'aimait peut-être encore. Son cœur se serra. Comment pouvait-elle rejeter cette simple requête ?

Elle parcourut la salle du regard. Rule était sorti. Tous les autres étaient occupés à bavarder. Elle hocha la tête, et Jeffrey la conduisit jusqu'aux portes-fenêtres, puis dehors, sur la terrasse.

La nuit était assez claire, même si des nuages s'amassaient au loin dans le clair de lune, annonciateurs d'orage. Des étoiles scintillaient dans le ciel, au-dessus des invités qui étaient comme eux sortis de la maison.

Violet se tourna lorsqu'ils atteignirent la balustrade.

— Qu'y a-t-il, Jeffrey ?

Il se tenait dans la lumière des torches qui brûlaient au bord du jardin, et ses cheveux blonds avaient des reflets d'or.

— Je ne cesse de penser à vous, Violet. Je ne peux m'empêcher de m'inquiéter pour vous. J'ai besoin de savoir, très chère : l'aimez-vous ? Etes-vous heureuse ?

Violet lui toucha gentiment le bras.

— Oh ! Jeffrey, si seulement c'était aussi simple.

Il prit sa main gantée et la porta à ses lèvres.

— Cela pourrait l'être. Sur un seul mot de vous, nous pourrions quitter l'Angleterre ensemble. Nous pourrions retourner à Boston et y bâtir notre vie.

— Vous me demandez d'obtenir le divorce.

— Je suppose qu'il le faudrait, mais cela pourrait être fait discrètement.

Violet secoua la tête.

— Je ne peux pas faire cela, Jeffrey.

Alors qu'elle prononçait ces mots, son cœur l'avertit que divorcer de Rule était peut-être la seule façon pour elle d'avoir la vie qu'elle désirait. Rule ne l'aimait pas. Tôt ou tard, il se lasserait d'elle.

L'émotion lui serra la poitrine. Pendant des semaines, elle s'était dit qu'elle n'aimait pas Rule, et que, de ce fait, elle pouvait être mariée à lui sans que son cœur soit brisé. Mais à cet instant, en regardant le beau visage de Jeffrey, elle sut quelle était la vérité.

Elle était déjà plus qu'à moitié amoureuse de Rule. Et s'il se fatiguait d'elle, elle en souffrirait énormément.

La voix de Jeffrey mit fin à ses pensées.

— En êtes-vous certaine, Violet ? Etes-vous sûre que c'est ce que vous voulez ?

La lumière des torches vacilla, éclairant ses traits, et elle vit qu'il attendait ardemment sa réponse.

— J'en suis certaine, Jeffrey. Ma place est ici avec mon mari.

C'était un mensonge pour l'épargner. Elle n'en était pas du tout sûre, en réalité.

— Je… je ferais mieux de rentrer, avant que quelqu'un ne parte à ma recherche.

— Bien sûr.

Jeffrey s'inclina poliment, mais l'amertume perçait dans sa voix.

— Prenez soin de vous, très chère.

Violet ne répondit pas. Elle releva ses jupes et s'empressa de retourner dans la maison, heureuse de s'échapper.

Rule quitta la salle de billard, où Charles et lui s'étaient rendus dans l'espoir de résoudre les derniers obstacles qui s'opposaient à la vente.

Tous deux avaient apprécié de faire une partie de billard. Mais ils avaient eu une discussion assez violente au sujet des nouveaux dessins du petit pistolet de poche que Griffin fabriquait actuellement.

— Je ne suis pas partisan des modifications que vous avez faites, dit Whitney. Je ne pense pas que je devrais en payer le coût.

— Comme vous le savez, les changements sont d'ores et déjà en route. Les nouvelles armes ont été mises en fabrication.

Whitney jeta un regard froid à Rule.

— Le problème ne réside peut-être pas dans ces dessins, mais dans l'offre plus intéressante que vous avez reçue, à ce que j'ai entendu dire.

C'était vrai. Montgomery et Stanfield avaient tous les deux augmenté leur offre, mais ni Rule ni Violet n'étaient intéressés. Un accord avait été passé avec Whitney et, à moins que quelque chose ne change de son côté, la manufacture serait bientôt à lui.

— Ce n'est pas le problème, dit Rule. Votre offre est toujours la seule qui nous intéresse.

La conversation se poursuivit sans qu'ils parviennent à un accord. Finalement, Rule suggéra que la vente soit repoussée, jusqu'à ce qu'ils puissent s'entendre sur les modifications du pistolet.

Whitney fronça les sourcils, puis soupira.

— Très bien, nous ferons comme vous voudrez. J'ai très envie de posséder Griffin, vous le savez.

Rule sourit et hocha la tête.

— Entendu, donc. Notre accord reste en vigueur.

La discussion s'acheva, et les deux hommes se séparèrent bons amis.

Rule quitta la salle de billard à la recherche de Violet, surpris de se dire qu'elle lui avait manqué. Chaque jour qu'ils passaient ensemble, elle pénétrait un peu plus ses défenses, s'introduisait un peu plus profondément dans son cœur.

C'était extrêmement déconcertant.

Il ignorait ce que c'était que d'aimer une femme. En vérité, il avait eu peu d'égards pour les femmes au fil des années. Coucher avec elles était une chose. Entretenir n'importe quelle sorte de relation en dehors du lit ne lui était jamais venu à l'esprit.

Mais Violet était différente.

Spéciale.

Il se surprenait à la chercher aux moments les plus inopinés, sans la moindre raison. Il voulait sa compagnie, son amitié. C'était une notion nouvelle pour lui, et il n'était pas certain d'être content que les choses changent.

Et, par-dessus tout cela, il y avait la question non négligeable du désir incessant qu'il éprouvait pour elle. Contrairement aux femmes qu'il avait connues par le passé, faire l'amour à Violet ne tarissait pas son amour pour elle. Sans qu'il sache pourquoi, son désir semblait s'accroître au lieu de diminuer.

Tandis qu'il longeait le couloir, les épaules de Rule se crispèrent. Il ne connaissait rien à l'amour et n'en voulait rien savoir. Même des années après la mort de sa mère, son père ne s'était pas remis de sa perte. Le duc aimait si profondément Amanda Dewar qu'il s'était retiré dans le deuil jusqu'à la fin de ses jours. Il avait ignoré son plus jeune fils, laissant les deux frères de Rule l'élever, ainsi qu'une nourrice.

Aimer quelqu'un à ce point n'était définitivement pas pour lui.

Il avait presque atteint la salle de bal quand il aperçut une belle femme brune aux ravissants yeux bleus qui arrivait en face de lui — Juliana Markham, lady Fremont.

— Milord, dit-elle avec un sourire qui retroussa ses belles lèvres roses. Je vous cherchais. J'espérais que nous pourrions parler en privé.

Rule se sentit mal à l'aise. Il ne savait pas très bien pourquoi.

— Bien sûr. Puis-je vous demander à quel sujet ?

— Votre ami, Lucas Barclay, a mentionné que vous étiez actuellement en quête d'investissements. J'aimerais vous parler de quelques biens acquis par mon défunt mari qui pourraient vous intéresser.

— Très bien.

Rule la conduisit plus loin dans le couloir, dans le cabinet de travail de Royal, et ferma la porte.

— Aimeriez-vous boire quelque chose ?

Il se dirigea vers le buffet, éprouvant soudain le besoin de boire un cognac.

— Non, merci.

Il déboucha une carafe en cristal et se servit.

— Vous parliez d'investissements ?

— Oui. Votre ami Luke était un associé de mon mari. Il a fait quelques suggestions d'investissements qui ont beaucoup rapporté au comte. Comme je suis en train de liquider quelques actifs de lord Fremont, Luke m'a dit que vous pourriez être intéressé par certains des biens qui vont être vendus.

— Cela se pourrait.

Tandis que Rule buvait une gorgée de cognac, lady Fremont s'approcha de lui, si près qu'il put sentir son parfum capiteux.

Avant l'arrivée de Violet, il aurait donné suite sans hésiter à l'invitation qu'il lisait dans les yeux bleus de la dame. Mais, ce soir-là, il souhaitait seulement se dégager d'une situation qui risquait de devenir embarrassante.

— Je pourrais être intéressé, répéta-t-il en ôtant la main qu'elle avait posée sur son revers. Mais il faudrait que j'en discute avec mon épouse.

Elle haussa un fin sourcil noir.

— J'avais l'impression que vous étiez un homme capable de se décider seul.

Il ignora la pointe.

— C'est le cas, en général. Mais Violet et moi ne sommes pas seulement mari et femme, nous sommes également partenaires en affaires. Si vous voulez bien demander à votre avoué d'envoyer les propositions à mon bureau, je serai heureux de les examiner.

— Je pourrais peut-être les apporter moi-même.

Rule posa son verre sur le bureau.

— Je ne pense pas que ce serait une bonne idée.

— Vraiment ?

— Vraiment.

Ses lèvres pleines s'incurvèrent en un sourire séducteur.

— Vous m'intriguez, milord. Je vous ai vu m'observer — et non sans intérêt.

Rule devait admettre qu'il l'avait remarquée. Quel homme ne le ferait pas ? Mais cela ne voulait rien dire à ses yeux.

— Vous êtes une très belle femme. Un homme devrait être aveugle pour ne pas le voir.

— Et vous n'êtes pas aveugle. J'enverrai les informations. Peut-être qu'à l'avenir nous pourrions nous voir pour en discuter. Bonsoir, milord.

Il inclina légèrement la tête.

— Bonsoir, milady.

Dès qu'elle s'en alla, Rule poussa un long soupir. Il ne pouvait se rappeler une fois, par le passé, où il avait repoussé une invitation aussi évidente, et venant d'une femme aussi désirable.

Cela le laissait perplexe, et pourtant, maintenant qu'il était marié à Violet, il ne pouvait imaginer se conduire autrement.

Il quitta le cabinet de travail et se mit en quête de sa femme.

Violet se tenait à côté de Lily dans un groupe qui comprenait Elizabeth, lady Tavistock, Annabelle Greer et son amie Sabrina Jeffers, la superbe fille blonde du marquis de Wyhurst.

Violet était heureuse que les bavardages qui l'entouraient lui permettent de garder le silence. Pour l'instant, ses pensées étaient encore à l'extérieur de la salle de bal, alors qu'elle se tenait le cœur serré dans le couloir, près du cabinet de travail de Royal. Et voyait Rule et la comtesse de Fremont disparaître à l'intérieur, et fermer doucement la porte derrière eux.

Rule n'avait toujours pas reparu.

Violet songea à ce qui s'était passé entre Caroline et Luke, le soir du scandale, quand ils avaient refermé la porte derrière eux. Son cœur se contracta.

Rule faisait-il l'amour à la ravissante petite brune ? Plusieurs fois au cours de la soirée, elle avait noté que la séduisante comtesse suivait ses déplacements dans la salle de bal. Et, une fois, elle avait remarqué le regard de Rule fixé sur elle.

Cela faisait des semaines qu'elle était arrivée à Londres. Rule avait la réputation de se lasser facilement des femmes. Il avait dit qu'il n'était plus intéressé par lady Saint-Ives, et elle l'avait cru. Mais la délicieuse brunette était à Londres depuis peu de temps. Etait-elle un nouveau défi que Rule s'était lancé ?

Elle leva les yeux et le vit approcher. Il s'était absenté un bon moment, mais ses cheveux étaient bien coiffés, et ses vêtements parfaitement en ordre. La femme, lady Fremont, était invisible.

Violet déglutit, la gorge nouée. Peut-être s'étaient-ils contentés de se fixer un rendez-vous galant, au lieu de laisser libre cours à leur passion. Peut-être ne lui était-il pas encore infidèle.

Elle afficha une expression sereine et insouciante lorsqu'il arriva près d'elle.

— Je vous cherchais, dit-il abruptement. Venez. Il est temps de partir.

Bien que Violet soit désireuse de s'en aller, quelque chose dans sa voix la fit hésiter.

— Il me faut ma cape.

— La voiture attend devant la maison. Je prendrai votre cape en partant.

Son expression était dure quand il la prit par le bras et l'escorta plutôt fermement vers la porte. Violet ignorait d'où venait sa mauvaise humeur, et elle ne s'en soucia pas. Elle voulait juste rentrer à la maison. Apparemment, Rule était du même avis.

Drapant sa cape sur ses épaules, il la conduisit à la voiture, l'aida à monter et s'installa face à elle.

— Nous aurions dû saluer nos hôtes, dit-elle dans la pénombre, éclairée par une seule lampe en cuivre.

La mâchoire de Rule se crispa.

— Nous leur enverrons un billet demain matin.

Il n'en dit pas plus, et elle aussi garda le silence. Elle pensait à la belle brune et à ce qui avait pu se passer dans le cabinet de travail. Elle fut surprise de constater qu'elle se sentait plus blessée qu'en colère. Si Rule voulait la comtesse, ou n'importe quelle autre femme, elle ne pouvait rien y faire.

Le mot « divorce » s'immisça dans son esprit.

Elle n'avait pas envie de mettre un terme à leur mariage. Elle voulait que Rule l'aime.

Comme elle était amoureuse de lui.

Ce constat la frappa avec force. Elle n'avait pas mesuré à

quel point elle était éprise de Rule jusqu'à ce soir… jusqu'à ce qu'elle le voie s'isoler avec la comtesse.

Son cœur se serra. Seigneur Dieu, comment avait-elle pu laisser se produire une chose pareille ?

Mais il fallait être honnête, songea-t-elle. Elle était fascinée par Rule Dewar depuis qu'elle avait seize ans, et qu'elle n'était qu'une adolescente de Boston.

19

Une pluie fine s'était mise à tomber, nimbant les rues d'un halo brumeux. Tandis que la voiture roulait vers leur foyer, Violet et Rule restaient silencieux. La tension était presque palpable à l'intérieur de l'habitacle. Lorsqu'ils arrivèrent à la maison, il l'aida à descendre et la guida sur les marches du perron.

— Je me sens un peu fatiguée, dit-elle, pour mettre de la distance entre eux et prendre le temps de réfléchir. Je vais me coucher sans attendre.

La mâchoire de Rule se crispa, accentuant la fossette de son menton.

— Très bien. J'ai des papiers à relire. Ne m'attendez pas.

Il pivota sur ses talons et se dirigea à grands pas vers son cabinet de travail.

Visiblement, il ne viendrait pas dans son lit cette nuit, ce qui arrangeait grandement Violet.

Elle avait envie de l'interroger franchement au sujet de la séduisante comtesse, de savoir si lady Fremont était la raison de sa mauvaise humeur. Mais sa fierté ne le lui permettait pas. Elle refusait de lui montrer à quel point elle s'en souciait, combien cela lui faisait mal de l'imaginer avec une autre femme.

Mary l'attendait devant la chambre.

— Laissez-moi vous aider, milady.

— Merci, Mary. Je me sens fourbue ce soir.

Un coup de vent fit vibrer les fenêtres, et elle entendit la pluie marteler les vitres.

— Ne vous inquiétez pas. Dans quelques m… s, vous serez prête à vous coucher.

Violet remercia le Ciel d'avoir Mary près d'elle, to… urs si aimable et efficace. Quelques semaines plus tôt, Ru… ui avait demandé si elle voulait prendre une femme de cham… formée au service d'une dame, et plus distinguée dans ses manières, mais Violet était parfaitement satisfaite de Mary.

— Débarrassons-nous de ceci.

Mary l'aida à quitter sa robe et sa crinoline. Violet se préparait à ôter le reste de ses vêtements, debout devant le miroir, en corset, pantalons et bas, quand la porte s'ouvrit brusquement et que Rule entra.

— Ce sera tout pour ce soir, Mary.

Les yeux de la soubrette s'élargirent.

— Bien, milord.

Elle s'esquiva et referma vivement la porte.

Piquée par l'attitude autoritaire de Rule, Violet lui décocha un regard empli de froideur et nota sa tenue négligée. Il avait quitté sa jaquette, son gilet et son écharpe. Sa chemise était déboutonnée au col, et les manches relevées exposaient les muscles de ses avant-bras. Ses cheveux noirs étaient décoiffés.

Il la parcourut du regard, la brûlant de ses yeux bleus et inquisiteurs. Ils se posèrent sur la rondeur de sa poitrine et, bien qu'elle soit en colère contre lui, la pointe de ses seins se dressa dans son corset.

Il croisa les bras sur son torse musclé.

— Alors, qu'est-ce que votre cher ami *Jeffrey* avait à dire ?

— Jef… Jeffrey ?

Elle ne put réprimer un ton un peu coupable.

La bouche de Rule se tordit.

— Je suppose que vous avez bien discuté, sur la terrasse.

Bonté divine, elle aurait dû savoir qu'il le découvrirait ! Mais elle songea à la comtesse, et ressentit une bouffée de satisfaction.

— Jeffrey se préoccupe de mon bonheur. Il voulait savoir si j'étais heureuse.

Rule vint se placer tout près d'elle.

— Vraiment ? Ce n'était pas que ça, j'en suis sûr. Que voulait-il d'autre ?

Elle savait qu'elle ne devait pas le lui dire, mais elle ne put résister à la tentation d'aiguillonner sa jalousie.

— Il voulait que je retourne avec lui à Boston.

La mâchoire de Rule se durcit et un bruit sourd sortit de sa gorge.

— Vous êtes ma femme, Violet. Vous n'irez nulle part avec *Jeffrey*.

Elle retint une exclamation quand ses grandes mains se posèrent sur ses épaules et qu'il l'attira durement vers lui, puis écrasa sa bouche sous la sienne. Durant un bref instant, elle pensa à la comtesse, mais sa langue s'introduisait déjà dans sa bouche, et le désir la frappa de manière si intense qu'elle chancela légèrement.

— Vous êtes à moi, chuchota-t-il en embrassant son cou.

Il lui mordilla le lobe de l'oreille.

— A moi.

Ses doigts fins ouvrirent les crochets à l'avant du corset, et ses seins glissèrent dans ses mains. Rule les pressa, courba la tête et les suça avec avidité.

Toute pensée rationnelle abandonna Violet. Un désir brûlant les remplaça, si fort que rien ne comptait plus, hormis le contact de ses mains, de sa bouche sur sa peau nue. Elle le voulait, voulait le plaisir que lui seul pouvait lui donner.

— Je me suis ordonné de rester loin de vous, dit-il entre deux baisers enflammés, parce que j'étais encore trop en colère. Mais je vous désirais trop.

Ses paroles la transportèrent. C'était elle qu'il voulait, pas la comtesse. Elle renversa la tête en arrière, le laissant accéder à sa gorge, et ses lèvres se promenèrent sur sa chair sensible, semant une traînée brûlante sur sa peau. Elle sentait ses mains dans ses cheveux qui en délogeaient les épingles. Ses doigts se coulèrent dans ses boucles cuivrées pour les étaler sur ses épaules.

— Bon sang, vous êtes magnifique.

Sa bouche revint à ses seins, qu'il suça et lécha, mordillant ses mamelons jusqu'à ce qu'elle gémisse d'abandon, impuissante.

— J'ai… envie de vous, chuchota-t-elle.

Ses mains tremblaient lorsqu'elle tira sur sa chemise de linon blanc pour la sortir de son pantalon et qu'elle glissa ses paumes sous le tissu pour caresser les muscles durs de son ventre. Il fit passer sa chemise par-dessus sa tête et la jeta de côté, puis il l'embrassa de nouveau profondément.

Il saisit ses fesses à deux mains et la souleva, nouant ses jambes autour de sa taille. Trouvant la fente de ses pantalons, il se plaça à l'entrée de sa féminité et pénétra en elle.

Violet gémit. Elle était prête, moite et en feu.

— C'est ce dont j'avais besoin, dit-il, en la faisant reculer jusqu'à ce que ses épaules touchent le mur. Par Dieu, je vous veux tellement.

La tenant fermement, il commença à la prendre, avec de longs coups profonds qui faisaient parcourir en elle des ondes de plaisir.

Les puissantes allées et venues de son sexe la firent s'agripper à ses épaules, mais elle en voulait davantage. Caressant une aréole cuivrée, elle courba la tête et en prit la pointe entre ses dents, puis la mordilla. Rule se mit à gémir.

Encore plus loin, plus fort, plus vite.

Violet s'accrochait à lui, s'ouvrait à lui, le laissait lui donner ce dont elle avait besoin.

Le plaisir monta, une tension si délicieuse qu'elle en était presque douloureuse. En un instant, Violet se libéra, submergée par une volupté intense, en criant son nom.

Il ne s'arrêta pas. Il ne la suivit dans l'extase que lorsqu'il l'eut conduite pour la deuxième fois au comble du plaisir.

Pendant de longues secondes, ils restèrent comme ils étaient, Violet s'accrochant au cou de Rule, la tête sur son épaule.

— Dites-moi que vous ne le désirez pas, demanda doucement Rule. Dites-moi que c'est moi que vous voulez, non lui.

Elle le regarda, surprise par l'inquiétude qu'elle percevait dans sa voix.

— Je ne désire pas Jeffrey. C'est vous que je veux, Rule.

Elle ne dit pas le reste. Elle ne se fiait pas assez à lui pour lui révéler ce qu'elle ressentait, pour lui dire à quel point elle l'aimait.

Elle était déjà assez soumise à son désir.

Rule la remit sur pied. La pluie avait diminué, mais Violet l'entendait encore frapper les vitres. Sans un mot, il acheva de défaire son corset et l'aida à quitter le reste de ses effets. Elle avait envie qu'il reste près d'elle.

Mais tandis qu'elle enfilait une chemise de nuit en coton blanc, il ramassa sa chemise et se dirigea vers la porte qui reliait leurs chambres.

— Je vous verrai demain matin, dit-il.

Violet ne répondit pas. Ses propres sentiments la bouleversaient. Elle était amoureuse de Rule, mais, à part du désir, elle ignorait ce qu'il ressentait pour elle.

Et il y avait toujours, en suspens, l'affaire de Rule et de la belle comtesse. Quand le moment s'y prêterait, elle lui parlerait franchement, et découvrirait la vérité.

Quand elle se glissa entre les draps, elle écouta le bruit régulier de la pluie, et souhaita pour la centième fois n'avoir jamais quitté Boston.

On était samedi. La pluie s'était renforcée, devenant un torrent d'eau incessant qui convenait à l'humeur de Rule. Il ne savait pas très bien ce qui s'était passé la veille, sauf qu'il avait complètement perdu le contrôle, avec Violet, et que cela ne lui plaisait pas.

Il soupira longuement. Avec la tempête qui noyait la ville, il avait décidé qu'ils travailleraient à la maison, ce jour-là — lui dans son cabinet de travail, Violet dans un petit salon au fond de la maison qu'elle avait adopté.

Il étudiait les propositions reçues ces dernières semaines, tentant de trouver quels étaient les meilleurs investissements. Mais il n'était pas satisfait de ce qu'il avait reçu pour l'instant.

Se levant de son bureau, il se dirigea vers la cheminée d'angle, lui tourna le dos et laissa la chaleur des flammes se propager sur son corps las.

On frappa à la porte.

— Qu'est-ce que c'est ? demanda-t-il à Hatfield, qui se tenait sur le seuil.

— Une note vient d'arriver, milord.

Le majordome s'approcha pour lui tendre le billet, puis pivota et sortit.

Rule ouvrit le billet et le lut, un peu surpris d'y voir la signature de Charles Whitney.

« Plusieurs questions ont surgi, au sujet de la vente. Si cela vous convient, venez me voir à mon hôtel cet après-midi, chambre 112. Je vous y attends vers 14 h 30. »

Il était déjà 11 heures et demie. La requête semblait un peu étrange, et le prévenait bien tard. Mais, durant son séjour à Londres, Whitney résidait à l'hôtel Albert, dans Oxford Street, un établissement qui se trouvait non loin de là. Rule lut de nouveau le billet, le froissa et le jeta au feu.

En fait, il ne rechignait pas à l'idée de quitter la maison. Cela lui permettrait d'éviter de trop songer à son épouse.

Quand le moment fut venu de partir, il demanda à Hat de faire avancer la voiture, puis se mit en quête de Violet. Elle était assise dans le canapé devant le feu, plongée dans des registres ouverts sur un coussin devant elle. Il s'efforça de ne pas songer à la nuit dernière, au ravissement que cela avait été d'être en elle, ni à la façon dont, en cet instant même, il avait envie de balayer les registres, de l'allonger sur le canapé, de soulever ses jupes et de la posséder de nouveau.

Remarquant enfin sa présence, elle se leva.

— Qu'y a-t-il ?

— Je sors un moment. Je devrais être rentré dans deux heures au plus.

— Par ce temps ?

Rule haussa les épaules.

— J'ai reçu un billet de Whitney. Il veut me poser quelques questions.

— Voulez-vous que je vienne avec vous ?

— Ce n'est pas la peine. Quant à moi, cela me fera du bien de prendre l'air.

— Je vois.

Comme elle relevait le menton, il fronça les sourcils.

— Cela ne vous fait rien, n'est-ce pas ?

— Pourquoi cela devrait-il me faire quelque chose ?

Rule ne répondit pas. Il comprenait rarement comment fonctionnaient les femmes. Il pivota et sortit du salon confortable, impatient d'être hors de la maison.

Rule descendit de sa voiture devant l'hôtel Albert.

— Je ne devrais pas en avoir pour longtemps, dit-il à Bellows.

Le robuste cocher abaissa le rebord de son chapeau pour se protéger de la pluie, hocha la tête et remonta sur son siège.

Rule gravit les marches recouvertes d'un tapis rouge, pénétra dans le vestibule de bois sombre et se dirigea vers le large escalier aux formes arrondies. Un écriteau au sommet de l'escalier indiquant les chambres 100 à 130 sur la gauche, il suivit cette direction.

Quand il arriva devant la suite de Whitney, il leva la main pour frapper, et fut surpris de voir que la porte était entrouverte. Il la poussa et glissa la tête à l'intérieur.

— Whitney ? C'est Dewar. Etes-vous là ?

N'obtenant pas de réponse, Rule entra dans la pièce, intrigué. Dès qu'il s'avança dans le salon, il se figea. Allongé dans une mare de sang sur le parquet, devant le canapé, Charles Whitney fixait le plafond d'un regard sans vie. Du sang suintait d'un vilain trou dans sa poitrine et coulait sur sa jaquette.

Rule se précipita vers lui, s'agenouilla et pressa ses doigts sur son cou, espérant trouver le pouls. La chair était inerte. Whitney était mort.

Sa poitrine se serra. Il avait bien aimé cet homme.

Rule regarda autour de lui. A côté du corps se trouvait un petit pistolet à cinq coups, qu'il reconnut être une arme Griffin. Une seule balle manquait dans le barillet. Sur le canapé était posé un coussin ensanglanté, avec un trou roussi au centre. Apparemment, il avait servi à étouffer le bruit de la détonation.

— Ecartez-vous du corps, commanda soudain une dure voix d'homme, en provenance de la porte ouverte. N'essayez pas de prendre l'arme.

Rule se tourna lentement vers la voix, et vit plusieurs policiers en uniforme sur le seuil de la chambre, les yeux fixés sur lui. Rule leva les mains lentement, pour qu'ils puissent voir qu'il n'était pas armé.

— Mon nom est Dewar, dit-il. Je l'ai trouvé ainsi quand je suis entré.

— Comment êtes-vous entré ? demanda l'un des policiers, un petit homme avec une face de bouledogue et d'épais cheveux bruns.

— La porte était ouverte.

L'homme s'approcha prudemment de lui.

— C'est votre pistolet ?

— Non.

Rule ne précisa pas qu'il était fabriqué par Griffin. Mieux valait éviter que la police ne tire des conclusions hâtives.

— Vous le connaissez ? demanda un deuxième policier, long et maigre, avec de petits yeux ronds et une fine moustache.

— Il se nomme Charles Whitney. Nous étions en affaires. Il m'a envoyé un billet me demandant de venir le trouver ici, pour discuter des termes de notre accord.

Le premier policier baissa les yeux sur la main de Rule, et celui-ci s'avisa que le sang de Whitney maculait ses doigts.

— Je pense que vous feriez mieux de venir avec nous, monsieur Dewar, dit-il.

— Je n'ai rien à voir avec ceci. Je vous l'ai dit, il était

mort quand je suis entré dans la pièce. J'ai tâté son pouls pour m'en assurer.

— Suivez-nous immédiatement, dit le moustachu, en tapotant la paume de sa main de sa longue matraque de bois. Ne résistez pas, vous risqueriez des ennuis.

Le troisième policier, qui se tenait toujours sur le seuil, se raidit soudain, visiblement prêt à intervenir.

— Comment se fait-il que vous soyez ici ? demanda Rule en tirant un mouchoir de sa poche et en essuyant le sang sur sa main.

— Un individu est venu m'aborder dans la rue avec l'officier Pettigru, il y a quelques instants, répondit le premier policier. Il a dit qu'il y avait du grabuge à l'hôtel. Apparemment, il avait raison.

Rule jeta un coup d'œil au policier moustachu, qui devait être Pettigru, et se demanda si l'informateur était impliqué d'une manière ou d'une autre dans le meurtre. Tout avait été soigneusement réfléchi. La police était arrivée quelques minutes après Rule, le trouvant sur les lieux. On aurait voulu le piéger que l'on ne s'y serait pas pris autrement.

Tandis que le trio de policiers le faisait sortir de la chambre d'hôtel, Rule serra la mâchoire. Dès qu'ils arriveraient au poste de police, il ferait prévenir Royal. Un duc avait du poids. Son frère se porterait garant de son innocence, et l'erreur serait réparée.

Du moins, il l'espérait.

Ils traversèrent le vestibule de l'hôtel, au milieu des murmures de plusieurs clients. Alors qu'on faisait descendre à Rule les marches recouvertes d'un tapis rouge, il aperçut Bellows debout près de la voiture, l'air abasourdi.

Rule n'eut pas le temps de lui parler. La portière du véhicule de police s'ouvrit, et il fut rudement poussé à l'intérieur. Le fourgon s'ébranla dans une secousse, et Rule tomba assis sur le dur siège de bois.

— Tenez-vous bien, mon vieux, lui dit Pettigru. Nous allons vous conduire au poste, et vous raconterez votre histoire au commissaire.

Rule s'adossa à la banquette éraflée, espérant que le commissaire saurait mieux l'écouter que ses subalternes.

Violet releva l'ourlet de sa robe de drap gris et se hâta de gravir les marches qui menaient au poste de police du 26, Old Jewry. Le corpulent cocher de Rule, M. Bellows, la suivait de près.

Le poste était très animé. Un jeune homme à l'air renfrogné était accusé de vol à la tire, et une femme dont le père venait d'être arrêté pleurait dans un coin. Violet s'approcha du long comptoir en chêne de la salle d'attente.

— Excusez-moi, monsieur, dit-elle à un homme obèse en uniforme bleu foncé assis à son bureau. Pourriez-vous me dire, je vous prie, où je pourrais trouver lord Rule Dewar ? Je suis son épouse. Son cocher me dit que le véhicule de police l'a amené ici il y a une heure environ.

Grâce au Ciel, M. Bellows avait eu le bon sens de suivre le fourgon, quand il avait vu Rule traîné hors de l'hôtel Albert. Hélas, il ignorait complètement pourquoi Rule avait été conduit au poste.

Même si elle s'inquiétait pour son mari, Violet ne pouvait s'empêcher de se demander s'il était allé à l'hôtel pour y retrouver lady Fremont. Mais, avant tout, elle devait savoir pourquoi il avait été arrêté.

— Je crois que votre mari est juste un peu plus loin dans le couloir, milady. Si vous voulez bien attendre, je vais dire au commissaire McGregor que vous êtes ici.

Le policier ventru partit dans le couloir, disparut derrière l'une des portes et revint quelques minutes plus tard.

— Le commissaire souhaiterait vous voir. Si vous voulez bien me suivre…

Violet lança un coup d'œil à Bellows, qui avait l'air soucieux et se tenait les jambes écartées, ses grosses mains nouées devant lui. Suivant le policier dans le couloir, elle attendit pendant qu'il ouvrait la porte, puis passa devant lui pour entrer dans une pièce nue, ne comportant qu'une table de bois et quatre chaises branlantes.

Rule était assis sur l'une d'elles. Il bondit dès qu'il vit sa femme.

— Violet !

— Asseyez-vous, Dewar.

L'homme assis en face de lui — trapu, cheveux auburn et teint rougeaud — se leva pour accueillir Violet.

— Je suis le commissaire McGregor, milady. Si vous preniez un siège ?

Elle aurait préféré rester debout, mais elle ne voulait pas risquer d'irriter l'homme avant même de savoir pourquoi Rule se trouvait là.

Elle prit place sur la chaise qu'il lui offrait et jeta un coup d'œil à Rule. Il avait la mine sombre et ses cheveux noirs décoiffés pendaient sur son front.

— Pourquoi avez-vous amené mon mari ici ?

Rule se leva de nouveau.

— Ils pensent que je suis un meurtrier.

Le cœur de Violet fit un bond.

— Je vous ai dit de vous asseoir, enjoignit McGregor.

Rule obéit d'un geste lent et le commissaire tourna son attention vers elle.

— Je crains qu'il n'y ait eu un meurtre. Un homme nommé Charles Whitney. Ce nom vous dit-il quelque chose ?

Le regard de Violet se posa vivement sur Rule. Charles Whitney, mort ? Cela semblait impossible.

— Eh bien… eh bien, oui, je le connais. Il a… il avait l'intention d'acheter la manufacture qui nous appartient, à mon mari et à moi.

McGregor étudia les notes qu'il avait prises.

— Les Manufactures Griffin ?

— Oui.

— Votre mari a été trouvé dans la chambre d'hôtel de M. Whitney quelques minutes après le coup de feu. Il était agenouillé près du corps. Il y avait un pistolet à ses pieds et sa main était couverte de sang.

— Je ne l'ai pas tué, protesta Rule. Il était étendu par terre quand je suis arrivé. J'essayais de lui porter secours.

Il y avait quelque chose sur son visage… Grands dieux, il craignait qu'elle ne le croie pas !

Elle redressa le dos.

— Vous avez entendu ce que lord Dewar vient de dire. On a tiré sur M. Whitney. Mon mari essayait simplement de l'aider.

Rule n'était pas coupable, elle en était sûre. Il n'était tout simplement pas le genre d'homme à commettre un meurtre. D'ailleurs, pourquoi aurait-il tué leur acquéreur potentiel ?

— Peut-être. Mais notre enquête ne fait que commencer. Il y a des chances que l'on trouve d'autres indices sur le lieu du crime. Il faudra alors…

Un coup dur frappé à la porte interrompit le commissaire. La porte s'ouvrit brusquement avant que le policier n'ait dit un mot et Royal Dewar pénétra à grands pas dans la pièce.

— Que se passe-t-il ici ? demanda-t-il. Je suis le duc de Bransford. J'exige de savoir pourquoi mon frère est retenu contre son gré.

McGregor se leva.

— Votre frère a été trouvé sur les lieux d'un crime, Votre Grâce.

Royal ne cilla pas.

— C'est ce que son billet m'a appris.

Il était beaucoup plus grand que le commissaire, et sa voix était sèche et autoritaire.

— Quelle raison aurait mon frère de tuer un homme sur le point d'acheter son entreprise ?

— Nous ne savons pas pourquoi Whitney a été tué — pas encore. Mais nous le saurons, je vous le garantis.

Un autre homme entra dans la pièce. Il avait des yeux bleu clair et une crinière de cheveux argentés.

— Je suis Me Edward Pinkard, avocat. Je représente la famille Dewar. Si vous n'avez pas de preuves suffisantes pour accuser formellement Sa Seigneurie, je vous conseille de la relâcher.

La mâchoire de McGregor se contracta. Visiblement, il n'était pas prêt à laisser partir Rule. Il se tourna vers le duc.

— Etes-vous disposé à vous porter garant de la conduite de cet homme jusqu'à ce que l'affaire soit résolue ?

Royal hocha fermement la tête.

— Je le suis.

Le regard du commissaire se posa sur Rule.

— Très bien, vous pouvez y aller. Nous n'avons pas d'autres questions pour l'instant, mais je vous avertis : vous ne devez pas quitter la ville.

— Je resterai à Londres, répondit sombrement Rule.

Il se tourna et alla rejoindre Violet, dont les lèvres tremblaient. Il posa une main sur sa taille.

— Tout ira bien. Allons-y.

Elle fit un signe de tête. L'inquiétude l'empêchait de parler. Manifestement, le commissaire était persuadé que Rule était coupable du meurtre de Charles Whitney.

Le petit groupe sortit et se dirigea vers la salle d'attente. Bellows lança un regard préoccupé à Rule, puis se hâta d'aller chercher la voiture.

— Merci d'être venu, dit Rule à son frère.

La mâchoire de Royal était serrée.

— Je vais te suivre jusque chez toi, et tu pourras m'expliquer cette affaire.

Rule se tourna vers l'avocat aux cheveux gris.

— J'apprécie votre aide, Edward. Si j'ai besoin d'autre chose, je vous le ferai savoir.

Pinkard jeta un coup d'œil vers le couloir.

— Espérons que toute cette histoire s'arrêtera là.

Violet sentit l'angoisse l'envahir. Tandis qu'ils sortaient du poste de police, elle pensa à l'expression déterminée du commissaire. Elle avait le mauvais pressentiment que ce n'était que le début.

20

Rule était assis avec son frère et Violet devant la cheminée de son cabinet de travail. Chaque fois qu'il regardait sa femme, il sentait son estomac se serrer.

Au cours de la dernière demi-heure, il avait expliqué en détail tout ce qui s'était passé : le billet écrit de la main de Whitney, la porte de sa suite ouverte, comment il était entré et avait aperçu le corps encore chaud de l'homme gisant sur le sol. Il avait ajouté qu'il s'était agenouillé près de lui et avait essayé de trouver son pouls, en vain, et que la police était arrivée à ce moment-là.

Royal l'avait cru, bien sûr. Il n'avait pas le moindre doute quant à son innocence. Mais Violet…

Elle ne le connaissait pas aussi bien que son frère. Il y avait de grands risques qu'elle s'imagine le pire.

Il passa une main dans ses cheveux ébouriffés.

— Ils vont découvrir que le pistolet a été fabriqué par Griffin. Cela ne leur prendra pas longtemps.

Violet se rapprocha de lui dans le canapé, et ses jupes frôlèrent sa jambe.

— Vous n'avez pas commis ce meurtre. Ils finiront à coup sûr par le découvrir.

— J'aimerais que ce soit aussi simple.

Rule regarda Royal.

— Whitney et moi avons eu une discussion échauffée hier soir, dans ta salle de billard. Ce n'était rien de grave, et nous nous sommes quittés en bons termes, mais des gens ont remarqué que nous parlions vivement. Ce sera une chose de plus que la police va examiner.

— Leur attention est fixée sur toi, admit Royal. Ils croient que tu es coupable, et ils feront de leur mieux pour le prouver.

Violet pâlit un peu. Puis Rule la vit se ressaisir.

— Si c'est le cas, il n'y a qu'une chose à faire.

— Laquelle ? grommela Rule.

— Trouver l'homme qui a tué M. Whitney.

Pendant un long moment, les deux frères la regardèrent fixement.

— Elle a raison, lâcha finalement Royal. Il faut que nous trouvions le meurtrier nous-mêmes. C'est la seule façon d'avoir la preuve absolue de ton innocence.

— Pour l'amour du ciel, comment diable vais-je trouver l'assassin ?

— Nous devons lancer notre propre enquête, dit Violet. Nous pouvons commencer par chercher si quelqu'un à l'hôtel a vu un homme entrer dans la suite de M. Whitney, juste avant le coup de feu.

— Et le billet, dit Rule, qui commençait à réfléchir. Il faut savoir si c'est bien Whitney qui me l'a envoyé, ou si quelqu'un voulait que je sois présent dans sa chambre à ce moment-là.

— L'écriture de Whitney doit se trouver dans certains des documents de la vente, dit Royal. Nous pouvons la comparer à celle du billet…

— Nous le pourrions — si je ne l'avais pas mis au feu.

Royal fronça ses sourcils blonds.

— Mais le message était sûrement de M. Whitney, dit Violet. Pourquoi quelqu'un voudrait-il vous mettre ce meurtre sur le dos ?

— J'aimerais bien le savoir, dit sombrement Rule.

— Si quelqu'un a voulu te faire passer pour le meurtrier, suggéra Royal, il ne travaillait sûrement pas seul. Il aura eu besoin d'un complice surveillant la maison, pour être sûr que tu allais au rendez-vous. Cet homme t'aura suivi jusqu'à l'hôtel. Le criminel avait besoin de savoir exactement quand tu arriverais sur les lieux.

Violet lissa nerveusement un pli de sa jupe.

— D'un autre côté, votre arrivée a pu être une pure coïncidence. Peut-être Whitney avait-il des ennemis, quelqu'un qui voulait sa mort.

— C'est exact, reconnut Royal en jetant un coup d'œil à Rule. Son assassinat n'a peut-être rien à voir avec toi.

— Nous avons besoin d'aide, dans cette affaire, reprit Violet. Y a-t-il quelqu'un que nous pourrions engager, un professionnel qui pourrait nous assister dans nos recherches ?

Royal se leva et se dirigea vers la cheminée.

— Je connais quelqu'un… un détective nommé Chase Morgan. Il est extrêmement capable. J'ai déjà fait appel à ses services, et Reese aussi. Je vais envoyer un mot à son bureau, et lui dire que tu souhaites le rencontrer.

Rule hocha la tête.

— Merci.

— Entre-temps, je parlerai à Sherry et au reste des Rameurs. Je leur demanderai de creuser un peu l'affaire, de chercher à savoir si Whitney avait des ennemis qui auraient pu vouloir le supprimer.

— Les Rameurs ? demanda Violet.

— Les amis de mon frère depuis l'université, expliqua Rule. Jeunes gens, ils ramaient ensemble dans l'équipe d'aviron d'Oxford. Ils ne se sont jamais perdus de vue et sont restés très soudés.

— L'aviron ? releva Violet. Ce sont ces longues barques étroites ?

— C'est le nom des rames, répondit Royal. Et du sport.

— C'étaient des vrais champions, à l'époque, ajouta Rule avec l'ombre d'un sourire. Et quand ils se penchent sur une affaire, rien ne leur échappe.

— Bon, je me sens déjà mieux, dit Violet.

Rule nota qu'un peu de couleur était revenue sur ses joues.

— Si tout le monde vient à notre aide, il ne faudra pas longtemps pour mettre fin à cet horrible malentendu.

Rule regarda sa ravissante épouse, lit la détermination sur son visage et sentit le soulagement l'envahir. Elle croyait qu'il disait la vérité, croyait en son innocence.

Jusqu'à cet instant, il n'avait pas mesuré à quel point c'était important à ses yeux.

Le lendemain, Violet rejoignit Rule dans son cabinet de travail, pour une réunion arrangée avec Chase Morgan. Le détective recommandé par Royal était un homme à l'air dur et sombre, aux traits anguleux. Il était grand et musclé, et avait une allure assez menaçante.

— Reprenons les faits, dit-il.

Il s'était attribué le fauteuil derrière le bureau de Rule et prenait des notes avec un crayon soigneusement taillé.

— J'ai besoin de connaître tous les détails, à commencer par la discussion que vous avez eue avec Whitney lors du bal chez votre frère, la veille du meurtre.

Pour la seconde fois, Rule relata ce qui s'était passé, dans les moindres détails.

— Où était le valet de Whitney quand vous êtes entré dans la chambre d'hôtel ? demanda Morgan. N'aurait-il pas dû se trouver dans les parages ?

— Je suppose que oui, répondit Rule, mais il n'était pas là quand je suis arrivé.

— Vous avez dit que vous avez reçu un billet de Whitney. Où est-il ?

Rule secoua la tête.

— Je ne pensais pas qu'il puisse être important. Je l'ai jeté au feu.

Morgan posa encore quelques questions et parut finalement satisfait. Rangeant ses notes dans sa serviette en cuir, il se leva.

— Cela va prendre un certain temps. Je vous recontacterai si j'ai d'autres questions.

— Entendu.

Rule accompagna le détective à la porte d'entrée, puis

revint dans le cabinet de travail. Violet se tenait debout sous l'un des tableaux de chasse accrochés au mur dans des cadres dorés.

— Engager quelqu'un ne suffit pas, dit-elle. Peu m'importe qu'il soit doué dans son domaine. Nous devons continuer notre propre enquête.

Rule secoua la tête.

— Morgan est un professionnel. Mon frère fait tout ce qu'il peut de son côté, avec ses amis. Je chercherai des informations de mon côté, mais je ne veux pas que vous soyez mêlée à tout ça.

— Que dites-vous là ? Vous êtes mon mari. Vous êtes soupçonné de meurtre. Je suis déjà impliquée dans cette histoire.

Rule fit un pas vers elle et la prit par les épaules.

— Il s'agit d'un meurtre de sang-froid, Violet. Vous y mêler pourrait être dangereux. Je ne veux pas qu'il arrive du mal à ma femme.

Elle se mordit la lèvre. Si elle devait être blessée, il y avait des risques que ce soit Rule, et non l'assassin, le responsable. Elle pensa à la comtesse. Au moins, il n'était pas allé la retrouver à l'hôtel. Elle repoussa cette image de son esprit.

Les choses importantes d'abord. Il leur fallait éclaircir un meurtre.

Violet avait l'intention de faire tout ce qu'elle pourrait pour retrouver l'homme qui avait tué Charles Whitney. Et Rule ne parviendrait pas à l'en empêcher.

Violet laissa Rule dans son cabinet de travail et se dirigea vers le vestibule. La question de Morgan, concernant le billet, l'avait fait réfléchir. La note avait été détruite, mais ils pourraient peut-être retrouver la personne qui l'avait apportée.

Elle marcha droit vers Hat, qui leva la tête en l'entendant approcher.

— Avez-vous besoin de quelque chose, milady ?

— Comme rien ne vous échappe dans cette maison, je suppose que vous êtes au courant des ennuis de Monsieur.

Le majordome parut embarrassé.

— Il se peut que j'aie entendu des bruits à ce sujet.

Il redressa les épaules.

— Monsieur ne commettrait jamais un crime aussi affreux.

— J'en ai bien conscience, monsieur Hatfield. Hélas, la police n'en est pas convaincue. Il va nous falloir retrouver le coupable.

— Comment puis-je vous aider, milady ?

— Vous rappelez-vous le billet que lord Rule a reçu hier, peu avant midi ?

— Oui, milady.

— Pouvez-vous me décrire l'homme qui l'a apporté ?

— Ce n'était pas un homme, milady, mais un jeune garçon.

— Un jeune garçon ?

— Oui. Je me souviens très bien de lui. Vous voyez, il lui manquait deux doigts à la main gauche. Il avait peut-être onze ou douze ans, il portait un grossier pantalon marron avec un trou au genou, et sa chemise était couverte de suie.

— Il lui manquait deux doigts.

— Exactement. Vu les cicatrices, cela ressemblait à une brûlure. Si je devais émettre une hypothèse, je dirais qu'il travaille comme ramoneur.

Violet fronça les sourcils.

— N'existe-t-il pas des lois pour interdire qu'un enfant de cet âge ne fasse ce genre de travail ?

— Si fait, milady. Une loi a été votée voilà quelques années, fixant l'âge de l'apprentissage à vingt et un ans, mais il n'y a pas de sanctions pour ceux qui l'enfreignent. La plupart des maîtres ramoneurs l'ignorent.

— Je vois. Eh bien, je dois retrouver le maître afin de trouver le garçon.

Hat hocha la tête.

— Pourquoi ne demandez-vous pas à Mme Digby ? C'est elle qui est chargée du nettoyage et de ce genre de choses. Elle pourra peut-être vous aider.

— Merci, Hat.

Relevant ses jupes, Violet s'empressa de se rendre au cellier, où elle avait vu la gouvernante pour la dernière fois.

La femme aux hanches larges se retourna à son arrivée et lui lança un sourire chaleureux.

— Bonjour, milady.

— Bonjour, madame Digby. J'espère que vous pourrez m'aider. Je cherche un jeune garçon. Je crois qu'il travaille comme ramoneur. Pouvez-vous me donner le nom de l'homme que vous employez pour nettoyer nos cheminées ?

Si ce n'était pas le bon, se dit Violet, il pourrait peut-être lui indiquer des ramoneurs faisant travailler de jeunes garçons.

— Le ramoneur que j'emploie s'appelle Dick Whistler. Mais il y en a deux ou trois autres qui travaillent dans le quartier. Il y a un certain Simon Pratt, que je refuse d'embaucher. Il fait travailler de jeunes enfants, et je n'aime pas la façon dont il les traite.

L'intérêt de Violet s'accrut. La gouvernante se plaignit longuement des maîtres ramoneurs qui embauchaient de jeunes garçons et des petites filles pour les envoyer dans des cheminées trop chaudes. Certains étaient gravement brûlés, d'autres tués. Si le garçon qui avait apporté le billet avait perdu deux doigts, Simon Pratt était peut-être à l'origine de ses tourments.

— Savez-vous où je pourrais trouver ce M. Pratt ?

— Je le sais, mais vous ne pouvez pas vous rendre là-bas, milady. Le quartier n'est pas recommandable.

— Je garderai cela à l'esprit.

Violet obtint le nom et l'adresse des deux maîtres ramoneurs qui travaillaient dans le quartier de Mayfair. Le lendemain, Rule prévoyait de retourner à l'usine. Une fois qu'il serait parti, elle irait rendre visite à ces deux hommes.

Peut-être aurait-elle de la chance.

Elle soupira. Il était grand temps qu'elle ait un peu de chance.

Rule s'était levé tôt et était parti depuis longtemps pour le bureau. Violet fit avancer la voiture mais, quand elle indiqua sa destination à M. Bellows, il tenta de s'y opposer.

— Ce n'est pas un quartier respectable où une dame peut aller seule.

Violet hésita. Mme Digby l'avait elle aussi avertie de ne pas se rendre là-bas, et elle était pleine de bon sens.

— Vous avez peut-être raison. Nous allons prendre Robbie Harkins avec nous.

Robbie était l'un des valets. Elle aurait dû penser à lui dès le début.

Bellows marmonna que le jeune homme ne servirait pas à grand-chose s'ils avaient des ennuis, mais Violet l'ignora. Quand Robbie vint les rejoindre, elle reporta son attention sur le cocher.

— Maintenant, si vous êtes satisfait, monsieur Bellows, pouvons-nous nous rendre à l'adresse que je vous ai donnée ?

Bellows grommela, mais ne fit pas d'autres commentaires Le valet et lui échangèrent un coup d'œil, puis il grimpa sur son siège. Robbie aida Violet à monter dans la voiture et prit place à l'arrière.

L'adresse de Simon Pratt n'était pas aussi loin de Portman Square qu'elle l'avait imaginé. C'était juste derrière Great Queen Street, dans St.Giles. Dans ces rues, les Londoniens nécessiteux étaient obligés de vivre avec des gens de mauvaise vie. Violet remercia le Ciel en silence d'être née dans de meilleures conditions.

Ils durent s'arrêter plusieurs fois, avant que Robbie ne localise le bâtiment délabré à un étage où vivait Simon Pratt.

— Vous êtes sûre de vouloir faire ceci, milady ? demanda Bellows tandis que le valet aidait Violet à descendre de voiture.

— Je n'en aurai pas pour longtemps. Monsieur Harkins, vous pouvez venir avec moi.

— Oui, milady.

Le jeune valet blond la suivit. Il était grand, mais dégingandé et pâle, et pas particulièrement imposant. Elle s'arrêta et se tourna vers lui.

— Tout bien réfléchi, si vous restiez dans la voiture ? Monsieur Bellows, voudriez-vous avoir l'amabilité de m'escorter ?

Le robuste cocher rayonna de fierté.

— Je serais heureux de vous accompagner, milady.

Tous deux suivirent un trottoir de bois, dont les lattes laissaient paraître des herbes folles, jusqu'à une porte posée légèrement de travers sur ses gonds.

Bellows frappa fermement, puis recula. Quelques secondes plus tard, la porte s'ouvrit.

Un petit garçon roux, qui n'avait pas plus de sept ans, se tenait sur le seuil.

— Qu'est-ce que vous voulez ?

— Je cherche M. Pratt. Est-il ici ?

— Il est au boulot. Il rentrera tard.

Violet essaya de voir dans la maison, mais il faisait sombre à l'intérieur. Les fenêtres étaient si sales que peu de lumière pouvait filtrer dans la pièce.

Elle regarda le petit garçon.

— Comment t'appelles-tu ?

— Billy Robin.

Violet s'efforça de lui sourire, même si elle remarquait ses habits déchirés et son visage émacié.

— Ta maman est à la maison, Billy ?

— Je n'ai pas de mère. Pas de père, non plus.

— Alors M. Pratt s'occupe de toi ?

Il haussa ses épaules osseuses.

— Je travaille pour lui.

Pour la première fois, Violet remarqua le bandage sale autour de sa main, et elle fut prise de pitié.

— Tu es blessé.

Billy mit ses mains dans son dos.

— Je me suis brûlé. M. Pratt dit que j'irai mieux dans un jour ou deux.

Violet se mordit la lèvre, combattant la colère qu'elle ressentait vis-à-vis de Simon Pratt.

— Y a-t-il d'autres garçons qui travaillent pour M. Pratt ?

Billy hocha la tête, agitant ses mèches sales.

— Des filles, aussi.

— Je vois. Je cherche un garçon à qui il manque deux doigts. Travaille-t-il pour M. Pratt ?

— Il travaillait, avant.

Le pouls de Violet s'accéléra.

— Tu connais son nom ?

— Danny Tuttle.

Elle sourit de nouveau.

— Sais-tu où je peux le trouver ?

L'enfant secoua la tête.

— Je sais pas, mais Tom Dasher a perdu un bras.

Comme si un petit éclopé pouvait en remplacer un autre.

Violet réprima un frisson, le cœur serré pour ces enfants. Elle prit une poignée de pièces dans son réticule et la tendit à Billy.

— Merci, Billy.

Il fixa les pièces, puis leva les yeux et eut un grand sourire. Il fourra l'argent dans la poche de son pantalon déchiré et disparut dans la maison.

Violet se tourna et descendit du porche, M. Bellows à côté d'elle.

— Ce n'est pas bien, pas vrai ? fit-il.

— Non, ce n'est pas bien.

Plusieurs hommes à l'aspect patibulaire les observèrent pendant qu'ils retournaient à la voiture, mais les bras musclés du cocher parurent les détourner d'éventuelles mauvaises intentions.

Ils quittèrent le quartier et se rendirent à la seconde adresse. Si Danny Tuttle ne travaillait plus pour Pratt, peut-être travaillait-il pour Dick Whistler. Tandis que la voiture roulait vers leur destination, Violet pensa aux enfants qui vivaient dans la maison délabrée, et se demanda ce qu'elle pourrait faire pour eux.

A la seconde adresse — une maison en briques un peu mieux entretenue —, il n'y avait personne.

La porte de la maison voisine s'ouvrit et une femme aux cheveux blonds frisés passa la tête dans l'ouverture.

— Si vous cherchez M. Whistler, il est pas là. Il travaille jusqu'à la nuit. Si vous voulez l'engager, revenez plus tard.

La porte se referma en claquant, le bruit résonnant dans la rue.

Violet soupira.

— Je suppose que je devrai revenir ce soir.

Marchant à côté du cocher, elle retourna à la voiture.

— C'est pas sûr la nuit, par ici, milady.

— Sans doute.

Mais elle trouverait un moyen de revenir dès que possible. Il fallait qu'elle retrouve Danny Tuttle. Elle espéra que Dick Whistler pourrait l'aider.

Arpentant le salon, Rule entendit les pas de Violet qui approchaient dans le couloir et se rendit vers la porte, l'air irrité.

— Par tous les diables, où étiez-vous ?

Elle haussa le menton.

— Vous devez déjà le savoir, sinon vous ne seriez pas aussi furieux.

Elle avait raison. Il était absolument furieux. Il avait l'impression que sa mâchoire était en acier, et il avait l'estomac noué.

— Je suis rentré de bonne heure. J'avais trop de choses à l'esprit pour me concentrer sur mon travail. Quand je suis arrivé, j'ai découvert que vous étiez partie.

— J'avais des choses à faire.

— C'est ce que j'ai compris, dit-il sombrement. Quand j'ai interrogé Hat, il m'a dit que vous aviez posé des questions sur la personne qui a apporté le billet de Whitney. Vous avez parlé à Mme Digby, aussi.

Violet haussa un sourcil.

— C'est exact. Je me suis dit que si nous n'avions plus le billet, nous pourrions peut-être trouver le messager qui l'a délivré.

— Et ?

— M. Hatfield a dit que c'était un jeune garçon. Il pensait qu'il pouvait s'agir d'un petit ramoneur. Mme Digby m'a donné plusieurs adresses, des endroits où je pourrais commencer mes recherches.

— Dites-moi que vous n'êtes pas allée seule dans ces quartiers ?

Un meurtre avait été commis, sapristi ! Il ne voulait pas que quelque chose arrive à sa femme !

— Je n'y suis pas allée seule.

Elle lui décocha un petit sourire impudent.

— M. Bellows et M. Harkins m'ont accompagnée.

Rule émit un juron. Les yeux de Violet s'écarquillèrent, car il utilisait rarement ce langage devant elle. Mais il avait l'air de s'en moquer.

— Bon sang, Violet, ces endroits ne sont pas sûrs pour une femme. Sacrebleu, ils ne sont même pas sûrs pour un homme ! Vous auriez pu être attaquée, ou même tuée.

— J'étais en sécurité avec M. Bellows et M. Harkins. Mais puisque vous êtes si inquiet, peut-être m'accompagnerez-vous lorsque j'y retournerai.

— Y retourner !

— Exactement. Le nom du messager est Danny Tuttle. Nous devons parler à un maître ramoneur appelé Whistler, voir si Danny travaille pour lui ou s'il sait où nous pourrions le trouver. Comme M. Whistler travaille jusqu'à la nuit, ce serait mieux si vous veniez avec moi.

Rule lutta pour se contenir.

— Je jure, Violet…

— Vous avez déjà juré.

Rule serra les mâchoires.

— Si vous aviez seize ans, je vous prendrais sur mes genoux et vous donnerais une bonne correction pour vous être ainsi mise en danger.

Elle souriait toujours.

— Mais je n'ai plus seize ans. Je suis une femme adulte, ainsi que votre épouse.

Et il préférerait de loin la posséder plutôt que de lui donner une fessée. Même si l'idée n'était pas dénuée de charme...

— Vous voulez retourner chez le ramoneur, ce soir ?

— Oui. Et, en route, je voudrais discuter d'une question précise avec vous.

Oh ! elle était impossible. Plus qu'aucune autre femme qu'il avait connue. Plus directe, plus intelligente et bien plus déterminée. Il se passa une main dans les cheveux, vaincu.

— Que vais-je faire de vous, ma douce ?

Les traits de Violet s'adoucirent.

— Pour le moment, j'espère que vous me laisserez vous aider à laver votre honneur.

Elle était affectueuse et loyale, aussi — et si fichtrement jolie, ainsi debout près de la fenêtre, avec le soleil qui faisait briller ses superbes cheveux cuivrés ! Une dizaine de façons de lui faire l'amour lui traversa l'esprit, et il se sentit devenir dur.

— Eh bien ? demanda-t-elle, le ramenant à l'instant présent.

Si elle souhaitait l'aider, il ne pouvait guère continuer à refuser. Elle avait déjà obtenu plus d'informations que n'importe qui d'autre.

— Très bien, je pourrai certainement profiter de votre aide mais je veux votre parole que vous me direz tout ce que vous avez l'intention de faire. Je veux que vous soyez en sécurité, Violet. Promettez-moi de ne pas repartir seule.

Elle sourit, visiblement contente.

— Si c'est ce que vous souhaitez, j'accepte. Nous travaillerons à cette affaire ensemble. M'emmènerez-vous chez le ramoneur, ce soir ?

Il hocha la tête.

— Nous retrouverons ce petit Tuttle. Avec un peu de chance, il pourra nous dire si c'est Whitney qui l'a envoyé porter ce billet.

21

Assise face à Rule, Violet resta la majeure partie du temps silencieuse, tandis que la voiture roulait vers la maison de Dick Whistler, dans une cour derrière St.John's Street. Lorsqu'ils arrivèrent, il y avait de la lumière aux fenêtres. Apparemment, le ramoneur était chez lui.

— Nous y sommes, dit Rule en se penchant pour ouvrir la portière. Voyons ce que nous pouvons découvrir.

Violet le laissa l'aider à descendre et la guider le long de l'allée en terre jusqu'au porche. La porte s'ouvrit au petit coup frappé par Rule et un homme mince, à l'air fatigué, parut sur le seuil.

— Etes-vous Dick Whistler ? demanda Rule.

— C'est moi.

— Je cherche un garçon nommé Danny Tuttle. Il a douze ou treize ans. Nous pensions qu'il travaillait peut-être pour vous.

L'homme se gratta la mâchoire et secoua la tête.

— Danny est trop jeune pour travailler pour moi. Il y a une loi contre ça, et je respecte la loi.

— Savez-vous où nous pouvons le trouver ? demanda Violet.

— Il travaillait pour Simon Pratt. Il a perdu deux doigts, à cause de ça. Il ne ramone plus les cheminées. Aux dernières nouvelles, il faisait de petits boulots pour un type nommé Benny Bates. Un vrai vaurien, ce Bates. Il dirige une bande d'escrocs et de voleurs. Danny n'est pas comme ça, mais je suppose qu'il n'avait pas le choix. Il est en vie, mais il pourrait ne pas le rester, s'il continue à travailler pour Bates.

— Savez-vous où nous pourrions trouver ce Bates ?

— Il traîne à la taverne du Taureau blanc, à St.Giles. Vous pourriez le trouver là-bas.

— Merci, monsieur Whistler, dit Violet. Je suis heureuse que vous vous préoccupiez du sort des enfants.

Il hocha la tête.

— J'étais jeune apprenti, moi aussi. Je sais ce que c'est.

Elle remarqua les cicatrices sur ses mains quand il ferma la porte, et elle pensa à Simon Pratt et au petit Billy Robin.

— Nous irons à la taverne demain, déclara Rule lorsqu'ils retournèrent à la voiture. Voir si nous pouvons y trouver Bates.

— D'accord.

Violet arrangea ses jupes autour d'elle pendant qu'ils démarraient.

— D'ici là, je voudrais vous demander une faveur.

Il haussa un sourcil noir.

— Oserais-je demander ce que c'est ?

Elle sourit.

— Cet homme que M. Whistler a mentionné… Simon Pratt.

— Eh bien ?

Il y avait encore de la réprobation dans la voix de Rule, à l'idée qu'elle se soit rendue seule là-bas.

— Il y a un enfant qui vit avec lui. Il se nomme Billy Robin et doit avoir sept ans. Je crois qu'il y a d'autres jeunes enfants dans la maison, aussi.

— Continuez.

— Vous avez entendu ce qu'a dit M. Whistler. Danny a perdu deux doigts en travaillant pour Pratt. Le petit Billy était à la maison parce qu'il s'est brûlé les mains. Il attendait qu'elles guérissent pour se remettre à travailler.

Elle tendit la main et toucha le bras de Rule.

— Il faut que nous fassions quelque chose, Rule. C'est contraire à la loi d'utiliser des enfants comme ramoneurs.

Nous ne pouvons pas simplement ignorer les agissements de cet homme.

A la lueur de la lanterne, elle le vit hocher la tête.

— J'en parlerai à Royal. Je verrai s'il connaît quelqu'un qui peut intervenir pour les sortir de là. Mais ce sont probablement des orphelins, Violet. Ils pourraient finir plus mal qu'en travaillant pour Pratt.

— Vous connaissez sûrement un endroit où ils pourraient trouver un abri, où l'on pourrait s'occuper d'eux ?

Rule parut réfléchir.

— Maintenant que j'y pense, oui. Annabelle Greer s'occupe d'un foyer pour orphelins. Je lui en parlerai, et je verrai si elle peut faire quelque chose pour le petit Billy et les autres.

— Oh ! Rule, ce serait merveilleux ! Et nous allons retrouver Danny. Il nous aidera à en savoir plus sur ce qui s'est passé ce jour-là à l'hôtel.

— Espérons-le.

— Nous trouverons les réponses dont nous avons besoin pour prouver votre innocence, assura-t-elle, et elle vit briller dans ses yeux une lueur qu'elle n'y avait jamais vue auparavant.

Il se pencha brusquement à travers la banquette en velours, captura ses lèvres et l'embrassa farouchement. Puis il la souleva, la prit sur ses genoux et continua à l'embrasser.

— J'ai besoin de vous, dit-il, et elle sentit son cœur faire un bond dans sa poitrine.

Elle savait qu'il était soucieux. Il était suspecté de meurtre. Il avait besoin d'oublier ses soucis, et elle voulait lui en donner l'occasion.

L'allongeant sur le siège, il lui fit l'amour dans la voiture. A la douce lumière des lanternes en cuivre, chaque secousse et chaque oscillation du coupé accrurent les merveilleuses sensations qu'ils se donnaient l'un à l'autre.

— Doux Jésus, grogna Rule, luttant pour se contrôler.

A l'instant où elle atteignit l'extase, il l'atteignit aussi, pénétrant en elle jusqu'à ce qu'elle crie et connaisse un second orgasme. Elle sentait sous sa main les battements forcenés de son cœur.

S'arrachant à elle, il abaissa la main et lissa une mèche de ses cheveux cuivrés.

— Je ne comprends pas. Je ne semble pas pouvoir me rassasier de vous.

Le cœur de Violet bondit à ces paroles. Mais une pointe d'inquiétude l'envahit. Ils avaient tant de problèmes à régler ! L'incertitude concernant leur mariage. Les enfants qui avaient besoin de leur aide. Et la question du meurtre, bien sûr.

Tandis qu'elle arrangeait ses vêtements, Violet pria pour trouver un moyen de sortir du labyrinthe de problèmes dans lequel ils étaient plongés.

Jeffrey se tenait devant la cheminée, dans sa suite du Parkland Hotel, à boire un verre de bon whiskey du Tennessee. Assis dans un fauteuil face à lui, J. P. Montgomery finissait de lire l'article en première page du *London Times*. Il posa le journal sur la table, à côté de son verre.

— Eh bien, il semble que Charles Whitney soit hors course, désormais, dit-il de son ton traînant.

Jeffrey jeta un coup d'œil au quotidien, qu'il avait lu avant l'arrivée de son associé.

— En effet.

— Une vilaine histoire… Abattu comme ça dans sa chambre d'hôtel.

— Oui, une vilaine histoire. Apparemment, la police pense savoir qui l'a tué. Ils examinent les preuves et espèrent arrêter le coupable très bientôt.

Montgomery l'étudia par-dessus le rebord de son verre.

— Je me demande qui a assassiné ce pauvre type. Non pas que je puisse dire que cela m'attriste. Avec Whitney en moins, Dewar devra trouver un nouvel acquéreur.

Jeffrey but une gorgée de whiskey.

— Il acceptera peut-être notre offre, cette fois.

— Cela se pourrait. Mais il vaudrait mieux trouver

quelqu'un, pour faire l'offre à notre place. Un Anglais, peut-être. Il est clair que les sympathies de Dewar vont à nos adversaires du Nord, même si ni lui ni sa dame ne l'ont dit ouvertement.

— Faire intervenir un tiers pourrait être une bonne idée.

Jeffrey savait que Montgomery avait raison, du moins à propos de Violet, même s'ils avaient rarement parlé de la question de l'esclavage. Une fois ou deux, elle avait exprimé son opinion, mais il n'avait jamais douté que, lorsqu'ils seraient mariés, elle adopterait son point de vue.

Il sirota sa boisson, savourant la brûlure de l'alcool.

— Quoi que nous fassions, il faudra que nous prenions notre temps. Si nous allons trop vite, cela pourrait les effaroucher.

Montgomery hocha la tête.

— Nous pouvons peut-être nous trouver un partenaire dans la région, quelqu'un de fiable pour acheter l'entreprise en notre nom et tenir notre intervention secrète.

— Beaucoup d'argent est en jeu. Cela risque de prendre un certain temps.

— Peut-être pas tant que ça. D'ici là, ils trouveront peut-être qui a tué Whitney.

Montgomery but une gorgée d'alcool.

— Cela pourrait tourner à notre avantage.

Jeffrey ne répondit pas.

Quoi qu'il advienne, ils avaient toujours l'intention d'acheter la manufacture. Et maintenant que Whitney était mort, les choses avaient définitivement tourné en leur faveur.

Rule avait prévu d'arriver au Taureau blanc avant midi, espérant que ce serait le bon moment pour surprendre Benny Bates à la taverne.

— Je vais avec vous, dit Violet en entrant dans le cabinet de travail.

Rule secoua vigoureusement la tête.

— Pas cette fois, mon cœur. C'est probablement un endroit très mal famé. Mais je promets de revenir dès que possible, avec les informations que j'aurai découvertes.

Ses beaux yeux verts étincelèrent.

— Nous ferons cela ensemble. Emmenez-moi avec vous, j'attendrai dans la voiture. Si vous découvrez un autre indice, je serai là pour vous aider à remonter la piste.

Rule savait qu'il ne devrait pas accepter. Toutefois, même s'il était dangereux d'impliquer Violet, il devait reconnaître que l'idée d'avoir sa compagnie lui plaisait.

Il eut un soupir exaspéré.

— Comment se fait-il que vous arriviez toujours à vos fins ?

Violet eut un grand sourire.

— C'est parce que je suis une femme. Je vais me changer, et je reviens *illico.*

Illico. Elle utilisait de plus en plus d'expressions anglaises familières. Bientôt, elle parlerait plus comme une Anglaise du peuple que comme une Américaine de la classe supérieure !

— Mettez quelque chose de simple, lança-t-il tandis qu'elle montait l'escalier en courant. Nous ne devons pas attirer l'attention.

A cette fin, il avait revêtu un pantalon marron ordinaire, une chemise à manches larges et des bottes éraflées. Il comptait arrêter la voiture dans un endroit où Bates ne pourrait pas la repérer, et il n'avait pas l'intention de s'attarder dans le quartier.

Vêtue d'une simple robe de drap gris, Violet revint plus vite qu'il ne l'avait pensé, et ils partirent pour St.Giles. Le Taureau blanc occupait le rez-de-chaussée d'un bâtiment à l'angle de la rue. La façade était peinte en noir, avec de grandes lettres blanches servant d'enseigne.

Bellows rangea la voiture à un pâté de maisons de là et Rule descendit sur le marchepied en fer. Il se tourna vers son cocher.

— Assurez-vous qu'elle ne s'attire pas d'ennuis, n'est-ce pas, Bellows ?

Violet lui jeta un regard indigné par la fenêtre, mais le robuste cocher eut un large sourire.

— Oui, milord.

L'intérieur de la taverne était presque aussi noir que la peinture de la façade, mais les yeux de Rule s'ajustèrent à la lumière vacillante de la lampe, et il put y voir assez bien. Il marcha jusqu'au tavernier, un gros homme au tablier blanc taché, s'assit sur un tabouret de bois devant le bar et commanda une pinte de bière.

Pendant quelques minutes, il sirota sa bière et observa les lieux — la salle enfumée, le groupe d'hommes qui riait dans un coin, la serveuse brune servant des boissons aux clients. Tandis qu'elle passait près de lui en ondulant des hanches, il lui prit le bras et mit une pièce dans sa paume.

— Si vous avez une minute, je me demandais si vous pouviez m'aider.

Elle le jaugea du regard et sourit. Il vit qu'elle était jeune et jolie.

— J'serai heureuse de t'aider, mon beau.

Elle posa une main aux doigts fins sur sa cuisse.

— Qu'est-ce que je peux faire pour toi, chéri ?

Rule écarta sa main.

— Je cherche un homme nommé Benny Bates. On m'a dit qu'il vient ici. Le connaissez-vous ?

— Ouais, je connais Benny — un vrai radin !

Elle jeta un coup d'œil par-dessus son épaule, et Rule suivit son regard vers les hommes installés dans le coin.

— L'un de ces hommes est-il Bates ?

Elle hocha la tête.

— Le petit chauve. C'est Benny. Il fait des affaires ici. J'vais lui dire que vous le cherchez, si vous voulez.

— En fait, je cherche un garçon nommé Danny Tuttle. J'ai entendu dire qu'il travaille pour Bates.

L'expression de la fille se fit soupçonneuse.

— Qu'est-ce que vous lui voulez, à Danny ?

Rule sortit une petite bourse pleine de pièces et la posa sur le bar devant elle.

— Juste quelques minutes de son temps.

Il poussa la bourse vers elle.

— Je serai heureux de vous donner ça, si vous faites les présentations.

La fille tira sur son corsage largement décolleté.

— Vous n'avez pas l'air d'un flic.

— Parce que je n'en suis pas un.

— Vous paierez Danny, aussi ?

— Oui.

Elle s'écarta de lui et passa derrière le bar. Ouvrant une porte qui donnait sur l'arrière de la taverne, elle disparut dans la pièce du fond. Elle revint quelques minutes plus tard.

— Un des garçons est allé le chercher. Bates n'aime pas qu'on se mêle de ses affaires, alors Danny vous rencontrera dehors, devant la taverne.

Elle prit la bourse.

— S'il ne se montre pas, je reviendrai chercher mon argent, dit Rule.

— Danny est du genre à tenir parole. Il sera là.

La fille retourna à ses tâches tandis que Rule payait sa bière et regagnait la porte d'entrée.

Le jeune garçon attendait, grand pour son âge et beaucoup trop maigre, avec des cheveux bruns emmêlés et des habits usés, un peu trop petits pour lui. Dès qu'il aperçut Rule, il le reconnut et se mit à courir.

— Sapristi !

Rule se rua derrière lui, l'attrapa avant qu'il n'atteigne le bout de la rue, le fit pivoter et le cloua contre le mur.

— Je ne vais pas te faire de mal. Je veux juste que tu répondes à quelques questions.

Danny se débattit, mais il était frêle, et Rule le contint aisément.

— Je veux juste des réponses, Danny. Je te paierai bien.

Le jeune garçon resta tendu, mais une lueur d'intérêt s'alluma dans ses yeux sombres.

— Tu sais qui je suis, n'est-ce pas ? C'est pour cela que tu t'es enfui. Tu as apporté un message chez moi, puis tu m'as suivi jusqu'à l'Albert Hotel. Tout ce que je veux savoir, c'est qui t'a payé pour le faire.

Les épaules maigres de Danny se raidirent.

— Je sais rien.

— A moins que tu n'aies trempé dans le meurtre, cela n'a rien à voir avec toi. J'ai juste besoin de quelques réponses.

Les yeux de Danny s'écarquillèrent.

— Un meurtre ? Quel meurtre ? Vous pensez que j'ai tué quelqu'un ?

Rule secoua la tête. A l'air ahuri de Danny, il était clair qu'il ne savait rien du crime.

— En fait, la police pense que c'est moi qui l'ai commis. J'essaie de prouver que c'est faux. Maintenant, dis-moi qui t'a donné le message.

Danny se mordilla nerveusement la lèvre.

— Je... euh... je connais pas son nom. Je faisais une course près de l'hôtel. Un type m'a dit qu'il me paierait pour porter un message, alors j'ai accepté.

— Alors tu as porté le billet, puis tu as attendu devant chez moi. Quand tu m'as vu partir, tu as couru rejoindre l'homme et tu lui as dit que j'étais en route pour l'hôtel. C'est exact ?

Danny hocha la tête.

— Il a dit qu'il avait besoin de savoir si vous veniez. Quand j'ai dit que vous arriviez, il m'a payé et je suis parti.

Il regarda nerveusement par-dessus son épaule.

— Le dites pas à Bates. Il me fouettera juste pour avoir parlé avec vous.

Rule relâcha son emprise sur la veste élimée du garçon.

— Je ne dirai rien à Bates.

Danny jeta un autre coup d'œil furtif vers la porte.

— Vous avez dit que vous me paierez.

Rule sortit un souverain en or de sa poche et le fit briller au soleil. Les yeux bruns du garçon s'élargirent.

— Dis-moi à quoi ressemblait l'homme.

Danny baissa les yeux sur ses souliers usés, puis reporta son regard sur la pièce.

— Rien de spécial. Pas aussi grand que vous, des cheveux châtains avec une raie au milieu.

— Un gentleman ?

— Non, juste un type ordinaire.

— Des cicatrices, quelque chose qui pourrait nous aider à l'identifier ?

Danny pinça les lèvres.

— Ils vont me pendre, Danny.

Le jeune garçon soupira longuement.

— D'accord. J'ai remarqué qu'il avait une cicatrice, une ligne assez fine qui descendait de son oreille, le long de son cou, jusque dans son col.

Rule enregistra l'information.

— As-tu vu cet homme entrer dans l'hôtel ?

Danny secoua la tête.

— Comme je l'ai dit, j'ai juste pris mon argent et je suis parti en courant.

Il fixa la porte de la taverne.

— J'ai intérêt à filer. Bates va me chercher partout.

— Quel genre de travail fais-tu pour Bates ?

Danny déglutit et détourna les yeux.

— Je fais ce qu'il me dit de faire. Si je le fais pas, j'ai rien à manger.

Rule s'aperçut, à l'air gêné du garçon, que Bates le payait pour faire des choses illégales. Tôt ou tard, Danny finirait en prison — ou pis.

Quelques semaines auparavant, il ne se serait pas soucié de lui. Maintenant, il ne pouvait s'empêcher de le voir à travers les yeux de Violet. Il savait qu'elle aurait envie de l'aider.

— Tu aimerais avoir un vrai travail, Danny ?

Le jeune garçon fixa le souverain que Rule tournait entre ses doigts. Une lueur d'espoir brilla dans ses yeux, puis s'éteignit lentement. Il tendit la main, montrant ses deux doigts coupés.

— Je les ai perdus.

— Cela ne fait rien. Rends-toi dans Tooley Street, de l'autre côté du fleuve. Tu verras une grande tour. C'est l'usine

Griffin. Je m'appelle Dewar et j'en suis le propriétaire. Viens demain matin, et je te donnerai du travail.

Le visage émacié de Danny s'éclaircit d'un si large sourire que la poitrine de Rule se serra.

— J'y serai, sir.

Il partit vers la porte, si excité qu'il en oublia son argent.

— Danny !

Rule lui lança la pièce, et l'or brilla une seconde au soleil. Danny l'attrapa habilement, la mit dans sa poche, fit un signe de main et disparut dans la taverne.

Rule soupira en regagnant la voiture. Les informations données par Danny ne l'aidaient pas vraiment. L'homme qui l'avait payé pour porter le billet travaillait peut-être pour Charles Whitney, et son arrivée à l'hôtel à ce moment précis était peut-être une simple coïncidence.

Mais il ne le croyait en rien.

22

Par la vitre ouverte de la voiture, Violet vit Rule revenir vers elle. Elle avait suivi de loin sa brève confrontation avec le grand garçon maigre, mais tout semblait s'être bien passé.

Rule monta dans la voiture, s'assit et s'adossa à la banquette.

— Danny ne connaissait pas l'homme. D'après sa description, l'individu n'était pas assez bien habillé pour être Whitney lui-même. En y réfléchissant, Whitney aurait probablement utilisé un employé de l'hôtel pour faire porter le message.

— Alors vous pensez que l'homme qui a engagé Danny était le meurtrier ?

— Je ne sais pas. Il aurait pu travailler pour quelqu'un d'autre.

— Mais qui ?

— C'est la question, ma douce.

Rule relata le reste de sa conversation avec Danny, y compris la description de l'homme à la cicatrice, et Violet fut contente de savoir qu'il avait offert un travail au jeune garçon.

— La serveuse de la taverne m'a dit qu'il était du genre à tenir parole, et elle le protégeait visiblement. J'ai eu l'impression que cela ennuyait Danny de travailler pour un homme comme Bates.

Violet lui sourit.

— Vous avez bien fait.

— Nous verrons.

La voiture se mit en route et, lorsqu'ils arrivèrent

chez eux, un billet de Charles Morgan les y attendait. Le détective voulait passer les voir dans l'après-midi. Rule envoya un valet confirmer l'entrevue, et Morgan arriva à 16 heures précises.

— Je ne m'attendais pas à avoir si vite de vos nouvelles, dit Rule tandis que Morgan les suivait dans le cabinet de travail, où ils s'assirent.

— Après notre entretien, je suis allé directement à l'hôtel, annonça le détective. Je voulais voir ce que je pourrais trouver avant que l'équipe de nettoyage ne vienne mettre la chambre de Whitney en ordre.

— Et ? demanda Rule.

— Je n'ai rien découvert d'utile. La porte était légèrement entrouverte quand vous êtes arrivé, nous pouvons donc en déduire que le meurtrier est sans doute sorti par là. Il aurait pu escalader la balustrade du balcon, mais je ne pense pas qu'il l'ait fait.

Rule fronça les sourcils.

— Vraiment ? Je pensais qu'il était entré par là.

— C'est ce que la police croit aussi. A propos, ils ont éliminé le vol comme mobile. Whitney avait de l'argent dans sa bourse et rien ne semblait manquer dans sa suite.

— Je n'ai jamais cru que c'était le mobile, dit Rule.

— Et j'ai parlé au valet de Whitney. Il travaille le matin et le soir. Whitney préférait être seul le reste de la journée.

— Quelqu'un a dû surveiller ses allées et venues.

— Sûrement. Quand je suis allé à l'hôtel, j'ai remarqué que l'escalier de service se trouve juste au bout du couloir de la suite où logeait Whitney. Si vous vous en souvenez, il a plu, la nuit avant le meurtre. J'ai trouvé des empreintes de pas boueuses montant de l'extérieur. Elles étaient moins marquées dans le couloir, mais des traces de boue conduisaient droit à la porte de Whitney.

— Juste Ciel ! s'exclama Violet. Si le tueur est entré par la porte, M. Whitney a dû l'introduire lui-même dans la pièce. Il devait connaître cet homme.

— C'est une explication, admit Morgan.

— Quelle est l'autre ? demanda Rule.

— Le meurtrier avait peut-être une clé.

Violet et Rule échangèrent un coup d'œil.

— Les femmes de chambre doivent avoir les clés des chambres, dit Rule.

— Le meurtrier a pu en payer une pour avoir la clé, ou bien il a pu la voler.

— Il n'y avait pas de traces de lutte, fit remarquer Rule.

— Je pense que Whitney devait faire la sieste dans le canapé. Le tueur est entré, a pris un coussin et lui a tiré dans le cœur.

Violet réprima un frisson.

— Seigneur !

— Il faut parler au directeur de l'hôtel, suggéra Rule, voir si des clés ont disparu.

— J'y vais de ce pas, dit Morgan. Comme vous n'étiez pas loin, j'ai pensé m'arrêter en passant pour vous faire un rapport, et voir si vous aviez pensé à autre chose.

— En fait, nous avons découvert quelque chose.

Rule relata comment il avait trouvé Danny et la description par le jeune garçon de l'homme à la fine cicatrice qui l'avait payé pour porter le billet.

— Ce n'était pas Whitney, mais c'était peut-être quelqu'un qui travaillait pour lui.

— Ou bien c'était le meurtrier, dit Morgan. Autre chose ?

— Pas pour l'instant.

— Très bien, alors, je vous tiendrai informés.

Morgan se leva et sortit de la pièce, et Rule vint s'asseoir dans le canapé à côté de Violet.

— Il y a tant de possibilités, dit-elle en voyant son expression soucieuse.

— Hélas, oui. Et les explications les plus logiques conduisent directement à moi.

Elle lui prit la main.

— Nous ne faisons que commencer. En temps voulu, nous éclaircirons cette histoire.

— Le temps. Je ne sais pas combien il m'en reste.

*
* *

Le lendemain après-midi, Caroline et Luke vinrent les voir. Tandis que Violet conduisait sa cousine dans le salon, Rule emmenait Luke dans son cabinet de travail.

— Comment êtes-vous au courant ? demanda Rule en lui servant du cognac.

Ils s'assirent dans le canapé en cuir devant la cheminée.

— Royal l'a dit à Lily, qui l'a dit à sa cousine Jocelyn, qui l'a dit à mon frère Chris, qui me l'a dit.

— Sapristi. Un homme ne peut jouir de la moindre discrétion, dans cette famille.

— Ce n'était pas un secret, Rule. Vous avez été conduit au poste de police. Le duc de Bransford est venu pour vous faire relâcher. La rumeur s'en est répandue comme une traînée de poudre.

Rule soupira.

— Oui, je suppose qu'il fallait s'y attendre.

— Je connaissais Whitney. C'était un homme honnête et droit. Qui aurait pu vouloir le tuer ?

— J'aimerais le savoir.

— C'était peut-être un simple vol qui a mal tourné.

— Ce n'était pas un vol. La police a dit que rien n'a été volé.

— Alors, quel était le mobile du meurtrier ?

— Je me pose la question depuis que j'ai trouvé Whitney mort. Peut-être avait-il des ennemis, quelqu'un qui l'a tué pour des raisons personnelles, je ne sais pas.

— Cela se pourrait. Mais si votre arrivée dans sa chambre d'hôtel à ce moment précis n'a pas été une coïncidence, alors quelqu'un voulait vous faire accuser.

— C'est ce que je ne cesse de penser.

— Et si vous êtes arrêté et déclaré coupable, il y a de grandes risques que vous soyez pendu. Charles Whitney était un homme puissant. Etre le frère d'un duc ne vous sauvera pas.

— Je sais.

— Alors, qui aurait intérêt à se débarrasser à la fois de vous et de Whitney ?

Rule but une gorgée de cognac, considérant la question sous un angle un peu différent de ce qu'il avait fait jusque-là.

— Je suppose que l'un des hommes qui voulaient acheter la manufacture serait content de voir Whitney éliminé. Nous avions deux autres offres. Avec Whitney mort, nous allons chercher un autre acquéreur.

— Qui a fait des offres ?

— L'une venait de Burton Stanfield, l'autre d'un Américain nommé J. P. Montgomery.

— Et si vous étiez pendu, Violet deviendrait l'unique propriétaire. Vous avez refusé leurs offres. Ils pensent peut-être qu'ils auront une meilleure chance de la convaincre de leur vendre l'entreprise.

Rule souffla.

— C'est peut-être ce qu'ils pensent, mais ils ne connaissent pas ma femme.

Il jeta un coup d'œil en biais à Luke.

— En parlant de femmes, comment vont les choses entre Caroline et vous ?

Luke détourna les yeux et son visage se ferma.

— Elle semble assez heureuse.

— Et vous ?

Il regarda Rule.

— A mon grand étonnement, je découvre qu'être marié me plaît. Je n'aurais jamais pensé dire cela un jour, mais c'est vrai. Je voudrais juste…

— Quoi ?

— Je voudrais savoir ce que Caroline éprouve pour moi.

Il se redressa.

— Je suis fou d'elle, Rule. Dieu me vienne en aide, je pense que je pourrais même être amoureux d'elle.

— Pour l'amour du Ciel, ne le lui dites pas. Les femmes tyrannisent les hommes qui s'éprennent d'elles. Vous ne pouvez vous permettre de donner à votre femme ce genre de pouvoir sur vous.

— Alors, vous n'êtes pas amoureux de Violet ?

Rule secoua fermement la tête.

— Je ne laisserai pas une telle chose se produire. Je tiens beaucoup à elle, et je pense qu'elle tient à moi. Que nous nous aimions ou non n'importe pas. Nous nous apprécions l'un l'autre. C'est plus que ce que la plupart des couples mariés peuvent dire.

Luke secoua la tête à son tour.

— Je ne sais pas... J'ai l'impression de vouloir davantage. Il me semble que quelque chose manque.

Rule ne dit rien. Il était heureux comme cela. Il ne voulait pas prendre le risque d'avoir des sentiments plus profonds pour Violet ou n'importe quelle autre femme.

— Contentez-vous de ce que vous avez, Luke. Détendez-vous et profitez-en.

— C'est ce que vous faites ? Profiter ?

— Bien sûr. Qu'y a-t-il de mal à cela ?

— Et si vous vous lassez de Violet ?

Rule haussa les épaules.

— Je ferai ce que font d'autres hommes, je suppose.

Luke ne répondit pas. S'adossant à son fauteuil, il but une gorgée de cognac.

— Parler de femmes et de mariage me fait penser à un suspect que vous avez peut-être oublié.

— Qui donc ?

— Jeffrey Burnett. Vous avez dit qu'il est amoureux de Violet. Avec vous en moins, il pourrait croire avoir une chance de la regagner.

— Pourquoi aurait-il tué Whitney ? Il ne le connaissait même pas.

Luke haussa les épaules.

— C'était juste une idée.

Rule ne pouvait nier que Burnett aimerait par-dessus tout se débarrasser de lui. Mais Jeffrey n'avait aucune relation avec Whitney, et aucune raison de le vouloir mort.

— Je crois qu'il est temps que nous rejoignions les dames, dit-il en se levant du canapé. Qu'en dites-vous ?

Luke hocha la tête, se levant aussi.

— J'aimerais savoir ce que Caroline a dit à Violet.

Rule lui donna une tape dans le dos.

— Mon ami, n'essayez même pas de le deviner.

— Alors tu es heureuse ? demanda Violet en buvant une gorgée de thé.

— Très heureuse. Si j'étais de nouveau obligée de me marier, c'est encore Luke que je choisirais.

Violet l'étudia avec attention.

— Obligée ? Je suppose que cela signifie que tu préférerais être encore libre, comme tu l'étais avant.

Caroline haussa les épaules, faisant bouger les manches ballons de sa robe de soie pêche.

— Je n'étais pas prête pour le mariage, tu le sais.

— Pas même avec Luke ?

Un instant, Caroline détourna les yeux. Elle but une gorgée de thé.

— J'ai vu ce qui arrive aux mariages, Vi. Mes parents en sont venus à se haïr. A partir du moment où je regarde les choses comme elles sont, je ne risque rien.

— Ainsi, tu as peur de tomber amoureuse de Luke.

Caroline haussa le menton.

— Je n'ai peur de rien du tout. Je suis simplement… satisfaite de la situation actuelle.

— Je vois…

— Vraiment ? Tu aimes Rule. Si les choses se passent mal, tu vas beaucoup souffrir. Je ne veux pas risquer ce genre de souffrance.

Violet ne discuta pas. D'une certaine façon, Caroline avait raison. A partir du moment où elle gardait le contrôle de ses émotions, elle était en sécurité. Hélas pour elle, il était déjà trop tard. Elle était profondément amoureuse de Rule et, si quelque chose tournait mal, elle en serait dévastée.

— Pour le moment, dit-elle, ce qui me préoccupe le plus est de prouver son innocence.

— C'est la raison de notre visite. Pouvons-nous vous aider à quelque chose ?

Violet reposa sa tasse sur la table.

— Gardez simplement les yeux et les oreilles ouverts. Si Luke ou toi apprenez quoi que ce soit qui pourrait aider Rule, faites-le-nous savoir.

— Tu sais que nous le ferons.

Les portes coulissèrent et les hommes parurent sur le seuil. Violet ignora la drôle de petite bouffée d'émotion que la vue de Rule lui faisait toujours éprouver. Luke souriait avec chaleur à Caroline, et ses joues se colorèrent un peu.

Sa cousine pouvait bien prétendre rester indifférente à son mari, Violet voyait que c'était faux.

Elle soupira intérieurement. Elle, elle aspirait à être aimée. Tandis que Caroline craignait de l'être.

Violet se demanda ce que l'avenir leur réservait, à toutes les deux.

Trois jours plus tard, les Rameurs furent réunis. Rule retrouva Royal et ses amis dans un petit salon chez White's.

Royal était debout à la fenêtre et regardait la rue, quand Rule arriva avec quelques minutes d'avance. Son frère se retourna au bruit de ses pas sur l'épais tapis persan.

— Je suis heureux de voir que tu as l'air en forme. Comment vas-tu ?

Rule soupira.

— Assez bien, je suppose. Je n'ai pas eu de nouvelles de la police. J'espère que c'est bon signe.

Royal marcha vers lui.

— Les autres devraient être là d'une minute à l'autre. Quent n'est pas en ville. Seuls Savage, Night et Sherry sont à Londres, mais ils ont tous fureté ici et là.

— Tout ce qu'ils découvriront pourra être utile.

Les deux frères se dirigèrent vers une table en acajou flanquée de huit chaises à haut dossier recouvertes de soie vert foncé. Des appliques dorées étaient fixées à un mur, et un lustre pendait au plafond.

Royal s'assit en bout de table et Rule prit la chaise à sa gauche. A sa grande surprise, Reese fut le premier à arriver.

— Je croyais que tu étais à Briarwood, dit-il en souriant au frère qui lui ressemblait le plus, avec ses épais cheveux noirs et ses yeux bleus.

Il n'aurait pas dû être surpris de le voir. Le trio se tenait les coudes, quelles que soient les circonstances. Ils formaient une famille. C'était ce qui comptait.

— Je ne pouvais rester à ne rien faire pendant que mon petit frère était accusé de meurtre, dit sombrement Reese en s'asseyant face à lui.

— Je n'ai pas été accusé officiellement.

— Non, mais à ce que j'ai entendu dire, il y a de forts risques que tu le sois.

— Qu'est-ce que tu as entendu dire ?

— Je me suis arrêté au poste de police et j'ai parlé au commissaire McGregor. Ils savent que le pistolet qui a tué Whitney sort de chez Griffin. Ils disent qu'ils cherchent d'autres informations.

Rule jura doucement.

— La marque de fabrique était sur l'arme. Je savais qu'il ne leur faudrait pas longtemps pour se rendre compte que Violet et moi possédons la manufacture. J'espérais juste qu'ils ne le trouveraient pas si vite.

— Il paraît que Morgan est sur l'affaire, dit Reese.

— Oui, et il travaille dur pour trouver le meurtrier. Hier, il m'a fait savoir que l'une des femmes de chambre de l'hôtel a quitté son poste la veille du crime. La clé de la chambre 112 n'était pas parmi celles qu'elle a rendues en partant. Morgan pense qu'il y a une bonne chance que le meurtrier ou quelqu'un qu'il employait l'ait bien payée pour la clé et l'ait avertie de quitter Londres. Il essaie de trouver où elle est allée.

— Quelqu'un à l'hôtel a vu quelque chose ce jour-là ?

demanda Reese. Peut-être une personne entrant dans la chambre de Whitney ou en sortant ?

— Morgan n'a rien trouvé. Il pense que le meurtrier est monté par l'escalier de service, a utilisé la clé pour entrer dans la chambre de Whitney, l'a tué dans son sommeil et est reparti comme il était venu.

Rule leva les yeux quand la porte s'ouvrit. Le grand et ténébreux Jonathan Savage, le mouton noir de l'équipe, entra, suivi par le mince Sheridan Knowles. Benjamin Wyndam, comte de Nightingale, arriva à son tour, un rubis étincelant à sa main droite.

— Merci à tous d'être venus, dit Royal tandis que ses amis s'asseyaient à la table.

— On ne sait jamais quand on pourrait avoir besoin d'un peu d'aide soi-même, déclara Night avec son bon sens habituel.

Rule prit la parole.

— Juste pour que vous le sachiez tous, je n'ai pas tué Charles Whitney. Je suis allé à l'Albert Hotel après avoir reçu un billet. Sur le moment, j'ai véritablement cru que Whitney l'avait envoyé. Jusqu'ici, je n'ai pas pu confirmer si c'était le cas ou non.

— Nous n'avons jamais cru que vous l'aviez tué, affirma Sherry en joignant le bout de ses doigts. En fait, nous avons mené notre enquête, pour essayer de trouver qui aurait pu avoir des raisons de vouloir la mort de Whitney.

— Dites-moi que vous avez découvert quelque chose.

S'adossant à sa chaise, Savage répondit le premier.

— Un homme nommé Peter Austin a proféré des menaces contre lui. Whitney et Austin étaient partenaires dans la construction d'un navire à vapeur qui a mal fini.

Et Jonathan devait le savoir, pensa Rule, étant donné qu'il avait fait fortune dans les constructions navales.

— Il y a eu des problèmes dès le départ, poursuivit Savage. Des soudures ont cédé dans la coque et des panneaux sont tombés, écrasant l'un des ouvriers. Une grue a lâché sa charge, tuant plusieurs hommes qui travaillaient dessous.

Les choses sont allées si mal que plus personne ne voulait travailler sur ce maudit bateau. Les gens disaient qu'Austin utilisait des matériaux de mauvaise qualité et que l'*Aurora* portait malheur.

— Je crois que j'ai lu quelque chose à ce sujet dans le *Times,* dit Sherry, ses yeux verts brillants d'intérêt.

— Plusieurs articles y ont été consacrés, reconnut Savage. Whitney a annulé le projet avant que le navire ne soit terminé. Il a dit qu'il ne serait pas responsable d'autres morts. Austin était furieux. Il a traité Whitney de sot superstitieux. Il a dit qu'il le ferait payer pour tout ce qu'il avait perdu, d'une manière ou d'une autre.

— Intéressant, fit remarquer Royal.

— J'en parlerai à Morgan, dit Rule. Voir s'il peut découvrir où se trouvait Austin au moment du meurtre, ou bien s'il en voulait assez à Whitney pour engager quelqu'un afin de le tuer.

— Je ne pense pas que Whitney doive être blâmé pour ce qui est arrivé à ce bateau, déclara Night. D'après ce que j'ai pu découvrir, Charles Whitney était un homme respecté dans le milieu des affaires. Je serais enclin à croire qu'Austin a bien utilisé des matériaux de qualité inférieure dans la construction.

— Je vous accorde que Whitney était prospère et respecté, poursuivit Sherry. Mais sa vie personnelle était un peu plus compliquée.

— Comment cela ? demanda Rule.

— Il semble que Charles et son frère, Martin, se soient fâchés récemment. Charles était veuf. Martin était marié, mais assez coureur. D'après la rumeur, Charles et lui visaient les faveurs de la même femme.

— Qui était-ce ? demanda Rule.

— La comtesse de Fremont.

— Fremont ?

L'intérêt de Rule s'aiguisa.

— Je la connais. Je ne peux dire que je sois surpris. Elle semble à la recherche d'une proie.

— Quand la comtesse a ignoré les avances de Martin et préféré se tourner vers Charles, ajouta Sherry, Martin a complètement coupé les ponts avec son frère. Mais sans cesser pour autant de courtiser lady Fremont.

— Alors vous pensez que Martin a pu assassiner son frère par jalousie ?

— Ou peut-être dans l'espoir que, Charles éliminé, la comtesse se tournerait vers lui.

— Je l'ai vue parler avec Martin, il y a quelques semaines, indiqua Royal. A ce que j'ai pu voir, il était fou d'elle.

Les lèvres de Sherry s'incurvèrent légèrement.

— Juliana Markham est l'une des plus belles femmes de Londres. La moitié des hommes sont amoureux d'elle.

— Et apparemment Martin Whitney en faisait partie, conclut Rule. J'apprécie l'information.

— Autre chose ? demanda Royal.

— Pas pour l'instant, répondit Night.

— Nous allons continuer à chercher, promit Savage.

Rule parcourut du regard le groupe des amis de Royal, qui étaient devenus ses amis, à lui aussi.

— Merci à tous. Vous n'avez pas idée à quel point j'apprécie votre aide.

Les hommes hochèrent la tête et commencèrent à se lever. Reese resta dans la pièce quelques minutes après leur départ.

— Elizabeth et moi serons à Holiday House jusqu'à ce que cette affaire soit résolue. Si tu as besoin de quoi que ce soit, fais-le-nous savoir. Et tiens-nous informés, hein ?

— Bien sûr.

Rule quitta le club avec ses deux frères. Fort de ces nouvelles informations, il était impatient de rentrer chez lui et d'en parler à sa femme.

Whitney était un homme bien, mais il avait des ennemis.

Rule se demanda si l'un d'eux était assez vindicatif pour commettre un meurtre.

23

Violet entendit Rule entrer dans le vestibule. Impatiente de savoir comment s'était passée la réunion avec Royal et ses amis, elle s'empressa d'aller à sa rencontre. Rule la surprit en la prenant dans ses bras et en capturant ses lèvres d'un baiser passionné.

Elle était un peu essoufflée quand il la relâcha, et son cœur battait la chamade.

— Les nouvelles sont si bonnes que ça ? demanda-t-elle.

Il sourit.

— Pas vraiment. Vous aviez juste l'air si désirable que je n'ai pas pu résister.

Le rouge lui monta aux joues. Elle se trouvait effectivement jolie dans sa robe de soie émeraude, garnie de dentelle, qui faisait ressortir le cuivre de ses cheveux. La prenant par la main, il la conduisit dans le salon et la fit s'asseoir à côté de lui dans le canapé.

— Alors, qu'ont-ils dit ?

— Ils ont découvert que Whitney avait des ennemis, deux en particulier, et tous deux avaient des raisons de vouloir sa mort.

Rule lui parla de Peter Austin et de sa désastreuse association avec Whitney, ainsi que des menaces qu'il avait proférées. Il lui dit aussi que Sheridan avait appris que Charles s'était fâché avec son frère à propos d'une femme.

— C'est vrai que, pour un homme d'une cinquantaine d'années, Charles était assez séduisant, reconnut Violet.

— Il était également veuf et très riche.

— Alors vous pensez que son frère était assez jaloux pour le tuer ?

— Je l'ignore, mais ce sont des choses qui arrivent. J'ai l'intention de parler à son frère, et aussi à Lady Fremont.

Le cœur de Violet bondit.

— C'était la femme qui… Lady Fremont ?

— C'est ce qu'a dit Sherry. J'en saurai plus quand je lui aurai parlé.

La poitrine de Violet se contracta.

— La comtesse et vous… Vous pensez être suffisamment proche d'elle pour qu'elle se confie à vous ?

Une légère rougeur colora les pommettes de Rule.

— Nous nous connaissons. Elle sait que Griffin est à vendre et que nous projetons d'acheter d'autres affaires. Elle m'a dit qu'elle comptait vendre certaines sociétés de son mari. Elle pensait que nous pourrions être intéressés.

— Nous ou *vous,* Rule ?

Il fronça légèrement les sourcils.

— Que voulez-vous dire ?

— Rien. Si vous voulez lui parler, allez-y. Je suis sûre qu'elle sera ravie de vous voir.

Il pinça les lèvres.

— C'est de ma vie que nous parlons. J'ai besoin de suivre toutes les pistes.

— Oui, et il sera intéressant de voir où celle-ci vous conduira.

Elle se leva du canapé et quitta le salon dans un bruissement de soie.

Son cœur battait la chamade. Avait-elle eu raison ? A quel point Rule connaissait-il la belle comtesse ? Tout cela n'était-il qu'un prétexte pour obtenir un autre rendez-vous avec la séduisante brune ?

Elle n'avait aucun moyen de le savoir.

Elle savait seulement que son cœur lui faisait mal, et que ce n'était rien à côté de ce qu'elle ressentirait si Rule finissait dans le lit d'une autre femme.

Après leur conversation échauffée dans le salon, plus un

mot ne fut prononcé au sujet de lady Fremont. D'une certaine manière, Violet regrettait de s'être mise en colère. Rule se battait pour prouver son innocence. S'il y avait une chance que la comtesse ait des informations, il n'avait d'autre choix que d'aller la trouver.

Néanmoins, alors que la soirée s'achevait, elle n'était pas certaine de ce qu'elle ferait s'il venait dans son lit.

Elle le découvrit assez vite. Son cœur bondit quand il frappa à sa porte.

Elle put voir son expression troublée, lire le désir dans ses beaux yeux, tandis qu'il se tenait sur le seuil.

— Puis-je venir ? demanda-t-il, vêtu de sa robe de chambre de soie bleu foncé.

Le regard de Violet se posa sur son torse nu qui apparaissait dans l'échancrure, ses poils noirs et frisés, ses muscles tendus sous sa peau lisse et mate. Son corps le désirait, et son cœur ne pouvait le repousser.

— Oui…

Le soulagement envahit le visage de Rule, mais elle ne put déchiffrer ses pensées. Il s'approcha du lit à grands pas, se pencha sur elle et l'embrassa. Quittant sa robe de chambre, il entra dans le lit et elle vit qu'il était très excité.

Comme toujours, ils firent l'amour avec passion, mais cette fois-ci Violet ne se donna pas entièrement. Elle aimait Rule, mais elle ne lui avait jamais vraiment fait confiance pour être fidèle. Savoir qu'il avait l'intention de revoir lady Fremont suffisait à la mettre sur ses gardes.

Toutefois, tandis qu'elle était blottie contre lui et qu'ils glissaient dans le sommeil, elle se rendit compte qu'elle avait pris une décision. Pour le moment, prouver l'innocence de Rule était tout ce qui comptait. Elle s'occuperait du reste quand l'enquête serait finie, et qu'il ne serait plus suspecté.

Rule retourna travailler à l'usine. Violet comptait l'accompagner le lendemain. Son souhait de vendre la manufacture n'avait pas changé, ni sa détermination à ne pas vendre à Montgomery ou à Stanfield.

Tôt ou tard, un autre acheteur convenable se manifesterait. Mais, d'ici là, ils avaient une entreprise à gérer.

Ce jour-là, Violet souhaitait faire une visite. Comme promis, Rule avait parlé à Annabelle Greer du petit Billy Robin et des enfants que Simon Pratt utilisait illégalement comme ramoneurs.

Anna avait accepté de les aider. Elle était très estimée pour ses œuvres de bienfaisance, et le maire lui-même avait été d'accord pour offrir son soutien. La veille, les autorités étaient intervenues et avaient retiré les enfants de la maison délabrée de Pratt. Ils avaient été conduits à l'orphelinat du Refuge bleu, qu'Annabelle soutenait.

Violet était excitée à la perspective de rencontrer les enfants et de revoir le petit Billy. Le temps que sa voiture s'arrête devant le grand bâtiment en briques de deux étages qui se trouvait dans une rue agréable, non loin de Green Park, elle ne tenait plus en place sur son siège.

Ces derniers jours d'avril étaient chauds, et la porte d'entrée était ouverte. Quand Violet descendit de voiture avec l'aide d'un valet, plusieurs jeunes visages se pressèrent contre la moustiquaire pour voir arriver la visiteuse. Violet reconnut le petit garçon aux cheveux roux.

— Bonjour, Billy.

En souriant, elle se pencha pour se mettre à sa hauteur et lui parla à travers le grillage.

— Je suis Mme Dewar. Tu te souviens de moi ?

Le petit garçon hocha la tête.

— Oui. Vous êtes venue chez M. Pratt pour chercher Danny.

— C'est juste.

Une femme aux hanches larges, avec des cheveux bruns striés de gris, vint ouvrir la porte.

— Entrez, milady. Je suis Eleanor Oldfield. Lady Anna m'a avertie que vous viendriez voir les enfants ce matin.

Violet quitta le soleil éclatant pour entrer dans la maison.

Tandis que ses yeux s'accomodaient à la pénombre, elle vit Billy entouré de cinq autres enfants d'à peu près son âge, deux filles et trois garçons.

— Ces enfants sont-ils ceux qui travaillaient pour Simon Pratt ? demanda-t-elle.

— Oui, milady.

Mme Oldfield sourit.

— Je le jure, je n'ai jamais vu une troupe aussi affamée que celle-ci.

Elle dit ces mots avec une affection évidente, et Violet sentit l'arôme d'un bon ragoût de bœuf en provenance de la cuisine.

— Il y a du pain frais au four, aussi, ajouta-t-elle. Nous allons bientôt déjeuner. Vous serez la bienvenue.

— Merci, mais je voulais juste passer voir comment allaient les enfants.

Violet regarda la tête de Billy et tendit la main pour caresser ses cheveux roux, désormais propres et brillants.

— Cela te plaît d'être ici, Billy ?

Il eut un large sourire.

— On a plein à manger, et personne nous bat. Et on est plus obligés de ramoner des cheminées.

Le cœur de Violet se serra.

— C'est exact, et vous n'aurez plus jamais à le faire.

Elle continua à parler à Billy et aux autres enfants jusqu'à ce que Mme Oldfield les appelle pour déjeuner. Promettant de revenir, Violet leur fit au revoir de la main et retourna à sa voiture. Elle l'avait presque atteinte quand un homme apparut devant elle sur le trottoir.

— C'était vous, hein !

Il était sec et musclé, avec un visage buriné et des cheveux bruns crasseux.

— C'est vous qui m'avez volé mes ramoneurs !

Violet crispa la mâchoire.

— Il est illégal d'employer des enfants aussi jeunes et vous le savez parfaitement.

Il émit un son grossier.

— Vous m'avez causé un paquet d'ennuis, et je suis pas du genre à oublier ! Vous allez me le payer, espèce de petite prétentieuse. Ou je m'appelle pas Simon Pratt.

Violet ignora le léger frisson qui lui parcourait l'échine.

— Je vous conseille de partir tout de suite, monsieur Pratt. Avant que j'appelle les autorités.

Il releva un coin de la bouche.

— Je peux me trouver d'autres ramoneurs — la ville est pleine de petits rats écorchés. Mais personne vole Simon Pratt et s'en sort indemne — personne ! Rappelez-vous ce que je vous dis.

Devant l'expression furieuse peinte sur l'horrible visage de Pratt, Violet frissonna de plus belle.

La voix grave et familière du cocher résonna derrière elle.

— Je vous conseille de faire ce que dit la dame, déclara M. Bellows. Sinon, vous aurez affaire à moi.

Pratt ricana, mais il était assez intelligent pour comprendre qu'il n'aurait pas le dessus, s'il se battait contre un homme aux bras aussi épais que des bûches.

— Je vous reverrai, promit Pratt d'un ton sinistre, et il partit comme si la rue lui appartenait.

— Oh ! c'est un méchant homme, dit Violet.

— Oui, c'est sûr.

Bellows suivit le ramoneur des yeux jusqu'à ce qu'il disparaisse au coin de la rue.

— Nous ferions mieux de partir, milady. On ne sait jamais, avec un homme comme ça.

Violet monta donc dans la voiture et ils quittèrent l'orphelinat. Elle envisagea de parler de l'incident à Rule, mais, avec une accusation de meurtre planant au-dessus de sa tête, il avait déjà assez de soucis à l'esprit.

Espérant ne plus entendre parler de Simon Pratt après cette rencontre, elle rentra chez elle en silence.

*
* *

L'après-midi tirait à sa fin, et Rule était assis à son bureau à l'usine. Il terminait de remplir des papiers pour pouvoir partir tôt et aller voir Chase Morgan.

Il leva les yeux quand son secrétaire frappa à la porte.

— Qu'y a-t-il, Terry ?

— Un jeune garçon, milord. Il dit qu'il s'appelle Danny Tuttle. Il dit que vous lui avez promis un travail.

Rule se leva quand l'adolescent maigrichon entra, un chapeau de feutre cabossé à la main.

— Ainsi tu as décidé de venir, finalement. Je suis un peu surpris de te voir. Tu étais censé te présenter voilà plusieurs jours.

Soudain, Rule remarqua la meurtrissure violette sous l'œil du garçon et le bleu sur sa joue.

— Qu'est-il arrivé à ton visage ?

— C'est Bates. Il a dit qu'il avait besoin de moi. Il a dit que les gens qui travaillaient pour lui partaient pas.

Machinalement, il leva la main et toucha sa joue.

— J'ai réussi à m'en aller quand même.

Rule contourna son bureau.

— Je suis désolé pour toi, Danny.

Le visage du jeune garçon était soucieux.

— Est-ce que j'ai encore la place ?

Rule savait que si Griffin ne l'embauchait pas, il n'aurait nulle part où aller, aucun moyen de prendre soin de lui.

— La place est pour toi, comme je te l'ai dit.

Le soulagement se apparut sur le visage mince de Danny.

— Merci, sir. Je suis content que vous me donniez ma chance. Qu'est-ce que je ferai ?

— Je crains que tu n'aies encore à te servir d'un balai.

La mine du garçon s'allongea.

— Pas pour des cheminées, fiston. Tu travailleras avec l'équipe d'entretien, pour balayer les sols et garder l'usine en bon état. Si tu fais du bon travail, tu pourras grimper les échelons de l'entreprise.

Le soulagement et l'espoir brillèrent dans les yeux sombres de Danny.

— Merci, sir.

— Il y a une pièce que nous n'utilisons pas, à l'étage. Tu pourras y dormir jusqu'à ce que tu gagnes assez pour avoir un endroit à toi.

Danny tordit le chapeau dans ses mains.

— Je ferai du bon travail, sir. Je vous promets que vous le regretterez pas.

Rule hocha la tête.

— Mon secrétaire va te montrer les lieux. Terry ?

Le jeune homme blond apparut sur le seuil.

— Sir ?

— Voici Danny Tuttle. Je veux que vous l'aidiez à s'installer.

— Oui, milord.

Danny lança un sourire reconnaissant à Rule et disparut derrière Terry.

Heureux d'avoir donné au jeune garçon une chance de s'améliorer, Rule se remit à ses papiers. Le lendemain, Violet reviendrait dans son bureau du bout du couloir pour prendre en charge les tâches dont elle s'occupait auparavant. Il n'avait pas mesuré à quel point il s'était mis à dépendre de son aide. Il était vraiment impatient qu'elle revienne.

Il jeta un coup d'œil à la pendule accrochée au mur. Il était temps de partir pour son rendez-vous avec Morgan. Il devait dire au détective ce qu'il avait appris sur les divers ennemis de Charles Whitney.

Une demi-heure plus tard, dans le bureau de Morgan situé à Threadneedle Street, Rule l'informa de l'animosité entre Charles et Peter Austin, ainsi que de la tension régnant entre les frères Whitney à cause de lady Fremont.

— Je vais découvrir ce que je peux au sujet d'Austin, dit le détective, voir s'il a un alibi pour l'après-midi du meurtre ou s'il a quoi que ce soit de suspect.

Rule hocha la tête.

— Je parlerai à lady Fremont. Nous nous connaissons déjà. Je pense pouvoir l'amener à me parler de ses relations avec les deux frères.

— D'accord. Mais restez aussi discret que possible. Vous n'avez pas intérêt à attirer davantage l'attention.

— Vous avez raison.

Et Rule ne voulait pas non plus avoir de problèmes avec Violet, au sujet de la comtesse. La dernière chose qu'il ferait serait de l'embarrasser en courtisant ouvertement une autre femme.

Il n'avait aucune envie de revivre un moment aussi affreux que lorsqu'il était entré dans sa chambre, le soir de leur dispute. La pensée qu'elle pourrait le repousser l'avait rendu malade.

— Je suis content que vous soyez passé, disait Morgan, le sortant de sa rêverie. J'ai quelque chose à vous dire, aussi.

— Oui ?

— J'ai retrouvé la femme de chambre, Molly Deavers. Elle prétend qu'elle a simplement perdu la clé de la chambre de Whitney. Elle savait qu'elle serait sévèrement réprimandée, alors elle est partie. Du moins, c'est ce qu'elle dit.

— Et vous la croyez ?

— Non. Quand j'ai mentionné l'homme à la cicatrice dans le cou, il était clair qu'elle savait qui c'était.

— Alors, vous pensez qu'il l'a payée pour avoir la clé.

— C'est ce qu'il me semble.

— Croyez-vous que cet homme soit le meurtrier ?

Morgan s'adossa à son fauteuil.

— Peut-être. Ou peut-être n'est-il qu'au service du meurtrier. Quoi qu'il en soit, il ne fait aucun doute qu'il est impliqué.

— Il faut que nous le trouvions.

— J'y travaille.

Le détective passa une main sur sa mâchoire carrée.

— Jusqu'ici, personne ne semble savoir qui il est, ni où le trouver.

— L'homme à la cicatrice peut être la clé du mystère. Si nous le trouvons, tout cela pourrait prendre fin.

— C'est possible. Mais, d'après mon expérience, un meurtre est rarement résolu de manière aussi simple.

24

Violet marcha vers le bruit des voix masculines dans le vestibule. Elle aperçut plusieurs hommes groupés autour de Hatfield, et reconnut le policier au teint rougeaud et aux cheveux auburn qui avait interrogé Rule au poste de police. Son cœur se mit à tambouriner dans sa poitrine.

— Je leur ai dit que Monsieur n'est pas à la maison, milady, l'informa le majordome lorsqu'elle s'approcha.

— Merci, Hat. Je vais parler au commissaire McGregor.

Elle se tourna vers le policier.

— Si vous voulez bien me suivre.

Conduisant les trois hommes dans un salon où ils ne pourraient être entendus, elle attendit que Hatfield ferme la porte sur eux.

— Je suis désolée, commissaire McGregor, mais comme notre majordome vous l'a dit, mon mari n'est pas à la maison.

— Quand sera-t-il là ?

Violet inspira longuement. Elle ne voulait pas mentir, mais elle ne voulait pas non plus les voir arrêter Rule.

— Que lui voulez-vous ?

— Nous avons besoin qu'il vienne au poste et réponde à quelques questions complémentaires.

Elle afficha ce qui, elle l'espérait, ressemblait à un sourire.

— Je peux peut-être vous aider ?

— Non, sauf si vous pouvez nous parler de la dispute que votre mari a eue avec Charles Whitney, la veille du meurtre.

L'estomac de Violet se noua. Rule avait mentionné l'incident. Il craignait que la police ne s'en serve comme d'une preuve supplémentaire contre lui.

— J'ai peur de ne pouvoir vous aider. J'étais occupée ailleurs à ce moment-là.

— Ainsi, vous admettez qu'ils se sont querellés.

— Je n'étais pas avec eux.

— Et vous ne voulez pas nous dire à quelle heure votre époux rentrera.

— Pour autant que je sache, cela pourrait être n'importe quand. Il est allé travailler ce matin. Je sais qu'il avait des courses à faire en rentrant. Peut-être que si vous revenez demain…

Il y eut du bruit dans le vestibule. Violet put juste distinguer le murmure de Hatfield, qui parlait d'une voix basse et étouffée. Un instant plus tard, les portes coulissèrent et Rule entra dans le salon.

— Que se passe-t-il, ici ?

Le commissaire se redressa. Il n'était pas grand, mais il n'en était pas moins assez impressionnant, et visiblement confiant dans son travail.

— Comme je le disais à votre épouse, nous sommes ici pour vous escorter au poste de police. Nous aimerions vous poser quelques questions supplémentaires.

Rule échangea un coup d'œil avec Violet.

— Si nous nous asseyions ici et que vous me posiez vos questions maintenant ?

Le commissaire fronça ses épais sourcils roux. Manifestement, ce n'était pas ce qu'il avait à l'esprit.

— Je suppose que cela ira… pour le moment.

Les deux autres policiers s'assirent. Violet prit place à côté de Rule dans le canapé.

Le commissaire McGregor resta debout.

— A propos de quoi Charles Whitney et vous vous disputiez-vous, la veille du meurtre ?

— Nous discutions des clauses définitives de la vente. Il allait conclure son acquisition de la manufacture, et il restait quelques détails à régler.

— Whitney croyait que vous vouliez renoncer à la vente, n'est-ce pas ?

— Il l'a cru, en effet. Je lui ai assuré qu'il se trompait.

— Mais vous aviez bien reçu une offre plus élevée ?

— C'est exact, mais la quantité d'argent n'était pas la seule considération que nous prenions en compte. Ma femme et moi voulions vendre à quelqu'un qui, à nos yeux, gérerait bien l'affaire. Nous pensions que Whitney était le meilleur candidat pour cela.

— Je vois.

McGregor marchait de long en large devant le canapé.

— D'un autre côté, si vous ne respectiez pas les termes sur lesquels vous vous étiez déjà mis d'accord, Whitney aurait pu vous poursuivre en justice pour rupture de contrat.

— Je suppose qu'il aurait pu le faire.

— Alors que s'il mourait, le contrat avec lui n'était plus valable, et vous pouviez accepter plus d'argent de la part de ses concurrents.

Violet bondit.

— Ce n'est pas ainsi que cela s'est passé. Nous voulions que M. Whitney achète la manufacture. Nous voulions être certains que les armes produites par Griffin ne seraient pas vendues aux Etats américains du Sud.

McGregor la regarda d'un air intrigué.

— Je crois que vous venez de Boston, milady.

— C'est exact.

— Vous devez être très patriote, pour renoncer à une telle somme d'argent au nom de vos principes.

Il jeta un coup d'œil à Rule.

— Peut-être que votre mari, étant anglais, est moins regardant que vous.

Violet se mordit la lèvre pour ne pas répliquer. L'homme s'était déjà fait une opinion. Ils ne pourraient la modifier avant de trouver le meurtrier de Whitney.

— Avez-vous envisagé que quelqu'un d'autre puisse avoir voulu la mort de Whitney ? demanda Rule. Son partenaire en affaires, Peter Austin, pour commencer. Ou peut-être son frère, Martin.

Le commissaire crispa la mâchoire.

— Nous savons qu'Austin a proféré des menaces, et nous savons que Martin et Charles étaient fâchés. Nous nous en occupons.

— Y a-t-il autre chose que vous désirez savoir ?

— Pas pour le moment.

McGregor fit signe à ses hommes, qui se levèrent et gagnèrent la porte en silence. Le commissaire s'arrêta et se retourna, lançant à Rule un regard cinglant.

— Je reprendrai contact avec vous.

Tandis qu'ils sortaient, Violet, qui se tenait près de Rule, pivota sur ses talons et se jeta sans un mot dans ses bras.

Jeffrey accueillit J. P. Montgomery et un autre homme d'un certain âge, aux cheveux argentés et à l'air digne, dans sa suite du Parkland Hotel.

— Jeffrey, voici Marcus Wrigby, dit Montgomery avec son fort accent traînant. Il a accepté d'intervenir comme partenaire dans l'acquisition de Griffin.

Jeffrey s'inclina légèrement.

— C'est un plaisir de vous rencontrer, monsieur Wrigby.

— Pour moi aussi, répondit l'homme avec l'intonation distinguée d'un Anglais des classes supérieures qui, Jeffrey et J. P. l'espéraient, les aiderait à remporter l'affaire.

— Avec la guerre qui approche, dit Montgomery, posséder un pourcentage de Griffin va vous rendre riche. Je veux dire, plus riche que vous ne l'êtes déjà.

— Je choisis mes investissements avec le plus grand soin.

Wrigby accepta le verre de whiskey que Jeffrey lui tendit.

— Comme vous dites, Griffin a un formidable potentiel de croissance.

— A propos de Griffin, dit Montgomery en acceptant un verre, lui aussi, avez-vous lu le *Times* ?

Jeffrey jeta un coup d'œil au journal posé sur la table.

— Je l'ai lu.

— On dirait que Dewar est le suspect principal du meurtre. La police n'a pas voulu le confirmer, mais c'est ce que dit le journal.

Et, pensa Jeffrey, si Dewar était arrêté et convaincu de meurtre, il serait probablement condamné à la pendaison. Violet se retrouverait veuve. Elle serait seule et aurait besoin de sa protection. Avec Dewar en moins, ils pourraient être heureux tous les deux, comme ils l'étaient déjà auparavant.

— Vous pensez que c'est lui le meurtrier ? demanda Montgomery.

— Le journal dit que c'est lui qui a trouvé le corps, dit Jeffrey. Sa main était couverte de sang, et il était penché sur l'arme du crime. La police pense qu'il voulait se débarrasser de Whitney, pour pouvoir accepter une offre plus élevée pour la manufacture.

— Peut-être qu'après réflexion, déclara l'Anglais, il voulait accepter votre offre et gagner plus d'argent.

— C'est possible.

Mais Jeffrey se dit que après avoir pris sa décision, Dewar n'aurait pas vendu à un sudiste, quel qu'en soit le prix.

— Ça nous facilitera les choses, s'il est déclaré coupable, fit observer Montgomery de son ton traînant.

Si cela arrivait, ils feraient affaire avec Violet. Elle aurait besoin de son réconfort et de son amitié, se dit Jeffrey. Elle écoutait ses conseils, auparavant ; il était convaincu qu'elle le ferait de nouveau.

Et si les choses se passaient comme il le souhaitait, ils pourraient renouer là où ils en étaient restés. Et, pourquoi pas, se marier.

Il l'espérait vraiment. Il avait beau essayer d'oublier la femme qu'il avait aimée, Violet restait solidement ancrée dans ses pensées.

— A votre avis, combien de temps devrions-nous attendre avant de contacter Dewar ? demanda Montgomery.

— Une semaine, peut-être.

Jeffrey but une gorgée de whiskey.

— Le temps qu'ils se remettent à penser à vendre.

— Alors dans une semaine, dit Wrigby, j'interviendrai avec une très bonne offre. Etant donné mes références, il n'y a pas de raison qu'ils ne l'acceptent pas.

— A partir du moment où vous nous laissez en dehors des transactions, tout ira bien, dit Montgomery.

Et, d'ici là, ils attendraient de voir si Dewar était arrêté. S'il était jugé, accusé et pendu.

Jeffrey avait hâte de savoir ce que l'avenir lui réservait.

Rule se rendit à son club pour boire un verre et jouer un peu aux cartes — n'importe quoi pour détourner ses pensées morbides de la pendaison. Il avait vu le *Times* du jour. L'article ne disait pas qu'il était coupable de meurtre, mais les spéculations du journaliste allaient certainement dans ce sens.

Rule ignorait complètement comment le journal avait découvert son implication dans la mort de Whitney mais, après avoir été conduit au poste de police, puis avoir reçu la visite du commissaire chez lui, il n'en était guère surpris.

Porgressant dans l'élégant intérieur du club, avec ses confortables fauteuils capitonnés, ses tables en acajou et ses épais tapis persans, il se dirigea vers la salle de jeu. En chemin, il aperçut Lucas Barclay assis seul dans un fauteuil, un verre à la main, son regard sombre fixé droit devant lui.

Luke leva les yeux quand Rule s'approcha de lui.

— Je ne m'attendais pas à vous voir ici… pas après cet article dans le journal.

— Je me suis dit que c'était peut-être le seul endroit où je pouvais venir sans être traité comme un criminel.

— Je serais moins optimiste, à votre place.

Rule jeta un coup d'œil autour de lui et vit que plusieurs membres du club le regardaient et chuchotaient entre eux. Visiblement, Luke avait raison.

Il soupira et se laissa choir dans un fauteuil à côté de son ami.

— Je devrais peut-être me jeter du haut d'un bâtiment et épargner à la police l'ennui de me pendre.

Luke grogna et but une gorgée de cognac.

— Je ferai peut-être comme vous.

Soudain, Rule se rendit compte que son ami était à moitié ivre.

— Qu'est-ce qui vous arrive ?

Il leva une main.

— Non, ne me dites rien — cela a à voir avec votre femme.

— Ma femme, grommela Luke. Ma maîtresse m'accordait plus d'attention.

— N'est-ce pas la raison pour laquelle les hommes prennent des maîtresses ?

Luke soupira longuement.

— Je pensais qu'avec Carrie ce serait différent.

— Oh ! vraiment ? Et pourquoi ?

— Parce que je l'aime, je suppose.

Rule haussa un sourcil.

— Je pensais que nous en avions parlé.

— En effet.

— Et ?

— Vous aviez peut-être raison. J'aurais dû m'efforcer de contrôler mes sentiments. Depuis que nous sommes mariés, ma femme semble déterminée à passer de moins en moins de temps en ma compagnie.

Il leva les yeux.

— Sauf au lit, bien sûr. Là, c'est une véritable dévergondée. Elle est presque aussi insatiable que moi.

Rule rit doucement.

— Alors cessez de bougonner. Un homme ne peut pas se plaindre quand il est satisfait chez lui.

— Ah, non ? Et qu'en est-il de vous ?

Rule sourit depuis la première fois depuis des jours.

— Violet est une petite créature très passionnée. Je ne me plains pas.

— La passion n'est pas tout.

— En ce qui me concerne, si.

— Alors c'est tout ce que vous voulez de Violet ? L'usage de son corps et le fait qu'elle vous réponde au lit ?

— Je vous l'ai déjà dit, Luke. La dernière chose que je souhaite est de tomber amoureux.

Luke grogna et but une nouvelle longue gorgée.

Quand un serveur arriva, Rule commanda un cognac. Il était venu au club pour échapper à ses ennuis. Maintenant, alors qu'il regardait les hommes qu'il avait pris pour des amis et qu'il voyait leur air méfiant, il comprenait qu'il n'y avait pas d'échappatoire pour lui.

Soudain, il souhaita être resté chez lui, avec Violet.

— Du nouveau, à propos du meurtre ? demanda Luke. A part ce que j'ai lu dans le journal, bien sûr.

— Pas assez.

— Je peux faire quelque chose ?

— Apparemment, vous avez assez d'ennuis de votre côté, mais je vous ferai savoir si vous pouvez m'aider.

Luke but une gorgée et son regard redevint morose. Posant son verre un peu trop brusquement sur la table, il se leva.

— Je rentre. Caroline ne m'aime peut-être pas, mais elle me désire. Je pourrais aussi bien lui donner ce qu'elle veut.

Rule ne répondit pas. Quand le serveur arriva avec son cognac, il le mit de côté et se dirigea vers la porte, pensant que, pour une fois, Luke avait eu une bonne idée.

Luke n'avait pas mesuré à quel point il était ivre avant d'essayer de négocier l'escalier pour monter à sa chambre. Il heurta la rampe avant d'arriver en haut, et, avant même d'atteindre sa porte, il commença à retirer ses habits.

A moitié déshabillé, il ne prit pas la peine de frapper à la porte qui séparait sa chambre de celle de sa femme, mais tourna la poignée et entra.

A la lumière tamisée de la lampe posée sur la table de chevet, son regard alla tout de suite à Caroline, comme s'il était relié à elle par une chaîne invisible. Vêtue de la courte chemise de nuit française qu'il lui avait achetée, et attendant manifestement son arrivée, sa femme s'assit dans le lit.

— Luke…

— Vous attendiez quelqu'un d'autre ?

— Bien sûr que non.

Elle fronça ses délicats sourcils blonds.

— Vous êtes ivre.

— Un peu. Vous en souciez-vous réellement ?

Il tira sa chemise par-dessus sa tête, fit glisser son pantalon sur ses pieds nus et l'envoya promener, puis il ôta son caleçon.

Caroline garda les yeux fixés sur sa forte érection.

— Eh bien… ? la défia-t-il.

Elle humecta ses lèvres, ce qui le raidit davantage.

— Non, je ne me soucie pas que vous soyez un peu ivre.

Comme toujours, elle voulait être satisfaite. La triste vérité, c'était qu'elle n'attendait guère plus de lui. Il alla au lit, prit son ravissant visage entre ses mains et captura ses lèvres en un baiser dur et brûlant.

Un instant, il pensa qu'elle allait le repousser. Puis elle passa les bras autour de son cou et lui rendit son baiser. Luke dévora sa bouche, respirant son haleine, la possédant profondément de sa langue, puis il porta son attention sur ses seins.

Ils étaient ronds et pleins, avec de petites pointes roses, qu'il caressa jusqu'à ce qu'elles deviennent dures comme des diamants. Elle tremblait lorsqu'il s'allongea sur elle et l'embrassa de nouveau profondément. Elle remarqua à peine qu'il la mettait sur le ventre, prenait l'un des oreillers et le glissait sous ses hanches.

— Luke, que faites-vous ?

— Détendez-vous.

Elle était moite et prête, constata-t-il quand il se plaça à genoux derrière elle, trouva l'entrée de sa féminité et s'enfouit complètement en elle.

Caroline gémit.

Luke crispa les mâchoires, et ses assauts profonds la firent relever les hanches pour le recevoir plus complètement encore. Elle cria son nom lorsqu'elle atteignit l'extase, et il la suivit peu après.

En prenant une inspiration tremblante, il se retira, la

remit sur le dos et l'embrassa une dernière fois. Puis il la laissa seule dans le lit.

Elle fronça les sourcils quand il commença à s'éloigner.

— Vous ne restez pas ?

— Vous avez eu ce que vous attendiez de moi. A partir de maintenant, c'est tout ce que vous aurez.

Se dirigeant à grands pas vers sa chambre, il franchit la porte et la claqua bruyamment derrière lui.

Si Caroline n'avait pas besoin de son amour, il n'avait pas besoin du sien.

Rule avait raison. Tout ce qu'il lui fallait, c'était l'usage de son voluptueux petit corps et sa réponse passionnée au lit.

Avec le temps, il en viendrait à retrouver la solitude qu'il éprouvait avant de la rencontrer, et sa vie redeviendrait comme avant.

25

Le temps passait. Il fallait que Rule parle à la comtesse, cela devenait urgent. Ce matin-là, il lui avait envoyé un billet sollicitant une entrevue et demandant s'il pourrait passer la voir le soir même.

Lady Fremont avait accepté.

Espérant échapper à d'autres discussions houleuses avec Violet, il ne mentionna pas où il allait lorsqu'il quitta la maison. Il lui dit juste qu'il avait besoin de prendre l'air et qu'il s'arrêterait probablement à son club avant de rentrer. Même si, après sa dernière visite, il n'était pas sûr que ce soit une très bonne idée.

Tandis que sa voiture roulait vers Fremont House, Rule repassa dans son esprit les questions qu'il voulait poser, et espéra que la dame serait disposée à y répondre. Tandis qu'il approchait, il regarda par la fenêtre. Situé sur une légère éminence dominant Hyde Park, le manoir était une résidence luxueuse qui ressemblait plus à un château qu'à une maison.

Descendant de voiture sous un large portique, il remonta une allée dallée de pierre jusqu'à la lourde porte en chêne. Il frappa, et le majordome ouvrit immédiatement.

— Lord Rule Dewar, dit-il. La comtesse m'attend.

— Oui, milord. Si vous voulez bien me suivre.

Le solennel domestique aux cheveux noirs le conduisit dans le couloir jusqu'à un superbe salon. Tandis qu'il entrait, Juliana Markham, lady Fremont, se leva vivement d'un canapé en velours bleu. Le majordome referma les hautes portes derrière lui.

Rule fit un pas vers elle.

— Lady Fremont.

Il s'inclina sur sa main et l'effleura des lèvres.

— Merci de me recevoir.

Elle était aussi belle que dans ses souvenirs, avec des cheveux de jais, comme lui, et des yeux d'un bleu plus clair et plus doux que les siens.

— Je vous attendais. J'ai eu vent de la terrible nouvelle, concernant le meurtre de Charles — non que je vous croie coupable. Je présumais qu'il ne vous faudrait pas longtemps pour découvrir la relation que j'entretenais avec Charles.

— Vous, Charles et Martin, non ?

Elle se dirigea d'un pas nonchalant vers un plateau en argent posé sur un buffet richement décoré, ses élégantes jupes bleues flottant autour d'elle.

— Voudriez-vous boire quelque chose ? Du cognac, peut-être ?

Il n'avait pas envie de boire, mais il ne souhaitait pas l'offenser.

— Merci, avec plaisir.

Elle servit un cognac, puis un xérès pour elle, revint vers lui et lui mit le verre en cristal dans la main.

— Si nous nous asseyions ?

Rule acquiesça d'un signe de tête et la laissa le conduire au canapé.

La comtesse sourit.

— Eh bien, qu'est-ce qui vous amène exactement ?

— Je vais être franc, milady. J'ai besoin de votre aide.

— Je vous en prie… nous sommes amis, n'est-ce pas ? Je préférerais que vous m'appeliez Juliana.

Rule s'efforça de sourire.

— Très bien… Juliana. Comme je le disais, j'ai besoin de votre aide. Je me rends compte que ma question est très intime, mais je dois savoir quelles étaient vos relations avec Charles et Martin Whitney.

Elle haussa un fin sourcil noir, mais n'avait pas l'air si surprise que ça.

— Très bien. Charles et moi étions… amis. Des amis proches, même avant la mort de mon mari.

— Je vois.

— J'espère que vous ne me jugerez pas. Mon mari avait presque trente ans de plus que moi, et il était très malade. Charles était veuf, plus âgé que moi, mais tellement charmant. Il était plein de vitalité, plus qu'aucun homme que j'aie jamais connu.

— Je l'appréciais beaucoup. Et je ne peux guère vous jeter la pierre, Juliana. J'ai eu un bon nombre d'amies femmes moi-même.

— Oui, c'est ce que j'ai entendu dire.

— Donc Charles et vous étiez proches. Et Martin ?

— J'avais rencontré Martin à plusieurs reprises, au fil des ans. Mais c'est quand je suis venue à Londres qu'il a commencé à s'intéresser à moi.

— Et vous vous intéressiez à lui ?

— Non.

Elle but délicatement une gorgée de xérès.

— Oh ! j'étais polie avec lui. A ce moment-là, Charles et moi étions sur le point de nous séparer. Mon mari était mort trois ans plus tôt. Mon deuil terminé, j'étais enfin libre d'agir comme bon me semblait. Charles était le genre d'homme à le comprendre.

— Mais pas Martin.

— Martin est vaniteux et arrogant. Je lui ai dit qu'il ne m'intéressait pas, mais il n'a pas voulu écouter. Il était jaloux de Charles, bien que je lui aie répété cent fois que c'était fini entre nous.

— Pensez-vous que Martin serait allé jusqu'à tuer son frère ?

— Je l'ignore. Je ne connais pas assez bien Martin pour le savoir. Comme je vous l'ai dit, j'étais polie avec lui parce que j'étais amie avec son frère, mais c'est à peu près tout.

Rule posa sur la table son cognac et se leva du canapé.

— Merci, Juliana, de votre honnêteté. Et de croire en mon innocence.

Elle posa à son tour son verre de xérès et se leva elle aussi. Elle était si proche de lui qu'il pouvait sentir son parfum suave. Elle appliqua ses paumes sur les revers de sa veste.

— Martin Whitney ne m'intéresse pas. Mais vous, vous m'intéressez énormément, Rule.

Une alarme se déclencha dans la tête de Rule. Il saisit les poignets délicats qu'elle passait autour de son cou et les retira avec précaution.

— Vous êtes libre, Juliana. Je ne le suis pas. Dans d'autres circonstances, je vous assure que je ne resterais pas insensible à l'intérêt que vous me portez.

Les circonstances actuelles étant la femme qu'il avait épousée. La dame qui, pour le moment, retenait toute son attention.

Les mains de Juliana retombèrent sur le côté.

— Etes-vous certain que c'est ce que vous voulez ?

Même si elle était ravissante, il en était tout à fait sûr.

— Oui.

Elle s'écarta de lui et eut un sourire plein d'assurance.

— Vous êtes jeune marié, pour l'instant. Avec le temps, les choses changeront peut-être.

Probablement, pensa Rule. Cela se produirait sûrement comme avec toutes les femmes qu'il avait connues auparavant. A cette pensée, une étrange mélancolie s'empara de lui.

— Merci encore.

Il s'inclina poliment. Puis il pivota sur ses talons, rejoignit la porte d'entrée, sortit et inhala une bouffée de l'air frais de la nuit, heureux que la tâche qu'il s'était fixée soit terminée.

S'adossant à la banquette de sa voiture, Violet songea à la demeure aussi grande qu'un château, et ferma les yeux pour chasser l'image de Rule en train d'y pénétrer.

Elle savait qu'elle n'aurait jamais dû le suivre. Aucune

épouse convenable ne s'abaisserait à filer son mari pour découvrir ce qu'il faisait, après l'avoir laissée à la maison.

Mais Rule était généralement franc et direct, et elle était sûre qu'il ne l'était pas ce soir-là. Elle savait qu'il comptait interroger lady Fremont. Elle s'y était résignée. Ce qui la tracassait, c'était qu'il se soit abstenu de lui dire où il allait.

La voiture se dirigeait vers leur maison de Portman Square. Elle était repartie avant que Rule ne sorte de chez lady Fremont. Elle ne voulait pas s'abaisser davantage. S'il était intime avec la belle comtesse, elle ne pouvait certainement pas l'en empêcher.

Et elle gardait encore espoir.

Peut-être lui dirait-il la vérité, lorsqu'il rentrerait. Peut-être expliquerait-il qu'il n'avait pas voulu l'inquiéter, ou donnerait-il une autre raison à son mensonge. Elle pria qu'il le fasse.

Lorsqu'elle arriva à la maison, elle se dit qu'elle ferait mieux de se retirer dans sa chambre ; mais elle ne put s'empêcher de s'asseoir dans le salon, un livre ouvert sur les genoux, l'oreille tendue vers le vestibule pour guetter les pas de son mari.

Quand elle entendit sa voix, son soulagement fut tel qu'elle en eut le souffle coupé. Il était rentré plus tôt qu'elle l'avait imaginé. Rule ne faisait jamais les choses à moitié, et, s'il avait fait l'amour à la superbe brune, il serait resté plus longtemps que pour une rapide étreinte.

A cette pensée, son estomac se noua.

Elle baissa les yeux et tenta de se concentrer sur le livre ouvert devant elle, mais les mots se brouillaient sur la page.

Elle mit le livre de côté quand il s'adressa à elle depuis la porte ouverte.

— Violet… Je pensais que vous seriez déjà au lit.

Elle se leva lorsqu'il s'approcha d'elle, si grand et beau qu'elle sentait son cœur fondre en le voyant.

— Je… je n'avais pas sommeil. Je ne vous attendais pas si tôt.

Il sourit.

— J'ai découvert que je préférais être à la maison avec ma femme plutôt que de jouer aux cartes avec mes amis.

Le cœur de Violet s'emballa. Peut-être était-il passé à son club, après sa visite chez la jeune femme.

— Vraiment ?

— Vraiment.

Il courba la tête et l'embrassa très doucement sur les lèvres.

— Alors c'est là que vous avez passé la soirée. Vous êtes allé à votre club et avez décidé de ne pas y rester ?

Elle retint son souffle, priant qu'il lui dise la vérité.

A la place, il détourna les yeux, une légère rougeur colorant ses pommettes.

— Comme je vous l'ai dit, j'avais juste besoin de prendre l'air un moment.

Une boule se forma dans la gorge de Violet.

— Oui… c'est ce que vous avez dit.

— Montons-nous ?

Elle ne pouvait faire l'amour avec lui, pas ce soir. Pas après qu'il lui avait menti à propos de la comtesse.

— Si cela ne vous fait rien, je ne me sens pas très en forme. Je pensais rester encore un moment ici, à lire. Je monterai dans un moment.

Rule eut un air inquiet.

— Si vous êtes souffrante, vous devriez peut-être vous mettre au lit.

Le simple mot « lit », sur ses belles lèvres, accéléra son pouls. *Pas ce soir,* se dit-elle. Pas ce soir.

— Je préférerais rester ici. Ce… ce n'est rien. Vous ne devez pas vous inquiéter.

— Je vois. Très bien, si vous en êtes sûre.

— Vous pouvez vous retirer sans crainte.

Il la laissa dans le salon et se dirigea vers l'escalier.

Elle se laissa retomber contre le canapé et ne reprit pas son livre.

Ses yeux étaient trop embués pour qu'elle puisse lire quoi que ce soit.

Violet feignit d'être malade le lendemain, restant à la

maison au lieu d'aller travailler, et se tenant à l'écart de Rule. Le matin du jour suivant, elle alla rendre visite à Caroline. Elle n'avait pas l'intention de dire à sa cousine que Rule était allé chez lady Fremont, ou qu'il avait menti à ce sujet. La seule idée de voir sa meilleure amie la faisait se sentir mieux.

Mais, lorsqu'elle arriva chez les jeunes mariés, elle trouva Caroline en larmes.

— Oh ! mon Dieu, dit Caroline pelotonnée dans un canapé en velours dans sa chambre.

Elle renifla et se tamponna les yeux.

— Je ne voulais pas que quelqu'un me voie ainsi.

— La gouvernante m'a dit que tu ne te sentais pas bien. J'ai insisté pour qu'elle me laisse monter.

Violet s'assit à côté de sa cousine et passa un bras sur ses épaules.

— Qu'y a-t-il ? Tu pleures comme si tu avais le cœur brisé.

Caroline sanglota.

— J'ai le cœur brisé.

Elle renifla encore et essuya ses joues avec son mouchoir.

— Dis-moi ce qui ne va pas.

Caroline se redressa un peu et prit une longue inspiration.

— C'est Luke. Il change, Violet. Il était si gentil et attentionné, et maintenant… maintenant il ne veut rien avoir à faire avec moi. Les seules fois où je le vois, c'est la nuit, quand il vient dans mon lit.

Violet fronça les sourcils.

— Lui as-tu demandé ce qui ne va pas ?

— Je sais ce qui ne va pas.

— Dis-moi.

— Luke pense que je ne l'aime pas.

Plusieurs secondes s'écoulèrent.

— Je croyais que c'était ce que tu voulais.

Caroline déglutit.

— C'est ce que je me disais. J'ai essayé, très fort, mais…

— Ainsi, tu l'aimes bel et bien.

Caroline leva les yeux, ses prunelles bleu clair avivées par les larmes.

— Bien sûr que je l'aime ! Je l'ai toujours aimé. C'est la raison pour laquelle je voulais rentrer à Boston. J'étais déjà amoureuse de lui.

Violet éprouva du soulagement. Sa cousine méritait d'être heureuse. Peut-être aurait-elle cette chance, finalement.

— Alors, je ne vois pas où est le problème. Tout ce que tu as à faire, c'est de dire à Luke ce que tu ressens.

Caroline secoua la tête.

— Je ne pourrais jamais le faire.

— Pourquoi, au nom du Ciel ?

— Parce que j'ai peur de ce qu'il fera, s'il apprend la vérité. La seule chose qui intéresse les hommes, c'est de nous conquérir. Une fois qu'ils savent qu'ils nous tiennent en leur pouvoir, on ne les intéresse plus.

Il était difficile de dire le contraire. En ce moment même, Violet avait peur que Rule ne se soit lassé d'elle, et qu'il n'ait reporté ses attentions sur la belle comtesse.

— Peut-être Luke sera-t-il différent.

— Et s'il ne l'est pas ?

— Tu souffres, n'est-ce pas ?

Caroline essuya ses larmes et hocha la tête.

— Il me regarde comme s'il me connaissait à peine. J'ai l'impression que je vais mourir !

Violet tendit la main et prit la sienne.

— Dis-le-lui, chérie. Tu es tombée amoureuse de Luke parce qu'il était différent des autres hommes. Peut-être sera-t-il différent sur ce sujet, aussi.

Caroline leva les yeux, et une larme roula sur sa joue.

— Je ne sais pas…

Elle secoua la tête.

— Je vais y réfléchir. Peut-être que si le moment semble propice…

Violet n'insista pas. Après tout, elle n'avait jamais dit à Rule ce qu'elle ressentait.

Elle n'était tout simplement pas assez courageuse pour cela.

26

Feignant toujours d'être indisposée, Violet n'alla pas travailler le lendemain, et passa tout l'après-midi à tenter de rassembler le courage nécessaire pour parler à Rule de sa visite chez la comtesse. Avant de partir pour l'usine ce matin-là, il avait insisté : si elle n'allait pas mieux quand il rentrerait, il appellerait un médecin.

Il était temps de cesser de jouer la comédie, temps de découvrir la vérité, mais la pensée de ce que Rule pourrait lui dire lui nouait l'estomac.

Violet soupira et regarda par la fenêtre du salon. Le temps semblait refléter son humeur morose. Un orage avait éclaté et une pluie torrentielle s'abattait sur la ville. A travers les vitres trempées, elle vit arriver la voiture de Rule. Il sortit de l'habitacle sous des trombes d'eau, et ses habits étaient trempés le temps qu'il atteigne le porche.

Elle se tenait dans le couloir lorsqu'il retira son manteau à rabats et son chapeau dans le vestibule et les tendit à Hatfield.

— Avez-vous vu mon épouse, ou est-elle toujours dans sa chambre ?

Violet s'avança vers lui. Apparemment, son inquiétude pour elle n'avait pas diminué. Elle éprouva une pointe de culpabilité de l'avoir trompé ainsi.

— Je suis là, milord.

Il se tourna au son de sa voix et sourit.

— Ainsi, vous êtes debout. J'espère que vous vous sentez mieux.

— Beaucoup mieux, merci. Je vous avais dit qu'il n'y avait pas à s'inquiéter.

Elle put lire le soulagement dans ses yeux, et cela atténua un peu ses craintes. Peut-être se trompait-elle. Peut-être que sa visite à lady Fremont n'avait pas été le début d'une liaison.

— Je boirais bien une tasse de thé, dit-il à Hat.

— Je m'en occupe, milord.

Le majordome disparut, et Rule décocha un chaud sourire à Violet.

— Pourquoi ne vous joindriez-vous pas à moi, mon cœur ? Une bonne tasse de thé bien chaud vous ferait sûrement du bien.

Il n'avait pas employé ce mot doux dernièrement, et le cœur de Violet s'allégea un peu plus. Le moment était venu, se dit-elle. Il n'y avait pas lieu d'attendre plus longtemps.

Elle eut un grand sourire.

— Du thé serait le bienvenu.

Ils avaient juste commencé à s'installer dans le salon lorsque du bruit dans le vestibule les alerta. Tous deux se levèrent quand Hatfield apparut sur le seuil.

— Je suis désolé, milord, mais le commissaire McGregor souhaite vous parler.

La tension qui raidit les épaules de Rule n'échappa pas à Violet.

— Faites-le entrer. Nous parlerons ici.

— Je crains que ce ne soit pas possible.

Le robuste policier passa devant Hat pour entrer dans le salon, suivi de deux collègues.

— Je suis ici pour vous arrêter, au nom de la reine, pour le meurtre de Charles Whitney.

— Mon Dieu.

Violet bondit , les jambes tremblantes.

— Suivez-nous calmement, milord, ou nous vous y contraindrons. A vous de choisir.

— Je vais aller chez votre frère, assura Violet. Je lui dirai ce qui est arrivé. Le duc saura que faire.

Rule hocha la tête avec raideur.

— Je vous accompagne, dit-il à McGregor. J'aimerais savoir, cependant, ce qui vous a décidé à prendre cette décision.

— Un homme a été trouvé mort. Vous vous en souvenez peut-être, un individu avec une cicatrice le long du cou.

Rule pâlit.

— On l'a trouvé dans une allée non loin de Tooley Street. Pas loin de votre bureau, milord.

Les mâchoires de Rule se crispèrent.

— Qu'est-ce que cela a à voir avec moi ?

— Nous avons parlé à une femme de chambre nommée Molly Deavers. Elle a reconnu avoir vendu la clé de la chambre de Charles Whitney à un homme avec une cicatrice dans le cou. Whitney est mort, et maintenant l'homme qui aurait pu témoigner de votre présence sur les lieux du crime est mort, lui aussi — à quelques pâtés de maisons de votre usine.

— Vous pensez que je l'ai tué ? Et Peter Austin, ou Martin Whitney ? Pourquoi ne sont-ils plus considérés comme suspects ?

— Austin était à Portsmouth au moment du meurtre. Martin Whitney était à son club avec des amis. Plusieurs personnes en attestent.

— Peut-être que l'un des deux a payé l'homme à la cicatrice pour tuer Whitney.

Le commissaire l'ignora. Il fit un signe de tête et les deux policiers passèrent derrière Rule, en guise d'avertissement.

— Il est temps d'y aller.

Rule serra les poings, mais ne résista pas. Laissant les hommes le conduire dans le vestibule jusqu'à la porte d'entrée, il sortit sous la pluie battante.

— Je vais chercher Royal ! cria Violet derrière lui, avec du désespoir dans la voix. Il va régler cette affaire.

Rule ne répondit pas, et laissa les policiers le conduire au fourgon de police. Courbant la tête, il disparut à l'intérieur.

Le cœur de Violet se contracta. Juste Ciel, ils ne lui avaient même pas laissé le temps de prendre son manteau.

Elle se tourna vivement vers le majordome.

— J'ai besoin de la voiture, tout de suite.

— Je l'ai déjà demandée, milady. M. Bellows sera là dans un instant.

Violet sentit des larmes lui piquer les yeux.

— Que ferions-nous sans vous, Hat ?

Les joues minces du domestique s'empourprèrent. Il s'empressa d'aller chercher la cape de Violet, ainsi qu'un manteau pour Rule, et revint aussitôt.

— Vous en aurez besoin.

Il lui tendit le manteau de Rule et drapa la cape sur ses épaules.

— Merci.

La voiture arriva devant la maison en un temps record. Descendant précipitamment les marches du perron, sa cape claquant dans le vent tandis qu'un valet tenait un parapluie au-dessus d'elle, Violet monta dans le coupé. Un instant plus tard, le véhicule démarrait, les roues dévalant les pavés mouillés, les chevaux au trot, dans les artères bondées de Londres.

Atteindre la demeure du duc lui sembla prendre un temps infini, malgré la courte distance. *Royal saura que faire,* se répéta-t-elle en descendant de voiture sous la pluie, comme une litanie qui lui porterait chance.

Elle pria pour que ce soit vrai.

Ni Royal ni le fringant avocat que Me Pinkard pressa Rule d'engager ne purent le faire libérer. Tard ce soir-là, il fut conduit à la prison de Newgate et placé dans une cellule. Me Pinkard s'était cependant arrangé pour qu'il soit placé à l'écart des foules de petits brigands peuplant les prisons d'Angleterre.

Violet avait entendu dire que la prison avait été modernisée quatre ans plus tôt, mais cela restait un endroit froid, rempli de courants d'air et particulièrement inhumain, tout juste bon pour les rats vivant entre ses murs de pierre grise.

— Je ne veux pas que vous veniez ici, Violet, dit Rule quand Royal et Me Pinkard sortirent de la cellule pour leur laisser un moment d'intimité. Si les choses tournaient mal, ce n'est pas ainsi que je veux que vous vous souveniez de moi.

— Oh ! Dieu du Ciel !

Elle se jeta dans ses bras et s'accrocha à lui, tremblante.

— Ne songez même pas à une chose pareille. Nous trouverons une solution. Nous trouverons le meurtrier.

Rule respirait de manière saccadée.

— Royal va vous ramener à la maison. Je veux que vous y restiez, Violet. Mieux, je veux que demain vous alliez au bureau. Tenez-vous occupée. Laissez Morgan et les autres faire leur travail.

Il courba la tête et l'embrassa, doucement au début, puis passionnément.

— Je vous aime, Rule, dit-elle, incapable de retenir les mots, souhaitant de tout son cœur qu'il lui dise la même chose.

Au lieu de ça, il l'embrassa une dernière fois.

— Priez pour moi, dit-il simplement.

Le claquement de la lourde porte de la cellule marqua le départ de Violet. La poitrine de Rule se serra. Elle était allée trouver son frère comme elle l'avait promis, avait supplié le commissaire de le laisser en liberté, bravé la laideur de Newgate pour venir le voir, pour essayer de lui donner de l'espoir.

Elle ne ressemblait à aucune femme qu'il avait connue. Elle était plus intelligente, plus douce, plus courageuse. Plus déterminée.

Et elle avait dit qu'elle l'aimait.

Un instant, il s'était senti pris de vertige, comme si ces simples mots l'avaient déstabilisé. Elle les avait pourtant prononcés, et il savait qu'elle les pensait.

Son cœur battit tandis qu'il évoquait ce moment. Quel homme ne voudrait pas l'amour d'une femme comme elle ?

Et, pourtant, il ne le voulait pas.

Il savait que l'amour de Violet ne serait pas gratuit. Qu'elle désirerait, peut-être même exigerait, son amour en retour.

Mais il n'avait pas ce genre d'amour à donner. Il aimait ses frères, sa famille, mais ce n'était pas la même chose. Violet aspirait à l'amour d'un homme, à l'amour d'un époux, ce sentiment indéfectible et plus fort que tout ce qu'il était incapable de comprendre. Il n'avait jamais éprouvé ce genre d'amour, et ne l'éprouverait probablement jamais.

Il songea à son doux visage et pria qu'elle puisse se contenter de son profond attachement et de sa sollicitude. Il pria qu'elle se satisfasse de sa tendresse et de sa passion.

Un bruit dans le couloir, à l'extérieur de sa cellule, attira son attention : les pleurs d'un prisonnier, dans un autre cachot humide. Ce son lugubre lui rappela qu'il était à Newgate. Que ses soucis pour l'avenir n'auraient peut-être aucune importance.

Peut-être ne pourrait-il jamais prouver son innocence et serait-il pendu.

Si cela arrivait, Violet serait libérée de lui, libre de trouver un homme qui l'aimerait comme elle le méritait.

Cette pensée lui donna la nausée.

Violet ne pouvait supporter de faire les cent pas un moment de plus, d'errer dans la maison vide qui résonnait de sa solitude et de sa peur. Rule l'avait pressée de retourner travailler et maintenant, tandis que son désespoir ne cessait d'augmenter, elle prit conscience qu'il avait raison.

Tôt le lendemain matin, s'efforçant d'écarter la fatigue d'une autre nuit sans sommeil, elle coiffa ses cheveux en un chignon serré, revêtit une épaisse robe de drap rouille pour se protéger du mauvais temps et se rendit à son bureau chez Griffin.

Pâle et l'air ébranlé, Terence Smythe l'accueillit à la porte lorsqu'elle entra dans la manufacture.

— Je viens juste d'apprendre la nouvelle, milady. Nous sommes tous furieux ! Comment peuvent-ils croire que lord Rule tuerait quelqu'un ? Il n'est simplement pas ce genre d'homme.

Violet s'efforça de sourire.

— Non, il ne l'est pas, Terry. Nous pouvons seulement prier et espérer que le véritable assassin soit retrouvé.

Avant qu'il ne soit trop tard, ajouta-t-elle en silence. Mais, en Angleterre, les poursuites allaient vite. Me Pinkard avait pu convaincre les magistrats de laisser un peu de temps à Rule pour construire sa défense, mais cela n'aurait qu'un temps.

Longeant le couloir, elle alla dans le bureau de Rule pour voir quels dossiers importants étaient empilés sur sa table de travail. Elle prit le dossier du haut et vit qu'il s'agissait d'une offre ferme d'achat de la manufacture.

L'offre venait de Burton Stanfield.

La fureur l'envahit. Comment osait-il ! Avec son mari en prison, Stanfield avait la témérité de croire qu'elle serait obligée d'accepter son offre. Peut-être était-il persuadé que Rule serait convaincu de meurtre et ne représenterait plus un obstacle à son acquisition.

Violet prit les feuilles, les déchira en deux et les jeta dans la corbeille à papier.

Elle leva les yeux quand Terry apparut sur le seuil.

— Voulez-vous que je vous apporte les comptes hebdomadaires, milady ?

— Oui. Je m'y mettrai dès que j'aurai examiné la correspondance de lord Rule.

Terry s'éclipsa et revint avec les lourds volumes reliés de cuir, qu'il posa sur un coin du bureau.

— Merci, Terry.

Une fois le jeune homme sorti, refermant la porte sans bruit, Violet parcourut du regard le bureau qui appartenait à son mari, et sa gorge se noua. Tout, dans la pièce, lui rappelait Rule. Son diplôme d'Oxford, un trophée qu'il avait gagné à la boxe à l'université, la carafe en cristal posée sur le buffet qui contenait son cognac préféré.

Il y avait un portrait de sa mère et de son père, et un autre de lui et de ses deux frères, peint dans la campagne près de Bransford Castle, quand ils étaient petits garçons. Ses yeux s'embuèrent en voyant quel bel enfant il avait été.

Elle remua les papiers sur son bureau et sentit un relent de son eau de Cologne.

Juste Ciel, elle avait si peur pour lui !

Et elle l'aimait tant.

Elle se rappela le moment où elle avait finalement prononcé ces mots, ne pouvant plus les garder enfermés en elle. Rule les avait simplement ignorés, et son cœur s'était serré de tristesse. Elle se dit que cela n'avait pas d'importance. Que, quels que soient ses sentiments pour elle, rien ne pouvait changer ce qu'elle éprouvait pour lui.

Violet inspira pour se calmer, déterminée à ne pas s'appesantir sur ce qu'elle ne pouvait changer.

Reportant son attention sur les tâches à accomplir, elle répondit à plusieurs lettres qu'il avait reçues, prit des décisions sur un certain nombre d'autres points, puis s'attela aux comptes. Mais elle avait beau travailler dur, son esprit revenait à Rule et à sa sinistre cellule, et ses yeux s'emplissaient de larmes.

Aimer quelqu'un, constatait-elle, pouvait être très douloureux.

L'après-midi tira à sa fin. Dehors, la pluie s'était arrêtée, mais le ciel restait gris et couvert. Un vent fort agitait les branches des arbres qui grattaient les vitres. Violet jeta un coup d'œil à la pendule, déterminée à partir à temps pour s'arrêter à la prison avant la nuit. Elle savait que Rule serait mécontent, mais il fallait qu'elle le voie, qu'elle soit certaine qu'il aille bien.

Tandis qu'elle commençait à ranger le bureau, on frappa doucement à la porte, ce qui l'arracha à ses pensées. Elle s'attendait à voir Terry, mais ce fut le jeune garçon qu'elle avait vu devant le Taureau blanc qui entra et ferma la porte.

— Mon nom est Danny Tuttle, milady. Il faut que je vous parle. C'est important.

Violet parvint à sourire.

— Mon mari m'a dit qu'il t'avait donné un travail. Que puis-je faire pour toi, Danny ?

— J'ai appris pour lord Rule… qu'il a été jeté en prison

et tout ça. Je sais qu'il n'a pas tué cet homme comme ils disent.

Le pouls de Violet s'emballa. Elle se força à rester calme, de crainte de l'effrayer.

— Continue, Danny.

— Votre mari… il a été bon avec moi. Je ne veux pas le voir pendu — pas pour quelque chose qu'il n'a pas fait.

Le cœur de Violet tambourinait dans sa poitrine.

— Que veux-tu dire, Danny ?

— Je lui ai menti, milady, quand on s'est vus devant le Taureau blanc. Il m'a questionné sur l'homme qui m'avait payé pour porter le billet. Il voulait savoir à quoi il ressemblait. Je me suis dit que ça serait pas important, alors je lui ai parlé de la cicatrice. Mais je lui ai dit que je le connaissais pas.

— Continue, Danny, s'il te plaît.

— Son nom est Michael Dunnigan. Mike le Rapide, on l'appelle. Il s'occupe des loteries pour Benny Bates.

— Bates ? L'homme pour qui tu travaillais ?

— Oui.

— L'homme à la cicatrice, Michael Dunnigan, je crains qu'il ne soit mort. On l'a trouvé dans une allée non loin d'ici.

— Je l'ai entendu dire.

— Que… que lui est-il arrivé, à ton avis ?

— Bates a payé Mike pour avoir la clé d'une chambre de l'Albert Hotel. Mike m'a envoyé porter le billet à votre mari. Je pense que celui qui a engagé Benny pour l'aider à mettre le meurtre au point a tué Mike pour l'empêcher de parler. Mike était toujours en train de se vanter. Je pense que l'homme l'a tué et a traîné son corps par ici, pour faire croire que votre mari l'avait fait.

Violet humecta ses lèvres qui tremblaient, luttant pour rester calme.

— Tu ne crois pas que Bates l'a tué ?

— Non. Mike était l'ami de Benny. Y a peu de chances qu'il l'ait tué. Mais je crois qu'il sait qui c'est.

— Merci, Danny. Merci beaucoup.

Violet s'empressa de sortir du bureau, s'arrêtant juste le temps de demander à Terry d'appeler sa voiture. Il fallait qu'elle parle à Chase Morgan, qu'elle lui dise ce qu'elle avait découvert. Si quelqu'un pouvait faire parler Bates, c'était bien le rude détective.

Elle savait que son bureau se trouvait dans Threadneedle Street. Elle y était allée une fois avec Rule. Par chance, lorsqu'elle arriva sans être annoncée, Morgan était encore là, même s'il semblait sur le point de partir.

Il ouvrit la porte, son chapeau à la main, et marqua une pause quand il la vit.

— Milady, entrez, je vous prie.

Il s'écarta pour la laisser passer, accrocha son chapeau au portemanteau, la conduisit dans son bureau et ferma la porte sans bruit.

— J'aimerais avoir quelque chose de neuf à vous apprendre, dit-il, mais je crains que ce ne soit pas le cas. Le duc est passé hier pour me dire que la police avait trouvé le corps de l'homme à la cicatrice, et que votre mari avait été arrêté. Ils n'ont pas pu découvrir l'identité de l'homme. J'ai fait de mon mieux pour la trouver, mais jusqu'ici…

— Son nom est Michael Dunnigan. Il travaillait pour Benny Bates.

Morgan haussa les sourcils.

— Comment le savez-vous ?

— Le jeune Danny Tuttle. Rule lui a donné un travail et, apparemment, il s'est senti reconnaissant. Il est venu me voir. Il m'a donné le nom de Dunnigan, mais il ne pense pas que Bates l'ait tué. A son avis, Bates a été engagé par quelqu'un pour organiser le meurtre, et cette personne a tué Dunnigan pour le faire taire.

— Puis elle a transporté le corps jusqu'à Tooley Street afin de convaincre les autorités que c'est votre mari qui l'a tué pour s'assurer de son silence.

— Oui.

Morgan prit le bras de Violet et la guida vers la porte d'entrée, prenant son chapeau en passant.

— La nuit tombe. Pourrez-vous rentrer chez vous sans encombre ?

— Bien sûr.

Il l'escorta jusqu'à sa voiture et l'aida à monter, visiblement impatient de partir de son côté.

— En supposant que j'arrive à le retrouver, je vais parler à Bates, ce soir. Je vous ferai savoir ce que je découvrirai.

— Merci.

Violet l'observa tandis qu'il s'éloignait à longues enjambées décidées.

— A la maison, milady ? demanda Bellows à travers le petit judas qui s'ouvrait dans l'habitacle.

— A la prison de Newgate, monsieur Bellows. Il faut que je parle à mon mari.

Le cocher grommela quelque chose qu'elle ne put entendre.

— Oui, milady, dit-il dans un soupir.

Il était dangereux de se rendre là-bas à la nuit tombée. Violet n'était même pas sûre qu'elle pourrait entrer. Toutefois, sachant qu'il ne pourrait la dissuader, Bellows fit claquer ses rênes et la voiture partit en trombe dans la rue.

27

Le vent soufflait fort, secouant la voiture. Par la fenêtre, l'effrayante silhouette de la prison de Newgate apparut peu à peu, bloc de pierre gigantesque se découpant sur le ciel sombre.

M. Bellows accompagna Violet jusqu'à la porte principale, et avec quelques pièces elle convainquit l'un des gardes de la laisser entrer.

— Juste la dame, dit le garde quand le robuste cocher s'apprêta à suivre.

— Tout ira bien, lui assura Violet en priant que ce soit vrai.

Elle donna d'autres pièces, et on la conduisit à la cellule qu'elle voulait visiter. Newgate était un labyrinthe de couloirs au plafond bas et de raides escaliers de pierre et, la nuit, la lumière de quelques lanternes éparses éclairait à peine le chemin. Tandis que Violet marchait à côté du gros gardien barbu, l'écho de leurs pas sur le sol de pierre inégal faisait passer un frisson sur son échine.

Elle avait entendu raconter ce qui se passait dans la prison : la malnutrition et la maladie, la cruauté et le viol des femmes prisonnières. Il lui vint à l'idée que si le garde voulait la prendre de force, il pourrait la traîner dans l'une des cellules inoccupées et elle ne pourrait lutter contre lui.

Cette pensée lui serra l'estomac.

Par bonheur, l'homme la conduisit simplement le long du passage humide et obscur jusqu'à la cellule de Rule, mit sa lourde clé en fer dans la serrure et ouvrit la porte.

— Je reviens dans une demi-heure, dit-il.

— Merci.

Violet se tourna en entendant la voix de Rule.

— Violet ! Par tous les diables, que faites-vous ici ?

Son visage était crispé par la peur et la réprobation, mais il jeta les bras autour d'elle, la pressant fortement contre lui.

— J'apporte des nouvelles. J'ai découvert l'identité de l'homme à la cicatrice. Il s'appelait Michael Dunnigan et travaillait pour Benny Bates.

Rule la prit par les épaules.

— Ainsi, Bates est bien impliqué dans le meurtre. Comment l'avez-vous découvert ?

— Danny me l'a dit. Il a reconnu qu'il vous avait menti pour se protéger. Il a ajouté que vous aviez été bon pour lui et qu'il voulait vous aider.

— Quoi d'autre ?

— D'après Danny, quelqu'un a engagé Bates et sa bande pour organiser le meurtre. Le rôle de Dunnigan était de se procurer la clé de la chambre de Whitney. Mais il n'était pas fort pour garder des secrets. Danny pense que celui qui a tué Whitney a aussi tué Dunnigan pour le faire taire, puis a fait croire que c'était vous.

Rule se détourna et se mit à faire les cent pas.

— Il faut que je parle à Morgan, que je lui dise d'interroger Bates.

— Je suis déjà passée le voir. Il était en route pour aller voir Bates, quand je l'ai laissé pour venir ici.

Rule revint à elle et la reprit dans ses bras.

— Bon Dieu, Violet.

Elle pouvait sentir les tremblements qui parcouraient son grand corps puissant, les battements rapides de son cœur.

— Je sais que vous n'auriez pas dû venir, dit-il. Je sais que c'est dangereux pour vous d'être ici, mais je suis si heureux que vous soyez là !

Alors il l'embrassa, le baiser le plus tendre et le plus doux qu'elle pouvait imaginer.

— Nous nous sortirons de cette histoire, dit-elle.

Des larmes lui brûlaient les yeux.

— Morgan nous aidera.

Il hocha la tête et la serra fortement contre lui. Elle avait envie de lui dire qu'elle l'aimait, mais il ne lui répondrait pas, et cela ne ferait que l'attrister.

A la place, elle lui parla de l'offre que Burton Stanfield avait faite et de sa colère.

— Cet homme n'a aucune morale, dit Rule.

— Manifestement, il veut encore la manufacture. Vous ne pensez pas qu'il pourrait être le meurtrier ?

Rule soupira.

— Je n'en sais rien.

— Peut-être Stanfield croyait-il que avec Whitney mis hors jeu et vous accusé de crime, il pourrait me convaincre de vendre.

— C'est possible. Quand des profits importants sont en jeu, tout est possible.

C'était une autre possibilité à discuter avec Chase Morgan.

Violet ne put croire qu'une demi-heure avait passé quand elle entendit le pas lourd du garde dans le couloir.

— Je dois partir.

Elle mit sa cape sur ses épaules et embrassa doucement Rule une dernière fois.

— Je reviendrai, et ne vous avisez pas de me dire de ne pas venir.

La belle bouche de Rule s'incurva légèrement. Elle sentit ses yeux sur elle tandis qu'elle allait à la porte.

— Violet ?

Il y avait quelque chose dans sa voix, une légère tension. Elle s'arrêta et se tourna.

Rule se tenait à quelques pas, les mains sur les côtés, l'expression solennelle.

— Avant que vous partiez, je dois vous avouer quelque chose.

La peur contracta la poitrine de Violet. Seigneur, elle craignait de l'entendre.

— Le soir où je vous ai dit que j'allais au club, je n'y suis pas allé. Je suis allé voir lady Fremont.

Sa gorge se serra. Un grondement envahit ses oreilles.

— Il fallait que je sache, à propos de Charles et de Martin.

Violet ne pouvait émettre un seul son, mais ses yeux commençaient à la brûler.

— Je ne suis pas resté longtemps. Ce qu'elle m'a dit n'était pas vraiment important. Je suis aussitôt ressorti de chez elle et suis rentré directement à la maison.

Le soulagement submergea Violet, si bien qu'elle tint à peine sur ses jambes.

— Pourquoi… pourquoi ne me l'avez-vous pas dit ?

— Je ne voulais pas que vous pensiez qu'il y avait quelque chose entre nous, alors qu'il n'y avait rien. Mais je ne me suis pas senti bien depuis ce soir-là. Je ne suis pas doué pour mentir, Violet. Je ne recommencerai pas.

Elle courut à lui, passa les bras autour de son cou et se pressa contre lui.

Il la serra fortement.

— Merci de me l'avoir dit, murmura-t-elle. Vous ne pouvez savoir combien cela signifie pour moi.

— Je ne veux pas vous blesser, jamais.

Elle leva les yeux vers lui, luttant pour retenir ses larmes.

— Quelquefois, la vérité fait mal. Mais, finalement, c'est toujours mieux qu'un mensonge.

Il tendit la main et passa doucement un doigt le long de sa joue. Le grincement de la clé dans la serrure mit fin à ce moment. Quand le garde ouvrit la porte, Rule baissa la tête et embrassa sa femme une dernière fois.

— Bonne nuit, chérie.

— Bonne nuit, Rule.

Elle pivota sur ses talons, les yeux embués par les larmes, et franchit la lourde porte de bois pour regagner le couloir plongé dans la pénombre.

Elle avait connu des moments de terreur et des accès de panique, mais Caroline avait finalement décidé de passer à l'acte. Ce soir, elle allait dire la vérité à Luke.

Au fil des semaines, elle avait de plus en plus perçu le besoin que son mari avait de son amour. Peut-être même pourrait-il l'aimer en retour… Elle devait lui dire ce qu'elle éprouvait, et prier que après avoir conquis son cœur, il ne ressente pas le besoin de s'éloigner d'elle.

Luke était en retard. Le temps qu'il arrive, Caroline était devenue très nerveuse, et elle arpentait le salon, tandis que les jupes de sa robe bleu pâle — qui lui plairait, espérait-elle — se déployaient à chaque demi-tour. Son cœur lui semblait palpiter au même rythme nerveux que ses pas. Dans la salle à manger, la table était mise, avec la plus belle argenterie, et un dîner spécial avait été préparé : des médaillons d'agneau avec de la gelée à la menthe, l'un des plats préférés de Luke.

Son pouls s'emballa lorsqu'elle l'entendit entrer dans le vestibule. Elle attendit jusqu'à ce qu'elle aperçoive sa haute silhouette aux larges épaules, qui passait dans le couloir pour se rendre à son cabinet de travail.

— Luke ?

— Bonsoir, Caroline.

Pas Carrie. Il avait l'air de faire un effort délibéré pour ne plus l'appeler ainsi.

— Vous désiriez quelque chose ?

— Je me demandais… J'espérais pouvoir vous dire un mot.

Il lui jeta un rapide coup d'œil, sans paraître remarquer sa robe, et son cœur se serra. Peut-être avait-elle attendu trop longtemps pour lui dire la vérité. Peut-être se trompait-elle et ne se souciait-il pas vraiment de ses sentiments. Peut-être l'avait-elle déjà perdu.

Il la rejoignit dans le salon et, devant son visage inquiet, il se tourna et ferma les portes.

— Qu'y a-t-il ? Est-il arrivé quelque chose ?

Caroline se mordit la lèvre.

— Nous devrions peut-être nous asseoir.

Il était sur la défensive. Elle le vit à la tension de ses épaules.

— Très bien.

Elle alla vers le canapé, mais il se dirigea vers un fauteuil. Elle lui prit la main au passage.

— J'espérais que vous vous installeriez près de moi.

Le malaise de Luke sembla grandir. Il la suivit jusqu'au canapé, mais s'assit à distance de la jeune femme.

— Qu'y a-t-il, Caroline ? J'ai du travail.

Les yeux de Caroline s'embuèrent. Il la rejetait, faisait tout ce qu'il pouvait pour la tenir à distance.

— Il y a… il y a quelque chose que je dois vous dire. J'ignore ce que vous direz quand je le ferai. Je ne sais pas si cela importe pour vous. J'espère vivement que oui.

De la méfiance brilla dans les yeux de Luke.

— Allez-y.

— Je vous ai menti, Luke. J'ai commencé à vous mentir voilà quelque temps et… et j'ai continué.

Sa mâchoire se durcit.

— Par tous les diables, qu'avez-vous fait, Caroline ? Si vous voyez un autre homme, je jure que je le tuerai.

Les yeux de la jeune femme s'emplirent de larmes.

— Ce n'est rien de tel. En fait, c'est même tout le contraire. Je ne veux pas d'un autre homme, Luke. Je ne veux que vous. Il en a toujours été ainsi.

— Nous sommes mariés. Je ne comprends pas.

Caroline se leva du canapé. Elle franchit la distance qui les séparait, s'agenouilla à ses pieds et lui prit la main.

— Je suis amoureuse de vous, Luke. Je l'étais déjà avant notre mariage. C'était la raison pour laquelle je voulais rentrer à Boston. Je ne voulais pas vous aimer. J'avais peur de ce qui arriverait si je le faisais.

Des larmes roulèrent sur ses joues.

— Mais il était déjà trop tard.

Pendant un long moment, Luke garda le silence et la regarda fixement.

— Vous m'aimez.

Elle hocha la tête et tenta de sourire.

— Follement. Désespérément. Je vous aime plus que tout au monde.

Elle essuya une larme d'un revers de la main.

— Et vous m'avez tellement manqué.

Luke n'attendit pas plus longtemps : il la remit debout et la serra dans ses bras.

— Bon sang, Carrie. Je vous aime tant, moi aussi !

Il l'embrassa, elle l'embrassa en retour, et ses larmes séchèrent. Luke l'aimait. Et elle l'aimait. Rien d'autre ne comptait. Quoi que l'avenir lui réserve, ils étaient tous les deux.

Luke l'embrassa de nouveau, tendrement cette fois. Elle pouvait sentir son amour, sa joie, et elle fondait dans son étreinte. Elle était hors d'haleine quand il s'écarta, et ne savait pas très bien quoi dire.

— Vous… vous devez avoir faim. J'ai demandé à la cuisinière de préparer votre dîner préféré.

Il sourit.

— Nous dînerons plus tard. Pour l'instant, je veux montrer à ma femme à quel point je l'adore.

Elle jeta les bras autour de son cou.

— Oh ! Luke, je vous aime tellement.

Il l'embrassa passionnément.

— Promettez-moi de me le dire au moins une fois par semaine.

— Chaque jour, promit-elle. Je vous le dirai tous les jours, aussi longtemps que vous voudrez bien l'entendre.

Il la souleva dans ses bras et se dirigea vers l'escalier.

— Alors préparez-vous à le dire le restant de votre vie.

Tandis qu'il longeait le couloir en direction de sa chambre, les derniers doutes de Caroline s'évanouirent.

Pour la première fois depuis cette soirée fatidique dans la bibliothèque, elle se dit que en épousant Lucas Barclay, elle avait fait exactement ce qu'il fallait qu'elle fasse.

Une autre journée d'angoisse passa. Violet se tenait sur la terrasse. Le vent avait nettoyé l'air empli de suie, et des étoiles brillaient dans le ciel de velours noir.

Plus tôt, elle était passée à la prison pour voir Rule, qui avait reçu la visite de Chase Morgan. Il avait parlé au détective de l'offre de Burton Stanfield, et de la possibilité que Stanfield soit l'homme qui se cachait derrière les meurtres.

Jusqu'ici, Morgan n'avait pas pu localiser Benny Bates. Il pensait que Bates restait hors de vue le temps que la police finisse d'enquêter sur le meurtre de Mike Dunnigan.

Il fallait qu'ils le trouvent. Bates était la clé de l'énigme.

La brise souleva des mèches de ses cheveux roux, et elle resserra son léger châle autour d'elle.

— Excusez-moi, milady.

Violet se tourna et vit Hatfield sur le seuil de la porte-fenêtre.

— Qu'y a-t-il, Hat ?

— Je suis navré de vous déranger, milady, mais vous avez un visiteur. Il dit que vous êtes amis.

Le dos bien droit, le majordome s'avança et lui tendit une carte de visite. Elle portait en lettres dorées et en relief « *M. Jeffrey Burnett* ».

Jeffrey. Elle se demanda ce qui avait bien pu l'amener à venir la voir.

— Faites-le entrer dans le salon, Hat, je vous prie.

— Bien, milady.

Violet prit une grande inspiration. Elle n'avait pas envie de voir Jeffrey. Elle avait beaucoup trop de soucis en tête. Et un sentiment de culpabilité la taraudait toujours, lorsqu'elle songeait à son ancien soupirant. Elle lui avait fait des promesses, ou du moins, il y avait eu des attentes entre eux. Elle l'avait blessé, et elle le regrettait sincèrement.

Avec un soupir résigné, elle releva ses jupes, franchit la porte-fenêtre et rentra dans la maison. Dans le grand salon, Jeffrey se leva dès qu'il la vit. Ses cheveux brillaient comme de l'or à la lumière de la lampe, et ses beaux traits étaient aussi séduisants que toujours. Cependant, elle n'éprouvait plus envers lui la moindre émotion.

Il fit un pas vers elle.

— Violet, très chère. Je n'ai pas pu rester à l'écart un instant de plus.

Il lui prit les deux mains.

— J'ai lu les journaux. Je ne peux imaginer ce que vous devez traverser.

Violet dégagea ses mains.

— La police a fait une terrible erreur. Rule est innocent. Une fois que ce sera prouvé, il sera libéré.

— Je sais seulement ce que j'ai lu. Je sais que votre mari est en prison. Je sais que vous êtes seule pour faire face à tout cela. Je suis venu pour vous, Violet. Nous étions amis, autrefois. Avec tout ce qui s'est passé, j'ai pensé que vous aviez peut-être besoin d'un ami.

Il soutint son regard jusqu'à ce qu'elle détourne les yeux. Fut un temps où elle avait cru qu'elle pourrait l'aimer. Maintenant, elle était surprise de voir le peu de sentiment qu'elle éprouvait pour lui.

— J'apprécie votre sollicitude, Jeffrey. Vraiment.

— Avez-vous besoin de quelque chose, très chère ? Puis-je faire quoi que ce soit pour vous ?

— Non, Jeffrey, merci.

Elle lui lança un regard résolu et reprit la parole.

— Mais moi, je peux peut-être faire quelque chose pour vous. Voyez-vous, tandis que je me tiens devant vous, je me rends compte que j'ai été très injuste à votre égard. Quand vous me regardez, vous voyez la femme que vous avez cru aimer. Pourtant, ce n'est pas la femme que je suis réellement. Et je suis désolée de dire que vous vous êtes attaché à quelqu'un que je n'ai jamais vraiment été.

— De quoi parlez-vous ? Je ne comprends pas.

— Je dis que, lorsque vous pensez à moi, vous pensez à une jeune femme naïve, douce et innocente, à quelqu'un que vous croyiez pouvoir façonner à votre guise. Mais je ne suis pas comme ça, Jeffrey. Je suis plus forte que vous ne l'imaginez, et j'ai l'habitude de dire ce que je pense.

— Vous avez toujours été un peu directe, mais…

— Directe ? Pas toujours. Après la mort de mon père, pendant près de deux ans, j'ai été responsable de la branche bostonienne de Griffin. J'y travaillais sous le nom de J. A. Haskell.

Il fronça ses sourcils blonds.

— Cela… cela n'a pas de sens. Vous êtes une femme, une héritière. Pourquoi auriez-vous travaillé ?

— J'aimais travailler, Jeffrey. J'aimais l'indépendance que cela me donnait, le sentiment d'accomplir quelque chose. Cela me plaît toujours, d'ailleurs.

Jeffrey secoua la tête.

— Je n'en crois rien. Vous n'étiez pas ainsi quand nous étions ensemble. Vous n'avez pas pu changer à ce point.

Elle posa une main sur son bras.

— C'est pourquoi je dois m'excuser auprès de vous. J'étais si seule, j'avais tellement besoin d'être aimée, que j'ai prétendu être quelqu'un que je n'étais pas. Pendant un certain temps, je me suis même abusée moi-même.

Il s'écarta d'elle et un muscle frémit dans sa mâchoire.

— Vous avez changé à cause de *lui*. Ils vont le déclarer coupable, Violet. Toutes les preuves désignent votre mari comme l'homme qui a tué Charles Whitney.

La colère envahit Violet.

— Quel mobile aurait-il pu avoir ? Charles allait acheter la manufacture.

— C'est exact. Je pense que Dewar s'est rendu compte qu'il avait vendu l'affaire trop bon marché. Whitney et lui se sont querellés à ce sujet. Dewar ne pouvait pas rompre le contrat, alors il l'a assassiné. Malheureusement, il a été pris.

— Ce n'est pas vrai !

— Vous allez être veuve, Violet. Vous serez aussi seule que vous l'étiez auparavant. Que ferez-vous, alors ?

— Je vais trouver un moyen de prouver l'innocence de Rule. Mais, même en imaginant que je me retrouve veuve, je ne prétendrai plus jamais être quelqu'un que je ne suis pas.

Le regard de Jeffrey ne cilla pas.

— Et la manufacture ? Vous m'avez dit à quel point vous aviez envie de la vendre. Vous m'avez fait part de vos sentiments, à propos de la guerre à venir.

— Mes sentiments n'ont pas changé. Quoi qu'il advienne, je vendrai. Tôt ou tard, nous trouverons un acheteur correct.

— Je vois.

— Je l'espère, Jeffrey. J'espère sincèrement que vous comprenez que je ne vous ai jamais voulu de mal.

Il eut un sourire crispé et s'inclina de manière un peu raide.

— Je vous souhaite bonne chance, alors. Dans toutes vos entreprises.

Il se tourna et s'éloigna à grands pas. Violet se sentit soudain épuisée.

Elle avait dit la vérité à Jeffrey. Une vérité qu'elle n'avait découverte que récemment. Elle n'était pas la personne que Jeffrey avait aimée, et ne l'avait jamais été. Maintenant qu'il le comprenait, il pouvait reprendre le cours de sa vie, trouver le genre de femme qu'il désirait.

Elle soupira d'un air las. Rule ne l'aimait peut-être pas, mais au moins il savait quelle femme elle était réellement.

Et elle était bien décidée à prouver l'innocence de son mari.

J. P. Montgomery ouvrit la porte de sa suite de l'hôtel Trafalgar, laissant Jeffrey entrer dans l'élégant salon. Le Trafalgar était à deux pâtés de maisons de l'hôtel Parkland, où séjournait Jeffrey, une précaution qu'ils avaient prise pour garder leurs relations d'affaires secrètes.

— Désolé, je suis en retard, dit Jeffrey tandis que son associé retournait s'asseoir dans un fauteuil capitonné. Ma visite a pris un peu plus de temps que je ne l'escomptais.

— Vous ne semblez pas très content. Les choses ne se sont pas passées comme vous le prévoyiez ?

— Vous pouvez le dire. Quoi qu'il arrive, Violet ne me reviendra pas.

— C'est bien dommage. Cela aurait grandement facilité les choses.

Jeffrey secoua la tête.

— Elle a fait comme si elle me rejetait pour mon bien. Peut-être a-t-elle raison. Elle n'est pas la femme que je croyais.

Montgomery grommela.

— Mais elle veut toujours vendre ?

Jeffrey fit signe que oui.

— C'est ce qu'elle dit.

Il se dirigea vers le buffet et se servit un cognac avec la carafe en cristal. Il aurait préféré un whiskey. Il revint au canapé et s'assit.

— Il est peut-être temps que Wrigby intervienne avec notre offre, dit Montgomery.

Jeffrey but une gorgée de cognac, laissa la chaleur de l'alcool lui brûler la gorge.

— Je pense que nous devrions attendre que le procès soit passé. Une fois qu'ils auront pendu Dewar, les choses seront plus faciles.

— D'un autre côté, déclara Montgomery de son ton traînant, peut-être que le faire maintenant jouerait en notre faveur. Dewar pourrait souhaiter s'assurer que sa petite dame soit en sécurité, avant de comparaître devant son Créateur.

Jeffrey expira longuement.

— Sa *petite dame,* comme vous l'appelez, m'a assuré qu'elle était fichtrement capable de prendre soin d'elle-même. Elle a dirigé pendant deux ans l'usine de Boston, dans le plus grand secret.

Montgomery se carra dans son fauteuil.

— Je vais parler à Wrigby. Lui dire de faire établir les derniers papiers du partenariat. Nous devrons les examiner et apporter toutes les modifications éventuelles. Il faut que nous soyons prêts, le moment venu.

Jeffrey avala une gorgée de cognac.

— J'espère que ce sera pour bientôt. Je déteste ce maudit pays, le froid, l'humidité. Ce maudit cognac. J'ai hâte de rentrer chez moi.

— A Boston ?

— En Virginie. Il n'y a plus rien qui me retienne dans le Nord.

28

Le soleil de début d'après-midi réchauffait l'air, tandis que Chase Morgan marchait en compagnie de Royal et de Reese Dewar jusqu'à une maison en briques délabrée, à quelques pâtés de maisons de la taverne du Taureau blanc.

— Vous êtes sûr qu'il est ici ? demanda Reese.

C'était un ancien militaire, Chase le savait pour avoir travaillé avec lui auparavant, et il se montrait concentré et efficace dans l'action.

— D'après mes sources, répondit le détective, Bates habite chez son cousin jusqu'à ce que tout ceci se calme.

— Si je m'en souviens bien, vos sources sont fiables.

— Très, assura Morgan.

Il indiqua d'un signe de tête le côté de la maison.

— Le duc et vous allez faire le tour par l'allée. Il peut essayer de s'enfuir par la porte de derrière.

Les deux frères hochèrent la tête et se dirigèrent tranquillement vers l'arrière de la maison. Morgan leur laissa le temps d'arriver avant de gravir les marches du porche et d'essayer d'ouvrir la porte d'entrée. Il tourna le bouton, constata que ce n'était pas fermé à clé et entra aussi discrètement qu'il le put.

L'intérieur était sombre et lugubre, avec des couvertures sales jetées sur un canapé défoncé, des planchers nus pour la plupart, et un seul tapis couvert de boue dans le parloir.

— Bates ! appela-t-il.

Il entendit les pieds d'une chaise racler le sol, puis un bruit de course. Bates se dirigea rapidement vers la cuisine et Morgan bondit à sa suite, tournant au coin du couloir tandis que l'homme claquait la porte arrière de la maison.

Ignorant la puanteur des légumes à moitié pourris, Morgan fonça après lui. Quand Bates arriva au bas de l'escalier, Reese Dewar lui tomba dessus, le heurtant avec force et le faisant choir à plat ventre sur le sol.

— Doucement ! cria Bates. Vous me faites mal !

— Ce n'est qu'un début, l'avertit le duc, ses cheveux blonds brillant au soleil tandis qu'il rejoignait à grands pas l'endroit où son frère clouait l'homme au sol.

Bates se débattit en vain, tournant son corps épais d'un côté et de l'autre.

— Qu'est-ce que vous voulez ?

— Nous voulons savoir qui a tué Charles Whitney, répondit Royal.

— J'en sais rien.

Reese tordit l'un des bras de Bates dans son dos. Le malfrat poussa un hurlement.

— Réfléchissez un peu, dit calmement le duc.

— Vous avez intérêt à le leur dire, conseilla Morgan en les rejoignant au bas de l'escalier. L'homme qui vous tient est le major Reese Dewar. Pour lui, vous êtes l'ennemi. Il n'aura guère de scrupule à vous casser le bras, ou pire encore.

— Je vous l'ai dit, je…

Reese tordit le bras de Bates et il hurla de nouveau.

— C'est bon, c'est bon, je vais parler ! Mais j'ai rien à voir avec le meurtre. Je veux pas d'ennuis avec la police.

— Alors vous ne l'avez pas tué, dit Morgan. Vous avez juste procuré au meurtrier une clé de la chambre de Whitney pour qu'il puisse entrer et le tuer.

Bates lutta pour relever la tête.

— Je savais pas que ce type voulait le tuer. Il a dit qu'il avait besoin de voir des papiers que Whitney gardait dans sa chambre.

— Donnez-nous son nom, insista le duc.

— Il a tué Mike. Si je vous dis qui c'est, il me tuera aussi.

Reese lui tordit le bras et il gémit.

— Si vous ne nous donnez pas le nom, je vous tuerai moi-même. Je ne laisserai pas pendre mon frère pour un crime qu'il n'a pas commis.

Bates se tortilla, mais Reese le maintint d'une main ferme.

— N'aggravez pas les choses.

Finalement, Bates cessa de lutter. Il poussa un soupir résigné.

— D'accord, je vais vous le dire.

Reese desserra son emprise, laissant Bates se mettre sur ses pieds, mais il ne le lâcha pas.

— Montgomery. C'est le nom de ce type.

— Montgomery ? J. P. Montgomery ?

Morgan lança un coup d'œil aux deux frères.

— C'est l'Américain qui a essayé d'acheter Griffin.

— Je vous ai donné son nom, dit Bates, mais tout ce que vous avez, c'est ma parole. Et c'est pas assez pour convaincre les magistrats.

— Il a raison, concéda Reese.

— Peut-être bien, dit Royal. Mais, avec le petit Tuttle confirmant l'histoire de Bates, nous pourrions convaincre les juges qu'il y a assez de doutes sur la culpabilité de Rule pour le relâcher, si je me porte garant de lui.

Il sourit.

— Cela sert, parfois, d'être duc.

— Cela vaut le coup d'essayer, dit Reese.

— Je vais aller à l'usine chercher le garçon, dit Royal. Il est encore tôt. Il devrait être au travail.

— Même si vous réussissez à faire relâcher votre frère, avertit Morgan, il nous faudra des preuves incontestables contre Montgomery, pas seulement la parole d'un malfrat comme Bates.

— Nous devons atteindre Montgomery, dit le duc. Il faut trouver un moyen de l'amener à dire la vérité.

— Comment ? demanda Reese.

— Je ne le sais pas encore.

Morgan se dirigea vers les voitures.

— Mais nous ferions bien de trouver quelque chose.

Violet était assise à son bureau chez Griffin quand Royal entra dans la pièce. Elle savait que Reese et lui étaient partis avec Chase Morgan, espérant trouver Benny Bates et l'interroger.

Elle bondit quand elle le vit.

— L'avez-vous trouvé ?

Royal hocha la tête.

— Oui.

— Que… que s'est-il passé ?

— Montgomery est notre homme. Il faut que je parle à Danny Tuttle.

Les yeux de Violet s'élargirent.

— Montgomery a tué Whitney ?

— Apparemment.

Elle digéra l'information, incrédule.

— Montgomery veut toujours la manufacture, dit-elle. C'est un sudiste. Il veut les armes pour le Sud.

— Il doit sacrément les vouloir, pour commettre un meurtre.

Un instant, Violet songea à l'infortuné M. Whitney. La guerre n'avait pas encore commencé et les massacres étaient déjà en route.

— Pourquoi voulez-vous voir Danny ?

— Reese conduit Bates chez les magistrats. Je compte le retrouver là-bas. Avec l'aide de Danny, je pense que nous pourrons soulever assez de doutes sur la culpabilité de Rule pour le faire relâcher sous ma garde.

— Juste Ciel, je vais le chercher tout de suite !

Quittant la pièce en courant, elle appela Terry et lui demanda de descendre à l'usine et de ramener Danny dans son bureau.

Le jeune garçon arriva quelques minutes plus tard. Il jeta un coup d'œil à Royal, si grand et si imposant, et ses yeux s'élargirent de frayeur.

— Qui c'est ? Qu'est-ce qu'il me veut ?

— C'est le frère de Rule, dit gentiment Violet, le duc de Bransford. Il a besoin de ton aide, Danny.

— J'ai besoin que tu parles aux magistrats, expliqua Royal, que tu leur dises ce que tu sais de Bates et de Mike Dunnigan. Je pense qu'avec ton aide, nous pourrions faire relâcher mon frère.

Danny commença à secouer la tête, droit comme un « i ».

— Ils vont me jeter à Newgate. J'en sortirai jamais.

— Je ne laisserai pas se produire ce genre de chose, promit Royal. Je t'en donne ma parole. Tu n'étais pas impliqué dans le crime, Danny. Tu n'as fait que porter un message.

Le jeune garçon déglutit fortement.

— Je t'en prie, Danny, implora Violet. Tu as dit que tu voulais aider mon mari.

Elle jeta un coup d'œil à Royal, à dont les larges épaules et la stature intimidante lui donnaient bien l'air du puissant duc qu'il était.

— Sa Grâce t'a donné sa parole. Il ne laissera rien t'arriver. Et moi non plus.

Danny humecta nerveusement ses lèvres, puis il soupira.

— D'accord, je le ferai.

Le soulagement envahit Violet.

— Merci, Danny.

Elle regarda Royal.

— Et Montgomery ?

— Il nous faut plus de preuves. Ne dites rien à personne avant que nous décidions de ce que nous allons faire.

— Si Montgomery commence à se rendre compte que quelque chose ne va pas ? S'il essaie de s'enfuir ?

— C'est pourquoi nous devons agir vite.

Violet hocha la tête. Elle regarda Royal et Danny quitter le bureau, le cœur battant. Elle pria pour qu'ils puissent libérer Rule de prison.

Toutefois, comme Royal l'avait dit, ils devaient trouver plus de preuves pour établir la culpabilité de l'Américain.

Rule ne serait pas vraiment sauvé avant qu'ils le fassent.

Violet en avait assez de faire les cent pas. Elle était rentrée du bureau, attendant impatiemment de voir si Royal pourrait faire relâcher Rule.

Mon Dieu, pria-t-elle, *faites qu'il rentre à la maison.*

Avec l'aide de Mary, elle avait quitté la robe qu'elle portait pour travailler. Elle envisagea de mettre une toilette jolie et féminine pour Rule, sa robe de soie vert d'eau brodée, ou alors celle en taffetas abricot ; puis elle changea d'avis et choisit une simple robe de toile bleu marine.

Si les hommes se lançaient à la poursuite de Montgomery, ils pourraient avoir besoin de son aide — non pas qu'elle pense qu'ils viendraient la lui demander. Mais elle voulait être prête à agir s'ils avaient besoin d'elle.

D'un autre côté, il n'y avait pas de raisons qu'elle ne soit pas la plus jolie possible. Assise impatiemment devant sa coiffeuse, elle remuait nerveusement tandis que Mary arrangeait ses cheveux cuivrés en anglaises sur le côté de son cou.

— Voilà, vous êtes prête.

Vérifiant son image une dernière fois dans le miroir, et satisfaite de son apparence, elle se leva du tabouret.

— Merci, Mary.

— Il sera bientôt à la maison, j'en suis sûre.

— J'espère que vous avez raison.

Mais son inquiétude ne cessait d'augmenter. Tandis qu'elle quittait sa chambre et longeait le couloir, la voix de Hatfield lui parvint depuis l'entrée. Espérant que Rule était arrivé, elle se hâta vers l'escalier, mais ce fut Caroline qui entra dans la maison. Sa cousine agita la main en la voyant en haut des marches.

— Oh ! je suis si contente de te trouver à la maison. J'ai des nouvelles ! Des nouvelles merveilleuses dont je veux te faire part.

— De bonnes nouvelles ne me feraient pas de mal, reconnut Violet. Allons dans le salon.

Donnant le bras à sa souriante cousine, Violet demanda à Hat de leur apporter du thé, puis guida Caroline entre les lourdes portes coulissantes, et elles s'installèrent dans le canapé.

— Tu as parlé à Luke, dit-t-elle.

Sûre de son fait, Caroline eut un large sourire.

— J'ai fait ce que tu as dit. Je lui ai dit que j'étais follement amoureuse de lui.

— A voir ta mine, il en a été content.

— Plus que content. Il dit qu'il m'aime aussi.

Violet se pencha et l'étreignit.

— Je suis si heureuse pour toi, Carrie. Tu mérites un homme qui t'aime.

Caroline lui pressa la main.

— Toi aussi, Vi.

Violet détourna les yeux.

— Y a-t-il des nouvelles ? demanda Caroline. Où en est l'enquête sur le crime ?

Violet lui apprit qu'en ce moment même Royal et Reese étaient en train de s'entretenir avec les magistrats. Elle parla à sa cousine de Bates et de Danny, indiquant qu'il y avait des raisons de croire qu'un Américain nommé Montgomery avait tué Charles Whitney pour l'empêcher d'acheter Griffin.

— Il voulait la manufacture à ce point ?

— Il voulait fournir des armes aux Etats du Sud, dans l'éventualité d'une guerre.

— Oh ! mon Dieu, cela commence.

— J'espère encore que la question puisse être réglée sans un bain de sang.

— Que va-t-il arriver à Rule ?

— Royal croit qu'avec cette nouvelle information il pourra faire sortir Rule de prison, mais nous avons encore besoin de preuves contre Montgomery.

— Comment les obtiendrez-vous ?

— Cela, ma chère cousine, est le nœud du problème.

Hat entra alors avec le chariot à thé, mettant fin à leur conversation. Caroline but rapidement sa tasse, dit qu'elle prierait pour la libération de Rule et s'en alla.

Songeant à Luke et à sa cousine, Violet retourna dans le salon et reprit place dans le canapé. Elle était heureuse pour Caroline. Et pour Luke. Elle était contente qu'ils se soient trouvés.

Néanmoins, cela la fit penser à Rule, et à quel point elle l'aimait. Au fait que, même s'il tenait à elle, il était peu probable qu'il l'aime vraiment un jour en retour.

Son cœur se serra. Cela n'avait pas d'importance, se dit-elle. Peu de gens connaissaient le véritable amour.

Et elle était heureuse.

Enfin, presque heureuse. Aussi heureuse qu'une femme pouvait l'être, dans un mariage où elle était la seule à aimer.

Royal et Reese arrivèrent tard dans la soirée. Lorsqu'ils entrèrent dans le vestibule, Violet se rendit compte avec joie que Rule était avec eux — même si, avec sa barbe et ses cheveux en désordre, il avait plus l'air d'un pirate que du beau gentleman sophistiqué qu'elle avait épousé.

— Rule !

Relevant ses jupes, elle courut vers lui, et même s'il était sale et peu soigné, elle se jeta dans ses bras.

— Violet… chérie.

Il la serra contre lui, sa joue pressée contre la sienne, et sa peau rugueuse avait un goût de paradis.

Les yeux de Violet s'emplirent de larmes.

— Dieu merci, vous êtes à la maison.

Ignorant ses frères, elle prit son visage entre ses mains et attira sa bouche sur la sienne pour un baiser passionné. Rule l'embrassa avec encore plus d'ardeur avant de la lâcher.

Il sourit largement, creusant ces merveilleuses fossettes dans ses joues.

— Pour un accueil pareil, cela valait presque la peine d'aller en prison.

Violet posa les mains sur ses joues, son cœur se serrant d'amour pour lui. Ce n'était pas le moment de se perdre en effusions. Elle s'efforça de songer au problème immédiat.

— Manifestement, Bates a coopéré.

Elle regarda Royal.

— Où est Danny ? Vous n'avez pas laissé la police le prendre ? Vous lui avez donné votre parole.

— Il est avec Morgan, répondit Royal.

— Il n'y aura pas de charges contre lui, ajouta Rule.

Il jeta un coup d'œil à ses frères.

— Pendant que vous raconterez à ma femme ce qui s'est passé, je vais monter me débarrasser de cette crasse. Je reviens aussi vite que possible.

Hatfield apparut tel un fantôme bienveillant dans le couloir.

— On vous prépare déjà un bon bain chaud, milord.

— Merci, Hat.

Se tournant vers Violet, Rule planta un dernier baiser sur ses lèvres, pivota sur ses talons et monta l'escalier.

— Allons dans le salon, voulez-vous ?

Royal offrit son bras à Violet, et elle le laissa l'escorter.

— Nous allons vous expliquer ce qui s'est passé et ce que nous comptons faire.

Le plan était simple.

Ils avaient besoin de preuves contre Montgomery, et avaient trouvé un moyen d'en obtenir.

— Le plus dur, ce fut d'obtenir l'accord de la police, dit Reese, mais finalement le commissaire McGregor s'est montré un homme honnête et a vu le mérite de notre idée.

— Laissez-moi résumer, dit Violet en s'adossant au canapé. Vous avez envoyé une note à Montgomery, venant prétendument de Bates, et exigeant cinq mille livres en échange de son silence concernant le meurtre de Charles Whitney.

— C'est exact, dit Royal. Il séjourne à l'hôtel Trafalgar. Le billet que nous lui avons envoyé lui demande d'apporter l'argent et de retrouver Bates à minuit, dans l'allée derrière la taverne du Taureau blanc.

— Et vous pensez qu'il viendra ?

— Nous pensons que oui, dit Reese. Soit pour payer Bates,

soit, plus probablement, pour le tuer. Malheureusement pour Montgomery, la police sera là.

— Ainsi que vous trois, ajouta Violet, certaine que Rule et ses frères voudraient y être.

Royal hocha la tête.

— Nous y serons. D'ici là, nous avons certaines choses à régler.

Les deux hommes se levèrent.

— Dites à Rule de nous retrouver au point de rendez-vous au plus tard à 23 heures.

Cela ne leur laissait pas beaucoup de temps, et Violet les regarda partir avec anxiété. Ils allaient chercher des armes et réfléchir aux derniers préparatifs. Tout cela était dangereux. Montgomery était un assassin. On ne pouvait savoir ce qui risquait d'arriver, avec un homme de cette espèce.

Elle fut saisie d'un long frisson.

Jeffrey frappa à la porte de la suite de J. P. Montgomery. Quelques instants plus tard, le robuste Américain ouvrit. Son écharpe était dénouée et pendait à son cou épais, et il ne portait pas sa veste, posée sur le dossier d'une chaise.

— Je suis content de vous voir, dit Montgomery en reculant pour le laisser entrer. Quelque chose est arrivé. Nous devons parler.

— Que s'est-il passé ? Je croyais que Wrigby portait la nouvelle offre chez Griffin demain.

— Oui, de ce côté tout va bien.

Montgomery fit pivoter son corps massif et se dirigea vers sa chambre.

— Vous deux pouvez régler les détails. Occupez-vous d'accepter l'offre, c'est tout. Dès que l'accord sera conclu et que la manufacture sera à nous, vous pourrez rentrer en Amérique.

Suivant son associé dans l'autre pièce, Jeffrey jeta un coup d'œil au lit sur lequel la valise de Montgomery était ouverte et presque pleine.

— Où allez-vous ?

— Comme je le disais, quelque chose est arrivé. Je pars ce soir. *La Redoute* lève l'ancre avec la marée.

De la sueur perla sur le front de Montgomery. Son anxiété planait dans l'air comme un parfum capiteux.

Jeffrey répondit d'une voix alarmée.

— Pourquoi cette soudaine urgence ? Qu'est-il arrivé, J. P. ?

L'homme massif regarda longuement Jeffrey, puis sortit une note de la poche de son pantalon. Il la tendit à Jeffrey, qui la lut et leva les yeux.

— Cet homme essaie de vous extorquer des fonds. Il dit qu'il veut cinq mille livres pour garder le silence. Il vous accuse d'avoir tué Charles Whitney.

Montgomery plia une chemise et la rangea dans la valise.

— C'est juste.

— Pourquoi croirait-il que vous avez assassiné Whitney ?

Montgomery s'immobilisa et lui lança un regard dur.

— La vente était sur le point de se conclure. Nous aurions perdu la chance d'acheter la manufacture. Si nous devons nous battre, nous avons besoin d'armes. Nous avons besoin de cette usine et de celle de Boston.

Jeffrey lutta pour cacher sa surprise.

— Vous… vous l'avez tué ?

J. P. haussa ses lourdes épaules.

— C'est bientôt la guerre, mon vieux. Un soldat fait ce qu'il doit faire.

— Nous ne sommes pas encore en guerre. Il y a encore une chance que nous n'en arrivions pas là. Peut-être que le Nord nous laissera partir de notre côté. Rien n'est certain.

— Nous devons être prêts.

Jeffrey n'ajouta rien. Ce qui était fait était fait.

— Alors vous rentrez en Amérique.

— Oui. Wrigby et vous pouvez traiter l'achat. Vous n'avez pas vraiment besoin de moi.

Jeffrey s'efforça de rester calme.

— Non, je suppose que non.

Comme si l'affaire était réglée, Montgomery plia une dernière chemise, la posa sur les autres et ferma la valise.

— Tenez-moi informé, voulez-vous ?

— Bien sûr. Bon voyage, Montgomery.

— Vous aussi, Burnett.

Jeffrey quitta l'hôtel, l'estomac noué.

Livrer une guerre était une chose. Commettre un meurtre de sang-froid en était une autre.

Et une autre encore de laisser pendre un homme innocent pour ce crime.

Même si cet homme était Rule Dewar.

29

Violet se tenait dans le vestibule et regardait son mari descendre l'escalier tournant. Vêtu de culottes d'équitation, de hautes bottes noires et d'une chemise blanche, Rule enfila une redingote en arrivant au rez-de-chaussée et se dirigea rapidement vers elle.

— J'aimais bien votre barbe, ironisa-t-elle.

Il passa la main sur sa mâchoire rasée.

— Oui, mais j'ai des projets, pour plus tard.

Il eut un sourire déluré.

— Je ne voudrais pas érafler vos jolies petites cuisses avec une barbe de trois jours.

Les yeux de Violet s'élargirent et elle devint écarlate.

— Rule Dewar !

— Désolé.

Il lui décocha un sourire coquin, pas du tout coupable.

Violet s'efforça de ne pas sourire.

— Vos frères ont dit qu'il fallait les retrouver à 23 heures au plus tard à l'endroit du rendez-vous. M. Bellows attend devant, avec la voiture.

Rule hocha la tête.

— Je suppose que vous n'envisagez pas de me laisser aller avec vous, dit-elle. Je suis une très bonne tireuse, vous savez »

— Une véritable petite armée attendra Montgomery.

Il lui prit le menton et posa doucement sa bouche sur la sienne.

— Je veux que vous soyez ici à m'attendre quand je rentrerai.

La chaleur recelée par ses yeux si bleus ne permettait pas de douter de ses intentions, et le cœur de Violet bondit dans sa poitrine.

— Je vous attendrai, dit-elle d'une voix altérée.

Rule s'engagea dans le couloir pour aller chercher ses armes et disparut dans son cabinet de travail. Les yeux fixés sur l'horloge, Violet se tordit anxieusement les mains.

Si quelque chose de grave arrivait ?

Montgomery était un meurtrier. Quel que soit le nombre de personnes qui l'attendrait, quelque chose pouvait se passer de travers. Elle ne pourrait se détendre tant que Rule ne serait pas rentré sain et sauf.

Un livre était ouvert sur le canapé du salon, mais elle était trop nerveuse pour lire. Elle aurait préféré accompagner les hommes, mais elle savait qu'elle n'arriverait jamais à les en convaincre. Elle suivait le couloir vers le cabinet de travail, pour voir si Rule avait besoin de quelque chose, quand elle entendit résonner le heurtoir en cuivre. Hatfield ouvrit la porte, et la surprise envahit Violet quand Jeffrey pénétra dans la pièce.

Dès qu'il la vit, il doubla le majordome et se dirigea vers elle à grands pas.

— Il faut que je vous parle, Violet. C'est urgent.

— Jeffrey, j'ignore pourquoi vous êtes ici si tard, mais je ne crois pas que…

— Cela concerne votre mari.

Quelque chose n'allait pas. Elle connaissait assez bien Jeffrey pour discerner l'inquiétude sur son visage.

— Venez dans le salon.

Elle le conduisit rapidement à l'intérieur, laissant la porte ouverte pour que Rule puisse les rejoindre.

— Qu'y a-t-il, Jeffrey ?

Il inspira à fond.

— Je croyais que votre mari était coupable de meurtre. Je pensais qu'il avait tué Charles Whitney pour tirer plus de profit de la vente de la manufacture. Ce soir, j'ai découvert que Dewar est innocent de ce crime.

Violet fronça les sourcils.

— Je ne comprends pas. Pourquoi en êtes-vous sûr, tout à coup ?

— Vous vous souvenez de l'Américain, Montgomery, l'homme qui a fait une offre pour la société ?

— Oui, je le connais.

Elle ne lui dit pas que, très bientôt, si tout se passait comme prévu, il serait arrêté pour meurtre.

— Nous sommes… nous sommes associés, Violet.

Elle releva vivement la tête.

— Associés ?

— Montgomery et moi sommes devenus partenaires pour acheter Griffin.

Violet était abasourdie. Jeffrey, de mèche avec Montgomery ? Elle jeta un coup d'œil vers la porte, guettant l'arrivée de Rule.

— Vous étiez partie prenante dans l'offre ? demanda-t-elle d'un ton incrédule.

Cependant, à bien y réfléchir, elle savait que Jeffrey avait grandi en Virginie. La cause sudiste était un sujet dont ils parlaient rarement, mais elle supposait qu'il soutenait l'esclavage.

— Nous avons rejeté l'offre de Montgomery.

— Je sais. Tout cela est très compliqué. Mais ce soir, quand je suis passé à l'hôtel de J. P., je l'ai trouvé en train de faire ses bagages. Il a reconnu avoir tué Whitney pour l'empêcher d'acheter la manufacture.

Le regard de Violet se porta de nouveau vers la porte. Rule se tenait sur le seuil, écoutant chaque mot.

Violet se sentit prise de vertige.

— Montgomery a tué Whitney ?

— Oui

— Mais… mais pourquoi a-t-il essayé de mettre le crime sur le dos de Rule ?

— Peut-être espérait-il que vous vous tourneriez vers moi, une fois votre mari… disparu. Ou peut-être pensait-il que vous seriez plus facile à convaincre de vendre que Dewar. C'est difficile de savoir.

Violet jeta un coup d'œil vers la porte. La mâchoire de Rule était crispée, son expression dure. La crosse d'un pistolet glissé dans sa ceinture brilla sous sa redingote lorsqu'il entra à grands pas dans le salon. Ses yeux étaient noirs quand il les posa sur le visage de Jeffrey.

— Vous disiez que Montgomery fait ses bagages, lança-t-il. Où va-t-il ?

— Je vous croyais en prison.

— C'est pour cela que vous êtes venu ? Vous pensiez que je n'étais pas là, et vous vouliez voir ma femme en tête à tête ?

— Je suis venu parce que je ne tolère pas le meurtre, quelle qu'en soit la raison.

Rule étudia le visage de Jeffrey.

— Qu'a dit exactement Montgomery ?

— Il m'a montré un billet. Un homme nommé Bates, qui était au courant du meurtre, voulait le faire chanter. J. P. quitte l'Angleterre ce soir ; il partira avec la marée sur *La Redoute*.

— Dieu du Ciel.

La voix de Violet tremblait. La mâchoire de Rule se crispa.

— Il faut que je l'arrête.

— Vous aurez besoin d'aide, dit-elle. Vous ne pouvez pas vous lancer seul après lui !

— J'irai avec vous, offrit Jeffrey.

Rule le regarda d'un œil soupçonneux, visiblement peu enclin à accepter l'aide d'un homme associé à un meurtrier.

— Il faut que quelqu'un aille prévenir mes frères, pour qu'ils regagnent le port avec la police.

— Je vais y aller, dit Violet

Ele était heureuse de porter une simple robe de toile, finalement.

Rule secoua la tête.

— Le quartier du Taureau blanc n'est pas sûr, pour une femme.

Il se tourna vers Jeffrey.

— Votre voiture est dehors ?

— Oui.

— Mes frères attendront à l'angle de la rue, au nord de la taverne du Taureau blanc, dans une allée au coin de Childers et Holborn. Ils seront là à 23 heures. Rejoignez-les et amenez-les à *La Redoute*. Le capitaine du port saura où trouver le bateau.

Jeffrey hocha la tête.

— C'est d'accord.

— Vous feriez bien de partir maintenant. Il vous faudra un bon moment pour arriver là-bas.

Jeffrey jeta un dernier regard à Violet et se dirigea vers la porte.

Dès qu'il fut hors de vue, Rule se tourna vers elle.

— Lui faites-vous confiance ?

— Quoi que vous puissiez penser de lui, je crois que Jeffrey est un homme d'honneur. Qu'il soit venu ici ce soir devrait en être la preuve.

Rule acquiesça de mauvais gré.

— Vous ne pouvez pas y aller seul. Je viens avec vous.

Il secoua la tête.

— Il n'en est pas question.

— Mieux vaut être deux, en cas de problème. Je ne crains pas de me servir d'un pistolet, et je tire très bien.

— Non.

Il voulut s'en aller, mais elle lui prit le bras.

— Je vais à *La Redoute*. Soit je vous accompagne, soit j'attends que vous partiez et je vous suis. Qu'est-ce que vous préférez ?

La mâchoire de Rule se cripsa. Il expira lentement.

— Vous n'attirez que des ennuis, Violet Dewar. De ravissants ennuis, mais des ennuis quand même.

— Je suppose que cela signifie que nous y allons ensemble.

Il fronça les sourcils, mais hocha la tête.

— Allez chercher votre châle et partons.

S'empressant de regagner le premier étage, Violet ouvrit le tiroir de sa commode, prit le petit pistolet de poche qu'elle avait gardé sur elle pendant son voyage vers l'Angleterre et le mit dans la poche de sa jupe. S'ils devaient capturer un assassin, elle avait besoin d'être préparée à tout ce qui pouvait arriver.

Rule l'attendait impatiemment tandis qu'elle plaçait son châle sur ses épaules et descendait l'escalier. Il la prit par le bras et l'entraîna fermement vers la voiture qui attendait au bas du perron.

En voyant le petit homme assis sur le siège du cocher, elle soupira intérieurement, se souvenant que c'était le soir de congé de Bellows. Ils ne trouveraient pas d'aide de ce côté-là. La faisant monter dans la voiture, Rule demanda au cocher d'aller au port. Puis il la suivit à l'intérieur, s'asseyant face à elle et étirant ses longues jambes devant lui.

Il lui jeta un regard noir.

— Je n'aime pas que l'on me fasse chanter, mon cœur.

Violet haussa les sourcils.

— Et je n'aime pas que mon mari se mette en danger sans personne pour l'aider.

Son regard dur s'adoucit. Il l'étudia un moment, puis ses lèvres s'incurvèrent légèrement.

— Vous êtes la plus étonnante des femmes.

Assez étonnante pour qu'il tombe amoureux d'elle ? Violet garda le silence.

Elle s'efforça de penser à Montgomery et à la tâche qui les attendait. Ils allaient arrêter un meurtier.

Et elle devrait s'assurer que son mari demeure un homme libre.

30

La nuit était d'un noir d'encre, et la Tamise aussi sombre que le ciel, avec juste le reflet de quelques lampes éparses sur les bateaux qui tanguaient le long du quai.

La nervosité de Rule augmenta tandis que la voiture s'arrêtait devant le bureau de la capitainerie. Il était assez tard pour que le bureau soit plongé dans le noir et qu'il ne reste personne à l'intérieur. Par chance, la liste qu'il espérait trouver était affichée près de la porte, indiquant l'emplacement de tous les navires du port et l'heure prévue pour leur départ.

— Jeffrey avait raison, dit Rule à Violet tandis qu'il remontait dans la voiture. *La Redoute* doit partir avec la marée. Si Montgomery prévoit de s'en aller, il devrait être à bord, maintenant.

Il leur fallut un quart d'heure pour trouver l'endroit où le bateau était amarré. C'était un grand trois-mâts avec une longue proue pointue et une coque effilée. Des lanternes étaient accrochées au gréement et quelques matelots parcouraient le pont, achevant des tâches de dernière minute et s'apprêtant à lever l'ancre. Plusieurs lampes brillaient dans le grand salon, et de la lumière filtrait à travers les hublots, dans le flanc du navire. La plupart des passagers devaient dormir, à cette heure tardive, mais apparemment quelques-uns étaient encore debout.

— Je vais parler au capitaine, dit Rule, voir si Montgomery est à bord. Si c'est le cas, j'obtiendrai le numéro de sa cabine et j'irai le trouver.

— Ne devriez-vous pas attendre vos frères et la police ?

— Nous n'avons pas le temps. La marée est presque haute. Le bateau risque de partir d'un instant à l'autre.

— Vous croyez que le capitaine va vous dire où trouver Montgomery ?

— Il me le dira.

Rule eut un sourire désabusé.

— Vous savez combien je peux être persuasif.

Il se pencha et ouvrit la portière de la voiture.

— Si Montgomery découvre que vous êtes à sa recherche, il pourrait essayer de s'enfuir, dit Violet. Il pourrait trouver un moyen de vous échapper.

Rule hésita un instant, puis descendit sur le quai.

— Laissez-moi vous aider, implora Violet par la portière ouverte. Il y a sûrement quelque chose que je puisse faire.

Rule jeta un regard à la passerelle qui conduisait au pont. Si Montgomery lui glissait entre les mains, il risquait de s'échapper par là. Et Rule ne pouvait le permettre.

— Entendu. Venez.

Prenant la main de Violet, il l'aida à descendre de voiture. Grâce au Ciel, elle ne portait pas l'une de ces maudites crinolines à la mode.

— Je suppose que vous avez pris votre pistolet.

Il savait qu'elle n'aurait pas quitté la maison sans lui. Pas dans ces circonstances. Montgomery était un meurtrier, et elle avait toujours été fière de son habileté au tir.

Elle tapota la poche de sa jupe.

— En effet.

Il lui prit la main et la guida dans l'obscurité.

— Je veux que vous restiez hors de vue, là-bas, près de la passerelle. Si Montgomery m'échappe, il quittera le bateau de cette façon. Si vous le voyez, tirez un coup en l'air, puis cachez-vous. J'entendrai la détonation et j'arriverai en courant.

— D'accord.

— Je ne veux pas que vous preniez de risque. Promettez-moi de rester dans une zone protégée.

— Je resterai ici et je surveillerai.

Rule la conduisit vers une cachette, au milieu de piles

de caisses de bois — un endroit où on ne la verrait pas, et d'où elle pourrait surveiller la passerelle. Il l'installa à l'abri, ramena son châle sur ses épaules, puis se pencha et l'embrassa.

— Rappelez-vous ce que j'ai dit. Ne prenez pas de risques.

Elle hocha la tête.

— Soyez prudent, vous aussi.

La mâchoire de Rule se durcit. Il était impatient de mettre la main sur J. P. Montgomery. Il avait prévu de ne rien faire d'autre que de le retenir, en attendant que la police arrive ma,is à la pensée des jours qu'il avait passés dans un misérable cachot, cela lui demanderait une volonté de fer.

Rule alla se poster dans l'obscurité, au pied de la passerelle, attendit que le pont soit désert, puis monta en silence sur le bateau. De la lumière brillait dans le grand salon. Il regarda par un hublot en contrebas, cherchant Montgomery, mais il ne le vit pas.

Il descendit par une échelle de coupée, ouvrit une porte de bois et entra dans le salon luxueux, lambrissé de teck et garni de rideaux de velours rouge. Deux hommes étaient assis devant un échiquier. L'un d'eux leva les yeux lorsqu'il entra.

— Je cherche le capitaine, dit Rule. Savez-vous où je peux le trouver ?

Une voix éraillée s'éleva derrière lui.

— Je suis le capitaine Hale. Que puis-je pour vous, sir ?

Rule se tourna et vit un petit homme corpulent à l'épaisse barbe blanche — l'image même d'un capitaine au long cours.

— Je suis lord Rule Dewar. Je cherche un homme appelé J. P. Montgomery. Je crois qu'il est à bord de votre bateau.

Le capitaine hocha la tête.

— Montgomery… oui, je crois.

— Pouvez-vous m'indiquer le numéro de sa cabine, pour que je puisse lui parler ?

Le capitaine fronça ses épais sourcils blancs.

— Je crains que cette information ne soit privée. Pouvez-vous me dire de quoi il s'agit ?

— Montgomery est recherché pour meurtre. La police

devrait arriver d'un moment à l'autre. Jusqu'à ce qu'elle soit là, je dois empêcher M. Montgomery de fuir.

— Vraiment ? Cela n'est pas très régulier.

— L'homme est un assassin. Voulez-vous que ce genre d'individu circule librement parmi vos passagers et votre équipage ?

— Non, bien sûr que non.

— Comme je le disais, la police arrive d'une seconde à l'autre. Il faut simplement que je m'assure que Montgomery ne prenne pas la fuite.

— Dewar, dites-vous ? En parenté avec le duc ?

— C'est mon frère.

— Je vois. Eh bien, entendu, je vais vous accompagner à la cabine de M. Montgomery, avec quelques membres de mon équipage. Nous verrons ce qu'il a à dire sur cette affaire.

Rule aurait préféré avoir quelques minutes en tête à tête avec l'Américain, mais peut-être était-ce mieux ainsi.

— Très bien.

Il suivit le capitaine Hale hors du salon. Ils remontèrent sur le pont, et il attendit anxieusement tandis qu'il appelait son premier officier et deux matelots. Le groupe suivit Hale sous le pont, le long d'une longue coursive bordée de cabines.

Le capitaine frappa à une porte qui portait la mention B 66 en lettres en laiton. Personne ne répondit.

— Monsieur Montgomery ? Monsieur Montgomery, c'est le capitaine Hale. J'aimerais vous dire un mot, je vous prie.

Rule attendit, tendu, que la porte s'ouvre. Comme rien ne se passait, un picotement désagréable commença à lui parcourir l'échine.

Debout dans l'obscurité et fumant un gros cigare, J. P. Montgomery remarqua le capitaine et un autre homme qui sortaient du salon, rejoints par le premier officier et deux autres marins. Il les vit tous descendre par l'échelle de coupée qui conduisait au pont des passagers.

Il jeta son cigare à peine entamé et grinça des dents. L'un

des hommes, plus grand que les autres et aux larges épaules, était Rule Dewar. Il l'avait reconnu. Ainsi, ce scélérat avait réussi à sortir de prison ! D'une manière ou d'une autre, il avait convaincu les autorités de le libérer.

Bates, pensa-t-il. Cet idiot avait donc mis sa menace à exécution et était allé trouver la police. Et, maintenant, Dewar avait découvert ses plans et l'avait suivi sur le bateau.

Comment était-ce possible ?

Soudain son estomac se crispa et la fureur l'envahit. *Jeffrey* ! Personne d'autre ne connaissait ses projets. Personne à part son associé, Jeffrey Burnett. Enrageant de s'être fié à ce traître, Montgomery se détourna du bastingage et se dirigea vers la passerelle. Ils ne l'avaient pas encore attrapé, se dit-il. Et, avec un peu de chance ils ne l'attraperaient jamais.

Une fois qu'il serait en sécurité, il s'occuperait de Jeffrey Burnett.

S'assurant que personne ne le voyait, il traversa le pont sans bruit pour gagner la passerelle. Elle oscilla sous son poids quand il descendit, mais personne ne sembla le suivre. Il venait juste de poser le pied sur le quai quand une voix de femme le héla.

— Restez où vous êtes, Montgomery !

Il connaissait cette voix. Il entendit le déclic menaçant d'un pistolet et vit briller le canon à la lumière d'une lanterne.

— Si vous bougez, je serai obligée de vous tirer dessus.

Violet Dewar. Il aurait pu en rire, s'il n'était pas aussi furieux. Pensait-elle réellement pouvoir l'arrêter ?

— Posez ce pistolet, ma petite dame, avant de vous blesser.

Il s'avança, déterminé à s'échapper. La jeune femme sortit de l'ombre et pénétra dans la lumière de la lanterne, ses flamboyants cheveux roux formant un halo autour de son joli visage.

Un instant, il l'admira presque. Puis il vit que son pistolet était pointé droit sur son cœur.

— Je vous ai dit de rester où vous étiez, dit-elle.

Montgomery serra les mâchoires tandis qu'une nouvelle bouffée de colère l'envahissait.

— Je dois partir, ma belle dame, et nous savons tous les deux que vous n'allez pas me tirer dessus.

— Mon père fabriquait des pistolets. Il m'a appris à tirer et à ne pas avoir peur d'appuyer sur la détente. Ce pistolet est à deux coups, monsieur Montgomery. C'est plus qu'assez pour vous tuer, à cette distance.

Elle paraissait charmante et toute menue, avec ce pistolet à la main, pas du tout effrayante.

— Vous êtes une femme. Vous n'oserez pas me tuer.

Il fit un pas en avant.

Violet appuya sur la gâchette.

Montgomery poussa un cri et tomba à terre. Il saignait abondamment au genou et ne pouvait plus se relever.

— Espèce de petite garce, vous m'avez tiré dessus !

— Je vous avais prévenu de ne pas bouger. Et si vous ne restez pas où vous êtes, je tirerai de nouveau.

Du remue-ménage sur le pont attira son attention. Des hommes couraient pêle-mêle vers la passerelle, Rule en tête.

— Violet !

Il descendit la passerelle, s'arrêta devant Montgomery et la dévisagea, l'air abasourdi.

— Vous lui avez tiré dessus ?

— Je vais probablement avoir la gangrène et perdre ma jambe ! se lamenta l'Américain.

— Vous étiez prêt à ce que mon mari perde la vie, rétorqua Violet.

Rule lui retira doucement le pistolet des mains.

— Tout va bien, mon cœur.

A l'instant où il prit le contrôle de l'arme, elle se mit à trembler. Après tout, c'était la première fois — et, elle l'espérait, la dernière — qu'elle tirait sur quelqu'un.

Rule l'attira contre lui, un bras passé autour de ses épaules, comme pour la protéger. Le capitaine se dirigea vers Montgomery et s'agenouilla pour s'occuper de sa jambe qui saignait.

Un essaim d'hommes surgit soudain sur les lieux — un

groupe composé des frères de Rule, de Jeffrey Burnett et d'une demi-douzaine de policiers.

Le duc vint à grands pas vers eux.

— Vous allez bien, tous les deux ?

Rule mit le pistolet de Violet dans la poche de sa redingote et resserra son étreinte autour d'elle.

— Ma courageuse petite femme a capturé le meurtrier de Whitney.

Il lui jeta un regard sombre, mais ses yeux brillaient de fierté.

— Je croyais vous avoir dit de tirer en l'air pour m'avertir.

Violet sourit.

— Je l'ai fait. Il s'est juste trouvé que ma balle est allée se loger dans la jambe de M. Montgomery. Vous savez quelle mauvaise tireuse je suis.

Les lèvres de Rule frémirent.

— Ma douce, je commence à bien vous connaître, vous savez ?

Violet se détendit contre lui. Sa chaleur et son étreinte calmaient les tremblements qui l'agitaient.

Il fallut un moment pour expliquer ce qui s'était passé, mais la police finit par arrêter Montgomery et l'emmena dans son fourgon. Reese et Royal félicitèrent Rule et Violet, puis rentrèrent chez eux.

Epuisés, Violet et Rule montèrent dans leur voiture, qui les attendait. Rule s'installa sur la banquette à côté d'elle et l'enlaça.

— Vous avez été formidable ce soir, mon cœur. Je n'ai pas pu en croire mes yeux, quand je vous ai vue pointer ce pistolet sur Montgomery.

Elle lui lança un sourire las.

— L'essentiel, c'est que vous soyez sauvé. La police va régler cette affaire et vous innocenter.

— Grâce à vous, en grande partie.

Il courba la tête et l'embrassa très doucement.

Violet passa les bras autour de son cou et lui rendit son baiser.

— Je vous aime, Rule.

Elle ne put retenir les mots qui glissèrent de ses lèvres. Le cœur battant, elle pria qu'il les lui dise en retour, maintenant qu'il était sain et sauf.

A la place, il se pencha sur elle et l'embrassa tendrement.

Elle se détourna.

— Qu'y a-t-il ?

Elle releva la tête et le regarda droit dans les yeux.

— J'ai besoin de savoir, Rule. Je vous aime. Je vous aime depuis longtemps. J'ai besoin de savoir si vous m'aimez en retour.

A la lueur des lanternes de la voiture, il humecta ses lèvres, baissa les yeux, les releva et ouvrit la bouche pour parler.

— Ne me mentez pas, Rule. Je m'en apercevrai, de toute façon.

Le temps s'étira entre eux. La gorge serrée, elle avait de plus en plus de mal à respirer.

Il soupira longuement et passa une main dans ses épais cheveux noirs.

— Vous m'êtes précieuse, Violet. Je suis incroyablement reconnaissant que vous soyez ma femme. Je veux des enfants avec vous. Je veux que nous soyons heureux. Mais *l'amour* ? Ce n'est pas quelque chose que je sais donner.

Les yeux de Violet s'emplirent de larmes et elle détourna la tête.

— Vous signifiez tout pour moi, Violet. J'espère que vous comprenez.

Elle hocha simplement la tête. Sa gorge était trop serrée pour qu'elle puisse parler. Il tenait à elle. Il la désirait. Il voulait qu'elle soit la mère de ses enfants. C'était assez, se dit-elle — plus que ce que possédaient la plupart des couples. Mais les larmes débordèrent et roulèrent sur ses joues. Elle les essuya du bout du doigt.

Lorsqu'ils arrivèrent chez eux, elle prétexta une migraine et se mit à gravir l'escalier. Rule la rattrapa en deux enjambées, et l'accompagna jusqu'à la porte de sa chambre. Prenant sa main, il la porta à ses lèvres et en embrassa le dos.

— La soirée a été difficile pour tous les deux. Nous n'avons pas besoin de faire l'amour. Laissez-moi juste dormir à côté de vous. Laissez-moi vous tenir dans mes bras.

Elle eut envie de dire non, de dire qu'elle ne pourrait supporter sa présence cette nuit-là mais, lorsqu'elle le regarda, il y avait quelque chose dans ses yeux qui l'empêcha de refuser.

— D'accord.

Il la suivit dans sa chambre, congédia Mary et joua lui-même le domestique, la déshabillant méthodiquement, l'aidant à enfiler une douce chemise de nuit en coton, retirant les épingles de ses cheveux et passant la brosse dans ses boucles. Ses gestes étaient détachés et ne contenaient aucune tentative de séduction.

Violet lui en sut gré. Elle avait besoin de temps pour accepter la vie qui l'attendait. Pour se faire à l'idée que son mari ne serait jamais amoureux d'elle.

Lorsqu'elle fut prête à se coucher, il la souleva dans ses bras et la porta jusqu'au lit. Tandis qu'elle se glissait sous les couvertures, il se dévêtit en gardant son caleçon et la rejoignit. Fidèle à sa parole, il se contenta de s'allonger et de la prendre contre lui.

Violet sentit les larmes lui monter aux yeux. C'était ridicule. Rule était un bon époux. Il tenait à elle, se souciait d'elle, et faisait de son mieux pour la réconforter.

Un feu brûlait dans la cheminée. Des flammes orange léchaient la grille et baignaient la chambre d'une douce lueur dorée. Elle sentait la chaleur de Rule, qui s'était blotti contre son dos, un bras musclé passé sur sa hanche. Elle pouvait percevoir le va-et-vient régulier de sa respiration.

Son cœur se gonfla d'amour pour lui. Soudain, être allongée à ses côtés ne lui suffit plus. Elle se mit sur le dos et leva les yeux vers lui, posant une main sur sa joue couverte d'une légère barbe.

— J'ai besoin de vous, Rule, dit-elle

Elle savait que c'était vrai, elle savait qu'elle ne le quitterait jamais, quels que soient ses sentiments pour elle.

Il se pencha vers elle et posa ses lèvres sur les siennes.

— Violet… chuchota-t-il.

Le baiser s'approfondit, devint passionné. Un baiser qui continua encore et encore, qui sembla n'avoir pas de fin, un baiser languide, un baiser torride, un baiser qui volait le souffle de ses poumons.

Sa chemise de nuit lui parut soudain trop lourde, telle une barrière entre eux. Elle s'assit et laissa Rule la tirer par-dessus sa tête, attendant qu'il ôte son caleçon, le dernier obstacle qui les séparait.

— J'ai besoin de vous, moi aussi, dit-il en l'embrassant de nouveau.

Elle pouvait sentir la dure preuve de son désir, brûlante contre sa cuisse. Elle pensa qu'il allait s'allonger sur elle, l'emplir comme elle avait envie qu'il le fasse ; mais il la souleva et l'installa sur lui.

— Je veux vous voir. Je veux vous regarder atteindre l'extase.

Les seins de Violet se projetèrent vers lui, semblèrent gonfler à ses paroles, leurs pointes devenant dures comme des pierres. Rule leva les mains et les prit dans ses paumes, les pressa doucement, les faisant se tendre et s'alourdir. Elle laissa tomber sa tête en arrière pour lui livrer un accès plus facile à sa gorge, sentant sa longue chevelure cuivrée frôler ses hanches. La bouche de Rule remplaça ses mains, la tétant, la suçant, la faisant trembler sous des sensations brûlantes.

Sa bouche joua avec la sienne, se fondant en elle, sa langue la pénétra, la rendant folle de désir pour lui. Il saisit ses hanches dans ses mains, la souleva un peu et la mit en position de le recevoir. Son sexe était grand et dur, épais et lourd, et elle le voulait en elle. Elle était moite et prête, brûlant de se joindre à lui, sa chair s'amollissant, l'entourant, commençant à palpiter du besoin de lui.

— Rule…, murmura-t-elle en le prenant plus loin en elle, en entendant son souffle haletant quand il l'emplit complètement.

Tout l'amour qu'elle éprouvait pour lui gonfla en elle.

Se penchant en avant, elle posa les mains sur ses épaules puissantes, ses longs cheveux tombant sur lui, formant un rideau autour d'eux, les enfermant dans le cocon intime qu'ils partageaient.

Son amour pour lui l'embrasait de l'intérieur, comme le feu réchauffait leur peau nue.

Elle se mit à bouger lentement et un plaisir indicible l'envahit. Des frissons parcoururent ses membres. Elle levait et abaissait ses hanches, le prenant profondément en elle, acceptant le plaisir qu'il lui donnait, lui en prodiguant aussi.

Les muscles de Rule se crispèrent. Ses mains agrippèrent de nouveau ses hanches, exigeantes, insistantes. Pendant un moment, il la maintint au bord de l'orgasme, envahie par les sensations qui montaient en elle, par le fait de sentir leurs corps joints et ne faisant plus qu'un.

Puis il murmura son nom, la posséda profondément, et elle ne put se retenir plus longtemps.

L'assouvissement la frappa de plein fouet, et la volupté bouleversa ses sens tandis qu'elle atteignait l'orgasme. Un instant plus tard, Rule atteignit lui aussi le comble du plaisir et répandit en elle sa semence brûlante.

Un long moment passa tandis qu'elle restait affalée sur lui, qu'elle sentait sa bouche effleurer ses cheveux. Mais aucun mot d'amour ne franchit ses lèvres.

Je vous aime tant, avait-elle envie de lui dire, mais les mots restaient coincés au fond de sa gorge. Elle n'était pas sûre de les redire un jour.

Son cœur était douloureux et la lançait, comme si un couteau l'avait transpercé, comme s'il saignait dans sa poitrine. Elle l'aimait, le désirait, l'accueillait avec joie dans son corps. Elle faisait de sa maison un foyer, et un jour elle porterait ses enfants.

Elle signifiait tout pour lui, avait-il dit.

Mais il ne l'aimait pas.

Les larmes dans ses yeux se mirent à rouler sur ses joues. Elle se retourna et fixa l'obscurité, espérant que Rule ne les verrait pas.

31

En entendant la voix de son majordome, Royal leva les yeux de son bureau, dans son cabinet de travail. Le lendemain, sa famille et lui retourneraient à Bransford Castle. Maintenant que les charges contre Rule étaient abandonnées, Lily et lui pouvaient reprendre la vie paisible à la campagne qu'ils aimaient tant.

— Qu'y a-t-il, Rutgers ? demanda-t-il au domestique aux cheveux gris, debout sur le seuil.

— Votre frère lord Rule est arrivé, Votre Grâce. Il est juste…

— Je suis là, dit Rule d'une voix sombre, en passant devant le majordome.

Son écharpe était dénouée, il n'était pas rasé, et ses cheveux noirs étaient tout décoiffés. Il avait de légers cernes sous les yeux et des lignes soucieuses plissaient son front.

— Par tous les diables, que t'est-il arrivé ? demanda Royal.

Rule secoua la tête. Il y avait quelque chose dans ses yeux, quelque chose de si poignant, de si douloureux, que la poitrine du duc se serra.

Il se leva et adoucit sa voix tout en se dirigeant vers son frère.

— Dis-moi ce qui ne va pas.

Rule regarda par la fenêtre et déglutit avec difficulté.

— Violet m'aime et je suis incapable de l'aimer en retour.

Royal fronça les sourcils.

— Qu'est-ce que tu racontes ? Pourquoi ne peux-tu pas

l'aimer ? Tu as choisi une compagne parfaite pour toi. Violet est belle, généreuse, affectueuse, elle est…

— Inutile de faire la liste des vertus de ma femme, coupa Rule, l'air accablé. Tu crois que je ne les connais pas ? Violet est tout cela et plus encore. Elle est intelligente, courageuse, douce et passionnée. Elle est tout ce qu'un homme peut désirer chez une épouse.

— Visiblement, tu la désires. Quand tu es avec elle, tu peux à peine te retenir de la toucher. Et tu sembles être attaché à elle.

— Bien sûr que je lui suis attaché !

— Alors où est le problème ?

L'émotion brilla dans les yeux de Rule.

— Le problème, c'est que Violet veut que je l'aime. Je ne pense pas qu'elle puisse être heureuse avec un homme incapable d'amour. Mais je ne sais pas comment aimer. J'ignore complètement à quoi ressemble cette émotion. Je n'ai pas la moindre idée de ce que cela signifie, d'aimer une femme.

Rule se laissa choir dans le canapé et se prit la tête entre les mains.

Royal s'approcha de lui sans bruit, percevant sa douleur.

— Je sais que tu n'as jamais eu de mère. Je sais que les femmes avec qui tu as eu des relations par le passé n'étaient pas du genre à mériter ton amour. Mais Violet est ton épouse.

Rule déglutit.

— Je le sais bien.

Un instant, Royal crut voir briller des larmes dans les yeux bleus de son frère.

— Je peux peut-être t'aider, dit-il doucement, en posant une main sur l'épaule de Rule. Tu veux savoir ce qu'est l'amour ? Laisse-moi essayer de t'expliquer, petit frère.

Rule resta assis sans rien dire.

— L'amour, c'est quand tu penses à quelqu'un, même s'il est loin. C'est quand tu préférerais être avec cette personne plus qu'avec aucune autre. C'est quand son rire te met en joie. Quand tu l'admires en la voyant s'opposer à toi, au lieu que tu te mettes de te en colère. C'est quand tu regardes une autre femme et la trouves belle, mais qu'il n'y a aucune chance que tu lui fasses l'amour, parce que tu préfères la femme qui est dans ton lit.

Rule fixait Royal comme s'il buvait ses paroles.

— L'amour, c'est quand tu ne peux pas dormir la nuit, sauf si la personne que tu aimes est à côté de toi. Quand tu ne peux pas imaginer l'avenir sans elle. Quand tu regardes ta femme et sens ta poitrine se contracter. Quand tu remercies Dieu en secret de te l'avoir donnée. Aimer, c'est quand tu te sens malade lorsque tu l'as blessée.

Royal regarda le visage hagard de son frère, ses épaules contractées.

— Et je soupçonne fortement que c'est ce que tu ressens en ce moment.

Un muscle frémit dans la mâchoire de Rule. Pendant un long moment, il ne dit rien. Puis il déglutit et se leva du canapé, se redressant de toute sa taille.

— Alors je l'aime, n'est-ce pas ?

Royal sourit.

— Bien sûr, que tu l'aimes. Je crois que tu l'aimes depuis le jour où elle est arrivée d'Amérique et s'est hardiment présentée dans ton salon.

Le soulagement envahit le visage de Rule.

— Je l'aime.

Un lent sourire se dessina sur ses lèvres.

— J'aime Violet Dewar !

Royal rit.

— Je suis heureux que tu l'aies enfin compris. Maintenant que tu le sais, je pense que tu ferais mieux d'aller le lui dire.

— Oui… Oui, bien sûr.

Rule se dirigea vers la porte.

— Je te laisse.

Royal le suivit dans le couloir et le vestibule.

Tandis que Rule passait devant un miroir doré, au-dessus de la console, il vit son reflet et constata son apparence négligée.

— Il fallait que je sorte de la maison au plus vite. Je ne me suis pas soucié des détails.

Il passa une main sur son menton couvert de barbe.

— On dirait que j'ai passé la nuit dans un caniveau.

— Je ne pense pas que Violet se soucie de ton apparence.

Rule eut un sourire éclatant, qui le fit paraître beaucoup plus jeune.

— Non, elle ne s'en souciera pas. Elle m'aime. Grâce à toi, je commence enfin à comprendre ce que cela signifie.

Rule se hâta de sortir. Royal se tourna pour voir approcher Lily. Ses traits délicats rayonnèrent en le voyant. Elle était pâle et belle, douce et généreuse. Il avait appris ce que signifiait l'amour grâce à elle. Et comme il l'avait dit à Rule, il remerciait le Ciel chaque jour de la lui avoir donnée.

— C'était Rule, n'est-ce pas ? dit-elle. Il n'est pas resté longtemps. Que voulait-il ?

— Juste quelques conseils de son grand frère.

Royal se tourna vers elle. Prenant dans ses bras la femme qu'il aimait, il l'embrassa tendrement.

Rule était impatient d'arriver chez lui. Il avait l'impression qu'un rocher avait été retiré de sa poitrine, qu'un rayon de soleil était soudain descendu du ciel pour illuminer son chemin.

Il était amoureux. Follement amoureux de sa femme.

Il ne pouvait imaginer comment il n'avait pas pu s'en apercevoir plus tôt. Mais il n'avait jamais été amoureux auparavant. Il n'avait tout simplement pas compris.

Le trajet de retour jusqu'à la maison lui sembla durer une éternité. Il ne pouvait attendre de dire à Violet qu'il l'aimait. Il ne pouvait attendre de voir l'expression de son beau visage quand il lui dirait ces mots. Luttant pour ne pas siffloter, il s'adossa à la banquette, pressant en silence à Bellows de mettre les chevaux au galop. Avec autant de circulation dans les rues, cela ne risquait pas d'arriver.

Pour passer le temps, il se mit à répéter ce qu'il lui dirait, et fut stupéfait de découvrir combien il était difficile de trouver les mots justes. Ils tournoyaient dans sa tête, et aucun ne lui semblait adapté. Il se dit que, le moment venu, il dirait juste à Violet ce qu'il ressentait.

Il lui dirait qu'il l'aimait.

Il espéra simplement que ces mots auraient encore autant d'importance pour elle qu'ils en avaient maintenant pour lui.

Ayant besoin de sentir le soleil sur son visage, Violet sortit dans le jardin. Les pivoines étaient en fleur et elle s'agenouilla pour observer une belle corolle jaune, de la même couleur que sa robe de mousseline brodée.

Tendant la main, elle arracha une mauvaise herbe que le jardinier avait oubliée et s'efforça de ne pas penser à Rule, ni à l'endroit où il avait pu aller ce matin. Après les mésaventures de la nuit, elle avait dormi plus tard qu'elle ne le prévoyait, et quand elle s'était réveillée il était déjà parti. Même Hat ignorait où il était allé.

Au moins, il ne craignait plus rien, maintenant. La police avait fini par arrêter le vrai coupable, et la vie de Rule n'était plus en danger. Le fait qu'elle ait aidé à prouver son innocence la réconfortait. Elle essaya de s'en contenter, et de ne pas s'appesantir sur le fait que Rule ne serait jamais amoureux d'elle.

Elle ignora le douloureux petit coup venu frapper son cœur, et arracha une autre mauvaise herbe. Puis elle se releva en entendant des pas dans le jardin.

— Ma foi, vous êtes bien jolie à regarder ce matin !

Elle en eut le souffle coupé. Elle connaissait cette voix, ce visage. *Simon Pratt.*

Son regard se porta vivement sur la porte-fenêtre, mais il n'y avait personne en vue.

— Que… que faites-vous ici ?

— Je viens pour vous, ma belle. Vous m'avez pris mes ramoneurs. Je vous ai avertie. Je vous ai bien dit que personne ne vole Simon Pratt.

Le cœur de Violet s'emballa. Quelque chose brilla au

soleil, et elle remarqua soudain le long couteau incurvé dans sa main osseuse. Elle cria et se rua vers la porte, mais Pratt lui prit le bras avant qu'elle ne puisse s'échapper.

— Si j'étais vous, je serais bien sage. A moins que vous ne vouliez goûter à mon couteau.

Violet resta silencieuse, tremblant de tout son corps. L'homme maigre, au visage décharné, se tenait derrière elle. Un bras musclé passé autour de son cou, il la serrait contre lui. La peur monta en elle et la fit vaciller sur ses jambes.

Pratt la traîna à reculons dans l'allée qui menait au portail du fond, par lequel il avait dû entrer dans le jardin. Puis il se raidit, et son emprise se resserra. Quelqu'un arrivait sur la terrasse par la porte-fenêtre.

Violet réprima un cri. Rule se tenait à la balustrade, grand et imposant. Son farouche regard bleu était fixé sur Pratt.

— Lâchez-la.

La menace tranquille qui perçait dans sa voix la fit frémir.

— Restez où vous êtes et vous approchez pas ! lui lança Pratt.

Le regard de Rule se posa sur le visage de Violet, et un étrange calme s'empara d'elle. Rule était là. Il ne laisserait pas Pratt lui faire du mal. Quoi qu'il faille accopmplir pour cela, son mari trouverait un moyen de la garder en sécurité.

— Je vous ai dit de la lâcher.

Pratt eut un rire grinçant.

— Elle a pris mes ramoneurs. J'ai plus de travail, depuis.

— Vous utilisiez des enfants, Pratt. Vous enfreigniez la loi.

— Ça vous regarde pas.

Il agita le couteau.

— Je l'ai avertie de ce qui se passerait. Personne vole Simon Pratt.

Il resserra son emprise autour du cou de Violet.

— Appelez au secours, et elle est morte.

La tirant de nouveau en arrière, il suivit l'allée de gravillon en direction du portail.

Rule le suivit pas à pas, le visage empli d'une colère froide. Le couteau brillait au soleil, le tenant à distance.

— Que voulez-vous, Pratt ?

Le ramoneur s'arrêta. Jetant un coup d'œil autour de lui, il jaugea la fontaine de marbre, la qualité des meubles en fer forgé, la magnificence de la maison.

— Je suis venu pour la femme, parce qu'elle m'a causé un paquet d'ennuis. Mais vous pouvez l'avoir si vous me payez mon prix.

— Indiquez-le.

— Cinq cents livres.

Il sourit largement, montrant ses dents gâtées.

— Elle vaut autant pour vous ?

— Elle vaut cent fois cette somme, et davantage.

La poitrine de Violet se contracta.

— Vous avez les cinq cents livres dans la maison ?

Rule hocha la tête.

— J'irai les chercher si vous la lâchez.

Pratt rit.

— Je suis pas idiot. Fermez-la, allez chercher l'argent et je la relâcherai.

Violet put lire l'indécision sur le visage de Rule. Il ne voulait pas la laisser avec Pratt, mais aucun domestique ne savait où se trouvait l'argent.

— Tout ira bien, dit-elle, voyant qu'il avait peur pour elle.

Il serra les dents.

— Je vais chercher votre argent, Pratt, mais si vous la touchez, vous mourrez. Je vous suivrai jusqu'aux portes de l'enfer et je vous tuerai de mes propres mains.

Pratt posa la pointe du couteau sur la gorge de Violet. Pendant un instant, elle ne put respirer.

Rule recula jusqu'à atteindre les marches de la terrasse, puis il se tourna et disparut dans la maison.

Le couteau tourna dans la main de Pratt tandis qu'ils restaient là, attendant en silence. Il y avait un coffre-fort dans le cabinet de travail, derrière un tableau représentant des chiens et des chevaux. Rule le lui avait montré et lui avait indiqué la combinaison. A l'intérieur, un petit coffret de bois de rose contenait l'argent qu'elle pouvait utiliser en cas de besoin.

Un instant plus tard, Rule revint en courant dans le jardin, le coffret de bois de rose à la main.

— Il y a mille livres dans ce coffret. Prenez-le et partez.

Les yeux du ramoneur s'arrondirent.

— Vous devez être sacrément amoureux !

— Oui, je suis amoureux d'elle.

Rule se tourna vers Violet et la regarda dans les yeux.

— Je suis désespérément amoureux de ma femme.

Il tendit le coffret.

— A présent, lâchez-la avant que je vous rejoigne et vous frappe jusqu'à ce que vous ne teniez plus debout.

Violet se mit à frissonner. C'était la plus cruelle des ironies d'entendre Rule prononcer les mots qui signifiaient tant pour elle simplement pour apaiser un escroc.

Elle se dit que cela n'avait pas d'importance. Ce qui comptait, c'était que Rule faisait tout pour la sauver.

Pratt se mit à rire.

— Ouvrez la boîte. Faites-moi voir ce qu'il y a dedans.

Rule fit ce qu'il demandait et posa le coffret sur le banc en fer forgé. Le ramoneur tira Violet jusqu'au banc et attrapa la boîte.

— Restez où vous êtes. Je la lâcherai quand je serai au portail.

Rule serra les poings. Tandis que Pratt reculait, Rule le suivit pas à pas. Quand le ramoneur atteignit le portail, il poussa Violet en avant et elle chancela, poussant un cri de surprise. Rule courut à elle et la prit dans ses bras.

Elle sentit que sa haute silhouette était parcourue de frissons tandis qu'il la serrait contre lui.

— Violet…

Il jeta un coup d'œil derrière elle, mais Pratt avait disparu. Il ne sembla pas s'en soucier.

— J'ai eu si peur, dit-il en la serrant plus fort encore. Sapristi, je vous aime tant !

Le cœur de Violet se contracta. Il enfouit son visage dans

ses cheveux, et elle se dit que son cœur allait se fendre en deux. *Il ne le pense pas,* se dit-elle. *Il a seulement eu peur que Pratt ne me fasse du mal.*

Sa gorge se noua, et des larmes lui montèrent aux yeux. Si seulement ces mots pouvaient être vrais.

— Je vous aime, Violet, dit-il doucement contre sa joue.

Il paraissait si sincère !

Elle se força à poser la question qui la hantait.

— Le pensez-vous ? murmura-t-elle, redoutant de le regarder, redoutant de voir la vérité en face.

Rule s'écarta pour qu'elle puisse voir son visage.

— Si je mentais, vous le sauriez. Vous le sauriez.

Elle déglutit péniblement.

— Oui, je le saurais.

— Je ne mens pas, mon cœur. Je vous aime.

Des larmes roulèrent sur les joues de Violet.

— Il m'a fallu du temps pour m'en rendre compte, mais maintenant je connais la vérité. Je vous aime plus que ma propre vie.

Alors il la reprit dans ses bras et elle pleura en s'accrochant à lui. Elle sentait battre le cœur de Rule, elle sentait son amour l'envelopper.

Quelque chose avait changé. C'était peut-être l'intrusion de Pratt. Peut-être autre chose.

Quoi qu'il en soit, Rule avait dit qu'il l'aimait, et elle savait au fond de son cœur qu'il disait la vérité.

Rule embrassa doucement sa femme. Son frère l'avait aidé à comprendre ce qu'était l'amour. Mais ce n'est qu'en voyant le couteau de Pratt sur la gorge de Violet qu'il avait mesuré l'étendue de cet amour.

S'il avait pu être à sa place, s'il avait pu être la personne menacée par ce couteau, il l'aurait fait sans hésiter. Dans un éclair de clairvoyance, il avait compris que, lorsqu'on aime quelqu'un, on était capable de mourir pour lui sans un instant d'hésitation.

Il posa un baiser sur la tête de Violet et lui répéta combien il l'aimait. Elle pleura et s'accrocha à lui comme si elle ne voulait plus jamais le laisser partir. Il ne s'était jamais senti aussi bien, aussi heureux. Le monde ne lui avait jamais paru aussi juste qu'en ce moment. Tout prenait sens d'une façon nouvelle. L'amour était la réponse. L'amour faisait toute la différence. Il lui avait fallu la moitié d'une vie pour s'en rendre compte.

Et il avait fallu l'amour de cette femme magnifique.

Rule leva les yeux quand Hatfield l'appela de la terrasse.

— La police est ici, milord. Je l'ai envoyé chercher quand j'ai vu ce qui se passait dans le jardin.

Les lèvres pâles du majordome se plissèrent en un sourire.

— Apparemment, ils ont arrêté un voleur juste au coin de la rue, milord, un certain Simon Pratt.

Violet regarda Rule et lui adressa un tendre sourire. Elle essuya les larmes de ses beaux yeux verts.

— Que ferions-nous sans Hat ?

Le domestique se mit à rougir.

Que ferait-il sans Violet ? Voilà la question que se posait Rule. Courbant la tête, il l'embrassa avec douceur.

— Je vous aime, Violet Dewar.

— Je vous aime, Rule, répondit-elle.

Maintenant qu'il comprenait la portée de ces mots, il ne se lasserait jamais de les lui entendre dire.

Epilogue

Un mois plus tard

Un soleil doré, éclatant, filtrait à travers les arbres au bord de l'eau. La surface de la Tamise étincelait, comme si une myriade de petits diamants flottait à sa surface. Regroupée le long du fleuve, l'élite de la société londonienne attendait avec impatience la course qui devait opposer Royal Dewar, Sheridan Knowles, Dillon St.Michaels, Benjamin Wyndam et Quentin Garett.

Seul Jonathan Savage manquait à la rangée des concurrents, en route pour une affaire mystérieuse qu'il n'avait pas voulu divulguer.

Ce jour-là, les Rameurs faisaient courir leurs skiffs élancés en une compétition farouche. Le vainqueur recevrait le trophée de la première Course annuelle de bienfaisance du Refuge bleu. Les activités de l'après-midi et un superbe pique-nique avaient été financés par Rule et Violet Dewar. Le prix des entrées, ainsi qu'un pourcentage sur les paris, iraient à l'œuvre de charité d'Annabelle Greer, l'orphelinat du Refuge bleu.

Se tenant près d'un groupe d'enfants qu'elle avait appris à connaître et aimer, Violet les regardait avec affection. Danny Tuttle jouait avec le petit rouquin Billy Robin, qui riait en attrapant la balle. Un groupe d'anciens petits ramoneurs, sauvés de la férule de Simon Pratt, maniait des maillets et apprenait à jouer au croquet.

Depuis leur arrivée, l'orphelinat s'était développé, accueillant d'autres enfants des rues et d'autres ramoneurs, œuvrant sans relâche pour mettre fin à l'exploitation des enfants de Londres.

— Eh bien, c'est un beau succès !

Violet se tourna au son de la voix de Caroline et la vit approcher dans une robe de mousseline rose pâle. Elle portait un joli bonnet de paille orné de fleurs de soie rose, acheté aux Chapeaux de Lily, la boutique de modiste appartenant à la duchesse.

Violet sourit.

— C'est pour la bonne cause. Annabelle espère ouvrir un autre foyer dès que possible. Elle a besoin de récolter tout l'argent possible.

— Tu sais que Luke et moi serons très heureux de pouvoir l'aider.

— Je sais.

Luke et Caroline étaient toujours très amoureux, et Violet n'avait plus aucune inquitéude concernant leur couple. Tous deux avaient pris conscience de la rareté du lien qui les unissait. Tout comme Violet et Rule avaient appris combien ils étaient chanceux de s'être rencontrés.

Depuis le jour où Simon Pratt avait menacé la vie de Violet, Rule lui avait dit qu'il l'aimait un millier de fois. Depuis ce jour-là, leur amour était devenu plus profond et plus ample. Rule lui avait dit qu'elle lui avait enseigné la valeur de l'amour. En permettant leur mariage, avait-il dit, Dieu lui avait donné une leçon inestimable.

Violet avait découvert sa loyauté farouche et la profondeur de l'amour qu'il était capable de donner — quelque chose qu'il avait ignoré lui-même, durant la majeure partie de son existence.

— Viens, ils sont prêts à partir !

Caroline prit Violet par la main et l'entraîna vers le bord du fleuve, où les barques étaient alignées. Rule se tenait sur la ligne de départ, un pistolet à la main.

Il fit un clin d'œil à sa femme et eut un large sourire,

creusant les adorables fossettes de ses joues. Puis il se tourna vers les rameurs.

— Etes-vous prêts ?

Les hommes aux avirons crièrent un « oui » retentissant.

— A vos marques.

Il arma le pistolet.

— Prêts… partez !

Le coup de feu lança la course, et les coureurs se penchèrent en avant, tirant sur leurs avirons, ramant avec vigueur, se servant de leurs bras et de leurs jambes musclés pour se donner de l'élan dans leur siège coulissant. Chacun avait l'air bien déterminé à gagner.

Debout près de Violet, Caroline sourit quand Luke vint la rejoindre.

— Je parie sur Royal, dit-il en passant un bras autour de la taille fine de sa femme, prise dans un corset. Croyez-vous qu'il va gagner, mon amour ?

— Bien sûr, que le duc va gagner, répondit Caroline avec fougue. C'est bien un Dewar, non ?

Luke rit, et Violet aussi. Les frères Dewar étaient tous de superbes athlètes, même si le sport de prédilection de Rule était plutôt la boxe. Elle leva les yeux et aperçut son mari, qui venait vers elle. Il se pencha et effleura ses lèvres d'un baiser, faisant naître un petit frisson le long de son dos.

— Voilà, ils sont partis. Nous ne connaîtrons pas le nom du vainqueur avant un bon moment.

— Cela n'a pas vraiment d'importance, dit Violet, tandis qu'il posait une main possessive sur sa taille. Ce qui compte, c'est l'argent qu'ils permettent, grâce à cette course, de récolter.

Rule lui sourit.

— Une fois que la vente de Griffin sera conclue, nous devrions pouvoir faire une importante donation à l'orphelinat.

Ils avaient trouvé un nouvel acquéreur pour la manufacture, un Anglais nommé Buckland, à l'excellente réputation, qui avait accepté toutes leurs conditions. L'accord stipulait que si une guerre se déclarait en Amérique, il n'y aurait pas de vente d'armes à ceux qui se battaient contre l'abolition de l'esclavage.

Penser aux armes rappela à Violet le coup de feu qu'elle avait tiré dans le port, et elle frissonna légèrement.

Rule baissa les yeux sur elle.

— Vous ne pouvez pas avoir froid par une journée aussi chaude. Etes-vous souffrante, mon amour ?

Elle le regarda longuement.

— Je pensais juste à Montgomery.

— Il méritait ce qu'il a eu.

La justice s'était montrée rapide et extrêmement sévère. Perdre une jambe n'avait pas empêché l'Américain d'être pendu.

Rule passa un doigt le long de sa joue.

— Auriez-vous envie de reprendre des leçons de tir, par hasard ?

Sa bouche parfaite s'incurva en un sourire moqueur.

— Peut-être que vous amélioreriez encore vos talents.

Violet rit.

— Je préférerais un autre genre de leçon, milord. Et je suis disponible quand vous le désirez.

Les yeux bleus de Rule se mirent à étinceler. Il parcourut du regard le petit groupe qui les entourait. Il y avait là Reese, Elizabeth et leurs deux enfants, ainsi que Lily, avec les petits Alex et Katie. Travis et Annabelle étaient là également, à côté de la grand-mère de Caroline, Adelaïde Lockhart, et de la grand-tante de Rule, Agatha, qui avait fièrement parié une très grosse somme d'argent sur son neveu.

— Je suppose qu'il nous est impossible de nous éclipser avant la fin de la journée ? demanda Rule avec une pointe d'espoir dans la voix.

Violet réprima un sourire.

— En effet. Pas aujourd'hui.

Il soupira.

La brise agita une mèche de cheveux de Violet, sous son chapeau à large bord, et il enroula la boucle cuivrée autour de son doigt.

— Je ne sais pas si vous êtes au courant, Violet, mais j'ai cru comprendre que votre ami Jeffrey avait quitté l'Angleterre.

— Plus aucune accusation ne court contre lui. Je ne suis pas étonnée qu'il ait pris le premier bateau pour l'Amérique.

— Aussi étrange que cela paraisse, je souhaite que les choses se passent bien pour lui.

Les yeux de Violet se levèrent vers ceux de Rule, tandis qu'elle se remémorait comment Jeffrey était venu la prévenir de la tentative de fuite de Montgomery.

— Moi aussi.

Rule posa les mains sur sa taille et l'attira à lui.

— Je lui souhaite bonne chance, mais je suis extrêmement heureux que vous ne l'ayez pas épousé.

Violet posa une main sur sa joue.

— Mon père avait raison, vous savez ?

— Votre père ?

— Il m'avait dit que, le moment venu, vous feriez un très bon mari.

Elle lui passa les bras autour du cou et renversa la tête en arrière, le regardant droit dans les yeux.

— Il était sûr que nous ferions le bonheur l'un de l'autre.

— Griff avait toujours raison.

Rule posa un doux baiser sur ses lèvres.

— Et vous m'avez rendu l'homme le plus heureux de la Terre.

Violet songea à son père adoré, au mari merveilleux qu'il avait choisi pour elle. Elle leva les yeux vers le ciel et sourit, le cœur débordant de joie.

A paraître le 1er janvier

Best-Sellers n°543 • suspense

Le manoir du mystère - Heather Graham

Quand l'agent Angela Hawkins accepte de devenir la coéquipière du brillant et séduisant enquêteur Jackson Crow, elle est loin d'imaginer ce qui l'attend. Tout ce qu'elle sait, c'est que la femme d'un sénateur est morte en tombant du balcon de l'une des plus belles demeures historiques du quartier français de La Nouvelle-Orléans. Et que, pour presque tout le monde, elle s'est jetée dans le vide, désespérée par la mort récente de son fils. Mais à peine Angela commence-t-elle son enquête avec Jackson dans l'étrange demeure du sénateur que l'hypothèse du suicide lui semble exclue. Guidée par son intuition et par des visions inquiétantes où elle voit la jeune femme en danger, Angela est en effet rapidement persuadée que dans l'entourage du sénateur, chacun est moins innocent qu'il n'y paraît. Mais de là à tuer ? Et pour quel motif ? Décidés à dévoiler la sombre vérité, Angela et Jackson vont non seulement risquer leur vie… mais, aussi, leur âme.

Best-Sellers n°544 • suspense

Meurtre à Heron's Cove - Carla Neggers

Lorsqu' Emma Sharpe est appelée d'urgence au couvent de Heron's Cove, sur la côte du Maine, c'est en partie en qualité de détective spécialisée dans le trafic d'œuvres d'art au sein du FBI, et aussi en raison des années qu'elle a elle-même vécues ici. Mais elle n'a pas le temps d'en savoir plus, car quelques minutes à peine après son arrivée, la religieuse qui l'a contactée est retrouvée morte. Pour unique piste, Emma doit se contenter de la disparition mystérieuse d'un tableau représentant d'anciennes légendes. C'est alors qu'elle découvre, stupéfaite, que sa famille n'est pas étrangère à l'histoire de cette toile. Se pourrait-il qu'il y ait un lien entre ce vol, le meurtre et son propre passé ? Emma ne sait où donner de la tête. Heureusement, elle peut compter sur la précieuse collaboration de Colin Donovan, un agent secret du FBI solitaire et mystérieux. Même si elle conserve une certaine méfiance vis-à-vis de cet homme qui se moque des règles et semble n'en faire qu'à sa tête. Lancée dans une folle course contre la montre, elle s'immerge avec Colin dans un héritage fait de mensonges et de tromperies. Sans savoir qu'un tueur impitoyable les a déjà dans sa ligne de mire.

Best-Sellers n°545 • thriller

Dans l'ombre du bayou - Lisa Jackson

Lorsque Eve Renner accepte en pleine nuit le mystérieux rendez-vous fixé par Roy, son ami d'enfance, dans un cabanon du bayou, non loin de La Nouvelle-Orléans, elle n'imagine pas qu'elle met le pied dans un véritable guet-apens. Car elle découvre son ami poignardé, le chiffre 212 tracé sur un mur en lettres de sang. Pis encore : Cole, son fiancé, se trouve sur les lieux du crime et tente de la tuer elle aussi…Trois mois plus tard, Eve se remet difficilement de la trahison de Cole, qu'elle aime depuis toujours. Devenue amnésique, elle ne comprend pas ce qui a pu se passer lors de cette nuit de cauchemar. Jusqu'à ce qu'un mystérieux courrier l'incite à chercher dans ses souvenirs d'enfance. Et c'est là que se dissimule non seulement le secret du meurtre de Roy, mais aussi la clé d'autres mystères, plus troubles, plus dangereux encore…

Best-Sellers n°546 • thriller

Face au danger - Brenda Novak

Traumatisée par la violente agression dont elle a été victime trois ans auparavant, Skye Kellermann a mis du temps à surmonter ses angoisses. Ce n'est que depuis peu qu'elle reconstruit son existence autour de l'association d'aide aux victimes qu'elle a créé en Californie avec deux amies. Mais quand elle apprend que son agresseur est sur le point d'être libéré pour bonne conduite, bien avant la fin de sa peine, toutes ses peurs ressurgissent brutalement : comment oublier que c'est son propre témoignage qui a permis d'envoyer cet homme derrière les barreaux ? Lui n'a certainement pas oublié qu'il a tout perdu par sa faute. Le temps presse et Skye n'a qu'une solution : faire ce qu'il faut pour qu'il ne sorte pas de prison, en commençant par prouver son implication dans trois affaires de meurtres survenues à l'époque de son agression, et qui n'ont jamais été résolues... Heureusement, elle peut compter sur l'aide et le soutien inconditionnel de l'inspecteur David Willis, qui est venu la trouver. Car lui aussi en est convaincu : Burke n'en restera pas là.

Best-Sellers n°547 • roman

Le secret d'une femme - Emilie Richards

Lorsqu'elle arrive à Toms Brook, le village natal de sa mère, en Virginie, Elisa Martinez sait que ce qu'elle est venue chercher ici pourrait bien bouleverser sa vie à tout jamais. Aussi courageuse que farouche, elle a appris à cacher derrière une apparente réserve les lourds secrets de son passé. Un passé qui l'a toujours contrainte à fuir de ville en ville, à changer de nom, à taire tout ce qui pourrait la trahir. Pourtant, quand Sam Kincaid lui propose de travailler avec lui, elle sent qu'il lui sera difficile de ne pas ouvrir son cœur à cet homme séduisant et attentionné. Bientôt prise au piège de son attirance pour Sam, Elisa se retrouve déchirée entre la nécessité de protéger ses secrets et le désir de vivre cet amour qu'elle n'attendait plus – un amour qui pourrait bien être la promesse d'une vie nouvelle…

Best-Sellers n°548 • roman

Un si beau jour- Susan Mallery

Vivre enfin ses rêves. C'est le souhait le plus cher de Jenna lorsqu'elle retourne s'installer à Georgetown, dans sa famille, après un divorce douloureux et une vie professionnelle décevante. Aussi, sur un coup de tête, décide-t-elle de lancer un concept innovant : une boutique dans laquelle elle proposera à la fois des accessoires et des cours de cuisine. Une entreprise qui s'avère rapidement être un véritable succès. Mais à peine Jenna retrouve-t-elle sa sérénité et sa joie de vivre, qu'un couple de hippies, Serenity et Tom, débarque dans son magasin et se présente comme ses parents naturels. Bouleversée, Jenna s'insurge contre cette arrivée intempestive. D'autant plus que celle qui prétend être sa mère ne tarde pas à se mêler de sa vie privée. C'est ainsi qu'elle lui présente Ellington, un ostéopathe, certes séduisant, mais qu'elle n'a nullement l'intention de fréquenter ! Et pour couronner le tout, son ex-mari tente désormais de la reconquérir… Submergée par ses émotions, Jenna doute : peut-elle croire à une seconde chance d'être heureuse ?

Best-Sellers n°549 • historique

La rebelle irlandaise - Susan Wiggs

Irlande, 1658.

Lorsque John Wesley s'éveille sous un soleil brûlant, sur le pont d'un bateau voguant au beau milieu de la mer, il peine à croire qu'il est vivant. Autour de son cou, il sent encore la brûlure de la corde… Il aurait dû être exécuté pour trahison, alors pourquoi l'a-t-on épargné ? C'est alors qu'une voix s'élève au-dessus du vacarme des flots : Cromwell, l'homme qui a ordonné son exécution avant de lui offrir un sursis inespéré... Aussitôt, John comprend que son salut ne lui a pas été accordé sans conditions : s'il veut rester en vie et récupérer sa fille de trois ans que Cromwell retient en otage, il doit se rendre en Irlande et infiltrer un clan de rebelles pour livrer leur chef aux Anglais. Une mission simple en apparence, à condition de ne pas tomber sous le charme de la maîtresse des rebelles, la ravissante Catlin MacBride…

Best-Sellers n°550 • historique

Les amants ennemis - Brenda Joyce

Cornouailles, 1793

Fervente opposante à la monarchie, Julianne suit avec passion la tempête révolutionnaire qui s'est abattue sur la France. Et de son Angleterre natale, où les privilèges font loi, elle désespère de voir la société évoluer un jour. Aussi se réjouit-elle quand, au beau milieu de la nuit, un Français blessé débarque au manoir familial de Greystone et lui demande son aide. Julianne ne tient-elle pas là l'occasion rêvée d'apporter sa modeste contribution au mouvement qu'elle soutient ? Et puis, elle rêve d'en apprendre davantage sur le fascinant étranger qui l'a envoûtée dès le premier regard. Mais Julianne est loin de se douter que l'arrivée du mystérieux Français à Greystone ne doit rien au hasard…vivre sous son toit pendant trente jours…

Composé et édité par les

éditions HARLEQUIN

Achevé d'imprimer en octobre 2012

BRODARD & TAUPIN

La Flèche

Dépôt légal : novembre 2012

N° d'imprimeur : 69554

Imprimé en France